LEÏLA SLIMANI
Das Land der Anderen

LEÏLA SLIMANI

Das Land der Anderen

Roman

Aus dem Französischen
von Amelie Thoma

Luchterhand

Im Gedenken an Anne und Atika,
deren Unabhängigkeit mich immer wieder
aufs Neue inspiriert.

Für meine geliebte Mutter

Die Verdammnis dieses Wortes: Rassenmischung, schreiben wir sie riesengroß auf die Seite.

      Édouard Glissant, *L'intention poétique*

Doch sein Blut gab keine Ruhe, es ließ nicht zu, dass er es rettete. Es wollte weder das eine noch das andere sein, wollte nicht, dass sein Körper sich rettete. Denn das schwarze Blut trieb ihn zuerst zu der Negerhütte. Und dann trieb ihn das weiße Blut dort wieder hinaus, während das schwarze Blut ihn nach der Pistole greifen ließ und das weiße Blut ihm nicht erlauben wollte, sie abzufeuern.

      William Faulkner, *Licht im August*

I

Als Mathilde die Farm zum ersten Mal besuchte, dachte sie: ›Das ist viel zu weit draußen.‹ Diese Abgeschiedenheit war ihr nicht geheuer. Damals, im Jahr 1947, besaßen sie noch kein Auto und legten die fünfundzwanzig Kilometer von Meknès auf einem alten Eselskarren zurück, den ein Zigeuner lenkte. Amine beachtete weder die unkomfortable Holzbank noch den Staub, der seine Frau zum Husten brachte. Er hatte nur Augen für die Landschaft und konnte es kaum erwarten, den Grund und Boden zu erreichen, den sein Vater ihm vermacht hatte.

1935, nach Jahren harter Arbeit als Übersetzer der Kolonialarmee, hatte Kadour Belhaj diese steinigen Hektar Land erworben. Er hatte seinem Sohn erzählt, dass er davon träumte, sie in einen blühenden landwirtschaftlichen Betrieb zu verwandeln, der Generationen kleiner Belhajs ernähren würde. Amine erinnerte sich an den Blick seines Vaters, an dessen Stimme, die nicht einen Moment gezittert hatte, als er ihm seine Pläne für den Hof darlegte. Einige Morgen Wein, hatte er ihm erklärt, und ganze Hektar mit Getreide. Auf dem sonnigsten Teil des Hügels müsste man ein Haus bauen, umgeben von Obstbäumen und Mandelbaumalleen. Kadour war stolz darauf, dass dieses Land ihm gehörte. »Unser Land!« Er sagte diese Worte nicht wie die Nationalisten oder die französischen Siedler, im Sinne eines moralischen Anspruchs oder eines Ideals, sondern wie ein Grundbesitzer, der sich auf sein gutes Recht beruft. Der alte Belhaj wollte hier begraben werden und dass seine Kinder hier begraben würden, dass diese Erde ihn nährte und ihm seine letzte Ruhestätte gewährte. Doch er starb im Jahr 1939, nachdem sein Sohn sich gerade freiwillig zum Spahi-Regiment gemeldet hatte und stolz Burnus und Pluderhosen trug. Ehe er zur Front aufbrach, verpachtete Amine, als ältester Sohn und nunmehr Familienoberhaupt, das Gut an einen aus Algerien stammenden Franzosen.

Als Mathilde fragte, woran dieser Schwiegervater, den sie nie kennengelernt hatte, gestorben sei, fasste sich Amine an den Bauch und schüttelte schweigend den Kopf. Später erfuhr Mathilde, was passiert war. Kadour Belhaj litt seit seiner Rückkehr aus Verdun an chronischen Magenschmerzen, und keinem marokkanischen oder europäischen Heiler war es gelungen, ihm Linderung zu verschaffen. Schließlich hatte er, der sich rühmte, ein aufgeklärter Mann zu sein, stolz auf seine Bildung und sein Talent für Sprachen, sich beschämt und verzweifelt in das Souterrain einer *chouafa* geschleppt. Die Hexe hatte sich nach Kräften bemüht, ihn davon zu überzeugen, dass er verflucht sei, dass jemand ihm übelwolle und dieser Schmerz das Werk eines hinterhältigen Feindes sei. Sie hatte ihm ein doppelt gefaltetes Papier mit einem safrangelben Pulver gegeben. Noch am selben Abend hatte er das Mittel, in Wasser gelöst, getrunken und war innerhalb weniger Stunden unter entsetzlichen Schmerzen gestorben. Die Familie sprach nicht gern darüber. Man schämte sich für die Naivität des Vaters ebenso wie für die Umstände seines Todes, denn der ehrenwerte Offizier hatte sich im Innenhof des Hauses entleert, die weiße Dschellaba triefend vor Kot.

An diesem Tag im April 1947 lächelte Amine Mathilde zu und drängte den Kutscher zur Eile, der seine schmutzigen nackten Füße aneinanderrieb. Mathilde zuckte zusammen, als der Kerl noch wüster auf die Mauleselin einschlug. Die Brutalität des Zigeuners empörte sie. Er schnalzte mit der Zunge, »Ra!«, und zog die Peitsche über den knochigen Rücken des Tieres. Es war Frühling, Mathilde war im zweiten Monat schwanger. Auf den Feldern blühten Disteln, Malven und Borretsch. Ein frischer Wind wiegte die Stiele der Sonnenblumen. Zu beiden Seiten der Straße befanden sich die Ländereien französischer Siedler, die hier seit zwanzig oder dreißig Jahren lebten. Ihre Anpflanzungen zogen sich auf dem sanft abfallenden Gelände bis zum Horizont hin. Die meisten von ihnen kamen aus Algerien, und die Behörden hatten ihnen die besten Böden und größten Flächen zugesprochen. Amine streckte einen Arm aus und beschirmte mit der anderen Hand seine Augen vor der Mittagssonne, um die weite Ebene zu betrachten, die sich seinem Blick darbot. Mit dem Zeigefinger wies er auf eine Zypressenallee rund um die Ländereien von Roger Mariani, der mit Wein und Schweinezucht ein Vermögen gemacht hatte. Von der Straße aus sah man weder das Gutshaus noch die Morgen voller Weinstöcke. Doch Mathilde konnte sich den Reichtum des Bauern nur zu gut vorstellen, einen Reichtum, der sie mit Hoffnungen für ihre eigene Zukunft erfüllte. Die heitere Schönheit der Landschaft erinnerte sie an eine Radierung über dem Klavier ihres Musiklehrers in Mülhausen. »Das ist in der Toskana, mein Fräulein«, hatte er ihr erklärt. »Vielleicht reisen Sie ja eines Tages nach Italien.«

Der Maulesel blieb stehen und begann am Wegrand zu grasen. Er hatte nicht vor, die mit großen weißen Steinen übersäte Steigung zu erklimmen, die vor ihnen lag. Wütend straffte der Kutscher die Schultern und ließ Flüche und Hiebe auf das Tier niederhageln. Mathilde stiegen Tränen in die Augen. Sie versuchte sich zurückzuhalten, schmiegte sich an ihren Mann, der das ganz und gar unpassend fand.

»Was ist denn los?«, fragte Amine.

»Sag ihm, er soll aufhören, diesen armen Maulesel zu schlagen.«

Mathilde legte dem Zigeuner eine Hand auf die Schulter und sah ihn an wie ein Kind, das einen zornigen Vater besänftigen möchte. Doch der Kutscher schlug nur umso brutaler zu. Er spuckte auf den Boden, hob den Arm und sagte: »Willst du auch die Peitsche spüren?«

Die Stimmung änderte sich ebenso wie die Landschaft. Sie erreichten die Kuppe eines Hügels mit abgewetzten Flanken. Keine Blumen mehr, keine Zypressen, kaum ein paar Olivenbäume, die in dem felsigen Gelände überlebten. Der ganze Hügel vermittelte ein Gefühl von Unfruchtbarkeit. Das hier war nicht mehr die Toskana, dachte Mathilde, das war der Wilde Westen. Sie stiegen vom Karren und gingen zu einem kleinen weißen Gebäude ohne jeden Charme, dessen Dach aus einem ordinären Stück Blech bestand. Das war kein Haus, sondern eine lieblose Folge enger, düsterer und feuchter Räume. Durch das einzige, zum Schutz vor Ungeziefer weit oben in der Mauer angebrachte Fenster, sickerte ein wenig Licht herein. An den Wänden bemerkte Mathilde grünliche Ränder, die die letzten Regenfälle dort hinterlassen hatten. Der alte Pächter lebte allein. Seine Frau war nach Nîmes zurückgekehrt, nachdem sie ein Kind verloren hatte, und er hatte niemals daran gedacht, aus dieser Bleibe einen heimeligen Ort zu machen, der einer Familie Geborgenheit bieten könnte. Trotz der milden Luft erstarrte Mathilde innerlich zu Eis. Die Pläne, die Amine ihr darlegte, erfüllten sie mit Sorge.

*

Dieselbe Beklommenheit hatte sie gepackt, als sie am 1. März 1946 in Rabat gelandet war. Trotz des hoffnungslos blauen Himmels, trotz der Freude, ihren Mann wiederzusehen, und des Stolzes, ihrem Schicksal entronnen zu sein, war ihr plötzlich mulmig geworden. Sie war zwei Tage unterwegs gewesen. Von Straßburg nach Paris, von Paris nach Marseille und dann von Marseille nach Algier, wo sie in eine alte Junker gestiegen war und gedacht hatte, sie würde sterben. Zwischen lauter Männern mit von all den Kriegsjahren müden Blicken hatte sie mühsam ihre Schreie unterdrückt. Während des Fluges übergab sie sich, weinte, betete. Ihr Mund schmeckte nach Galle, vermischt mit Salz. Sie war traurig, nicht so sehr, dass sie über Afrika sterben könnte, sondern weil sie nun am Flugsteig, wo der Mann ihres Lebens sie erwartete, in einem zerknitterten und vollgespuckten Kleid erscheinen würde. Endlich landete sie unversehrt, und Amine war da, schöner denn je, unter diesem Himmel, der so tiefblau war, als hätte man ihn gründlich abgespült. Ihr Mann, dem die Blicke der anderen Passagiere nicht entgingen, küsste sie auf die Wangen. Er packte ihren rechten Arm in einer zugleich sinnlichen wie drohenden Geste. Es schien, als wolle er sie im Zaum halten.

Sie nahmen ein Taxi, und Mathilde drängte sich an Amines Körper, dessen Sehnsucht und Begehren sie endlich spürte. »Wir schlafen heute im Hotel«, sagte er, an den Fahrer gewandt, ehe er, wie um seine Ehrhaftigkeit zu unterstreichen, hinzufügte: »Das ist meine Frau. Wir haben uns gerade erst wiedergesehen.« Rabat war ein sonniges weißes Städtchen, dessen Eleganz Mathilde überraschte. Entzückt betrachtete sie die Art-déco-Fassaden der Häuser im Zentrum und bewunderte, die Nase an die Scheibe gedrückt, all die schönen Frauen, die mit zu Pumps und Hüten passenden Handschuhen den Cours Lyautey hinuntergingen. Überall waren Baustellen und halb fertige Häuser, vor denen zerlumpte Männer nach Arbeit fragten. Da gingen Nonnen neben zwei Bäuerinnen, die Reisigbündel auf dem Rücken trugen. Ein kleines Mädchen mit kurzen Haaren saß lachend auf einem Esel, den ein schwarzer Mann am Zaumzeug führte. Zum ersten Mal im Leben atmete Mathilde den salzigen Wind des Atlantischen Ozeans. Das Licht nahm ab, wurde rosa und samten. Sie war müde und wollte gerade den Kopf an die Schulter ihres Mannes legen, da verkündete er, dass sie angekommen seien.

Sie verließen ihr Zimmer zwei Tage lang nicht. Mathilde, die immer so neugierig war auf die anderen und alles, was draußen geschah, weigerte sich, auch nur die Fensterläden zu öffnen. Sie konnte einfach nicht genug bekommen von Amines Händen, seinem Mund, dem Duft seiner Haut, der, das verstand sie nun, etwas mit der Luft dieses Landes zu tun hatte. Er hatte sie regelrecht verhext, und sie flehte ihn an, so lange wie möglich in ihr zu bleiben, selbst zum Schlafen, selbst zum Reden.

Mathildes Mutter sagte immer, Schmerz und Scham weckten die Erinnerung an unsere tierische Natur. Aber niemand hatte ihr je von diesen Wonnen erzählt. Während des Krieges, an den trostlosen und düsteren Abenden, befriedigte Mathilde sich selbst im eiskalten Bett ihres Zimmers in der oberen Etage. Sobald die Sirenen losgingen, die die Bomben ankündigten, sobald das Dröhnen eines Flugzeugs herannahte, rannte Mathilde nicht um ihr Leben, sondern um ihr Verlangen zu stillen. Jedes Mal, wenn sie Angst hatte, ging sie hoch in ihr Zimmer, dessen Tür sich nicht richtig schließen ließ, doch ihr war es egal, ob jemand sie überraschte. Die anderen blieben sowieso lieber alle beisammen in ihren Löchern oder im Keller, sie wollten gemeinsam sterben, wie das Vieh. Mathilde legte sich aufs Bett, und der Orgasmus war die einzige Möglichkeit, die Angst zu bezähmen, sie im Zaum zu halten, die Oberhand über den Krieg zu gewinnen. Ausgestreckt auf den schmutzigen Laken, dachte sie an die Männer, die überall durchs Land zogen, mit Gewehren bewaffnet, Männer ohne Frauen, so wie sie keinen Mann hatte. Und während sie die Hand auf ihr Geschlecht drückte, malte sie sich dieses immense ungestillte Verlangen aus, diesen Hunger nach Liebe und Unterwerfung, der die ganze Welt ergriffen hatte. Der Gedanke an diese grenzenlose Lüsternheit versetzte sie in Ekstase. Sie warf den Kopf in den Nacken, schloss die Augen und stellte sich Heerscharen von Männern vor, die zu ihr kamen, sie nahmen und ihr dankten. Für sie waren Angst und Lust untrennbar verbunden, und in Momenten der Gefahr dachte sie immer zuallererst daran.

Nach zwei Tagen und Nächten musste Amine sie fast aus dem Bett zerren, halb verhungert und verdurstet, damit sie sich endlich mit ihm an einen Tisch auf der Hotelterrasse setzte. Und selbst da dachte sie, während ihr vom Wein warm ums Herz wurde, an den Platz, den Amine gleich wieder zwischen ihren Schenkeln einnehmen würde. Aber ihr Mann war ernst geworden. Er verputzte ein halbes Hähnchen mit den Fingern und wollte über die Zukunft sprechen. Er ging nicht mit ihr zurück aufs Zimmer und war verärgert, als sie ihm vorschlug, sie könnten Mittagsschlaf halten. Ein paarmal entfernte er sich kurz, um zu telefonieren. Als sie ihn fragte, mit wem er gesprochen habe und wann sie Rabat verlassen würden, blieb er sehr vage. »Alles wird gut«, sagte er zu ihr. »Ich regele das alles.«

Eine Woche später, nachdem sie den halben Tag allein verbracht hatte, kam er nervös und verstimmt ins Zimmer. Mathilde überhäufte ihn mit Zärtlichkeiten, setzte sich auf seinen Schoß. Er nippte an dem Glas Bier, das sie ihm eingeschenkt hatte, und sagte: »Ich habe eine schlechte Nachricht. Wir müssen ein paar Monate warten, ehe wir auf unser Grundstück ziehen können. Ich habe mit dem Pächter gesprochen. Er weigert sich, den Hof vor Ablauf des Vertrages zu verlassen. Ich habe in Meknès nach einer Wohnung gesucht, aber dort sind noch immer viele Flüchtlinge und man findet nichts zu einem vernünftigen Preis.« Mathilde war verwirrt.

»Und was sollen wir dann tun?«

»Wir werden solange bei meiner Mutter leben.«

Mathilde sprang auf die Füße und begann zu lachen.

»Das ist nicht dein Ernst?« Sie schien die Situation komisch zu finden, belustigend. Ein Mann wie Amine, ein Mann, der imstande war, sie so zu besitzen, wie er es heute Nacht getan hatte, wollte ihr weismachen, dass sie bei seiner Mutter leben würden?

Doch Amine war nicht zu Scherzen aufgelegt. Er blieb sitzen, um den Größenunterschied zwischen ihm und seiner Frau nicht ertragen zu müssen. Mit eisiger Stimme, die Augen auf den Terrazzoboden geheftet, bestätigte er nur:

»So ist das hier.«

Diesen Satz würde sie noch oft hören. Und genau in dem Moment begriff sie, dass sie eine Fremde war, eine Frau, eine Ehefrau, ein Mensch, der der Gnade der anderen ausgeliefert war. Amine war jetzt auf seinem Territorium, er war es, der hier die Regeln erklärte, der sagte, wo es langging, der die Grenzen des Anstands, der Scham und der guten Sitten zog. Im Elsass während des Krieges war er ein Fremder gewesen, ein vorübergehender Gast, der sich besser zurückhielt. Als sie ihn im Herbst 1944 kennenlernte, hatte sie ihn geführt und beschützt. Amines Regiment war in ihrem Dorf, ein paar Kilometer von Mülhausen entfernt, stationiert gewesen und hatte tagelang auf den Marschbefehl gen Osten warten müssen. Von all den Frauen, die sich bei ihrer Ankunft um den Jeep geschart hatten, war Mathilde die größte gewesen. Sie hatte breite Schultern und die Waden eines jungen Burschen. Sie ließ Amine nicht aus den Augen, die grün waren wie das Wasser der Brunnen in Meknès. Während der Woche, die er im Dorf verbrachte, begleitete sie ihn auf seinen Spaziergängen, stellte ihm ihre Freunde vor und brachte ihm Kartenspiele bei. Er war einen guten Kopf kleiner als sie und hatte die dunkelste Haut, die man sich vorstellen konnte. Er war so schön, dass sie Angst hatte, man würde ihn ihr wegnehmen. Angst, sie würde sich das alles nur einbilden. Noch nie hatte sie so etwas empfunden. Weder bei ihrem Musiklehrer, damals mit vierzehn. Noch bei ihrem Cousin Alain, der seine Hand unter ihren Rock geschoben und am Rheinufer Kirschen für sie geklaut hatte. Doch hier, in seinem Land nun, fühlte sie sich hilflos.

*

Drei Tage später bestiegen sie einen Lastwagen, dessen Fahrer sich bereit erklärt hatte, sie nach Meknès zu bringen. Mathilde litt unter dem strengen Geruch des Mannes und dem schlechten Zustand der Straße. Zweimal hielten sie am Rand, weil sie sich übergeben musste. Bleich und erschöpft, den Blick starr auf eine Landschaft gerichtet, der sie weder Sinn noch Schönheit abgewinnen konnte, wurde Mathilde von Wehmut überwältigt. ›Mach‹, sagte sie sich, ›dass mir dieses Land nicht feindlich gesinnt ist. Wird mir all das eines Tages vertraut sein?‹ Als sie in Meknès ankamen, war die Nacht schon hereingebrochen, und dichter, eisiger Regen trommelte auf die Windschutzscheibe des Lastwagens. »Es ist zu spät, um dir meine Mutter vorzustellen«, erklärte Amine. »Wir schlafen im Hotel.«

Die Stadt erschien ihr kalt und feindselig. Amine erläuterte Mathilde ihre Topografie, die den von Marschall Lyautey zu Beginn des Protektorats aufgestellten Grundsätzen entsprach: eine strikte Trennung zwischen der Medina, deren traditionelle Sitten und Gebräuche bewahrt werden sollten, und der europäischen *Ville Nouvelle*, deren Straßen die Namen französischer Städte trugen und die sich als Labor der Moderne verstand. Der Lastwagen setzte sie weiter unten am linken Ufer des Wadi Bou Fekrane ab, am Eingang zur Altstadt, in der die Einheimischen wohnten. Auch Amines Familie lebte dort, im Berrima-Viertel, direkt gegenüber der jüdischen Mellah. Sie nahmen ein Taxi auf die andere Seite des Flusses. Es folgte einer langen, ansteigenden Straße, passierte Sportplätze und durchquerte eine Art Pufferzone, ein Niemandsland, das die Stadt entzwei teilte und auf dem nicht gebaut werden durfte. Amine zeigte ihr das Camp Poublan, die Militärbasis, die über dem arabischen Teil der Stadt aufragte und deren leiseste Zuckungen überwachte.

Sie bezogen ein anständiges Hotel. Der Rezeptionist inspizierte mit der Sorgfalt eines Beamten ihre Papiere und ihren Trauschein. Auf der Treppe zu ihrem Zimmer kam es beinahe zum Streit, da der Hotelpage mit Amine hartnäckig Arabisch redete, während der ihn auf Französisch ansprach. Der junge Mann warf Mathilde anzügliche Blicke zu. Er, der immer ein Papier dabeihaben musste zum Beweis, dass er berechtigt war, abends durch die Straßen der Ville Nouvelle zu gehen, nahm es Amine übel, dass er mit dem Feind schlief und sich frei bewegen konnte. Kaum hatten sie ihr Gepäck im Zimmer abgestellt, da zog Amine Mantel und Hut wieder an. »Ich gehe meiner Familie guten Tag sagen. Es wird nicht lange dauern.« Er ließ ihr keine Zeit für eine Antwort, warf die Tür hinter sich zu, und sie hörte ihn die Treppe hinunterrennen.

Mathilde setzte sich aufs Bett, die Beine an die Brust gezogen. Was tat sie hier? Das hatte sie allein sich selbst und ihrer Eitelkeit zuzuschreiben. Sie hatte sich nach Abenteuern gesehnt, hatte sich großspurig auf diese Ehe eingelassen, um deren Exotik ihre Freundinnen aus Kindertagen sie beneideten. Jetzt war sie jedwedem Spott, jedwedem Verrat ausgeliefert. Vielleicht traf Amine eine Geliebte? Vielleicht war er sogar verheiratet, denn schließlich, so hatte ihr Vater ihr mit verlegener Miene gesagt, lebten die Männer hier polygam. Er spielte vielleicht Karten in einem Bistro ein paar Schritte von hier und amüsierte sich mit seinen Freunden darüber, dass er seiner lästigen Ehefrau entwischt war. Sie begann zu weinen. Sie schämte sich, so in Panik zu geraten, aber es war dunkel und sie wusste nicht einmal, wo sie war. Wenn Amine nicht wiederkäme, wäre sie hoffnungslos verloren, ohne Geld, ohne Freunde. Sie kannte nicht mal den Namen der Straße, in der sie wohnten.

Als Amine zurückkehrte, kurz vor Mitternacht, fand er sie zerzaust, das Gesicht gerötet und vollkommen aufgelöst vor. Sie hatte eine Weile gebraucht, um die Tür zu öffnen, sie zitterte, und er dachte schon, es wäre etwas passiert. Sie warf sich in seine Arme, versuchte, ihm ihre Beklemmung begreiflich zu machen, das Heimweh, das sie überwältigt, diese wahnsinnige Angst, die sie gepackt hatte. Er verstand es nicht, und der Körper seiner an ihn geklammerten Frau kam ihm furchtbar schwer vor. Er zog sie zum Bett, wo sie sich nebeneinandersetzten. Amines Hals war nass vor Tränen. Mathilde beruhigte sich, ihr Atem ging wieder gleichmäßiger, sie schniefte ein paarmal. Amine holte ein Taschentuch aus dem Ärmel und reichte es ihr. Langsam streichelte er ihren Rücken und sagte: »Sei kein kleines Mädchen. Du bist jetzt meine Frau. Dein Leben ist hier.«

Zwei Tage später zogen sie in das Haus im Berrima-Viertel. In den engen Gassen der Altstadt hakte Mathilde sich bei ihrem Mann unter, sie fürchtete, sich in diesem Labyrinth zu verirren, wo sich zahllose Händler drängten und die Gemüseverkäufer ihre Waren wortreich feilboten. Hinter der schweren, mit Rundkopfnägeln beschlagenen Tür des Hauses erwartete die Familie sie. Mouilala, die Mutter, stand mitten im Innenhof. Sie trug einen eleganten Seidenkaftan, und ihr Haar bedeckte ein smaragdgrünes Kopftuch. Für diesen Anlass hatte sie alten Goldschmuck aus ihrer Zedernholztruhe geholt; Fußkettchen, eine ziselierte Spange und ein Collier, das so schwer war, dass ihr schmächtiger Körper sich leicht nach vorn neigte. Als das Paar eintrat, stürzte sie sich auf ihren Sohn und segnete ihn. Sie lächelte Mathilde zu, die die Hände der Frau in ihre nahm und das schöne dunkle Gesicht betrachtete, die ein wenig geröteten Wangen. »Sie heißt dich willkommen«, übersetzte Selma, Amines kleine, gerade neun Jahre alt gewordene Schwester. Sie stand vor Omar, einem schweigsamen Halbwüchsigen, der die Hände hinter dem Rücken und den Blick gesenkt hielt.

Mathilde musste sich an dieses Leben gewöhnen, alle miteinander in dem Haus, dessen Matratzen voller Wanzen und Ungeziefer waren und in dem es kein Entrinnen gab vor den Körpergeräuschen und dem Schnarchen der anderen. Ihre Schwägerin kam ohne anzuklopfen in ihr Zimmer und warf sich aufs Bett, wobei sie die paar Brocken Französisch wiederholte, die sie in der Schule gelernt hatte. Nachts hörte Mathilde Jalil schreien, den jüngsten Bruder, der oben eingesperrt lebte mit nur einem Spiegel als Gesellschaft, den er nie aus den Augen ließ. Er rauchte ununterbrochen Sebsi, und der Geruch des Kif breitete sich im Flur aus und machte sie ganz benommen.

Horden skelettöser Katzen schlichen den ganzen Tag lang durch den kleinen Innengarten, in dem eine staubige Bananenstaude ums Überleben kämpfte. Hinten im Patio gab es einen Brunnen, aus dem das Dienstmädchen, eine alte Sklavin, das Wasser für den Haushalt schöpfte. Amine hatte Mathilde gesagt, dass Yasmine aus Afrika kam, vielleicht Ghana, und dass Kadour Belhaj sie seiner Frau auf dem Markt von Marrakesch gekauft hatte.

In den Briefen, die sie ihrer Schwester schrieb, log Mathilde. Sie gab vor, ihr Leben gliche den Büchern von Karen Blixen, Alexandra David-Néel, Pearl S. Buck. Sie erfand Abenteuer, in denen sie ihre Begegnungen mit sanftmütigen und abergläubischen Einheimischen in Szene setzte. Sie beschrieb sich mit Hut und Stiefeln, stolz auf dem Rücken eines arabischen Vollbluthengstes. Sie wollte Irène eifersüchtig machen, wollte, dass sie bei jedem Wort litt, dass sie vor Neid und Wut platzte. Mathilde rächte sich an dieser unnachgiebigen und autoritären großen Schwester, die sie ihr ganzes Leben lang wie ein Kind behandelt und sie so oft genussvoll vor aller Augen gedemütigt hatte. »Mathilde, das Dummchen«, »Mathilde, das kleine Luder«, sagte Irène ohne Zärtlichkeit und ohne Nachsicht. Mathilde fand, dass ihre Schwester sie nie richtig verstanden und in einer tyrannischen Liebe gefangen gehalten hatte.

Als sie nach Marokko aufgebrochen war, als sie dem Dorf, den Nachbarn und der Zukunft, die man ihr versprochen hatte, entflohen war, hatte Mathilde triumphiert. Zuerst schrieb sie begeisterte Briefe, in denen sie ihr Leben im Haus der Medina schilderte. Sie hob die geheimnisvollen Gässchen von Berrima hervor, trug extra dick auf beim Schmutz in den Straßen, dem Lärm und dem Gestank der Esel, die die Männer und ihre Waren transportierten. Dank einer der Ordensschwestern des Mädchenpensionats fand sie ein schmales Bändchen über Meknès, das Reproduktionen einiger Stiche von Delacroix enthielt. Sie legte das Buch mit den vergilbten Seiten auf den Nachttisch und prägte sich jedes Detail ein. Sie lernte ganze Passagen von Pierre Loti auswendig, den sie so poetisch fand, und konnte kaum glauben, dass der Dichter nur wenige Kilometer von hier entfernt geschlafen und die Mauern und das Becken von Agdal erblickt hatte.

Sie erzählte von den Stickern, den Kupferschmieden, den Drechslern, die im Schneidersitz in ihren Werkstätten im Souterrain saßen. Sie erzählte von den Prozessionen der Bruderschaften auf dem El-Hedim-Platz, der Schar von Wahrsagern und Heilern. In einem ihrer Briefe beschrieb sie über fast eine ganze Seite den Laden eines Quacksalbers, der Hyänenschädel, getrocknete Raben, Igelpfoten und Schlangengift verkaufte. Sie dachte, das würde Irène und ihren Vater Georges mächtig beeindrucken und sie würden sie in ihren Betten oben in dem gutbürgerlichen Haus darum beneiden, dass sie die Langeweile gegen Abenteuer, den Komfort gegen ein Leben wie im Roman eingetauscht hatte.

Alles an dieser Umgebung war überraschend, anders als das, was sie bisher gekannt hatte. Sie hätte neue Worte gebraucht, ein gesamtes, von der Vergangenheit befreites Vokabular, um die Gefühle auszudrücken, das Licht zu beschreiben, das so intensiv war, dass man mit zusammengekniffenen Augen lebte, das Staunen, das sie Tag für Tag angesichts all der Geheimnisse und der Schönheit ergriff. Nichts, weder die Farbe der Bäume noch die des Himmels, nicht mal der Geschmack des Windes auf der Zunge und den Lippen war ihr vertraut. Alles war anders.

Während der ersten Monate in Marokko verbrachte Mathilde viel Zeit an dem kleinen Schreibtisch, den ihre Schwiegermutter für sie hatte aufstellen lassen. Die alte Frau begegnete ihr mit rührender Ehrerbietung. Zum ersten Mal in ihrem Leben teilte Mouilala ihr Haus mit einer gebildeten Frau, und wenn sie Mathilde über ihr braunes Briefpapier gebeugt sah, empfand sie für diese Schwiegertochter unendliche Bewunderung. Sie hatte daher jeden Lärm in den Fluren verboten und erlaubte Selma nicht mehr, durch die Stockwerke zu rennen. Sie wollte auf keinen Fall, dass Mathilde ihre Tage in der Küche verbrachte, weil sie fand, das sei nicht der richtige Ort für eine Europäerin, die imstande war, Zeitungen zu lesen und die Seiten eines Romans umzublättern. Also zog Mathilde sich in ihr Zimmer zurück und schrieb. Es bereitete ihr nur selten Vergnügen, denn immer, wenn sie sich daran machte, eine Landschaft zu beschreiben oder eine Situation, die sie erlebt hatte, fand sie ihr Vokabular beschränkt. Andauernd stolperte sie über dieselben plumpen und einfallslosen Worte, und sie ahnte verschwommen, dass die Sprache ein riesiges Feld war, eine grenzenlose Spielwiese, die sie ängstigte und benommen machte. Es gab so viel zu sagen, und sie wäre gerne Maupassant gewesen, um das Gelb an den Mauern der Medina zu benennen oder das Treiben der spielenden Knaben auf den Straßen lebendig werden zu lassen, durch die die Frauen, gehüllt in ihre weißen Haiks, wie Gespenster huschten. Sie bediente sich eines altmodischen Vokabulars, das, da war sie sicher, ihrem Vater gefallen würde. Sie sprach von Raubzügen, Fellachen, Dschinnen und Zellij-Mosaiken in allen Farben.

Doch sie hätte sich gewünscht, es gäbe keinerlei Hürde, keinerlei Hindernis für sie. Sie könnte die Dinge so darstellen, wie sie sie sah. Die Kinder mit den grindigen rasierten Schädeln, all die Buben, die durch die Straßen rannten, schrien und spielten, sich nach ihr umdrehten, stehen blieben und sie mit finsterem Blick, einem Blick, der viel älter war als sie selbst, betrachteten. Einmal beging sie die Dummheit, einem Knirps in kurzen Hosen, der noch keine fünf Jahre alt war und auf dem Kopf einen viel zu großen Tarbusch trug, eine Münze zuzustecken. Der Junge war nicht größer als die Jutesäcke voller Linsen oder Grieß, die der Lebensmittelhändler vor seine Tür stellte und in die Mathilde immer am liebsten ihre Arme eingetaucht hätte. »Kauf dir einen Ball«, hatte sie gerührt vor Stolz und Freude zu ihm gesagt. Aber der Kleine hatte einen Schrei ausgestoßen, und sofort waren aus allen umliegenden Straßen Kinder herbeigerannt und hatten sich wie ein Schwarm Fliegen auf sie gestürzt. Sie riefen Gott an, sagten Worte auf Französisch, doch Mathilde verstand nichts und musste unter den spöttischen Blicken der Passanten, die dachten: ›Das wird sie lehren, unbedacht Almosen zu verteilen‹, die Flucht ergreifen. Sie hätte dieses wundervolle Leben gern aus der Ferne beobachtet, wäre am liebsten unsichtbar gewesen. Ihre Größe, ihre helle Haut, ihr Status einer Fremden hielten sie vom Herzen der Dinge fern, von dieser Stille, die einem sagt, dass man zu Hause ist. Sie kostete den Geruch des Leders in den engen Gassen, den des Holzfeuers und des frisch geschlachteten Fleisches, die vermischten Gerüche von fauligem Wasser und überreifen Birnen, von Eselskot und Sägemehl. Aber sie hatte keine Worte dafür.

Wenn sie es leid war, zu schreiben oder Romane, die sie schon auswendig kannte, noch einmal zu lesen, legte Mathilde sich auf die Terrasse, wo die Wäsche gewaschen und das Fleisch gedörrt wurde. Sie lauschte von oben den Gesprächen auf der Straße, den Liedern der Frauen hinter den für sie bestimmten Kulissen. Manchmal sah sie sie wie Seiltänzerinnen von einer Terrasse zur anderen gehen und sich dabei fast den Hals brechen. Auf diesen Dächern, die sie nur nachts oder am Mittag, wenn die Sonne zu heiß brannte, verließen, schwatzten und tanzten die Mädchen, Dienerinnen, Ehefrauen und schütteten einander ihr Herz aus. Hinter einem Mäuerchen verborgen, wiederholte Mathilde die paar Beleidigungen, die sie kannte, und die Passanten hoben den Kopf und schimpften zurück. »*Lay atik typhus!*«[1] Sicher dachten sie, es wäre ein kleiner Junge, der sie da verspottete, ein Schlingel, der sich an den Rockschößen seiner Mutter zu Tode langweilte. Sie spitzte immerzu die Ohren und nahm die Worte mit einer Schnelligkeit auf, die alle überraschte. »Erst gestern noch hat sie nichts verstanden!«, staunte Mouilala, und von da an achtete man darauf, was man in ihrem Beisein sagte.

---

[1] »Möge Gott dir Typhus schicken!«

Arabisch lernte Mathilde in der Küche. Sie hatte darauf bestanden, und Mouilala willigte schließlich ein, dass ihre Schwiegertochter sich zu ihnen setzte und zuschaute. Man zwinkerte und lächelte ihr zu, es wurde gesungen. Als Erstes lernte sie, Tomate, Öl, Wasser und Brot zu sagen. Sie lernte warm, kalt, den Wortschatz der Gewürze, dann den des Wetters: Trockenheit, Regen, Eis, heißer Wind und sogar Sandsturm. Mit diesem Vokabular konnte sie auch den Körper beschreiben und über die Liebe sprechen. Selma, die in der Schule Französischunterricht hatte, diente ihr als Dolmetscherin. Wenn Mathilde zum Frühstück herunterkam, fand sie Selma oft schlafend auf einer der Bänke im Wohnzimmer. Sie schimpfte mit Mouilala, der es egal war, ob ihre Tochter etwas lernte, ob sie gute Noten bekam oder fleißig war. Die Mutter ließ die Kleine schlafen und brachte es nicht übers Herz, sie in der Früh für die Schule zu wecken. Mathilde hatte versucht, Mouilala davon zu überzeugen, dass Selma durch Bildung einmal unabhängig sein könnte. Doch die alte Frau hatte nur die Stirn gerunzelt. Ihre sonst so freundliche Miene hatte sich verdüstert, und sie hatte es dieser *nassrania*[2] übel genommen, dass sie sie belehrte. »Warum lassen Sie sie die Schule schwänzen? Sie setzen ihre Zukunft aufs Spiel.« Welche Zukunft meinte diese Französin wohl, fragte Mouilala sich. Was machte es schon, wenn Selma zu Hause blieb, wenn sie lernte, einen Schafsdarm zu stopfen und dann zuzunähen, anstatt die Seiten eines Heftes vollzuschreiben? Mouilala hatte zu viele Kinder gehabt, zu viele Sorgen. Sie hatte

---

2 Nazarener/-in, generelle Bezeichnung für Christen.

einen Mann und mehrere Babys begraben. Selma war ihr Geschenk, ihre Belohnung, die letzte Gelegenheit, sich sanft und nachsichtig zu zeigen, die das Leben ihr bot.

Zu ihrem ersten Ramadan beschloss Mathilde, ebenfalls zu fasten, und ihr Mann dankte ihr dafür, dass sie sich den hiesigen Gebräuchen unterwarf. Jeden Abend trank sie die Harira, deren Geschmack sie nicht mochte, und sie erhob sich vor Sonnenaufgang, um Datteln zu essen und saure Milch zu trinken. Während des Fastenmonats verließ Mouilala die Küche überhaupt nicht mehr, und die naschhafte und wankelmütige Mathilde begriff nicht, wie man nichts essen konnte, wenn man den ganzen Tag von Tajine- und Brotduft umgeben war. Vom Morgengrauen bis zum Einbruch der Nacht rollten die Frauen Marzipan, tauchten frittiertes Gebäck in Honig. Sie kneteten den ölgetränkten Teig und zogen ihn, bis er so dünn war wie Briefpapier. Ihre Hände fürchteten weder Kälte noch Hitze, sie legten die Handflächen direkt auf die heißen Platten. Sie waren bleich vom Fasten, und Mathilde fragte sich, wie sie es aushielten in dieser überhitzten Küche, in der der Suppengeruch so intensiv war, dass einem ganz schwummrig wurde. Sie konnte in diesen langen Tagen der Entbehrung an nichts anderes denken als daran, was sie essen würde, sobald es dunkel wäre. Ausgestreckt auf einer der feuchten Bänke des Salons, die Augen geschlossen, ließ sie die Spucke durch ihren Mund kreisen. Sie bekämpfte ihre Kopfschmerzen, indem sie sich warme Brotscheiben, Spiegeleier mit Speck, in Tee getunkte Mandelhörnchen vorstellte.

Dann, wenn der Ruf zum Gebet erklang, stellten die Frauen eine Karaffe Milch, hart gekochte Eier, die dampfende Suppenschüssel, Datteln, die sie mit ihren Nägeln öffneten, auf den Tisch. Mouilala hatte für jeden eine besondere Aufmerksamkeit. Sie füllte Hackbällchen und gab bei ihrem jüngsten Sohn, der es liebte, wenn seine Zunge brannte, extra Piment dazu. Sie presste für Amine, um dessen Gesundheit sie sich sorgte, Orangen aus. Auf der Schwelle des Wohnzimmers stehend wartete sie, bis die Männer, mit ihren vom Mittagsschlaf verknitterten Gesichtern, das Brot brachen, ein hartes Ei schälten, sich in die Kissen zurücklehnten, ehe sie in die Küche ging und sich selbst stärkte. Mathilde war fassungslos. Sie sagte: »Das ist Sklaverei! Sie kocht den ganzen Tag und muss dann noch warten, bis ihr gegessen habt! Das begreife ich einfach nicht!« Sie machte sich Selma gegenüber Luft, die auf dem Fensterbrett in der Küche saß und lachte.

Sie schrie Amine ihre Wut ins Gesicht und tat es noch einmal nach dem Aïd el-Kebir, dem Opferfest, das zu einem furchtbaren Streit Anlass gab. Beim ersten Mal blieb Mathilde ruhig, wie versteinert vom Anblick der Schlachter mit ihren blutverschmierten Schürzen. Von der Terrasse auf dem Dach des Hauses aus betrachtete sie die stillen Straßen der Medina, durch die sich die Silhouetten dieser Henker bewegten und dann die der jungen Burschen, die zwischen den Häusern und dem Spektakel hin und her liefen. Ströme warmen, sprudelnden Blutes rannen von Haus zu Haus. Der Geruch von rohem Fleisch lag in der Luft, an eisernen Haken hängte man die Felle der Tiere an die Wohnungstüren. ›Ein guter Tag, um einen Mord zu begehen‹, hatte Mathilde gedacht. Auf den anderen Terrassen, im Hoheitsgebiet der Frauen, herrschte unermüdliches Treiben. Sie schnitten, leerten, häuteten, zerteilten. In die Küche zogen sie sich zurück, um die Eingeweide zu reinigen, die Därme vom Kotgeruch zu befreien, ehe sie sie stopften, zunähten und lange in einer scharfen Soße schmoren ließen. Man musste das Fett vom Fleisch trennen, den Kopf des Tieres kochen, denn selbst die Augen wurden gegessen, vom ältesten Sohn, der seinen Zeigefinger in den Schädel bohren und die glänzenden Augäpfel herausholen würde. Als sie Amine sagte, dass dies ein »barbarisches Fest« sei, »ein unmenschlicher Brauch«, dass das rohe Fleisch und das Blut sie zum Erbrechen ekelten, hob er die zitternden Hände gen Himmel, und wenn er sich beherrschte und sie nicht gegen seine Frau erhob, dann, weil dies ein heiliger Tag und er es Gott schuldig war, ruhig und mitfühlend zu sein.

*

Am Ende jeden Briefes bat Mathilde Irène, ihr Bücher zu schicken. Abenteuerromane, Erzählsammlungen, die in kalten, fernen Ländern spielten. Sie gestand ihr nicht, dass sie nicht mehr in die Bibliothek im Zentrum der *Ville Nouvelle* ging. Sie hasste dieses europäische Viertel mit seinen Klatschweibern, Siedlergattinnen und Militärs, sie hatte Mordgelüste in den Straßen, die sie mit so vielen schlechten Erinnerungen verband. An einem Tag im September 1947 war sie, im siebten Monat schwanger, die Avenue de la République entlanggegangen, die die meisten hier einfach »die Avenue« nannten. Es war heiß, und ihre Beine waren geschwollen. Sie überlegte, ins Cinéma Empire zu gehen oder auf der Terrasse des Roi de la Bière etwas Kühles zu trinken. Da hatten zwei Frauen sie angerempelt. Die dunklere der beiden hatte gelacht: »Sieh dir die an. Die hat ein Araber geschwängert.« Mathilde hatte sich umgedreht und den Ärmel der jungen Frau gepackt, die sich mit einem Ruck losgerissen hatte. Wäre ihr Bauch nicht gewesen, wäre die Hitze nicht so erdrückend gewesen, dann wäre Mathilde ihr gefolgt. Sie hätte ihr den Hals umgedreht. Sie hätte ihr all die Schläge zurückgegeben, die sie im Lauf ihres Lebens eingesteckt hatte. Als freches Mädchen, aufreizende Jugendliche, widerspenstige Ehefrau hatte sie Ohrfeigen, Zurechtweisungen, die Wut all jener abbekommen, die aus ihr eine anständige Frau machen wollten. Diese beiden Fremden hätten für sämtliche Versuche, sie zu zähmen, bezahlt, die Mathilde schon ihr ganzes Leben lang erduldete.

So seltsam es scheinen mochte, Mathilde dachte nie, dass Irène oder Georges ihr nicht glauben würden, und noch weniger, dass sie sie eines Tages besuchen könnten. Als sie im Frühjahr 1949 auf den Hof zog, fühlte sie sich frei, ihnen über das Leben, das sie dort führte, Lügen aufzutischen. Sie erwähnte nicht, dass ihr die Geschäftigkeit der Medina fehlte, dass sie sich nun nach dem engen Miteinander sehnte, das sie zuvor im Haus ihrer Schwiegermutter verflucht hatte. Oft schrieb sie: »Ich wünschte, Du hättest mich sehen können«, ohne sich bewusst zu sein, dass darin das Geständnis ihrer ungeheuren Einsamkeit lag. Sie war traurig über all die ersten Male, die niemanden außer ihr interessierten, diese Existenz ohne Zuschauer. Wozu lebte man denn, dachte sie, wenn nicht, um gesehen zu werden?

Sie schloss ihre Briefe mit »Ich liebe Euch« oder »Ihr

fehlt mir«, aber sie behielt ihr Heimweh für sich. Sie widerstand der Versuchung, ihnen zu sagen, dass der Flug der Störche, die zu Beginn des Winters nach Meknès kamen, sie in tiefste Melancholie stürzte. Weder Amine noch die Leute auf dem Hof teilten ihre Tierliebe, und als sie ihrem Mann gegenüber einmal Minet erwähnte, die Katze, die sie als kleines Mädchen gehabt hatte, hob der angesichts solcher Kindereien die Augen zum Himmel. Sie nahm Katzen auf, die sie mit in Milch getunktem Brot zutraulich machte, und während die Berberfrauen sie ansahen und fanden, dass dieses Brot für die Katzen verschwendet sei, dachte sie: »Man muss doch wiedergutmachen, was ihnen an Liebe entgangen ist.«

Wozu sollte sie Irène die Wahrheit sagen? Wozu ihr erzählen, dass sie arbeitete wie eine Verrückte, wie eine Besessene, ihr zweijähriges Kind auf dem Rücken? Welche Poesie hätte sie den langen Nächten abgewinnen können, in denen sie ihren Daumen an der Nadel wund scheuerte, um für Aïcha Kleider zu nähen, die aussehen sollten wie neu? Im Kerzenschein, angewidert vom Gestank des billigen Wachses, machte sie Schnittmuster aus alten Zeitungen und nähte mit bemerkenswerter Hingabe kleine Wollhöschen. Während des glutheißen Augustes setzte sie sich im Unterrock direkt auf den Boden und nähte aus einem hübschen Baumwollstoff ein Kleid für ihre Tochter. Niemand sah, wie schön es war, niemand bemerkte das kleine Detail der Raffung, die Schleifchen auf den Taschen, das rote Futter, das dem Ganzen den letzten Pfiff gab. Die Gleichgültigkeit der Menschen gegenüber der Schönheit der Dinge brachte sie um.

Amine kam in ihren Berichten selten vor. Ihr Mann war eine Nebenfigur, die von einer geheimnisvollen Aura umgeben war. Sie wollte Irène den Eindruck vermitteln, ihre Liebe sei so leidenschaftlich, dass sie sie unmöglich teilen oder in Worte fassen konnte. Ihr Schweigen war voll schlüpfriger Anspielungen, sie gab ihre Auslassungen als Schamhaftigkeit, ja Taktgefühl aus. Denn Irène, die sich unmittelbar vor dem Krieg in einen skoliosegekrümmten Deutschen verliebt und ihn geheiratet hatte, war nach nur drei Monaten Witwe geworden. Als Amine in ihrem Dorf aufgetaucht war, hatte Irène mit neidischen Blicken zugesehen, wie ihre Schwester unter den Händen des Afrikaners erbebte. Die kleine Mathilde, deren Hals bald mit Knutschflecken übersät war.

Wie hätte sie zugeben können, dass der Mann, den sie im Krieg kennengelernt hatte, nicht mehr derselbe war? Unter der Last der Sorgen und Erniedrigungen hatte Amine sich verändert und verdüstert. Wie oft hatte sie, wenn sie untergehakt neben ihm ging, die Blicke der Passanten auf sich gespürt? Die Berührung seiner Haut erschien ihr dann brennend, unangenehm, und sie kam nicht umhin, mit einem gewissen Widerwillen zu erkennen, wie anders ihr Mann war. Sie dachte, dass es grenzenloser Liebe bedurfte, mehr Liebe, als sie zu empfinden imstande wäre, um die Verachtung der Leute zu erdulden. Es bedurfte einer beständigen, gewaltigen, unerschütterlichen Liebe, um die Scham zu ertragen, wenn die Franzosen ihn duzten, wenn die Polizisten seine Papiere verlangten, wenn sie sich entschuldigten, sobald sie seine Verdienste im Krieg oder sein perfektes Französisch bemerkten. »Bei Ihnen, lieber

Freund, ist es etwas ganz anderes.« Und Amine lächelte. In der Öffentlichkeit gab er vor, kein Problem mit Frankreich zu haben, da er beinahe dafür gestorben wäre. Doch sobald sie alleine waren, verbarrikadierte er sich hinter seinem Schweigen und litt unter der Schmach, dass er feige gewesen war und sein Volk verriet. Er betrat das Haus, riss die Schränke auf und schleuderte alles zu Boden, was ihm in die Finger kam. Mathilde war ebenfalls jähzornig, und eines Tages, mitten in einem Streit, als er schrie: »Sei still! Ich schäme mich für dich!«, öffnete sie den Eisschrank und packte eine Schale reifer Pfirsiche, aus denen sie Marmelade kochen wollte. Sie warf Amine die matschigen Früchte ins Gesicht, ohne zu bemerken, dass Aïcha sie beobachtete und fassungslos mit ansah, wie ihrem Vater der Saft über Haar und Hals lief.

Amine sprach mit ihr nur über die Arbeit. Über den Getreidepreis, die Sorgen, die Wetteraussichten, die Landarbeiter. Wenn Verwandte sie auf dem Hof besuchen kamen, setzten sie sich in das kleine Wohnzimmer, erkundigten sich drei-, viermal nach ihrer Gesundheit und tranken dann schweigend Tee. Mathilde fand sie alle niederschmetternd gewöhnlich, ihre Geistlosigkeit schmerzte sie mehr als Heimweh und Einsamkeit. Sie hätte gern über ihre Gefühle geredet, ihre Hoffnungen, die Ängste, die sie umtrieben und die sinnlos waren, wie alle Ängste. ›Hat er denn gar kein Seelenleben?‹, fragte sie sich, während Amine aß, ohne ein Wort zu sagen, den Blick starr auf eine Kichererbsen-Tajine gerichtet, die das Hausmädchen zubereitet hatte und deren zu fettige Soße Mathilde ekelte. Amine interessierte sich ausschließlich für den Hof und seine Mühen. Nie gab es Lachen, Tanz, Zeit zum Nichtstun oder Reden. Hier wurde nicht geredet. Ihr Mann war streng wie ein Quäker. Er behandelte sie, als wäre sie ein kleines Mädchen, das man erziehen musste. Zusammen mit Aïcha lernte sie gute Manieren und nickte, wenn Amine erklärte: »Das tut man nicht«, oder: »Das können wir uns nicht leisten.« Bei ihrer

Ankunft in Marokko war sie noch fast ein Kind gewesen. In wenigen Monaten hatte sie lernen müssen, mit der Einsamkeit und dem häuslichen Leben zurechtzukommen, die Grobheit eines Mannes und die Fremdheit eines Landes zu ertragen. Sie war vom Haus ihres Vaters in das ihres Mannes umgezogen, und trotzdem hatte sie nicht das Gefühl, dadurch an Unabhängigkeit oder Autorität gewonnen zu haben. Gerade mal über Tamo, das junge Hausmädchen, konnte sie ihre Macht ausüben. Aber Ito, deren Mutter, passte auf, und vor ihr wagte Mathilde nie, die Stimme zu erheben. Ebenso wenig gelang es ihr, ihrem Kind Geduld und eine vernünftige Erziehung angedeihen zu lassen. Sie schwankte zwischen überbordender Zärtlichkeit und hysterischen Wutausbrüchen. Manchmal sah sie ihre Kleine an, und ihre eigene Mutterschaft erschien ihr monströs, grausam, unmenschlich. Wie konnte ein Kind ein anderes Kind aufziehen? Man hatte ihren jungen Körper zerrissen, hatte ein unschuldiges Opfer aus ihm herausgezerrt, das sie nicht zu verteidigen wusste.

Als Amine sie geheiratet hatte, war Mathilde gerade zwanzig Jahre alt gewesen, und damals hatte ihn das nicht gestört. Ihre Jugend bezauberte ihn sogar, ihre großen, von allem begeisterten und überraschten Augen, ihre noch unsichere Stimme, ihre warme und weiche Zunge, wie die eines kleinen Mädchens. Er war achtundzwanzig, also nicht sehr viel älter, aber später musste er einsehen, dass der Unmut, den seine Frau manchmal in ihm weckte, nichts mit dem Alter zu tun hatte. Er war ein Mann, und er war im Krieg gewesen. Er kam aus einem Land, in dem Gott und Ehre ein und dasselbe waren, und obendrein hatte er keinen Vater mehr, was ihn zu einer gewissen Ernsthaftigkeit zwang. Was ihm charmant erschienen war, solange sie noch in Europa waren, begann ihm lästig zu werden und schließlich ihn zu reizen. Mathilde war kapriziös und leichtfertig. Amine nahm es ihr übel, dass sie nicht mehr aushielt, kein dickeres Fell hatte. Er hatte weder die Zeit, noch wusste er, wie er sie trösten sollte. Ihre Tränen! Wie viele Tränen hatte sie vergossen, seit sie in Marokko angekommen war! Sie weinte wegen der kleinsten Widrigkeit, andauernd brach sie in Schluchzen aus, und das regte ihn auf. »Hör auf zu heulen. Meine Mutter, die Kinder verloren hat und mit vierzig Jahren Witwe geworden ist, hat in ihrem ganzen Leben weniger geheult als du in der letzten Woche. Hör auf, hör auf!« ›So sind die europäischen Frauen‹, dachte er. ›Sie können der Realität nicht ins Gesicht sehen.‹

Sie weinte zu viel, sie lachte zu viel oder falsch. Als sie sich kennenlernten, hatten sie ganze Nachmittage lang am Rheinufer im Gras gelegen. Mathilde hatte ihm von ihren Träumen erzählt, und er hatte sie ermutigt, ohne über die Konsequenzen nachzudenken oder ihre Belanglosigkeit zu verurteilen. Er, der beim Lachen nie seine Zähne zeigte, immer eine Hand vor den Mund hielt, als wäre für ihn Freude die unzüchtigste und beschämendste aller Leidenschaften, fand sie amüsant. Dann, in Meknès, änderte sich alles, und die wenigen Male, die er mit ihr ins Cinéma Empire ging, verließ er die Vorstellung schlecht gelaunt, wütend auf seine Frau, die gekichert und ständig versucht hatte, ihn zu küssen.

Mathilde wollte ins Theater gehen, laut Musik hören,

in dem kleinen Wohnzimmer tanzen. Sie träumte von hübschen Kleidern, Empfängen, Tanztees, Festen unter Palmen. Sie wollte samstags zum Ball im Café de France gehen, sonntags ins La Vallée Heureuse, und Freunde zum Tee bitten. Sie schwelgte in wehmütigen Erinnerungen an die Einladungen ihrer Eltern. Sie hatte Angst, dass die Zeit zu schnell verflog, dass Armut und Mühen ewig andauern würden und dass sie, wenn sie sich endlich ausruhen könnten, zu alt wäre für die Kleider und den Palmenschatten.

Eines Abends, als sie gerade auf die Farm gezogen waren, ging Amine im Sonntagsstaat durch die Küche, vorbei an Mathilde, die Aïcha zu essen gab. Verblüfft sah sie zu ihrem Mann auf, unschlüssig, ob sie sich freuen oder sich ärgern sollte. »Ich gehe aus«, sagte er. »Alte Freunde von der Garnison sind in der Stadt.« Er beugte sich über Aïcha, um sie auf die Stirn zu küssen, als Mathilde plötzlich aufstand. Sie rief Tamo, die gerade den Hof fegte, und drückte ihr das Kind in den Arm. Mit fester Stimme fragte sie: »Muss ich mich zurechtmachen, oder ist das nicht nötig?«

Amine war sprachlos. Er stammelte, das sei ein Abend unter Freunden, das schicke sich nicht für eine Frau. »Wenn es sich für mich nicht schickt, wie kann es sich dann für dich schicken?« Und ohne zu begreifen, wie ihm geschah, hatte Amine Mathilde im Schlepptau, die ihre Schürze über einen Küchenstuhl gelegt hatte und sich in die Wangen kniff, damit sie rosig wurden.

Im Auto sagte Amine kein Wort und starrte nur mit mürrischem Gesicht auf die Straße, erbost über Mathilde und seine eigene Schwäche. Sie redete, lächelte, tat, als merke sie nicht, dass sie störte. Überzeugt davon, dass er sich schon entspannen würde, wenn sie sich nicht verdrießen ließ, gab sie sich liebenswürdig, verschmitzt, unbekümmert. Sie erreichten die Stadt, ohne dass er einmal den Mund aufgemacht hatte. Amine parkte, sprang aus dem Wagen und lief eilig zu dem Café. Man hätte meinen können, er hoffe, sie in den Straßen der *Ville Nouvelle* abzuhängen, oder wolle sich zumindest die Schmach ersparen, am Arm seiner Frau dort anzukommen.

Sie holte ihn so rasch ein, dass ihm keine Zeit blieb, den Tischgenossen, die ihn erwarteten, eine Erklärung zu liefern. Die Männer erhoben sich und grüßten Mathilde schüchtern und respektvoll. Ihr Schwager Omar wies auf einen Stuhl neben sich. Alle Männer waren elegant gekleidet, sie trugen Westen und hatten Pomade in den Haaren. Man bestellte zu trinken bei dem leutseligen Griechen, der dieses Lokal seit beinahe zwanzig Jahren führte. Eines der wenigen Cafés der Stadt, in denen es keine Segregation gab, in denen Araber am Tisch der Europäer Alkohol tranken, in denen Frauen, die keine Prostituierten waren, die Abende aufheiterten. Die an einer Straßenecke gelegene Terrasse war durch große, dichte Pomeranzenbüsche vor Blicken geschützt. Man fühlte sich dort allein auf der Welt und in Sicherheit. Amine und seine Freunde prosteten sich zu, doch sie redeten wenig. Ausgiebiges Schweigen wurde unterbrochen von sehr leisem Lachen oder einer Anekdote, die jemand erzählte. Es war nie anders, aber das wusste Mathilde nicht. Sie konnte nicht glauben, dass Amines Männerabende so aussahen, diese Abende, auf die sie so eifersüchtig gewesen war und die ihre Gedanken derart beschäftigt hatten. Sie dachte, es wäre ihre Schuld, dass die Stimmung nun verhagelt war. Sie wollte etwas erzählen. Vom Bier ermutigt, gab sie mit schüchterner Stimme eine Erinnerung ans Elsass ihrer Kindheit zum Besten. Sie zitterte ein wenig, sie hatte Schwierigkeiten, die richtigen Worte zu finden, und am Ende lachte niemand über ihre belanglose Geschichte. Amine sah sie mit einer Verachtung an, die ihr das Herz brach. Noch nie hatte sie sich so unerwünscht gefühlt.

Auf dem Bürgersteig gegenüber begann die Laterne zu flackern und brannte dann ganz durch. Die von ein paar Kerzen schwach erhellte Terrasse bekam einen neuen Zauber, und die Dunkelheit beruhigte Mathilde, die das Gefühl hatte, dass man sie allmählich vergaß. Sie fürchtete den Moment, an dem Amine den Abend abkürzen, dem Unbehagen ein Ende bereiten wollen und sagen würde: »Wir gehen.« Dann, so viel war sicher, erwarteten sie eine Szene, Geschrei, eine Ohrfeige, die ihre Stirn gegen die Scheibe schleudern würde. Also genoss sie das leise Raunen der Stadt, hörte den Gesprächen ihrer Tischnachbarn zu und schloss die Augen, um der Musik aus dem Café zu lauschen. Sie wollte, dass es noch ein wenig dauerte, sie hatte keine Lust, nach Hause zu gehen.

Die Männer entspannten sich. Der Alkohol tat seine Wirkung. Sie sprachen Arabisch, vielleicht, weil sie dachten, sie würde es nicht verstehen. Ein junger Kellner, dessen Gesicht mit Pickeln übersät war, stellte einen großen Teller Obst auf den Tisch. Mathilde biss in einen Pfirsichschnitz, dann in ein Stück Wassermelone, deren Saft ihr übers Kleid rann. Sie nahm einen kleinen schwarzen Kern zwischen Daumen und Zeigefinger und ließ ihn flutschen.

Der Kern landete auf dem Gesicht eines dickleibigen Herrn mit Tarbusch, der in seinem Gehrock schwitzte. Der Mann wedelte mit der Hand, als wolle er eine Fliege verscheuchen. Mathilde nahm noch einen Kern, und diesmal versuchte sie, auf einen großen, sehr blonden Mann zu zielen, der seine Beine seitlich ausgestreckt hatte und voller Leidenschaft redete. Doch an seiner Stelle traf sie einen Kellner im Nacken, woraufhin der beinahe sein Tablett fallen ließ. Mathilde grinste, und in der folgenden Stunde beschoss sie die Cafébesucher, die von Zuckungen gepackt wurden. Man hätte meinen können, eine seltsame Krankheit hätte sie befallen, wie diese tropischen Fieber, die die Menschen dazu bringen, zu tanzen und sich zu lieben. Die Gäste beschwerten sich. Der Wirt ließ Räucherstäbchen abbrennen, um dieser Fliegenplage Herr zu werden. Doch die Attacken endeten nicht, und bald hatten alle Kopfschmerzen vom Weihrauch und vom Alkohol. Die Terrasse leerte sich, Mathilde sagte den Freunden auf Wiedersehen, und als Amine ihr, kaum dass sie zu Hause waren, eine Ohrfeige verpasste, dachte sie, dass sie sich immerhin gut amüsiert hatte.

Im Krieg, während sein Regiment nach Osten vorrückte, dachte Amine an das Stück Land, das ihm gehörte, so, wie andere von einer daheim zurückgelassenen Frau oder Mutter träumten. Er hatte Angst, dass er sterben und sein Versprechen, diesen Boden fruchtbar zu machen, nicht einhalten könnte. In den Phasen der Langeweile, die der Krieg mit sich bringt, holten die Männer Kartenspiele, fleckige Briefe, Romane hervor. Amine aber vertiefte sich in die Lektüre eines Buches über Botanik oder einer Fachzeitschrift, in der es um neue Bewässerungsmethoden ging. Er hatte gelesen, dass Marokko wie Kalifornien werden würde, dieser amerikanische Staat voller Sonne und Orangenbäume, wo die Landwirte Millionäre waren. Er versicherte Mourad, seinem Adjutanten, dass dem Königreich ein tiefgreifender Wandel bevorstünde, dass es endlich die finsteren Zeiten hinter sich lassen würde, in denen die Bauern Raubzüge fürchteten und man lieber Schafe als Getreide züchtete, weil ein Schaf vier Beine hatte und schneller laufen konnte als die Plünderer. Amine war fest entschlossen, den alten Arbeitsweisen den Rücken zu kehren und aus seinem Hof einen Musterbetrieb der modernen Landwirtschaft zu machen. Begeistert hatte er die Ausführungen eines gewissen H. Ménager gelesen, auch er ein ehemaliger Soldat, der nach dem Ende des Ersten Weltkriegs in der benachteiligten Region um Sidi-Yahia-El-Gharb Eukalyptus gepflanzt hatte. Angeregt durch den Bericht einer von Marschall Lyautey entsandten Delegation nach Australien im Jahr 1917, hatte er die Bodenqualität und Niederschläge dieser Gegend mit denen des fernen Kontinents verglichen. Natürlich hatte man den Pionier verspottet. Franzosen und Marokkaner lachten über den Mann, der, so weit das Auge reichte, Bäume pflanzen wollte, die keine Früchte gaben und deren graue Stämme die Landschaft verschandelten. Aber H. Ménager gelang es, die Wasser- und Forstwirtschaftsbehörde zu überzeugen, und bald musste man anerkennen, dass er recht behalten hatte: Der Eukalyptus hielt Sandstürme ab, half, Sümpfe trockenzulegen, in denen es von Parasiten wimmelte, und seine tiefreichenden Wurzeln waren in der Lage, Wasser aus der Phreatischen Zone aufzunehmen, die für den gewöhnlichen Bauern unerreichbar war. Amine wollte einer dieser Pioniere sein, für die die Landwirtschaft ein höheres Streben, ein Abenteuer ist. Er wollte in die Fußstapfen jener treten, die auf undankbaren Böden geduldig und weise experimentiert hatten. All diese Bauern, die man für verrückt erklärte, hatten beharrlich Orangenbäume gepflanzt, von Marrakesch bis Casablanca, und sie würden diese trockene, karge Region in ein Schlaraffenland verwandeln.

Amine kehrte 1945, mit achtundzwanzig Jahren, nach Marokko zurück, siegreich und mit einer ausländischen Frau verheiratet. Er kämpfte darum, sein Gut wieder in

Besitz zu nehmen, seine Arbeiter auszubilden, zu säen, zu ernten, umfassend und in die Zukunft zu denken, wie Marschall Lyautey einmal gesagt hatte. Am Ende des Jahres 1948, nach Monaten der Verhandlung, bekam Amine seinen Grund und Boden zurück. Zuerst mussten einige Umbauten am Haus vorgenommen, neue Fenster geschaffen, ein kleiner Ziergarten angelegt, ein Hof hinter der Küche gepflastert werden, wo man die Wäsche waschen und aufhängen konnte. Nach Norden hin war das Gelände abschüssig, dort ließ Amine eine hübsche steinerne Terrasse bauen mit einer eleganten Glastür, die ins Esszimmer führte. Von hier aus konnten sie das majestätische Profil des Jibl Zerhoun sehen und die endlose Ebene, die seit Jahrhunderten als Durchzugsgebiet für das Vieh diente.

In den ersten vier Jahren auf der Farm würden sie alle erdenklichen Enttäuschungen erleben und ihr Dasein zuweilen die Züge einer biblischen Erzählung annehmen. Der Kolonist, der den Besitz während des Krieges gepachtet hatte, hatte von einer kleinen, anbaufähigen Parzelle hinter dem Haus gelebt, und es blieb noch so gut wie alles zu tun. Zuerst musste man den Boden urbar machen und vom *doum*, dem Zwergpalmengestrüpp, befreien, diesem zähen Unkraut, das den Männern große Anstrengung abverlangte. Im Gegensatz zu den Siedlern der benachbarten Höfe konnte Amine nicht auf die Hilfe eines Traktors zählen, seine Arbeiter mussten die Stauden monatelang mit der Hacke ausreißen. Die Steine aufzusammeln nahm noch einmal mehrere Wochen in Anspruch, ehe das Land mit dem Pflug umgegraben und gefurcht wurde. Man säte Linsen und grüne Erbsen, Bohnen und ganze Morgen

Gerste und Weichweizen. Doch dann wurden die Felder von einer Heuschreckenplage heimgesucht. Eine rötliche Wolke, direkt aus einem Albtraum entsprungen, näherte sich knisternd, um die ganze Ernte und das Obst an den Bäumen abzufressen. Amine ereiferte sich über die Arbeiter, die, um die Parasiten abzuwehren, einfach nur auf leere Konservenbüchsen trommelten. »Ihr Schwachköpfe! Fällt euch weiter nichts ein?«, brüllte er die Männer an, die er als zurückgeblieben bezeichnete und denen er beibrachte, Gräben auszuheben, in die man vergiftete Kleie streute.

Im folgenden Jahr trafen sie Trockenheit und eine dürftige Ernte, denn die Kornähren waren so leer wie die Mägen der Bauern in den kommenden Monaten. Die Arbeiter in den Duars beteten, dass es regnen möge, seit Jahrhunderten gelernte Gebete, die niemals ihre Wirksamkeit erwiesen hatten. Aber man betete dennoch, unter der sengenden Oktobersonne, und Gottes Taubheit empörte niemanden. Amine ließ einen Brunnen graben, der ihn beträchtliche Mühen kostete und einen Teil seines Erbes verschlang. Doch die Kanäle versandeten immerzu, und es gelang den Bauern letztlich nie, ausreichend Wasser zum Gießen zu pumpen.

Mathilde war stolz auf ihn. Und auch wenn seine andauernde Abwesenheit sie wütend machte, auch wenn sie es ihm übel nahm, dass er sie im Haus allein ließ, wusste sie, dass er fleißig und anständig war. Manchmal dachte sie, was ihrem Mann fehlte, waren Glück und ein gewisses Gespür. Das war es, was ihr Vater besaß. Georges war weniger ernsthaft, weniger verbissen als Amine. Er trank, bis er seinen Namen und die elementarsten Regeln von Scham und

Anstand vergaß. Er spielte Karten bis zum Morgengrauen und schlief in den Armen von Frauen mit üppigen Busen ein, deren weiße, fette Hälse buttrig rochen. Aus einer Laune heraus entließ er seinen Buchhalter, vergaß, einen neuen einzustellen, während sich auf seinem alten Holzschreibtisch die Post stapelte. Er lud die Gerichtsvollzieher auf ein Gläschen ein, und am Ende rieben sie sich die Bäuche und sangen alte Weisen. Georges hatte einen außergewöhnlichen Riecher, einen Instinkt, der ihn nicht trog. Das war eben so, er wusste selbst nicht, warum. Er verstand die Leute und begegnete den Menschen, also auch sich selbst, mit wohlwollender Nachsicht, einer Freundlichkeit, die ihn jedermann sympathisch machte. Georges verhandelte niemals aus Habgier, sondern einfach nur zum Spaß, und wenn er dabei doch einmal jemanden reinlegte, dann ohne jede Absicht.

Trotz seiner Misserfolge, trotz Streit und Armut, dachte Mathilde nie, ihr Mann sei inkompetent oder faul. Jeden Tag sah sie Amine im Morgengrauen aufstehen, entschlossen das Haus verlassen und am Abend mit erdigen Stiefeln wiederkommen. Amine legte Kilometer zurück, ohne je zu ermüden. Die Männer aus dem Duar bewunderten seine Ausdauer, auch wenn die Verachtung ihres Bruders für die traditionellen Anbaumethoden sie manchmal kränkte. Sie schauten zu, wie er in die Hocke ging, die Erde mit den Fingern befühlte, die Handfläche an die Rinde eines Baums legte, als hoffe er, die Natur würde ihm ihre Geheimnisse enthüllen. Er wollte, dass es schnell ging, er wollte Erfolg haben.

Zu Beginn der Fünfzigerjahre war das Fieber des Nationalismus ausgebrochen, und die französischen Siedler wurden Zielscheibe erbitterten Hasses. Es hatte Entführungen gegeben, Attentate, Bauernhöfe wurden angezündet. Die Siedler hatten sich ihrerseits zu Verteidigungsverbänden zusammengeschlossen, und Amine wusste, dass ihr Nachbar, Roger Mariani, dazugehörte. »Die Natur schert sich nicht um Politik«, sagte er eines Tages zu Mathilde, um den Besuch zu rechtfertigen, den er seinem berüchtigten Nachbarn abzustatten gedachte. Er wollte verstehen, wie Mariani es zu so beeindruckendem Wohlstand gebracht hatte, wollte wissen, welchen Traktortyp er verwendete, welches Bewässerungssystem er hatte anlegen lassen. Er überlegte sich auch, dass er ihm Getreide für die Aufzucht seiner Schweine liefern könnte. Alles andere interessierte ihn nicht.

Eines Nachmittags überquerte Amine die Straße, die ihre beiden Ländereien voneinander trennte. Er ging an den großen Schuppen vorbei, in denen moderne Traktoren parkten, an den Ställen voll dicker, gesunder Schweine, am Weinkeller, in dem die Trauben nach denselben Verfahren wie in Europa gekeltert wurden. Alles hier strahlte Hoffnung und Reichtum aus. Mariani stand auf der Vortreppe seines Hauses und hielt zwei wütende hellbraune Hunde an der Leine. Ab und zu wurde sein Körper nach vorn gerissen, er verlor das Gleichgewicht, und man wusste nicht, ob er wirklich Mühe hatte, die massigen Tiere zu bändigen, oder ob er nur so tat, um zu verdeutlichen, welche Bedrohung über dem ungebetenen Gast schwebte. Befangen stellte Amine sich stammelnd vor. Er wies in Richtung seines Hofes. »Ich brauche Ihren Rat«, erklärte er, woraufhin Mariani, dessen Gesicht sich aufgehellt hatte, den schüchternen Araber musterte.

»Trinken wir auf unsere Nachbarschaft! Wir haben noch genug Zeit, um übers Geschäft zu reden.«

Sie durchquerten den prächtigen Garten und setzten sich auf einer Terrasse, von der aus man den Zerhoun sehen konnte, in den Schatten. Ein magerer, dunkelhäutiger Mann stellte Gläser und Flaschen auf den Tisch. Mariani schenkte seinem Nachbarn einen Anislikör ein, und als er sah, dass Amine zögerte, wegen der Hitze und der Arbeit, die ihn noch erwartete, lachte er. »Du trinkst nicht, stimmt's?« Aber Amine lächelte und nippte an der weißlichen Flüssigkeit. Im Haus klingelte das Telefon, doch Mariani scherte sich nicht darum.

Der Siedler ließ ihn nicht zu Wort kommen. Amine schien es, als sei sein Nachbar ein sehr einsamer Mann, dem sich hier eine seltene Gelegenheit bot, jemandem sein Herz auszuschütten. Mit einer Vertraulichkeit, die Amine unangenehm war, beklagte Mariani sich über seine Arbeiter, von denen er zwei Generationen ausgebildet habe, die aber immer noch genauso faul und schmutzig seien. »Dieser Schmutz, Grundgütiger!« Ab und zu hob er seine verklebten Augen auf das schöne Gesicht seines Gastes und fügte lachend hinzu: »Dich meine ich damit nicht, weißt du.« Und ohne ihm Zeit für eine Antwort zu lassen, fuhr er fort: »Die können sagen, was sie wollen, aber sie werden sich schön umgucken, wenn wir nicht mehr da sind, um die Bäume zum Blühen zu bringen, die Erde zu pflügen, dem Land all unsere Zähigkeit angedeihen zu lassen. Was gab es hier, bevor wir kamen? Das frage ich dich! Nichts. Es gab nichts. Sieh dich um. Seit Jahrhunderten leben die Menschen hier, und nicht einer ist auf die Idee gekommen, all den Boden zu bestellen. Zu beschäftigt mit ihren Kriegen. Wir haben gehungert. Wir haben gegraben, wir haben gesät, wir haben Gräber ausgehoben, Wiegen gebaut. Mein Vater ist in diesem Hinterland an Typhus gestorben. Ich habe mir den Rücken zerschunden, tagelang auf meinem Pferd unterwegs über die Ebene, um mit den Stämmen zu verhandeln. Ich konnte mich auf kein Bett legen, ohne zu schreien, so sehr schmerzten meine Knochen. Aber ich sage dir, ich verdanke diesem Land viel. Es hat mich zum Wesen der Dinge zurückgeführt, mich wieder mit der Kraft des Lebens, der Ursprünglichkeit verbunden.« Unter der Wirkung des Alkohols rötete sich Marianis Gesicht, und seine Aussprache wurde schleppend. »In Frankreich war mir das Schicksal eines Päderasten beschieden, ein armseliges, unbedeutendes, beschränktes, ruhmloses Dasein. In diesem Land aber konnte ich ein echter Mann sein.«

Mariani rief seinen Hausangestellten, der über die Terrasse getrippelt kam. Er schalt ihn auf Arabisch für seine Langsamkeit und schlug mit der Faust so heftig auf den Tisch, dass Amines Glas umkippte. Der Siedler tat, als würde er ausspucken, und sah dem alten Diener hinterher, der im Haus verschwand. »Hör gut zu, was ich dir sage! Ich kenne diese Araber! Die Arbeiter sind alle Deppen; man will sie einfach nur prügeln. Ich spreche ihre Sprache, ich kenne ihre Schwächen. Ich weiß genau, was man über die Unabhängigkeit sagt, aber von einer Handvoll Spinner lasse ich mir nicht all die Jahre Schweiß und Mühe wieder wegnehmen.« Und dann, während er sich die kleinen Sandwiches nahm, die der Diener endlich gebracht hatte, wiederholte er mit einem Lachen: »Dich meine ich damit nicht!« Amine war kurz davor, aufzustehen und darauf zu verzichten, diesen mächtigen Nachbarn zu seinem Verbündeten zu machen. Aber Mariani, dessen Gesicht dem seiner Hunde seltsam ähnelte, wandte sich ihm zu, und als hätte er gespürt, dass Amine gekränkt war, sagte er: »Du willst einen Traktor, stimmt's? Das dürfte sich machen lassen.«

II

Der Sommer bevor Aïcha in die erste Klasse kam, war sehr heiß. Mathilde schleppte sich durchs Haus in einem ausgeblichenen Unterkleid, dessen einer Träger über ihre breiten Schultern rutschte. Das Haar klebte ihr vor Schweiß an Stirn und Schläfen, auf einem Arm hielt sie Selim, das Baby, und in der anderen Hand eine Zeitung oder ein Stück Pappe, mit dem sie wedelte. Sie lief immer barfuß, trotz Tamos Gejammer, das bringe Unglück. Mathilde erfüllte ihre häuslichen Pflichten, doch all ihre Gesten erschienen langsamer, mühevoller als sonst. Aïcha und ihr Bruder Selim, der gerade seinen zweiten Geburtstag gefeiert hatte, waren ungewöhnlich brav. Sie hatten keinen Hunger und keine Lust zu spielen und verbrachten ihre Tage nackt an den gekachelten Fußboden geschmiegt, unfähig zu sprechen oder sich etwas auszudenken. Anfang August erhob sich der Chergui, und der Himmel wurde weiß. Man verbot den Kindern rauszugehen, denn der Saharawind war das Schreckgespenst aller Mütter. Wie oft hatte Mouilala Mathilde erzählt, dass Kinder vom Fieber, das der Chergui mit sich brachte, hinweggerafft wurden? Man durfte diese verdorbene Luft nicht einatmen, sagte die Schwiegermutter, wer sie einsog, lief Gefahr, innerlich zu verbrennen, auszudorren wie eine Pflanze, die mit einem Schlag verwelkt. Wegen dieses verfluchten Windes kam die Nacht, ohne Linderung zu bringen. Das Licht nahm ab, Dunkelheit senkte sich übers Land und ließ die Bäume verschwinden, doch die Hitze war immer noch genauso erstickend, als hätte die Natur Sonnenvorräte gespeichert. Die Kinder wurden unruhig. Selim begann zu brüllen. Er heulte vor Wut, und seine Mutter nahm ihn auf den Arm, um ihn zu trösten. Stundenlang hielt sie ihn an sich gedrückt, ihre Körper schweißgebadet, erschöpft. Der Sommer war endlos, und Mathilde fühlte sich entsetzlich einsam. Trotz der zermürbenden Hitze war ihr Mann den ganzen Tag auf dem Feld. Er begleitete die Arbeiter bei der Ernte, die sich als enttäuschend erwies. Die Ähren waren dürr, man schuftete Tag für Tag, und alle fürchteten, dass sie im September hungern würden.

Eines Abends fand Tamo einen schwarzen Skorpion unter einem Haufen Töpfe. Sie stieß einen gellenden Schrei aus, der Mathilde und die Kinder sofort herbeieilen ließ. Die Küche ging auf den kleinen Hof hinaus, in dem Wäsche und Fleisch getrocknet wurden, sich schmutzige Schüsseln stapelten und die von Mathilde verhätschelten Katzen herumstreunten. Mathilde bestand darauf, dass sie die Tür nach draußen immer geschlossen hielten. Sie hatte Angst vor Schlangen, Ratten, Fledermäusen und sogar vor den Schakalen, die sich in der Nähe des Kalkofens zusammengerottet hatten. Aber Tamo war zerstreut und musste es vergessen haben. Itos Tochter war noch keine siebzehn. Sie war fröhlich und arbeitsam, liebte es, draußen zu sein, sich um die Kinder zu kümmern, ihnen die Namen der Tiere in Taschelhit beizubringen. Doch sie mochte nicht besonders, wie Mathilde sich ihr gegenüber verhielt. Die Elsässerin zeigte sich autoritär, schroff und unnachgiebig. Sie hatte sich in den Kopf gesetzt, Tamo das zu lehren, was sie gute Manieren nannte, bewies dabei jedoch keinerlei Geduld. Als sie ihr die Grundlagen der abendländischen Küche vermitteln wollte, musste sie es schließlich einsehen: Tamo interessierte sich keinen Deut dafür, sie hörte ihr nicht zu und hielt schlaff den Rührlöffel, mit dem sie die Vanillecreme schlagen sollte.

Als Mathilde die Küche betrat, begann die junge Berberin in einem Singsang vor sich hin zu murmeln und verbarg das Gesicht in den Händen. Mathilde verstand nicht sofort, was sie so erschreckt hatte. Dann sah sie die schwarzen Scheren des Spinnentiers unter einer Pfanne hervorragen, die sie gleich nach ihrer Hochzeit in Mülhausen gekauft hatte. Sie nahm Aïcha hoch, die, wie sie, barfuß lief. Auf Arabisch befahl sie Tamo, sich zu beruhigen. »Hör auf zu heulen«, wiederholte sie, »und schaff mir das Vieh da raus.« Während sie durch den langen Flur ging, der zu ihrem Schlafzimmer führte, sagte sie: »Heute Nacht, meine Schätzchen, schlaft ihr bei mir.«

Sie wusste genau, dass ihr Mann sie dafür tadeln würde. Ihm missfiel Mathildes Art, die Kinder zu erziehen, ihre Nachsicht gegenüber ihren Kümmernissen und Gefühlen. Er warf ihr vor, sie zu schwachen Menschen zu machen, zu Jammerlappen, vor allem seinen Sohn. »So erzieht man keinen Mann und bringt ihm bei, das Leben zu meistern.« Mathilde fürchtete sich in diesem Haus fernab von allem, sie sehnte sich nach ihren ersten Jahren in Marokko zurück, die sie in der Medina von Meknès verbracht hatten, inmitten von Menschen, Lärm und buntem Treiben. Als sie es ihrem Mann anvertraute, lachte der sie aus. »Hier seid ihr sicherer, glaub mir.« Am Ende dieses Augustes 1953 verbot er ihr sogar, in die Stadt zu gehen, weil er Massenaufläufe oder einen Aufstand fürchtete. Nachdem man von der Verbannung Sultan Sidi Mohammed ben Youssefs nach Korsika erfahren hatte, brodelte es im Volk. Die Atmosphäre in Meknès wie in allen anderen Städten des Königreichs war spannungsgeladen, man reagierte gereizt, der kleinste Vorfall konnte in einen Aufruhr umschlagen. Die Frauen der Medina gingen schwarz gekleidet, die Augen rot vor Hass und Tränen. »*Ya Latif, ya Latif!*«[3], in allen Moscheen des Landes beteten die Muslime für die Rückkehr ihres Herrschers. Untergrundorganisationen hatten sich gebildet, die für den bewaffneten Kampf gegen den christlichen Unterdrücker eintraten. Vom Morgengrauen bis zum Einbruch der Nacht erhob sich in den Straßen der Ruf: »*Yahya el Malik!*«[4] Doch Aïcha hatte keine Ahnung von Politik. Sie wusste nicht mal, dass es das Jahr 1953 war, dass Männer ihre Waffen polierten, um die Unabhängigkeit zu erlangen, und andere, um sie ihnen zu verwehren. Aïcha war das egal. Den ganzen Sommer über dachte sie nur an die Schule, und davor hatte sie schreckliche Angst.

Mathilde setzte ihre beiden Kinder aufs Bett und befahl ihnen, sich nicht zu rühren. Nach einigen Minuten kam sie

---

3 »O Allmächtiger!«
4 »Es lebe der König!«

zurück, ein Paar weiße Laken auf dem Arm, die sie mit eiskaltem Wasser getränkt hatte. Die Kinder streckten sich auf den kühlen, feuchten Laken aus, und kurz darauf war Selim eingeschlafen. Mathilde ließ ihre geschwollenen Füße aus dem Bett hängen. Sie streichelte über das dichte Haar ihrer Tochter, die flüsterte: »Ich will nicht in die Schule gehen. Ich will bei dir bleiben. Mouilala kann nicht lesen, Ito und Tamo auch nicht. Was macht das schon?« Mathilde erwachte schlagartig aus ihrer Trägheit. Sie setzte sich auf und näherte ihr Gesicht dem von Aïcha. »Weder deine Großmutter noch Ito haben sich das ausgesucht.« In der Dunkelheit konnte das Mädchen die Züge seiner Mutter nicht erkennen, aber es bemerkte Mathildes ungewöhnlich ernsten Ton und fand ihn beunruhigend. »Ich möchte nie wieder solchen Unfug hören. Hast du verstanden?« Draußen kämpften die Katzen und stießen unheimliche Schreie aus. »Ich beneide dich, weißt du«, fuhr Mathilde fort. »Ich würde gern wieder zur Schule gehen. Tausend Dinge lernen, bleibende Freundschaften schließen. Jetzt beginnt das wahre Leben. Von nun an bist du ein großes Mädchen.«

Die Laken trockneten, und Aïcha fand keinen Schlaf. Mit offenen Augen träumte sie von ihrem neuen Leben. Sie stellte sich vor, wie sie in einem kühlen und schattigen Hof mit ihrer kleinen Hand die Hand eines Mädchens hielt, das ihre Seelenverwandte war. Das wahre Leben, hatte Mathilde gesagt, war also nicht hier, in diesem weißen, einsamen Haus auf dem Hügel. Das wahre Leben bestand nicht darin, den ganzen Tag hinter den Arbeiterinnen herzustromern. Hatten all jene, die die Felder ihres Vaters bestellten, also gar kein richtiges Leben? Zählte das denn nicht, wie sie sangen und Aïcha freundlich zu ihrem Picknick im Schatten der Olivenbäume einluden? Ein halbes Brot, am Morgen frisch auf dem *canoun* gebacken, vor dem die Frauen stundenlang saßen und schwarzen Rauch einatmeten, der sie schließlich umbrachte.

Bisher hatte Aïcha nie gedacht, dieses Leben könnte nicht das richtige sein. Höchstens vielleicht, wenn sie hinauf in die europäische Stadt gingen und der Lärm der Autos, der Straßenverkäufer und der Gymnasiasten, die in die Kinosäle stürmten, sie plötzlich umfing. Wenn sie die laute Musik aus den Cafés schallen hörte. Das Klappern der Absätze auf dem Zement. Wenn ihre Mutter sie ungeduldig über den Bürgersteig zerrte und sich bei den Passanten entschuldigte. Ja, sie hatte schon gesehen, dass es auch noch ein anderes, dichteres, schnelleres Leben gab, ein Leben, das ganz auf ein Ziel ausgerichtet zu sein schien. Aïcha ahnte, dass ihr Dasein nur ein Schatten war, harte Arbeit weitab von allen Blicken, Aufopferung. Eine Knechtschaft.

Der Tag der Einschulung kam. Gelähmt vor Angst saß Aïcha hinten im Auto. Kein Zweifel mehr, ganz gleich, was sie sagen mochten, es war ein Verrat. Ein feiger und schrecklicher Verrat. Sie würden sie dort zurücklassen, in dieser fremden Straße, sie, die Wilde, die nur die unendliche Weite der Felder kannte, die Stille des Hügels. Mathilde redete, lachte albern, und Aïcha spürte genau, dass ihrer Mutter auch mulmig zumute war. Dass das ganze Theater falsch klang. Das Tor des Pensionats tauchte auf, und ihr Vater parkte den Wagen. Auf dem Bürgersteig hielten Mütter festlich herausgeputzte kleine Mädchen an den Händen. Sie trugen neue, perfekt sitzende Kleider in dezenten Farben. Das waren Mädchen aus der Stadt, die es gewohnt waren, sich zur Schau zu stellen. Die Mütter mit ihren Hüten unterhielten sich, während die Töchter einander umarmten. Für sie war es ein Wiedersehen, dachte Aïcha, die Fortsetzung ihres bisherigen Lebens. Aïcha begann zu zittern. »Ich will nicht«, schrie sie, »ich will nicht aussteigen!« Ihr schrilles Kreischen zog die Blicke der Eltern und Schülerinnen auf sich. Sie, die sonst so ruhig und zurückhaltend war, verlor jegliche Beherrschung. Sie rollte sich auf der Rückbank zusammen, klammerte sich fest, schrie, dass es einem das Herz und das Trommelfell zerriss. Mathilde öffnete die Autotür. »Komm, mein Schatz, komm, hab keine Angst.« Sie warf ihr einen flehenden Blick zu, den Aïcha erkannte. So besänftigten die Arbeiter die Tiere, ehe sie sie töteten. »Komm her, meine Kleine, komm«, und dann folgten Pferch, Schläge, Schlachtbank. Amine öffnete die andere Tür, und beide versuchten, das Kind zu packen. Ihrem Vater gelang es, sie herauszuziehen, doch sie krallte sich mit überraschender Wut und Kraft an die Tür.

Ein kleiner Auflauf hatte sich gebildet. Man bedauerte Mathilde, deren Kinder durch das Leben dort draußen, unter den Einheimischen, selbst zu Wilden geworden waren. Dieses Geschrei, diese Hysterie, das war einfach typisch für die Leute aus dem Hinterland. »Wissen Sie, dass ihre Frauen sich das Gesicht blutig kratzen, um demonstrativ ihre Verzweiflung zur Schau zu stellen?« Niemand hier hatte Umgang mit den Belhajs, aber alle kannten die Geschichte dieser Familie, die auf einem abgelegenen Hof

Richtung El-Hajeb, fünfundzwanzig Kilometer außerhalb der Stadt, wohnte. Meknès war so klein, und man langweilte sich dort derart, dass dieses merkwürdige Paar Stoff für Unterhaltungen in den brütend heißen Nachmittagsstunden bot.

*

Im Palais de la Beauté, wo sich die jungen Frauen Locken eindrehen und die Fußnägel lackieren ließen, spottete der Friseur Eugène über die große blonde Mathilde mit den grünen Augen, die ihren Mann, diesen Araber, um mindestens zehn Zentimeter überragte. Eugènes Kundinnen lachten, wenn er die Unterschiede der beiden hervorhob: Amine, dessen Haare schwarz waren und so tief in die Stirn wuchsen, dass sie seinen Blick verdüsterten. Sie mit der Lebhaftigkeit einer Zwanzigjährigen und zugleich etwas irgendwie Maskulinem, Ungestümem, einer ungehobelten Art, deretwegen Eugène sie nicht mehr empfing. Mit ausgesuchten Worten beschrieb der Friseur die langen, kräftigen Beine der jungen Frau, ihr energisches Kinn, die Hände, denen sie keinerlei Pflege angedeihen ließ, und dann diese unglaublichen Füße, die so groß und geschwollen waren, dass sie nur Männerschuhe tragen konnte. Die Weiße und der Mohr. Die Riesin und der gedrungene Offizier. Die Kundinnen prusteten unter ihren Trockenhauben. Aber wenn dem Publikum wieder einfiel, dass Amine im Befreiungskrieg mitgekämpft hatte, dass er verletzt und ausgezeichnet worden war, verebbte das Lachen. Die Frauen fühlten sich verpflichtet zu schweigen, und das verbitterte sie erst recht. Sie dachten, dass Mathilde eine ziemlich merkwürdige Kriegsbeute sei. Wie hatte dieser Soldat die robuste Elsässerin davon überzeugen können, ihm hierher zu folgen? Wovor hatte sie fliehen wollen, um so weit zu gehen?

*

Man drängte sich um das Kind. Jeder wusste einen guten Rat beizusteuern. Ein Mann schob Mathilde unsanft beiseite und versuchte, Aïcha zur Vernunft zu bringen. Er hob die Arme, beschwor den Heiligen Vater und die Grundprinzipien, auf denen eine gute Erziehung fußte. Mathilde wurde angerempelt, sie versuchte, ihr Kind zu beschützen. »Lassen Sie sie in Ruhe, rühren Sie meine Tochter nicht an!« Sie war erschüttert. Aïcha so weinen zu sehen war eine Qual. Sie wollte sie in die Arme nehmen, sie wiegen und ihr all ihre Lügen gestehen. Ja, sie hatte sie erfunden, die idyllischen Erinnerungen an ewige Freundschaften und engagierte Lehrer. In Wahrheit waren diese Pädagogen nicht so nett, und von der Schule war ihr vor allem das kalte Wasser im Gedächtnis geblieben, mit dem man sich im finsteren Morgengrauen das Gesicht benetzen musste, die Schläge, die es hagelte, das schreckliche Essen und die Nachmittage mit vor Hunger, Angst und der verzweifelten Sehnsucht nach einer freundlichen Geste ausgehöhltem Magen. Fahren wir zurück, wollte sie schreien. Vergessen wir die ganze Geschichte. Fahren wir zurück nach Hause, und alles wird gut, ich weiß, was zu tun ist, ich kann sie unterrichten. Amine warf ihr einen düsteren Blick zu. Sie verweichlichte die Kleine durch zu viel lächerliches Getue und Zärtlichkeiten. Außerdem war sie es gewesen, die das Kind hier hatte anmelden wollen, in dieser Franzosenschule mit dem spitzen Kirchturm, wo man zu einem fremden Gott betete. Schließlich schluckte Mathilde ihre Tränen hinunter und streckte ihrer Tochter ungeschickt und ohne große Überzeugung die Arme entgegen. »Komm. Komm, mein Herz, mein kleiner Schatz.«

Ganz dem Kind zugewandt, bemerkte sie nicht, dass man sich über sie lustig machte. Dass sich Blicke senkten und ihre groben Schuhe aus abgewetztem Leder musterten. Die Mütter tuschelten hinter ihren behandschuhten Händen. Sie waren pikiert und lachten. Vor dem Tor des Pensionats Notre Dame fiel ihnen ein, dass sie Mitgefühl zeigen sollten, da der Herrgott ihnen zusah.

Wütend hatte Amine seine Tochter an der Taille gepackt. »Was ist das für ein Zirkus? Wirst du endlich diese Tür loslassen? Benimm dich anständig. Du machst uns lächerlich.« Das Kleid seiner Tochter rutschte hoch bis zur Taille, und man konnte ihren Schlüpfer sehen. Der Wärter der Schule verfolgte besorgt das Geschehen. Er wagte nicht, sich zu rühren. Brahim war ein alter Marokkaner mit rundem, freundlichem Gesicht. Auf seinem kahlen Schädel trug er eine kleine weiße gehäkelte Kappe. Seine dunkelblaue Jacke, die ihm zu groß war, war perfekt gebügelt. Den Eltern gelang es nicht, dieses kleine Mädchen zu beruhigen, das vom Dämon besessen schien. Am Ende wäre noch die Einschulungszeremonie ruiniert, und die Mutter Oberin würde wütend werden, wenn sie erfuhr, dass es vor dem Tor ihres ehrwürdigen Instituts ein solches Theater gegeben hatte. Sie würde von ihm Rechenschaft verlangen, es ihm zum Vorwurf machen.

Der alte Wärter näherte sich dem Auto und versuchte so behutsam wie möglich, die kleinen Finger zu lösen, die sich an die Tür krallten. Auf Arabisch sagte er zu Amine: »Ich packe sie, und du fährst los, verstanden?« Amine nickte. Er gab Mathilde ein Zeichen, die sich zurück an ihren Platz setzte. Er bedankte sich nicht bei dem alten Mann. Kaum ließ Aïcha los, fuhr ihr Vater davon. Der Wagen entfernte sich, und Aïcha wusste nicht, ob ihre Mutter ihr einen letzten Blick zugeworfen hatte. Na bitte, sie hatten sie zurückgelassen.

Sie fand sich auf dem Gehweg wieder. Ihr blaues Kleid war ganz zerknittert, ein Knopf fehlte. Ihre Augen waren rot vom Weinen, und der Mann, der ihre Hand hielt, war nicht ihr Vater. »Ich kann dich nicht in den Hof bringen. Ich muss hier am Tor bleiben. Das ist meine Arbeit.« Er legte eine Hand auf den Rücken des Kindes und schob es hinein. Aïcha nickte fügsam. Sie schämte sich. Sie, die so diskret sein wollte wie eine Libelle, hatte alle Aufmerksamkeit auf sich gezogen. Sie ging den Weg hinunter, an dessen Ende die Schwestern sie erwarteten, aufgereiht vor dem Klassenzimmer, alle mit langen schwarzen Kutten bekleidet.

Sie betrat das Klassenzimmer. Die Schülerinnen saßen schon auf ihren Plätzen und starrten sie lächelnd an. Aïcha hatte solche Angst, dass sie davon furchtbar müde wurde. Ihr Kopf schwirrte. Wenn sie jetzt die Augen schlösse, da war sie sich ganz sicher, dann würde sie sofort in tiefen Schlaf fallen. Eine Schwester fasste sie an der Schulter. Sie hatte ein Blatt in der Hand. Sie fragte: »Wie heißt du?« Aïcha hob den Blick, ohne zu verstehen, was man von ihr erwartete. Die Ordensschwester war jung, und ihr schönes Gesicht mit der sehr blassen Haut gefiel dem Kind. Sie wiederholte ihre Frage und beugte sich zu Aïcha hinunter, die schließlich flüsterte: »Ich heiße Mchicha.«

Die Schwester runzelte die Brauen. Sie schob die Brille hoch, die auf ihre Nase heruntergerutscht war, und studierte noch einmal die Liste der Schülerinnen. »Mademoiselle Belhaj. Mademoiselle Aïcha Belhaj, geboren am 16. November 1947.«

Das Mädchen wandte sich um. Es schaute hinter sich, als verstünde es nicht, mit wem die Nonne sprach. Sie wusste nicht, wer diese Menschen waren, und unterdrückte ein Schluchzen in ihrer Brust. Ihr Kinn begann zu zittern. Sie bohrte sich die Nägel in die Arme. Was war geschehen? Womit hatte sie es verdient, dass man sie hier einsperrte? Wann kam Mama wieder? Die Ordensschwester konnte es kaum glauben, musste es jedoch einsehen. Dieses Kind kannte seinen Namen nicht.

»Mademoiselle Belhaj, setzen Sie sich da drüben hin, neben das Fenster.«

So weit sie zurückdenken konnte, hatte sie immer nur diesen Namen gehört, »Mchicha«. Das war der Name, den ihre Mutter auf der Vortreppe rief, wenn sie wollte, dass ihre Tochter zum Essen nach Hause kam. Das war der Name, der von Baum zu Baum flatterte, den Hügel hinabwehte in den Mündern der Bauern, die sie suchten und schließlich fanden, zusammengerollt an einem Stamm, eingeschlafen. »Mchicha«, hörte sie, und es konnte keinen anderen Namen geben, denn dieser war es, der mit dem Wind pfiff, der die Berberfrauen zum Lachen brachte, die sie an sich drückten, als wäre sie ihr eigenes Kind. Dieser Name war der, den ihre Mutter abends zwischen den erfundenen Geschichten trällerte. Er war das Letzte, was sie hörte, bevor sie einschlief, und er bevölkerte ihre Träume seit ihrer Geburt. »Mchicha«, das Kätzchen. Die alte Ito, die sie von klein auf kannte, hatte Mathilde darauf hingewiesen, dass das Weinen des Babys wie Miauen klang, und hatte sie so getauft. Sie hatte Mathilde beigebracht, sich das Kind mit einem großen Tuch auf den Rücken zu binden. »Dann schläft sie, und du arbeitest.« Mathilde fand das sehr lustig. So verbrachte sie ihre Tage, den Mund ihres Babys an den Hals gedrückt. Und diese Zärtlichkeit erfüllte sie.

Aïcha setzte sich an den Platz, den die Lehrerin ihr zugewiesen hatte, ans Fenster, hinter die hübsche Blanche Colligny. Die Blicke der Schülerinnen waren auf sie gerichtet, und Aïcha fühlte sich bedroht von der geballten Aufmerksamkeit. Blanche streckte ihr die Zunge raus, kicherte und bohrte ihrer Banknachbarin den Ellbogen in die Seite. Sie imitierte, wie Aïcha sich kratzte, weil die Schlüpfer, die ihre Mutter nähte, aus billiger Wolle waren. Aïcha drehte sich zum Fenster und vergrub das Gesicht in der Armbeuge. Schwester Marie-Solange trat zu ihr.

»Was ist los, Mademoiselle, weinen Sie?«
»Nein, ich weine nicht. Ich mache ein Nickerchen.«

Aïcha schleppte ein gewaltiges Bündel Scham mit sich herum. Sie schämte sich für ihre von Mathilde selbst genähten Kleider. Gräuliche Kittel, denen ihre Mutter manchmal eine kleine Verzierung hinzufügte. Blumen auf den Ärmeln, eine blaue Borte am Kragen. Doch nichts sah jemals neu aus. Nichts so, als gehöre es ihr. Alles kam ihr abgetragen vor. Sie schämte sich für ihre Haare. Das war das Schlimmste, diese unförmige krause Masse, die unmöglich zu frisieren war und sich, kaum war Aïcha in der Schule angekommen, aus den Nadeln löste, die ihre Mutter mühsam festgesteckt hatte. Mathilde wusste nicht, was sie mit den Haaren ihrer Tochter anfangen sollte. Sie hatte nie eine solche Mähne bändigen müssen. Die sehr feinen Haare brachen unter den Klammern, verbrannten unter dem Glätteisen, widerstanden jedem Kamm. Sie fragte Mouilala, ihre Schwiegermutter, um Rat, aber die zuckte nur mit den Achseln. Den Frauen in ihrer Familie war ein solch krauser Schopf immer erspart geblieben. Aïcha hatte sie von ihrem Vater geerbt. Doch Amine trug sie ganz kurz, wie beim Militär. Und da er sich regelmäßig im Hamam den Schädel mit heißem Wasser übergoss, waren seine

Haarzwiebeln verkümmert und die Haare wuchsen nicht mehr.

Ihrer Mähne verdankte Aïcha Spott und Demütigung. Im Schulhof sah man nur sie. Schmächtige Gestalt, Elfengesichtchen und riesiger Wuschelkopf, eine Explosion blonder, strohiger Strähnen, die ihr, wenn die Sonne brannte, eine goldene Krone aufsetzten. Wie oft hatte sie davon geträumt, Blanches Haare zu haben? Vor dem Spiegel im Zimmer ihrer Mutter verbarg sie ihren Schopf unter den Händen und versuchte sich vorzustellen, wie sie mit Blanches langem seidigem Haar aussähe. Oder mit Sylvies braunen Locken. Oder Nicoles braven Zöpfen. Ihr Onkel Omar neckte sie. Er sagte, sie ähnele einer Vogelscheuche und sie würde es einmal schwer haben, einen Mann zu finden. Ja, Aïcha sah aus, als hätte sie ein Büschel Heu auf dem Kopf. Sie fühlte sich lächerlich, durch und durch lächerlich.

Die Wochen vergingen, eine glich der anderen. Jeden Morgen stand Aïcha bei Tagesanbruch auf, kniete sich im Dunkeln ans Ende ihres Bettes und flehte zu Gott, dass sie nicht zu spät zur Schule kämen. Doch irgendetwas gab es immer, weshalb sie sich verspätete. Ein Problem mit dem Herd, aus dem schwarzer Qualm entwich. Ein Streit mit ihrem Vater. Geschrei im Flur. Ihre Mutter, die endlich kam, Frisur und Kopftuch glatt strich. Sich mit dem Handrücken eine Träne abwischte. Mathilde wollte Haltung bewahren, doch dann ertrug sie es nicht mehr. Sie machte kehrt. Sie brüllte, dass sie von hier wegwolle, dass sie den Fehler ihres Lebens begangen habe, dass sie eine Fremde sei. Dass ihr Vater, wenn er wüsste, diesem Brüllaffen von einem Ehemann eine reinhauen würde. Doch ihr Vater wusste von nichts. Ihr Vater war weit weg. Und Mathilde streckte die Waffen. Sie herrschte ihre Tochter an, die brav an der Tür auf sie wartete. Die am liebsten gesagt hätte: »Können wir uns bitte beeilen? Ich würde gern ein Mal pünktlich kommen.«

Aïcha verfluchte das Auto, das ihr Vater der amerikanischen Armee zu einem günstigen Preis abgekauft hatte. Amine hatte versucht, die auf die Haube gemalte Flagge abzukratzen, aber dann hatte er Angst gehabt, das Blech zu beschädigen, und so sah man noch ein paar abgeblätterte Sterne und einen Rest blauer Streifen auf der Karosserie. Der Kastenwagen war nicht nur hässlich, sondern auch eigenwillig. Stieg die Temperatur, kam grauer Qualm aus der Haube und man musste warten, bis der Motor abkühlte. Im Winter sprang er nicht an. »Er muss erst warm werden«, sagte Mathilde immer wieder. Aïcha machte ihn für all ihr Unglück verantwortlich, und sie verfluchte Amerika, das doch jedermann verehrte. ›Lauter Diebe, Versager, Nichtsnutze‹, brütete sie vor sich hin. Wegen der alten Klapperkiste musste sie den Spott ihrer Mitschülerinnen – »Deine Eltern sollten dir einen Esel kaufen! Dann kämst du nicht so oft zu spät!« – und die Ermahnungen der Mutter Oberin über sich ergehen lassen.

Ein Arbeiter hatte Amine geholfen, hinten einen kleinen Stuhl zu befestigen. Aïcha setzte sich mitten zwischen das Werkzeug und die Stiegen voller Obst und Gemüse, die ihre Mutter zum Markt von Meknès brachte. Eines Morgens spürte das Mädchen, halb eingenickt, wie sich etwas an ihrer dünnen Wade bewegte. Es schrie, und Mathilde wäre beinahe in den Graben gefahren. »Ich habe etwas gespürt«, rechtfertigte sich die Kleine. Mathilde wollte nicht anhalten und riskieren, dass der Wagen nicht mehr ansprang. »Das hast du dir nur wieder eingebildet«, schimpfte sie, während sie sich mit den Händen über die schweißnassen Achseln fuhr. Als das Auto vor dem Tor des Pensionats hielt und Aïcha auf den Bürgersteig hüpfte, kreischten Dutzende kleine Mädchen, die sich am Eingang drängten. Sie umklammerten die Beine ihrer Mütter, manche rannten auf den Hof. Eine fiel in Ohnmacht oder tat zumindest so. Mathilde und Aïcha sahen einander verständnislos an, dann bemerkten sie Brahim, der lachend mit dem Finger auf etwas zeigte. »Sehen Sie nur, was Sie mitgebracht haben.« Eine lange Natter war hinten aus dem Wagen entwischt und folgte Aïcha gemächlich wie ein treuer Hund, der mit seinem Frauchen spazieren ging.

Als im November der Winter Einzug hielt, erwarteten sie finstere Morgen. Mathilde nahm ihre Tochter an der Hand, sie zog sie durch die Allee, zwischen den mit Reif bedeckten Mandelbäumen, und Aïcha erschauerte. In der düsteren Morgendämmerung hörten sie nichts außer ihrem eigenen Atem. Kein Laut eines Tieres, keine menschliche Stimme durchbrach die Stille. Sie stiegen in den klammen Wagen, Mathilde drehte den Zündschlüssel, aber der Motor röchelte nur. »Alles in Ordnung, er muss erst warm werden.« Starr vor Kälte hustete das Auto wie ein Schwindsüchtiger. Manchmal bekam Aïcha einen Wutanfall. Sie heulte, trat gegen die Reifen, verfluchte die Farm, ihre Eltern, die Schule. Eine Ohrfeige knallte. Mathilde stieg aus dem Transporter und schob ihn die Einfahrt hinunter, bis zum großen Tor am Ende des Gartens. Auf ihrer Stirn drohte eine Ader zu platzen. Ihr rot angelaufenes Gesicht machte Aïcha Angst und beeindruckte sie. Das Auto sprang an, doch danach ging es ein ziemlich steiles Stück hoch. Die alte Kiste dröhnte immer lauter, und oft ging sie wieder aus.

Einmal begann Mathilde trotz der Erschöpfung und der Scham darüber, dass sie wieder am Tor des Pensionats würden klingeln müssen, zu lachen. Es war ein Morgen im Dezember, kalt, aber sonnig. Die Luft war so klar, dass man die Berge des Atlas sehen konnte wie ein am Himmel hängendes Aquarell. Mit durchdringender Stimme rief Mathilde: »Verehrte Fluggäste, bitte schließen Sie Ihre Gurte. Wir heben gleich ab!« Aïcha lachte und drückte sich in den Sitz. Mathilde machte mit dem Mund laute Geräusche, und Aïcha klammerte sich an die Tür, bereit zu fliegen. Mathilde drehte den Schlüssel, trat aufs Gaspedal, der Motor brummte, ehe er ein asthmatisches Pfeifen ausstieß. Mathilde gab sich geschlagen. »Verehrte Fluggäste, wir bitten Sie vielmals um Entschuldigung, doch wie es scheint, sind unsere Motoren nicht stark genug, und die Flügel bedürfen einer kleinen Reparatur. Heute können wir nicht abheben, wir müssen die Reise auf der Straße fortsetzen. Aber vertrauen Sie Ihrem Kapitän: In wenigen Tagen schon werden wir fliegen, das verspreche ich Ihnen!« Aïcha wusste genau, dass ein Auto nicht fliegen konnte, und doch schlug ihr Herz jahrelang unwillkürlich schneller, sobald sie sich dieser Steigung näherten, und sie dachte: ›Heute passiert es!‹ Egal wie unmöglich das war, sie hoffte jedes Mal, dass der Kastenwagen sich in die Wolken erhebe, dass er sie an unbekannte Orte bringen würde, wo sie wie verrückt lachen könnten, wo sie diesen abgeschiedenen Hügel aus einem anderen Blickwinkel sehen würden.

Aïcha hasste dieses Haus. Sie hatte die Sensibilität ihrer Mutter geerbt, woraus Amine schloss, dass alle Frauen gleich ängstlich und zimperlich waren. Aïcha fürchtete sich vor allem. Vor der Eule im Avocadobaum, deren Anwesenheit den Arbeitern zufolge einen nahen Tod ankündigte. Vor den Schakalen, deren Geheul sie am Einschlafen hinderte, und vor den streunenden Hunden mit ihren hervorstehenden Rippen und wunden Zitzen. Ihr Vater hatte sie gewarnt: »Wenn du draußen herumläufst, nimm Steine mit.« Sie bezweifelte, dass sie in der Lage wäre, sich zu verteidigen, diese wilden Tiere fernzuhalten. Trotzdem füllte sie sich die Taschen mit Kieselsteinen, die bei jedem Schritt klackerten.

Vor allem fürchtete Aïcha die Dunkelheit. Die pechschwarze, undurchdringliche Dunkelheit, die den Hof ihrer Eltern umgab. Abends, wenn ihre Mutter sie von der Schule abholte, bogen sie auf die Landstraße ab, die Lichter der Stadt entfernten sich, und sie tauchten in eine düstere und gefährliche Welt ein. Der Wagen drang in die Finsternis vor, wie man eine Höhle betritt oder in Treibsand versinkt. In mondlosen Nächten konnte man nicht mal die kompakten Silhouetten der Zypressen oder die Umrisse der Heuhaufen ausmachen. Die Schatten verschlangen alles. Aïcha hielt den Atem an. Sie sagte Vaterunser und Ave-Maria auf. Sie dachte an Jesus, der schreckliches Leid erduldet hatte, und sagte sich immer wieder: »Das könnte ich nicht.«

Im Haus flackerte schwaches und trübes Licht, und Aïcha hatte ständig Angst vor einem Stromausfall. Oft musste sie den Flur entlanggehen wie eine Blinde, die Hände flach an die Mauern gelegt, die Wangen nass vor Tränen, während sie rief: »Mama! Wo bist du?« Auch Mathilde sehnte sich nach mehr Helligkeit, und sie bedrängte ihren Mann. Wie sollte Aïcha ihre Schularbeiten machen, wenn sie sich die Augen über den Heften verdarb? Wie sollte Selim rennen und spielen, wenn er vor Angst zitterte? Amine hatte einen Generator gekauft, mit dem man die Batterien aufladen konnte und den er außerdem dazu benutzte, am anderen Ende der Farm Wasser fürs Vieh zu pumpen und die Felder zu bewässern. Ohne ihn leerten sich die Batterien schnell, und der Schein der Glühbirnen wurde immer düsterer. Dann zündete Mathilde Kerzen an und tat so, als fände sie diese Beleuchtung schön und romantisch. Sie erzählte Aïcha Geschichten von Herzögen und Marquisen, von Bällen in prachtvollen Palästen. Sie lachte, aber in Wahrheit dachte sie an den Krieg, an die Verdunkelungen, während derer sie ihr Volk, all die Opfer, die man bringen musste, das sang- und klanglose Dahingehen ihrer Jugend verflucht hatte. Wegen der Kohle, mit der sie kochten und das Haus heizten, hing in Aïchas Kleidern stets ein Rußgeruch, von dem ihr übel wurde und der ihr das Gelächter ihrer Mitschülerinnen eintrug. »Aïcha riecht nach Räucherspeck«, kreischten die Mädchen im Hof. »Aïcha lebt wie die Berber in ihren Hütten.«

Im Westflügel des Hauses richtete Amine sein Büro ein. An den Wänden dieses Raums, den er »mein Laboratorium« nannte, befestigte er mit Reißnägeln Schaubilder, deren Titel Aïcha auswendig kannte. »Über den Anbau von Zitrusfrüchten«, »Der Rebschnitt«, »Angewandte Botanik der tropischen Landwirtschaft«. Diese schwarz-weißen Tafeln ergaben in ihren Augen keinerlei Sinn, und sie dachte, ihr Vater sei eine Art Magier, der imstande war, die Gesetze der Natur zu beeinflussen und mit Pflanzen und Tieren zu reden. Einmal, als sie schrie, weil sie sich vor der Dunkelheit fürchtete, hob Amine sie auf seine Schultern und ging mit ihr in den Garten hinaus. Es war so finster, dass sie nicht mal die Schuhspitzen ihres Vaters erkennen konnte. Ein kalter Wind fuhr ihr unters Nachthemd. Amine zog etwas aus seiner Tasche und reichte es ihr. »Das ist eine Taschenlampe. Schwenke sie Richtung Himmel und leuchte den Vögeln direkt in die Augen. Wenn du es schaffst, sind sie wie gelähmt vor Angst, und du kannst sie mit der Hand fangen.«

Ein anderes Mal forderte er seine Tochter auf, mit ihm in den kleinen Ziergarten zu kommen, den er für Mathilde angelegt hatte. Dort gab es einen jungen Fliederstrauch, einen Rhododendronbusch und einen Jacarandabaum, der noch nie geblüht hatte. Vor dem Wohnzimmerfenster bogen sich die krummen Äste eines Orangenbaums unter dem Gewicht der Früchte. Amine hatte einen Zitronenzweig in der Hand. Mit seinem stets erdigen Fingernagel zeigte er Aïcha zwei große weiße Knospen, die sich daran gebildet hatten. Dann ritzte er mit einem Messer den Stamm des Orangenbaums tief ein. »Jetzt schau genau hin.« Vorsichtig schob Amine das spitze, abgeflachte Ende des Zitronenzweigs in den Einschnitt am Baum. »Ich werde einen Arbeiter bitten, ihn festzubinden und mit Wachs zu versiegeln. Und du, finde einen Namen für diesen lustigen Baum.«

Schwester Marie-Solange liebte Aïcha. Dieses Kind, für das sie insgeheim große Hoffnungen hegte, faszinierte sie. Die Kleine hatte eine mystische Seele, und auch wenn die Mutter Oberin ihr eine gewisse Überspanntheit bescheinigte, erkannte Schwester Marie-Solange darin den Ruf des Herrn. Jeden Morgen vor dem Unterricht gingen die Mädchen in die Kapelle am Ende eines schmalen Kieswegs. Aïcha kam oft zu spät, doch sobald sie durch das Tor des Pensionats trat, war ihr Blick einzig und allein auf das Gotteshaus gerichtet. Mit einer Entschlossenheit und einem Ernst, die nicht zu ihrem Alter passten, begab sie sich direkt dorthin. Einige Meter vor der Tür kniete sie sich manchmal hin und setzte den Weg so fort, die Arme ausgebreitet, das Gesicht undurchdringlich, obwohl sich die Kieselsteinchen in ihr Fleisch bohrten. Als die Mutter Oberin dies sah, zerrte sie sie auf die Füße. »Dieses eitle Getue gefällt mir überhaupt nicht, Mademoiselle. Gott weiß aufrichtige Herzen zu erkennen.« Aïcha liebte Gott, und sie sagte es Schwester Marie-Solange. Sie liebte Jesus, der sie, nackt, an den frostigen Morgen erwartete. Man hatte ihr gesagt, Leid brächte die Menschen dem Himmel näher. Sie glaubte es.

Eines Morgens am Ende der Messe wurde Aïcha ohnmächtig. Sie konnte die letzten Worte des Gebetes nicht mehr sprechen. Sie zitterte in der eisigen Kapelle, mit nur einem alten Pullover über den knochigen Schultern. Die Gesänge, der Weihrauchgeruch, Schwester Marie-Solanges kraftvolle Stimme wärmten sie nicht. Sie wurde bleich, schloss die Augen und fiel auf den Steinboden. Schwester Marie-Solange musste sie hinaustragen. Den Schülerinnen ging dieses Theater auf die Nerven. Aïcha, sagten sie, sei eine Betschwester, eine falsche Heilige, eine religiöse Spinnerin.

Man legte sie in den kleinen Raum, der als Krankenzimmer diente. Schwester Marie-Solange küsste sie auf die Wangen und die Stirn. In Wahrheit machte sie sich keine Sorgen um die Gesundheit des Mädchens. Ihre Ohnmacht war der Beweis dafür, dass dieser schmächtige kleine Körper und der Jesu Christu in einen Dialog getreten waren, dessen Tiefe und Schönheit Aïcha noch nicht begriff. Aïcha nippte an dem warmen Wasser, lehnte aber den Zucker ab, den Schwester Marie-Solange ihr anbot. Sie meinte, sie verdiene diese Leckerei nicht. Doch Schwester Marie-Solange bestand darauf, bis Aïcha ihre spitze Zunge herausstreckte und den Zucker zwischen den Zähnen knirschen ließ.

Sie bat darum, in die Klasse zurückkehren zu dürfen. Sie sagte, sie fühle sich besser und wolle den Unterricht nicht versäumen. Sie setzte sich wieder an ihr Pult, hinter Blanche Colligny, und der Morgen verging ruhig und friedlich. Sie ließ Blanches Nacken nicht aus den Augen, der fleischig und rosa war und mit einem leichten blonden

Flaum überzogen. Das Mädchen trug die Haare oben auf dem Kopf zu einem Dutt hochgesteckt, wie eine Balletttänzerin. Aïcha verbrachte jeden Tag Stunden damit, diesen Hals zu betrachten. Sie kannte ihn in- und auswendig. Sie wusste, dass, wenn Blanche sich zum Schreiben vorbeugte, genau über ihren Schultern eine kleine Speckwulst entstand. Während der großen Hitze im September waren überall auf Blanches Haut kleine rote, juckende Flecken erschienen. Aïcha hatte ihre tintenverschmierten Nägel betrachtet, die die Haut blutig kratzten. Schweißtropfen rannen ihr vom Haaransatz über den Rücken, die Kragen ihrer Kleider waren nass und verfärbten sich gelblich. In dem überhitzten Klassenzimmer bog sich der Hals wie der einer Gans, je mehr die Aufmerksamkeit nachließ, die Müdigkeit spürbar wurde, und es kam vor, dass Blanche mitten am Nachmittag einschlief. Aïcha berührte die Haut ihrer Klassenkameradin nie. Manchmal hatte sie Lust, die Hand auszustrecken, mit den Fingerspitzen sacht die Erhebungen der Wirbel zu streifen, die blonden Strähnen zu streicheln, die sich gelöst hatten und die sie an das Gefieder eines Kükens erinnerten. Sie beherrschte sich, um die Nase nicht diesem Hals zu nähern, dessen Duft sie riechen wollte, dessen Geschmack sie zu gerne mit der Zungenspitze gekostet hätte.

An diesem Tag sah Aïcha einen Schauer über den Nacken laufen. Die blonden Härchen richteten sich auf wie das Fell einer kampfbereiten Katze. Sie fragte sich, was wohl diese Erregung ausgelöst hatte. Oder war es nur der kühle Wind, der durchs Fenster hereindrang, nachdem Schwester Marie-Solange es geöffnet hatte? Aïcha hörte die Stimme der Lehrerin nicht mehr und auch nicht das Kratzen der Kreide auf der Tafel. Dieses Stück Haut machte sie verrückt. Sie hielt es nicht mehr aus. Sie packte ihren Zirkel und bohrte ihn mit einer blitzschnellen Geste in Blanches Fleisch. Fast sofort zog sie ihn wieder heraus und wischte mit Daumen und Zeigefinger einen Tropfen Blut ab.

Blanche stieß einen Schrei aus. Schwester Marie-Solange drehte sich um und fiel beinahe von ihrem Podest. »Mademoiselle Colligny! Was fällt Ihnen ein, so zu schreien?«

Blanche warf sich auf Aïcha und riss mit aller Kraft an deren Haaren. Ihr Gesicht war wutverzerrt. »Das war *sie*, dieses Miststück! Sie hat mich in den Hals gezwickt!«

Aïcha rührte sich nicht. Sie zog nur den Kopf ein unter dem Angriff, krümmte den Rücken, sagte kein Wort. Schwester Marie-Solange packte Blanche am Arm. Mit einer Grobheit, die die Schülerinnen von ihr nicht kannten, schleifte sie das Mädchen zu ihrem Pult.

»Wie können Sie es wagen, Mademoiselle Belhaj zu beschuldigen? Wer würde Aïcha denn so etwas zutrauen? Ich vermute eher, dahinter stecken recht schäbige Absichten.«

»Aber ich schwöre es!«, rief Blanche, während sie ihren Nacken befühlte in der Hoffnung, dort eine Spur des Anschlags zu finden. Doch sie blutete nicht, und Schwester Marie-Solange befahl ihr, in Schönschrift mehrmals den Satz zu schreiben: »Ich bezichtige meine Klassenkameradinnen keiner imaginären Vergehen.«

In der Pause warf Blanche Aïcha giftige Blicke zu. Dir werd ich's zeigen, schienen sie zu sagen. Aïcha bedauerte, dass ihr Angriff mit dem Zirkel nicht die erwartete Wirkung gezeigt hatte. Sie hatte gehofft, der Körper ihrer Mitschülerin würde zusammenschnurren wie ein Ballon, in den man eine Nadel hineinpikt, und wäre dann nur noch eine schlaffe, harmlose Hülle. Aber Blanche war quicklebendig, sprang im Hof herum, brachte ihre Freundinnen zum Lachen. Den Rücken an die Mauer des Klassenzimmers gelehnt, das Gesicht der Wintersonne zugewandt, die ihre Knochen wärmte und sie besänftigte, beobachtete Aïcha die Mädchen, die in der platanenbestandenen Einfriedung spielten. Die kleinen Marokkanerinnen legten sich die Hände um den Mund und tauschten flüsternd Geheimnisse aus. Aïcha fand sie schön mit ihren langen, geflochtenen braunen Haaren, die ein schmales weißes Haarband über der Stirn zurückhielt. Die meisten von ihnen waren Internatsschülerinnen und schliefen im Dachgeschoss. Freitags fuhren sie zu ihren Familien nach Casablanca, Fes oder Rabat, lauter Städte, in denen Aïcha noch nie gewesen war und die ihr ebenso fern schienen wie das Elsass, aus dem ihre Mutter Mathilde stammte. Denn Aïcha war weder wirklich eine Einheimische noch eine dieser Europäerinnen, Töchter von Landwirten, Abenteurern, Beamten der Kolonialverwaltung, die hüpfend Himmel und Hölle spielten. Sie wusste nicht, was sie war, also blieb sie allein, an die warme Wand des Klassenraums gelehnt. ›Wie lange das dauert‹, dachte Aïcha. ›Wann sehe ich Mama wieder?‹

Am Abend stürzten die Mädchen schreiend zum Tor des Pensionats. Es waren Weihnachtsferien. Der Kies knirschte unter den Lackschuhen, und die Mäntel aus Wildlederimitat überzogen sich mit weißem Staub. Aïcha wurde von dem summenden, aufgeregten Schwarm der Schülerinnen mitgerissen. Sie trat durchs Tor, winkte Schwester Marie-Solange zum Abschied und blieb auf dem Bürgersteig stehen. Mathilde war nicht da. Aïcha sah ihre Klassenkameradinnen weggehen, die sich wie große Katzen an die Beine ihrer Mütter schmiegten. Ein amerikanischer Wagen hielt vor dem Pensionat, und ein Mann mit einem roten Fez stieg aus. Während er das Auto umrundete, hielt er nach einem Mädchen Ausschau. Als er es entdeckte, legte er sich eine Hand aufs Herz und senkte respektvoll das Kinn. »*Lalla*[5] Fatima«, sagte er zu der Schülerin, die zu ihm ging, und Aïcha fragte sich, warum dieses Mädchen, dessen Hefte voller Spucke waren, weil es immer über seinen Aufgaben einschlief, wie eine Dame behandelt wurde. Fatima verschwand in dem riesigen Auto, andere kleine Mädchen winkten ihr zu und riefen: »Schöne Ferien!« Dann erstarb das Gezwitscher, die Kinder verschwanden, und das Stadtleben nahm seinen gewohnten Gang wieder auf. Jugendliche spielten Ball auf dem unbebauten Grundstück hinter der Schule, und Aïcha hörte spanische und französische Schimpfwörter. Die Passanten warfen ihr verstohlene Blicke zu, sie sahen sich um auf der Suche nach einer Erklärung für dieses unbegleitete Kind, das keine Bettlerin war, aber das man vergessen hatte. Aïcha wich ihren Blicken aus, sie wollte weder bemitleidet noch getröstet werden.

Es wurde dunkel, Aïcha drückte sich an das Gitter und betete, sie möge verschwinden und nichts mehr sein als ein Hauch, ein Geist, ein Dunstschleier. Die Zeit verging so langsam, es kam ihr vor, als stünde sie schon seit einer

---

5 Respektvolle Anrede für eine Frau (Anm. d. Ü.)

Ewigkeit da, mit eisigen Armen und Knöcheln und keinem anderen Gedanken als dem an ihre Mutter, die nicht kam. Sie rieb sich die Arme, sie hüpfte von einem Bein aufs andere, um sich zu wärmen. Ihre Mitschülerinnen, dachte sie, saßen jetzt in einer Küche und naschten warme Crêpes mit Honig. Manche machten Hausaufgaben an Mahagonischreibtischen, in Zimmern, die Aïcha sich mit Spielzeug vollgestopft vorstellte. Hupen ertönten, man kam aus den Büros, und Aïcha erschrak wegen der Scheinwerfer, die sie blendeten. Plötzlich wirbelte die Stadt in einem entfesselten Tanz, dessen Rhythmus die Männer in Hut und Überzieher vorgaben. Festen Schrittes strebten sie der Wärme eines Zimmers zu, sie freuten sich auf das Spiel oder den Schlaf, mit dem sie die Nacht verbringen würden. Aïcha begann sich um sich selbst zu drehen, wie ein ausgerastetes Getriebe, und betete, die Finger so fest verschränkt, dass sie weiß wurden, zum lieben Herrn Jesus und zur Jungfrau Maria. Brahim sagte nichts, weil die Mutter Oberin ihm verboten hatte, mit den Schülerinnen zu reden. Aber er streckte dem kleinen Mädchen den Arm hin, das seine Hand nahm und sie festhielt. So standen sie vor dem Gatter, den Blick starr auf die Kreuzung gerichtet, von der Mathilde kam.

Sie sprang aus dem klapprigen Wagen und nahm ihr Kind in die Arme. In einem mit elsässischen Akzent durchsetzten Arabisch dankte sie Brahim. Sie befühlte die Tasche ihrer schmutzigen Kittelschürze, offenbar auf der Suche nach einer Münze, die sie dem Wärter geben konnte, aber die Tasche war leer, und Mathilde errötete. Im Auto antwortete Aïcha nicht auf die Fragen ihrer Mutter. Sie erzählte weder von Blanches Hass noch von dem der anderen Mitschülerinnen. Drei Monate zuvor hatte Aïcha nach der Schule geweint, weil ein Mädchen sich geweigert hatte, ihr die Hand zu geben. Ihre Eltern hatten gesagt, das sei nicht so wichtig, sie solle dem keine Beachtung schenken, und Aïcha fühlte sich verletzt von ihrer fehlenden Anteilnahme. Doch an jenem Abend, während sie vor Enttäuschung nicht einschlafen konnte, hatte sie gehört, wie ihre Eltern sich stritten. Amine wetterte gegen diese Christenschule, wo seine Tochter nicht hingehörte. Mathilde verwünschte zwischen zwei Schluchzern ihre Isolation. Also sagte Aïcha nichts mehr. Sie erzählte ihrem Vater nicht von Jesus. Sie behielt ihre Liebe zu dem Mann mit den nackten Beinen, der ihr die Kraft gab, ihre Wut zu beherrschen, für sich. Ihrer Mutter gestand sie nicht, dass sie die Tage mit leerem Bauch verbrachte, seit sie beim Mittagessen in der Schule einen Zahn im Bohnen-Lamm-Ragout gefunden hatte. Keinen kleinen spitzen Milchzahn wie der, den sie diesen Sommer verloren hatte und für den die Zahnfee ihr ein Bonbon geschenkt hatte. Nein, es war ein schwarzer, hohler Zahn, der Zahn eines Greises, der von allein herausgefallen zu sein schien, als wäre das Zahnfleisch, das ihn hielt, verfault. Jedes Mal, wenn sie daran dachte, drehte sich ihr der Magen um.

Im September, als Aïcha in die Schule kam, beschloss Amine, einen Mähdrescher zu kaufen. Er hatte für die Farm, für die Kinder, für die Einrichtung des Hauses so hohe Ausgaben gehabt, dass ihm nun gerade noch genug Geld blieb, um zu einem schlitzohrigen Altmetallhändler zu gehen, der ihm eine großartige Maschine versprach, direkt aus der amerikanischen Fabrik. Amine brachte ihn mit einer schroffen Geste zum Schweigen. Er hatte keine Lust, sich sein Geschwafel anzuhören, so oder so war diese Maschine alles, was er sich leisten konnte. Er verbrachte seine Tage auf dem Mähdrescher, dessen Bedienung er keinem anderen überlassen wollte. »Sie machen ihn mir nur kaputt«, erklärte er Mathilde, die besorgt war, weil er immer dünner wurde. Müdigkeit und Sonne hatten sein Gesicht ausgezehrt, seine Haut war so dunkel geworden wie die der afrikanischen Tirailleure. Er arbeitete ohne Unterlass, kontrollierte jeden Handstrich seiner Arbeiter. Bis zum Einbruch der Nacht überwachte er das Befüllen der Säcke, und oft fand man ihn schlafend am Steuer seines Wagens, weil er zu erschöpft gewesen war, um nach Hause zu fahren.

Monatelang legte Amine sich nicht mehr ins Ehebett. Er aß stehend in der Küche und redete dabei mit Mathilde in Worten, die sie nicht verstand. Wie ein Irrer wandte er ihr seine weit aufgerissenen, blutunterlaufenen Augen zu. Er hätte gern etwas gesagt, doch alles, was er zustande brachte, waren seltsame, abgehackte Gesten mit den Armen, als würfe er einen Ball oder als wollte er jemanden mit dem Messer abstechen. Amines Beklemmung war umso größer, als er niemandem davon zu erzählen wagte. Sein Scheitern zuzugeben hätte ihn umgebracht. Es lag weder an den Maschinen noch am Klima, auch nicht an der Unfähigkeit seiner Landarbeiter. Nein, was ihn zermürbte, war die Tatsache, dass sein eigener Vater sich getäuscht hatte. Dieser Boden war unbrauchbar. Nur eine schmale Schicht eignete sich zum Ackerbau, doch unter dieser dünnen Lage befand sich Tuffstein, Felsen, grau und gleichgültig, der Stein, an dem sein Ehrgeiz ununterbrochen abprallte.

Manchmal lasteten Müdigkeit und Sorgen so schwer auf ihm, dass er sich am liebsten auf den Boden gelegt, die Beine an die Brust gezogen und wochenlang geschlafen hätte. Er hätte gerne geweint wie ein vom Spielen und von der Aufregung erschöpftes Kind und sagte sich, dass die Tränen den Schraubstock lösen würden, der ihm die Brust einschnürte. Vor lauter Sonne und Schlaflosigkeit meinte er verrückt zu werden. Eine Finsternis bemächtigte sich seiner Seele, in der sich Erinnerungen an den Krieg und ein Bild des Elends, das ihn erwartete, vermischten. Amine erinnerte sich an die Zeit der großen Hungersnöte. Er war zehn oder zwölf Jahre alt gewesen, als er die Familien und ihr Vieh aus dem Süden heraufkommen sah, allesamt so abgemagert und hungrig, dass sie keinen Ton mehr herausbrachten. Mit grindigen Schädeln zogen sie in die Städte, um ihre stummen, flehentlichen Bitten zu überbringen, und begruben ihre Kinder am Straßenrand. Es kam ihm vor, als litte die ganze Welt, als verfolgten ihn Horden Ausgehungerter und er könnte nichts tun, denn bald wäre er selbst einer von ihnen. Dieser Albtraum ließ ihn nicht los.

*

Doch Amine ließ sich nicht unterkriegen. Überzeugt durch einen Artikel, beschloss er, es mit der Rinderzucht zu versuchen. Eines Tages, als sie von der Schule zurückkam, sah Mathilde ihn an der Straße, zwei Kilometer vom Hof entfernt. Er ging neben einem mageren Mann her, der eine schmutzige Dschellaba trug und schlechte Sandalen, die seine Füße wund rieben. Amine lächelte, und der Mann klopfte ihm auf die Schulter. Sie schienen sich seit jeher zu kennen. Mathilde hielt am Straßenrand. Sie stieg aus dem Wagen, strich ihren Rock glatt und ging auf sie zu. Amine wirkte verlegen, aber er stellte sie vor. Der Mann hieß Bouchaïb, und Amine hatte soeben einen Handel mit ihm abgeschlossen, auf den er sehr stolz war. Er hatte vor, mit den wenigen Ersparnissen, die ihnen blieben, vier oder fünf Rinder zu kaufen, die der Bauer zum Weiden ins Atlasgebirge bringen sollte, damit sie schön fett würden. Nach dem Verkauf der Tiere würden die Männer den Gewinn teilen.

Mathilde beobachtete den Mann genau. Ihr gefiel sein

Lachen nicht, das nicht aufrichtig klang und eher an das Hüsteln von jemandem, der einen Frosch im Hals hat, erinnerte. Außerdem fand sie es abscheulich, wie er sich mit seinen langen schmutzigen Fingern übers Gesicht fuhr. Er sah ihr nicht ein Mal in die Augen, und sie wusste, das lag nicht nur daran, dass sie eine Frau oder eine Fremde war. Dieser Kerl würde sie beide hereinlegen, da war sie sich sicher. Noch am selben Abend sprach sie mit Amine darüber. Sie wartete, bis die Kinder schliefen und ihr Mann sich im Sessel zurücklehnte. Sie versuchte, ihn davon abzubringen, Geschäfte mit diesem Menschen zu machen. Sie schämte sich ein wenig für ihre Argumente, dafür, dass sie nur ihren Instinkt, ein ungutes Gefühl und das wenig ansprechende Äußere dieses Bauern anführen konnte. Amine wurde wütend. »Das sagst du nur, weil er schwarz ist. Weil er ein Hinterwäldler aus den Bergen ist, der die Gepflogenheiten der Stadt nicht kennt.«

Am nächsten Morgen gingen Amine und Buchaïb zum Viehmarkt. Der Suk war an einer Straße aufgebaut worden, zwischen den Resten einer Befestigungsmauer, die die Stadt früher vor den Beutezügen der Berberstämme beschützt hatte, und ein paar Bäumen, zu deren Füßen die Bergbewohner Teppiche ausgebreitet hatten. Es herrschte eine erstickende Hitze, und Amine schlug der Gestank des Viehs, des Mists, der Schweißgeruch der Bauern entgegen. Immer wieder hielt er sich den Ärmel vor die Nase, aus Angst, er könnte sich übergeben. Die mageren und gleichmütigen Tiere hielten den Blick auf den Boden gerichtet. Den Eseln, den Ziegen, den paar Rindern schien bewusst zu sein, wie wenig man sich hier um ihre Gefühle scherte.

Matt kauten sie auf den vereinzelten Löwenzahnsprösslingen, dem vergilbten Gras, den Malven herum. Sie warteten darauf, ruhig und schicksalsergeben, von einem grausamen Besitzer an den nächsten überzugehen. Die Bauern liefen hin und her. Sie riefen Gewicht, Preis, Alter, Nutzen der Tiere. In dieser armen und ausgedörrten Gegend musste man kämpfen, um etwas anzubauen, um etwas zu ernten, um das Vieh zu versorgen. Amine stieg über große, am Boden liegende Jutesäcke, passte auf, dass er nicht in den Kot trat, der in der Sonne trocknete, und ging direkt ans westliche Ende des Marktes, wo eine Rinderherde versammelt war. Er grüßte den Besitzer, einen alten Mann, dessen kahlen Schädel ein weißer Turban bedeckte, und unterbrach, etwas schroff für Bouchaïbs Geschmack, die Segenswünsche, mit denen dieser ihn bedachte. Amine sprach von den Tieren wie ein Wissenschaftler. Er stellte Fachfragen, die der Mann nicht beantworten konnte. Amine wollte klar und deutlich demonstrieren, dass sie nicht derselben Welt angehörten. Gekränkt begann der Bauer auf dem Stiel einer gelben Glockenblume herumzukauen, wobei er dieselben Geräusche machte wie die Ochsen, die er verkaufte. Bouchaïb nahm die Sache wieder in die Hand. Er bohrte die Finger in die Nüstern der Rinder und befühlte mit beiden Händen ihre Kruppe. Während er dem Besitzer auf die Schulter klopfte, erkundigte er sich bei ihm nach der Menge des Samens und der Exkremente und beglückwünschte ihn dazu, wie gepflegt die Tiere waren. Amine trat ein Stück beiseite und musste sich sehr beherrschen, um seine Wut und seinen Überdruss nicht zu zeigen. Die Verhandlung dauerte Stunden. Bouchaïb und der Bauer redeten viel, ohne wirklich etwas zu sagen. Sie einigten sich auf einen Preis, dann überlegte einer es sich wieder anders, drohte zu gehen, und es folgte ein langes Schweigen. Amine wusste wohl, dass die Dinge so abliefen, dass es wie ein Spiel oder ein Ritual war, trotzdem war er mehrmals kurz davor zu schreien, um diese lächerliche Tradition abzukürzen. Der Nachmittag neigte sich dem Ende zu. Allmählich verschwand die Sonne hinter den Höhenzügen des Atlasgebirges, und ein kalter Wind fegte über den Markt. Sie reichten dem Verkäufer die Hand, der gerade vier kerngesunde Tiere losgeworden war.

Als Bouchaïb sich von seinem Partner verabschiedete, um zu seinem Dorf im Gebirge zurückzukehren, zeigte er sich äußerst liebenswürdig. Er lobte Amine für sein Auftreten und sein Verhandlungsgeschick. Er schwang große Reden über das Ehrgefühl der Bergstämme, das Gewicht eines einmal gegebenen Wortes. Er lästerte über die Franzosen, die misstrauisch und kleinlich seien. Amine dachte an Mathilde und nickte. Der Tag hatte ihn ausgelaugt, und er wollte nur nach Hause zurückkehren, seine Kinder wiedersehen.

Während der folgenden Wochen schickte Bouchaïb regelmäßig einen Boten. Ein junger Berber mit von der Krätze zerfressenen Waden, dessen eitrige Augen die Fliegen anzogen. Der Junge, der sicher noch nie satt geworden war, berichtete in beinahe verklärtem Ton von Amines Rindern. Er sagte, dort oben sei das Gras frisch und saftig und man könne zusehen, wie die Tiere fett wurden. Er sah, wie sich bei seinen Worten Amines Gesicht aufhellte, und war glücklich, Freude in dieses Haus zu bringen. Er kam noch ein-

oder zweimal und trank stets ebenso gierig den Tee, in den Mathilde auf seine Bitte hin drei Löffel Zucker gab.

Dann kam der Junge nicht mehr. Vierzehn Tage vergingen, und Amine begann unruhig zu werden. Als Mathilde ihn darauf ansprach, brauste er auf. »Ich habe dir schon einmal gesagt, dass du dich da nicht einmischen sollst. So läuft das hier. Du wirst mir ja wohl nicht erklären wollen, wie man einen Hof führt!« Aber der Zweifel nagte an ihm. Nachts fand er keinen Schlaf mehr. Erschöpft, verrückt vor Sorge, schickte er einen seiner Arbeiter, um Erkundigungen einzuholen, doch der kam unverrichteter Dinge zurück. Er hatte Bouchaïb nicht gefunden. »Das Gebirge ist sehr groß, Si Belhaj. Niemand hat etwas von ihm gehört.«

Eines Abends kehrte der Mann zurück. Mit zerfurchtem Gesicht und geröteten Augen tauchte Bouchaïb vor dem Eingang der Farm auf. Als er Amine kommen sah, schlug er sich mit beiden Händen auf den Kopf, zerkratzte sich die Wangen, schrie wie ein gehetztes Tier. Er rang nach Luft, und Amine verstand nichts von seinen Erklärungen. »Räuber, Räuber!«, wiederholte Bouchaïb, und seine Augen weiteten sich vor Entsetzen. Er erzählte, in der Nacht sei eine Bande bewaffneter Männer gekommen. Sie hätten die Hirten erst geschlagen, dann gefesselt und die gesamte Herde auf einem Lastwagen weggebracht. »Die Hirten konnten nichts tun. Das sind anständige Männer, gute Arbeiter, aber was sollten diese Burschen schon gegen Waffen und einen Lastwagen ausrichten?« Bouchaïb ließ sich in einen Sessel fallen. Er legte die Hände auf seine Knie und weinte wie ein Kind. Er behauptete, er sei für immer entehrt und würde diese Schmach niemals überwinden. Nachdem er einen Schluck Tee mit fünf Stück Zucker getrunken hatte, fügte er hinzu:

»Das ist wirklich ein großes Unglück für uns.«

»Wir gehen zur Polizei.«

Amine war vor dem Bauern stehen geblieben.

»Zur Polizei!« Der Mann begann wieder zu weinen. Er schüttelte verzweifelt den Kopf. »Die Polizei kann nichts tun. Diese Diebe, diese Teufel, diese Hundesöhne sind schon über alle Berge. Wie soll man ihre Spur finden?« Und er stimmte eine endlose Litanei an über das Elend der Bergbewohner, die abgeschieden lebten, Gewalt und Jahreszeiten ausgeliefert. Er beweinte sein Schicksal, wetterte gegen die Dürre, Krankheiten, Frauen, die im Kindbett starben, unredliche Beamte. Er schluchzte noch immer, als Amine ihn am Arm zog.

»Wir gehen zur Polizei.« Amine war zwar kleiner als der Bauer, doch deswegen nicht weniger Respekt einflößend. Er war jung und energisch, seine Arme muskulös von der Feldarbeit. Bouchaïb wusste, dass er im Krieg gewesen war, dass er bei den Franzosen ein Offizier war und man ihn für seine Tapferkeit ausgezeichnet hatte. Amine packte Bouchaïb am Ärmel seiner Dschellaba, und der andere leistete keinen Widerstand mehr. Als sie ins Auto stiegen, umfing sie tiefste Finsternis. Schweigen breitete sich aus. Trotz der nächtlichen Kälte schwitzte Bouchaïb. Amine warf ihm verstohlene Blicke zu. Er behielt die Hände des Bauern im Auge, die das schwache Licht der Scheinwerfer kaum erhellte. Er fürchtete, dieser könnte sich in einem Anfall von Wahnsinn oder Verzweiflung auf ihn stürzen und versuchen, ihn niederzuschlagen und zu fliehen.

Die Polizeikaserne erschien am Horizont. Bouchaïb tauschte seine verzweifelten Klagen gegen einen sarkastischeren Ton. »Wie kommst du darauf, dass diese Nichtsnutze etwas für uns tun werden?«, fragte er. Dabei zuckte er mit den Schultern, als wäre Amines Naivität das Lächerlichste, was ihm je untergekommen war. Als sie vor dem Tor hielten, blieb Bouchaïb sitzen. Amine ging um das Auto herum, öffnete die Beifahrertür und sagte: »Du kommst mit.«

Im Morgengrauen kehrte Amine heim. Mathilde saß am Küchentisch. Sie versuchte, Aïchas Haare zu flechten, die sich auf die Lippen biss, um nicht zu weinen. Er sah die beiden an, lächelte wortlos und ging in sein Zimmer. Er erzählte Mathilde nicht, dass die Gendarmen Bouchaïb wie einen alten Bekannten empfangen hatten. Lachend hatten sie sich seinen Bericht über die Räuber in den Bergen angehört. Sie hatten erstaunte Gesichter aufgesetzt und gefragt: »Und der Lastwagen, sag, wie sah der aus? Und die armen Hirten, hat man sie sehr übel zugerichtet? Vielleicht könnten sie herkommen und eine Aussage machen? Erzähl noch mal, wie die Diebe gekommen sind. Merk dir diese Geschichte, die ist wirklich zu komisch.« Amine hatte das Gefühl, dass sie vor allem über ihn lachten. Ihn, der sich für einen großen Landbesitzer hielt, ihn, der sich wie ein Kolonist benahm und dem erstbesten Spitzbuben wie ein Idiot auf den Leim gegangen war. Bouchaïb würde ein paar Monate im Gefängnis verbringen. Aber das tröstete Amine nicht. Das würde ihm seine Schulden nicht zurückzahlen. Im Grunde hatte der Bauer recht gehabt. Es brachte nichts, zur Polizei zu gehen. Das hatte ihn nur noch etwas mehr zermürbt. Nein, Amine hätte diesem Mistkerl, diesem Haufen Scheiße die Faust ins Gesicht schlagen sollen. Er hätte ihn prügeln sollen, bis er nicht mehr aufstand. Wer hätte sich darüber beklagt? Gab es irgendwo eine Frau, ein Kind, einen Freund, der sich auf die Suche nach diesem Halunken begeben hätte? Alle, die mit Bouchaïb zu tun hatten, wären sicher erleichtert gewesen, wenn sie erfahren hätten, dass er verreckt war. Amine hätte den Leichnam den Schakalen und Geiern zum Geschenk gemacht, und so hätte er zumindest das Gefühl gehabt, sich gerächt zu haben. Die Polizei, was für eine Dummheit.

III

Aïcha erwachte mit leichtem Herzen. Es war der erste Tag der Weihnachtsferien, und sie betete im Bett, in die Wolldecke gekuschelt. Sie betete für ihre Eltern, die so unglücklich waren, und sie betete für sich selbst, denn sie wollte gut sein und sie retten. Seit sie denken konnte, stritten ihre Eltern sich immerzu. Am vorigen Tag hatte ihre Mutter zwei ihrer Kleider zerrissen. Sie sagte, sie ertrüge diese schäbigen Fetzen nicht mehr, und wenn er sich weigerte, ihr Geld für Anziehsachen zu geben, würde sie eben nackt herumlaufen. Aïcha presste ihre gefalteten Hände aneinander und flehte zu Jesus, er möge ihre Mutter daran hindern, ohne etwas am Leib auf die Straße zu gehen, inständig bat sie den Herrn, ihr diese Demütigung zu ersparen.

In der Küche saß Mathilde mit Selim auf dem Schoß und streichelte das krause Haar ihres kleinen Jungen, den sie vergötterte. Müde betrachtete sie den sonnenüberfluteten Hof und die Trockenleine, die unter dem Gewicht der Wäsche durchhing. Aïcha bat ihre Mutter um einen Korb mit Proviant. »Wir könnten dich auf deinem Spaziergang begleiten, was meinst du? Möchtest du nicht auf uns warten?«

Aïcha sah ihren Bruder finster an, den sie faul und weinerlich fand. Sie hatte keine Lust, jemanden im Schlepptau zu haben, sie wusste genau, wo sie hinwollte. »Ich werde erwartet. Ich gehe.« Aïcha rannte zur Tür, hob die rechte Hand und verschwand.

Sie rannte, bis sie den Duar erreichte, der etwa einen Kilometer von ihnen entfernt auf der anderen Seite des Hügels hinter den Quittenplantagen lag. Während sie rannte, fühlte sie sich unerreichbar. Sie rannte, und der Rhythmus, den sie ihrem Körper aufzwang, machte sie taub und blind, verkapselte sie in einer seligen Einsamkeit. Sie rannte, und wenn ihre Brust zu schmerzen, ihre Kehle nach Staub und Blut zu schmecken begann, sagte sie ein Vaterunser auf, um sich Mut zu machen. *Dein Reich komme, Dein Wille geschehe.*

Außer Atem und mit von den Brennnesseln geröteten Beinen kam sie im Duar an. *Wie im Himmel so auf Erden.* Der Duar bestand aus fünf armseligen Hütten, vor denen Hühner und Kinder herumsprangen und in denen die Arbeiter der Farm wohnten. Wäsche trocknete auf einer zwischen zwei Bäumen gespannten Leine. Hinter den Behausungen erinnerten ein paar weiße Steinhaufen daran, dass man hier die Vorfahren begraben hatte. Dieser staubige Weg, dieser Hügel, über den die Herden zogen, waren alles, was sie gesehen hatten, selbst nach dem Tod. Hier lebten Ito und ihre sieben Töchter. Das Frauenhaus war im ganzen Umkreis berühmt. Sicher, bei der fünften Tochter hatte es Gelächter und anzügliche Bemerkungen gegeben. Die Nachbarn machten sich über den Vater, Ba Miloud, lustig und zweifelten an der Qualität seines Samens, behaupteten, er sei von einer ehemaligen Geliebten verflucht worden. Ba Miloud ärgerte sich. Aber als dann das siebte Mädchen geboren wurde, kehrte sich alles um, und man dachte ganz im Gegenteil, dass Ba Miloud gesegnet sei und dieser Familie etwas Magisches anhafte. Man nannte ihn »den Mann mit den sieben Jungfern«, ein Name, der ihn mit Stolz erfüllte. Ein anderer als er hätte sich vielleicht beklagt: Welch ein Kummer! Welche Sorge! Mädchen, die auf den Feldern herumlaufen, die von Männern angesprochen, begehrt, geschwängert werden können! Und die Ausgaben, diese Mädchen, die man würde verheiraten, dem Meistbietenden verkaufen müssen! Aber der gutmütige, zuversichtliche Ba Miloud fühlte sich von einem Glorienschein umgeben, er war glücklich in diesem von Weiblichkeit erfüllten Haus, in dem die Stimmen seiner Kinder ihn an das Zwitschern der Vögel erinnerten, wenn der Frühling kommt.

Die meisten von ihnen hatten die hohen Wangenknochen und hellen Haare ihrer Mutter geerbt. Die ersten beiden waren rothaarig, die fünf anderen blond, sie alle trugen auf dem Kinn eine Hennatätowierung. Sie flochten ihre langen Haare, und die straffen Zöpfe reichten ihnen fast bis zum Po. Sie bedeckten einen Teil ihrer breiten Stirn mit einem bunten Tuch, leuchtend gelb oder karmesinrot, und trugen so schwere Ohrringe, dass ihre Ohrläppchen herabhingen. Doch was jedermann auffiel, was ihre Besonderheit ausmachte, das war ihr schönes Lächeln. Sie hatten ganz kleine Zähne, weiß und glänzend wie Perlen. Selbst Ito, die schon alt war, die ihren Tee mit viel Zucker trank, hatte ein strahlendes Lächeln.

Einmal hatte Aïcha Ba Miloud gefragt, wie alt er sei. »Ich bin mindestens hundert Jahre alt«, hatte er todernst geantwortet, und Aïcha war beeindruckt gewesen. »Hast du deswegen nur einen einzigen Zahn?« Ba Miloud hatte gelacht, und seine kleinen, wimpernlosen Augen hatten gefunkelt. »Nun ja«, sagte er, »das ist wegen dem Mäuschen.« Er setzte eine geheimnisvolle Miene auf und flüsterte dem Kind ins Ohr. Draußen kicherten Ito und die Mädchen. »Einmal, da habe ich so hart auf dem Feld gearbeitet, dass ich am Abend mitten beim Essen eingeschlafen bin. Im Mund hatte ich noch ein Stück in süßen Tee getunktes Brot. Mein Schlaf war so tief, dass ich nicht gemerkt habe, wie die kleine Maus auf mich draufgekrabbelt ist, das Brot aus meinem Mund gegessen und all meine Zähne gestohlen hat. Als ich aufwachte, war nur noch einer übrig.« Aïcha stieß vor Verwunderung einen kleinen Schrei aus, und die Frauen des Hauses lachten hell auf. »Mach ihr keine Angst, *ya Ba!*[6] Keine Sorge, *benti*[7], bei euch daheim gibt es solche Mäuse nicht.«

*

Seit Aïcha zur Schule ging, hatte sie weniger Zeit herzukommen. Ito empfing sie in ihrem Haus mit Lachen und freudigen Rufen. Sie liebte die Tochter des Gutsherrn, ihren strohblonden Wuschelkopf, ihre schüchterne Miene und ihr Körbchen mit Proviant. Sie war auch ein bisschen

---

6 »O Vater!«
7 »meine Tochter, mein Mädchen«

ihre Tochter, da sie sie schon als Baby gekannt hatte und Tamo, die Älteste der sieben Jungfern, bei den Belhajs arbeitete, seit diese auf die Farm gezogen waren. Aïcha sah sich nach den Kindern um, aber da war niemand in dem großen Raum, in dem gegessen und geschlafen wurde, in dem Ba Miloud seine Frau bestieg, ohne sich um die Anwesenheit der Töchter zu scheren. Das Haus war kalt und feucht, und Aïcha konnte kaum atmen wegen des Rauchs aus dem Canoun, vor dem Ito in der Hocke saß und ein Stück Pappe schwenkte. Mit der anderen Hand zerbrach sie ein Ei, das sie mit einer Prise Kreuzkümmel auf der Holzkohle briet. Sie reichte es Aïcha. »Das ist für dich.« Und während das Kind auf den Fersen sitzend mit den Fingern aß, streichelte sie ihm sanft über den Rücken und lachte, weil das Eigelb auf den Kragen des Hemdchens lief, an dem Mathilde zwei Nächte lang genäht hatte.

Rabia kam mit vom Laufen geröteten Wangen. Sie war drei Jahre älter als Aïcha, aber schon fast kein Kind mehr. Aïcha betrachtete sie als Verlängerung der Arme ihrer Mutter. Rabia konnte ebenso geschickt Gemüse schälen, sie wischte getrockneten Rotz von den Nasen, fand Malven unter den Bäumen, hackte und kochte sie. Mit Händen, so zierlich wie Aïchas, konnte das Mädchen Brot kneten, zur Erntezeit über den großen Netzen Oliven von den Zweigen herunterschlagen. Sie wusste, dass man nicht auf die nassen Äste steigen durfte, weil sie zu rutschig waren. Ihre Art zu pfeifen erschreckte die streunenden Hunde, die sich mit eingezogenem Schwanz und zitternden Hinterläufen davonmachten. Aïcha bewunderte Itos Töchter, deren Spiele sie beobachtete, auch wenn sie sie nicht immer verstand. Sie liefen einander nach, zogen sich an den Haaren, und manchmal warf sich eine auf die andere und rutschte hin und her, was die, die auf dem Rücken lag, zum Glucksen brachte. Sie liebten es, Aïcha zu verkleiden und ihren Spaß mit ihr zu treiben. Sie banden ihr eine Stoffpuppe auf den Rücken, wickelten ihr einen schmutzigen Schal um den Kopf, klatschten und sagten, sie solle tanzen. Einmal versuchten sie sie zu überreden, dass sie sich auch tätowieren ließ und sich Hände und Füße mit Henna färbte. Doch Ito hatte eingegriffen, ehe es so weit kam. Sie nannten sie »*Bent Tajer*«[8] mit spöttischer Ehrerbietung und fügten hinzu: »Du bist nicht besser als wir, oder?«

Als Aïcha ihr einmal von der Schule erzählt hatte, war Rabia erschüttert gewesen. Wie sehr sie Aïcha bemitleidete! Sie stellte sich das Pensionat wie eine Art Gefängnis vor, in dem Erwachsene vor Angst gelähmte Kinder auf Französisch anschrien. Ein Gefängnis, in dem man den Lauf der Jahreszeiten nicht genießen konnte, in dem man tagelang herumsaß, der Unbarmherzigkeit der Großen ausgeliefert.

Die kleinen Mädchen stürzten sich in die Natur, und keiner fragte, wo sie hingingen. Der dicke, klebrige Schlamm blieb an ihren Schuhen hängen, und sie kamen immer mühsamer voran. Sie mussten den Lehm mit den Fingern von ihren Sohlen abkratzen und lachten, als sie die Erde berührten. Sie setzten sich unter einen Baum, sie waren müde und bohrten träge mit dem Zeigefinger kleine Erdlöcher, in denen sie fette Würmer fanden, die sie zwischen

---

8 »Tochter des Chefs«

ihren Fingern zerquetschten. Sie wollten immer wissen, was im Innern der Dinge war: im Bauch der Tiere, im Stiel der Blumen, im Stamm der Bäume. Sie wollten die Welt aufschlitzen, um ihr Geheimnis zu ergründen.

An diesem Tag sprachen sie davon, auszureißen, Abenteuer zu erleben. Sie lachten bei dem Gedanken an diese unermessliche Freiheit. Doch dann meldete sich der Hunger, der Wind kühlte ab, und die Sonne sank allmählich. Aïcha bettelte, dass Rabia sie begleitete, sie hatte Angst, alleine heimzugehen, und hakte sich bei ihr unter auf dem schmalen, steinigen Pfad. Sie waren nicht mehr weit vom Haus, da entdeckte Rabia einen riesigen Heuhaufen genau neben der Scheune, den die Arbeiter nicht in den Schuppen gebracht hatten. »Komm«, sagte sie zu Aïcha, die nicht feige sein wollte. Über eine alte orangefarbene Leiter kletterten sie aufs Dach der Scheune, und Rabia, deren schmaler Brustkorb sich vor Lachen schüttelte, sagte »Schau her!« und sprang.

Ein paar Sekunden lang war kein Laut zu hören. Als hätte Rabia sich in Luft aufgelöst, als hätte ein Dschinn sie entführt. Aïcha hielt den Atem an. Sie stellte sich ganz an den Rand des Daches, beugte sich vor und rief mit schwachem Stimmchen: »Rabia?« Nach einer Weile glaubte sie ein Röcheln oder Schluchzen zu vernehmen. Sie hatte solche Angst, dass sie die Leiter, so schnell sie konnte, wieder hinunterstieg und nach Hause rannte. Sie fand ihre Mutter im Sessel, Selim zu ihren Füßen. Mathilde stand auf und wollte ihre Tochter gerade ausschimpfen, ihr sagen, dass sie sich furchtbare Sorgen gemacht hatte, doch Aïcha warf sich an ihre Beine. »Ich glaube, Rabia ist tot!«

Mathilde rief Tamo, die in der Küche döste, und sie rannten zur Scheune. Tamo stieß einen Schrei aus, als sie ihre Schwester im blutigen Heu liegen sah. Sie schrie immer weiter mit verdrehten Augen, bis Mathilde ihr, damit sie sich beruhigte, eine Ohrfeige verpasste, die sie zu Boden warf. Mathilde beugte sich über das Kind, dessen Arm eine unter dem Heu verborgene Mistgabel aufgerissen hatte. Sie hob es hoch und lief zum Haus. Sie versuchte, einen Arzt anzurufen, während sie immer weiter das Gesicht des ohnmächtigen kleinen Mädchens streichelte, doch die Telefonleitung war defekt. Ihr Kinn zitterte, und das machte Aïcha Angst, die dachte, wenn Rabia tot wäre, würde alle Welt sie verabscheuen. Es war alles ihre Schuld, und morgen müsste sie Itos Hass, Ba Milouds Zorn, die Verwünschungen des ganzen Dorfes über sich ergehen lassen. Sie sprang von einem Fuß auf den anderen, weil ihre Beine kribbelten.

»Verdammtes Telefon, verdammte Farm, verdammtes Land!« Mathilde warf das Telefon an die Wand und bat Tamo, ihre Schwester aufs Sofa im Wohnzimmer zu legen. Man stellte Kerzen um das reglose Kind auf, das in dieser Beleuchtung bereits aussah wie ein entzückender kleiner Leichnam, hergerichtet für die Beisetzung. Wenn Tamo und Aïcha schwiegen, wenn sie sich nicht auf den Boden warfen, dann nur aus Furcht vor Mathilde und aus Bewunderung für diese, die jetzt in dem, was ihr als Arzneischrank diente, kramte. Sie beugte sich über Rabia, und die Zeit stand still. Man hörte nur das Geräusch ihrer Spucke, die sie herunterschluckte, der Gaze, die sie zerteilte, der Schere, mit der sie den Faden abschnitt, um die Wunde zu nähen. Dann legte sie Rabia, die jetzt leise stöhnte, ein mit Eau de Cologne getränktes Tuch auf die Stirn und sagte: »So.« Als Amine nach Hause kam und Aïcha schon längst schlief, mit vor Angst eingeschnürter Brust, weinte und schrie Mathilde. Sie verfluchte dieses Haus, sie sagte, sie könnten nicht weiter so leben, wie die Wilden, sie würde das Leben ihrer Kinder nicht eine Minute länger aufs Spiel setzen.

*

Am nächsten Tag erwachte Mathilde im Morgengrauen. Sie ging ins Zimmer ihrer Tochter, die neben Rabia schlief. Vorsichtig hob sie den Verband über der Wunde des Mädchens an, dann küsste sie die beiden auf ihre kleinen Stirnen. Auf dem Schreibtisch ihrer Tochter bemerkte sie den Adventskalender. In goldenen Lettern stand da: »Dezember 1953«. Mathilde hatte ihn selbst gebastelt. Sie hatte vierundzwanzig kleine Fenster ausgeschnitten, die, wie sie nun feststellte, alle noch geschlossen waren. Aïcha behauptete, sie möge keine Süßigkeiten. Sie verlangte nie etwas und lehnte das Fruchtgelee oder die in Schnaps eingelegten Kirschen ab, die Mathilde hinter einer Reihe Bücher versteckte. Der Ernst ihres Kindes ärgerte sie. ›Sie ist genauso streng wie ihr Vater‹, dachte sie. Ihr Mann war bereits auf dem Feld, und sie setzte sich, in eine Decke gewickelt, an den Tisch vor dem Garten. Tamo brachte Tee und beugte sich über Mathilde, die die Nase rümpfte. Sie hasste den Geruch des Hausmädchens, sie ertrug ihr Lachen nicht, ihre Neugier, ihre mangelnde Hygiene. Sie sagte ihr, sie sei dreckig, und schimpfte sie einen Bauerntrampel.

Tamo stieß einen bewundernden Schrei aus. »Was ist das?«, fragte sie, indem sie auf den Kalender zeigte, der mit goldenen Sternen beklebt war. Mathilde gab dem Hausmädchen einen Klaps auf die Finger.

»Rühr das nicht an. Das ist für Weihnachten.«

Achselzuckend ging Tamo wieder in die Küche. Mathilde beugte sich zu Selim hinunter, der auf dem Teppich saß. Sie leckte ihren Finger an und tauchte ihn in die Zuckerdose, die Tamo dagelassen hatte. Selim, der es zu schätzen wusste, schleckte den Finger ab und sagte danke.

Seit Wochen wiederholte Mathilde, dass sie sich ein Weihnachten wie früher im Elsass wünschte. Als sie noch in Berrima lebten, hatte sie nicht auf Christbaum, Geschenken und Adventskranz bestanden. Sie hatte kein Theater gemacht, weil sie begriff, dass es unmöglich war, in diesem düsteren und stillen Haus, mitten in der Medina, ihren Gott und ihre Gebräuche durchzusetzen. Doch Aïcha war jetzt sechs Jahre alt, und Mathilde träumte davon, ihrer Tochter in diesem Haus, das ihres war, ein unvergessliches Weihnachtsfest zu bereiten. Sie wusste genau, dass die Mädchen in der Schule mit den Geschenken prahlten, die sie bekommen würden, den Kleidern, die ihre Mütter für sie gekauft hatten, und sie wollte nicht, dass Aïcha auf all diese Freuden verzichten musste.

Mathilde stieg ins Auto und machte sich auf den Weg, den sie in- und auswendig kannte. Ab und zu winkte sie mit dem linken Arm aus dem Fenster, um die Arbeiter zu grüßen, die sich die Hand aufs Herz legten. Wenn sie allein war, fuhr sie schnell, und man hatte es Amine zugetragen, der ihr verbot, solche Risiken einzugehen. Aber sie hatte Lust, die Landschaft zu durchmessen, Staubwolken aufzuwirbeln, das Leben voranzubringen, so schnell es ging. Sie kam auf dem El-Hedim-Platz an und parkte oben in der Gasse. Ehe sie ausstieg, zog sie eine Dschellaba über ihre Kleidung und verbarg ihr Haar unter einem Tuch, das auch ihr Gesicht bedeckte. Ein paar Tage zuvor hatte man ihr Auto mit Steinen beworfen, während die Kinder auf dem Rücksitz vor Angst schrien. Sie hatte Amine nichts davon gesagt, weil sie fürchtete, er könnte ihr verbieten, aus dem Haus zu gehen. Er behauptete, es sei riskant für eine Französin, sich in den Straßen der Medina zu bewegen. Mathilde las keine Zeitung, hörte selten Radio, aber ihre Schwägerin Selma hatte ihr mit spöttischem Blick vom bevorstehenden Sieg des marokkanischen Volkes erzählt. Lachend hatte sie gesagt, man habe einen jungen Marokkaner gezwungen, ein Päckchen Zigaretten zu essen, als Strafe dafür, dass er sich nicht an den Boykott französischer Produkte hielt. »Einem Nachbarn haben sie mit dem Rasiermesser die Lippen aufgeschlitzt. Weil er rauche und Allah beleidige, sagten sie.« In der europäischen Stadt, vor dem Pensionat, ließen es sich die Mütter nicht nehmen, laut und empört über den Verrat der Araber zu sprechen, obwohl sie diese doch immer mit Achtung und Respekt behandelt hätten. Sie wollten, dass Mathilde die Geschichten von entführten Franzosen hörte, die die Bergbewohner als Geiseln nahmen und folterten, denn sie hielten sie für eine Komplizin dieser entsetzlichen Verbrechen.

Körper und Gesicht vollkommen verhüllt, stieg sie aus

dem Auto und ging zum Haus ihrer Schwiegermutter. Sie schwitzte unter den Stoffschichten und schob ab und zu das Tuch vor ihrem Mund beiseite, um Luft zu holen. Diese Verkleidung fühlte sich seltsam an. Sie kam sich vor wie ein kleines Mädchen, das so tat, als wäre es eine andere, und dieser Schwindel berauschte sie. Sie fiel überhaupt nicht auf, Gespenst zwischen Gespenstern, und niemand konnte unter den Schleiern ahnen, dass sie eine Fremde war. Sie kam an einer Gruppe junger Burschen vorbei, die Erdnüsse aus Boufakrane verkauften, und blieb vor einem kleinen Karren stehen, um mit den Fingerspitzen fleischige, orangefarbene Mispeln zu befühlen. Auf Arabisch feilschte sie um den Preis, und der Verkäufer, ein dürrer, vergnügter Bauer, überließ ihr das Kilo für eine bescheidene Summe. Sie bekam Lust, den Schleier wegzuziehen, ihr Gesicht und ihre großen grünen Augen zu zeigen und dem alten Mann zu sagen: »Du hast mich für etwas gehalten, was ich nicht bin!« Doch dann erschien ihr der Scherz albern, und sie verzichtete auf das Vergnügen, sich über die Einfalt der Passanten lustig zu machen.

Mit gesenktem Blick, den Schleier bis über die Nase hochgezogen, hatte sie das Gefühl zu verschwinden, und sie wusste nicht recht, was sie davon halten sollte. Wenn diese Anonymität sie auch schützte, ja sogar berauschte, war sie doch wie ein Abgrund, in dem sie wider Willen immer tiefer versank, und ihr schien, als verlöre sie mit jedem Schritt ein wenig mehr von ihrem Namen, ihrer Identität, als verbärge sie, indem sie ihr Gesicht verbarg, einen wesentlichen Teil ihrer selbst. Sie wurde zum Schatten, zu einer vertrauten Gestalt ohne Namen, Geschlecht und Alter. Die wenigen Male, die sie gewagt hatte, Amine auf die Rolle der marokkanischen Frauen anzusprechen, auf Mouilala, die nie das Haus verließ, hatte ihr Mann die Diskussion rasch beendet. »Worüber beklagst du dich? Du bist Europäerin, niemand verbietet dir irgendetwas. Also kümmere dich um dich und lass meine Mutter in Frieden.«

Aber Mathilde ließ nicht locker, aus Widerspruchsgeist, weil sie der Lust zu streiten einfach nicht widerstehen konnte. Abends redete sie mit einem von der Feldarbeit erschöpften und von den Sorgen ausgelaugten Amine über die Zukunft von Selma und Aïcha, diesen jungen Mädchen, deren Schicksal noch nicht vorgezeichnet war. »Selma muss studieren«, sagte sie. Und wenn Amine ruhig blieb, fuhr sie fort. »Die Zeiten haben sich geändert. Denk auch an deine Tochter. Sag mir nicht, du hast die Absicht, Aïcha zu einer unterwürfigen Frau zu erziehen.« Und dann zitierte Mathilde in ihrem elsässisch gefärbten Arabisch die Worte Lalla Aïchas in Tanger im April 1947. Zu Ehren der Tochter des Sultans hatten sie den Namen ihres ersten Kindes ausgewählt, daran wollte Mathilde Amine erinnern. Hatten nicht sogar die Nationalisten erkannt, dass der Wunsch nach Unabhängigkeit mit einer Befürwortung der Emanzipation der Frauen einhergehen musste? Es gab immer mehr, die sich bildeten, eine Dschellaba oder sogar europäische Kleidung trugen. Amine nickte, brummte, machte aber keine Versprechungen. Auf den Feldwegen, inmitten der Arbeiter, gingen ihm diese Gespräche manchmal durch den Kopf. ›Wer will schon eine unsittliche Frau?‹, dachte er. ›Mathilde hat keine Ahnung.‹ Er dachte an seine Mutter, die ihr Leben lang eingesperrt gewesen war. Als Kind hatte man Mouilala nicht erlaubt, mit ihren Brüdern in die Schule zu gehen. Dann hatte Si Kadour, ihr verstorbener Mann, das Haus in der Medina gebaut. Mit dem einzigen, stets von Läden verschlossenen Fenster im Obergeschoss, dem Mouilala sich nicht nähern durfte, hatte er ein Zugeständnis an die Traditionen gemacht. Die Fortschrittlichkeit Kadours, der Französinnen die Hand küsste und sich von Zeit zu Zeit im Mers eine jüdische Prostituierte gönnte, endete exakt da, wo der Ruf seiner Frau ins Spiel kam. Als Amine ein Kind war, hatte er manchmal gesehen, wie seine Mutter durch die Ritzen das Treiben auf der Straße beobachtete und sich den Zeigefinger auf die Lippen legte, damit er ihr Geheimnis bewahrte.

Für Mouilala war die Welt von unüberwindlichen Grenzen durchzogen. Zwischen Männern und Frauen, zwischen Muslimen, Juden und Christen, und sie meinte, um gut miteinander auszukommen, sei es besser, wenn man sich nicht allzu oft begegnete. Der Frieden würde fortbestehen, solange jeder an seinem Platz blieb. Von den Juden der Mellah ließ sie sich die Kohlebecken reparieren, Körbe flechten, und ein magerer Schneider mit haarigen Wangen lieferte ihr für den Haushalt unverzichtbare Kurzwaren. Nie hatte sie die europäischen Freunde ihres Gatten getroffen, der gerne Gehröcke und Bundfaltenhosen trug und sich damit brüstete, ein moderner Mann zu sein. Und sie stellte keine Fragen, als sie eines Morgens Kadours privaten Salon aufräumte und an Gläsern und Zigarettenkippen rote Spuren fand, die die Form eines Mundes hatten.

Amine liebte seine Frau, er liebte sie, und er begehrte sie so sehr, dass er manchmal nachts aufwachte und sie beißen, sie verschlingen, sie ganz und gar besitzen wollte. Doch bisweilen zweifelte er an sich. Was hatte er sich nur dabei gedacht? Wie war er auf die verrückte Idee gekommen, dass er mit einer Europäerin zusammenleben könnte, einer so emanzipierten Frau wie Mathilde? Wegen ihr, wegen dieser schmerzlichen Widersprüche, kam es ihm vor, als würde sein Leben von einem hysterischen Schwungrad angetrieben. Manchmal empfand er das heftige und quälende Verlangen, zu seiner Kultur zurückzukehren, seinen Gott, seine Sprache und sein Land von ganzem Herzen zu lieben, und Mathildes Unverständnis machte ihn verrückt. Er wollte eine Frau wie seine Mutter, die ihn ohne viel Worte verstand, mit der Geduld und der Selbstverleugnung seines Volkes, die wenig sprach und viel arbeitete. Eine Frau, die ihn am Abend erwartete, still und ergeben, die ihm beim Essen zusah und darin all ihr Glück und ihre Erfüllung fand. Mathilde machte ihn zu einem Verräter und einem Ketzer. Manchmal hatte er Lust, einen Gebetsteppich auszurollen, seine Stirn auf den Boden zu legen, in seinem Herzen und aus dem Mund seiner Kinder die Sprache seiner Vorfahren zu vernehmen. Er träumte davon, auf Arabisch zu lieben, einer Frau mit goldbrauner Haut zärtliche Dinge ins Ohr zu flüstern, wie man sie kleinen Kindern sagt. Dann wieder, wenn er nach Hause kam und Mathilde ihm um den Hals fiel, wenn er hörte, wie seine Tochter im Badezimmer sang, wenn Mathilde sich Spiele ausdachte und Scherze machte, war er glücklich und fühlte sich den anderen überlegen. Er hatte dann das Gefühl, er hätte sich aus der Masse befreit, und musste zugeben, dass der Krieg ihn verändert und der Fortschritt sein Gutes hatte. Er schämte sich für sich selbst und seine Inkonsequenz, und er wusste, dass Mathilde es war, die dafür bezahlte.

*

Vor der alten, mit Nägeln beschlagenen Tür angekommen, packte Mathilde den Klopfer und verpasste ihr zwei kräftige Schläge. Yasmine, die ihre Röcke über den mit krausen Haaren bedeckten Waden gerafft hatte, kam, um ihr aufzumachen. Es war bald zehn Uhr vormittags, doch das Haus war still. Man hörte das Geräusch der Katzen, die sich streckten, und das des nassen Scheuerlappens, den das Hausmädchen auf den Boden klatschte. Unter Yasmines verblüfftem Blick zog Mathilde die Dschellaba aus, warf das Kopftuch auf einen Sessel und rannte hoch ins Obergeschoss. Yasmine hustete und spuckte zähen grünlichen Schleim in den Brunnen.

Oben fand Mathilde Selma schlafend auf der Bank. Sie mochte dieses kapriziöse und rebellische Mädchen, das gerade sechzehn geworden war, sehr. Dieses Mädchen ohne Manieren, aber nicht ohne Anmut, der Mouilala nur Liebe und Nahrung angedeihen ließ. »Das ist schon recht viel«, hatte Amine ihr einmal gesagt. Ja, das war schon recht viel, aber es war nicht genug. Selma lebte zwischen der blinden Liebe ihrer Mutter und der brutalen Wachsamkeit ihrer Brüder. Seit sie Hüften und Brüste hatte, war Selma für kampftauglich erklärt worden, und ihre Brüder vermöbelten sie hemmungslos. Omar, der zehn Jahre älter war als sie, sagte, er spüre bei seiner Schwester einen Hang zur

Auflehnung, einen unzähmbaren Geist. Er war neidisch auf die Bevorzugung, die sie genoss, auf die Zärtlichkeit, die ihre Mutter erst spät entdeckt und ihm verweigert hatte. Selmas Schönheit machte ihre Brüder nervös wie Tiere, die ein Gewitter herannahen spüren. Besser, man prügelte sie vorbeugend, sperrte sie ein, ehe sie eine Dummheit beging und es zu spät war.

Mit der Zeit wurde Selma immer schöner, sie war von einer unbequemen, irritierenden Schönheit, die den Leuten nicht geheuer war und die das schlimmste Unheil zu verheißen schien. Mathilde fragte sich, wie es sich wohl anfühlen mochte, so schön zu sein. Tat es weh? Hatte die Schönheit ein Gewicht, einen Geschmack, eine Konsistenz? War Selma überhaupt bewusst, welches Unbehagen, welche Erregung ihre Anwesenheit auslöste, wie unwiderstehlich man sich zu ihr hingezogen fühlte, wenn man die so feinen und perfekten Züge ihres zauberhaften Gesichts betrachtete?

Mathilde war Ehefrau, Mutter, doch seltsamerweise schien Selma viel mehr Frau zu sein als sie. Der Krieg hatte an Mathildes Körper, die am 2. Mai 1939 dreizehn geworden war, Spuren hinterlassen. Ihre Brüste hatten erst spät zu wachsen begonnen, wie verkümmert vor Angst, Mangel, Hunger. Ihre Haare waren von einem stumpfen Blond und so fein, dass man ihren Schädel durchscheinen sah, wie bei einem Baby. Selma dagegen strahlte eine selbstbewusste Sinnlichkeit aus. Ihre Augen waren so schwarz und glänzend wie die Oliven, die Mouilala in Salz einlegte. Ihre kräftigen Augenbrauen, ihr dichtes, tief in die Stirn wachsendes Haar, der leichte braune Flaum auf der Lippe erinnerten an die Heldin Bizets oder Mérimées, jedenfalls an das, was Mathilde sich unter einer Südländerin vorstellte. Leidenschaftliche dunkle Schönheiten, die die Männer in den Wahnsinn treiben konnten. Trotz ihrer Jugend hatte Selma so eine Art, das Kinn vorzurecken, die Lippen zu verziehen, mit der rechten Hüfte zu wippen, wie die Heldin eines Liebesromans. Die Frauen hassten sie. Ihre Lehrerin im Gymnasium hatte es auf sie abgesehen und ließ keine Gelegenheit aus, sie zurechtzuweisen oder zu bestrafen. »Sie ist ein aufsässiges und unverschämtes Mädchen. Ich fürchte mich, wenn ich ihr den Rücken zudrehe, stellen Sie sich das nur vor. Allein dass sie da ist, hinter mir, jagt mir Angst ein, wiewohl ich weiß, dass das unsinnig ist«, hatte sie Mathilde anvertraut, die sich in den Kopf gesetzt hatte, die Erziehung ihrer Schwägerin zu überwachen.

*

1942, als Amine in deutsche Kriegsgefangenschaft geriet, verließ Mouilala zum ersten Mal die vertrauten Straßen von Berrima. Mit Omar und Selma nahm sie den Zug nach Rabat, wohin der Generalstab sie bestellt hatte und von wo sie hoffte, ihrem geliebten Ältesten ein Paket senden zu können. Mouilala bestieg den Zug, eingehüllt in einen großen weißen Haik, und fürchtete sich, als die Maschine unter Qualm und Pfiffen den Bahnhof verließ. Lange betrachtete sie die Männer und Frauen, die auf dem Bahnsteig geblieben waren und deren Hände vergeblich winkten. Omar brachte seine Mutter und seine kleine Schwester in ein Abteil der ersten Klasse, in dem schon zwei Französinnen saßen. Sie begannen zu tuscheln. Sie schienen verblüfft, dass eine Frau wie Mouilala, mit ihren Fußkettchen, ihren hennagefärbten Haaren und langen schwieligen Händen zusammen mit ihnen reisen sollte. Die Einheimischen hatten keinen Zutritt zur ersten Klasse, und sie konnten die Dummheit und Unverschämtheit dieser Analphabeten nicht fassen. Als der Kontrolleur das Abteil betrat, erschauerten sie vor Aufregung. ›Jetzt ist Schluss mit dem Theater‹, dachten sie, ›jetzt zeigt er der Fatma, wo sie hingehört. Die glaubt, sie kann sich überall hinsetzen, aber es gibt schließlich gewisse Regeln.‹ Mouilala zog unter ihrem Haik die Zugfahrkarten hervor und den Bescheid der Armee, dass ihr Sohn in Kriegsgefangenschaft war. Der Kontrolleur inspizierte das Dokument und rieb sich verlegen die Stirn. »Gute Reise, Madame«, sagte er und hob seine Mütze. Dann verschwand er im Gang.

Die beiden Französinnen waren sprachlos. Die Reise war ihnen verleidet. Sie ertrugen den Anblick dieser vollkommen verschleierten Frau einfach nicht. Sie fühlten sich gestört vom Gewürzgeruch, den sie verströmte, von ihrem stumpfen Blick auf die Landschaft draußen. Am meisten empörte sie die kleine Schmutzliese, die sie begleitete. Eine Göre von sechs oder sieben Jahren, deren bürgerliche Kleidung die schlechte Erziehung nicht verbergen konnte. Selma, die noch nie verreist war, hielt keine Sekunde still. Sie kletterte auf den Schoß ihrer Mutter, verlangte etwas zu essen, stopfte sich dann mit Gebäck voll, die Hände triefend vor Honig. Sie redete laut mit ihrem Bruder, der im Gang auf und ab lief, summte arabische Lieder. Die jüngere und verbissenere der beiden Französinnen starrte das

Mädchen an. ›Sie ist sehr hübsch‹, dachte sie, und ohne recht zu wissen, warum, brachte die Schönheit des Kindes sie in Rage. Sie hatte den Eindruck, Selma hätte dieses anmutige Gesicht gestohlen, hätte es einer anderen weggenommen, die es eher verdiente als sie und die ganz sicher besser darauf geachtet hätte. Das Kind war schön, und seine Schönheit war ihm gleichgültig, was sie noch gefährlicher machte. Durch die Zugfenster drang, trotz der dünnen Voilevorhänge, die die Reisenden zugezogen hatten, das Sonnenlicht ins Abteil, und dieses warme, orangefarbene Licht ließ Selmas Haare glänzen. Ihre kupferfarbene Haut wirkte nur noch zarter und glatter. Ihre riesigen, schrägen Augen erinnerten an die des schwarzen Panthers, den die Französin einmal im Pariser Zoo bewundert hatte. Niemand, dachte sie, hatte solche Augen. »Jemand hat sie geschminkt«, flüsterte sie ihrer Freundin ins Ohr.

»Was sagst du?«

Die junge Frau beugte sich zu Mouilala vor und sagte, indem sie jede Silbe betonte:

»Man schminkt Kinder nicht. Dieser Kajal um die Augen, das ist nicht gut. Das ist vulgär. Hast du verstanden?«

Mouilala sah sie an, ohne den Sinn der Worte zu begreifen. Sie wandte sich Selma zu, die lachte und den beiden Frauen eine Schachtel mit Gebäck hinhielt. »Die Alte spricht kein Französisch, was denkst du denn!« Die Französin war enttäuscht über die entgangene Chance, ihre Überlegenheit hervorzuheben. Wenn diese Eingeborene sie nicht verstand, dann nützte es nichts, sie würde nicht versuchen, ihr Manieren beizubringen. Und dann packte sie wie in einem Anfall von Wahnsinn Selmas Arm und zog das kleine Mädchen zu sich heran. Aus ihrer Handtasche nahm sie ein Taschentuch, spuckte darauf und begann grob über Selmas Augen zu wischen, die zu kreischen anfing. Mouilala zog ihre Tochter zu sich, doch die andere ließ nicht von ihr ab. Sie betrachtete den hoffnungslos sauberen Stoff und rieb weiter, um sich selbst und ihrer Reisegefährtin zu beweisen, dass dieses Mädchen ein potenzielles Flittchen war, eine Hure. O ja, sie kannte diese Sorte von Mädchen, diese Brünetten, die vor nichts zurückschreckten, die ihren Mann völlig verrückt machten. Sie kannte und sie hasste sie. Omar, der im Gang rauchte, erschien, von den Schreien angelockt, im Abteil. »Was ist los?« Die Frau bekam Angst vor dem jungen Mann mit Brille und verließ schweigend das Abteil.

Am nächsten Tag, als sie zurück in Meknès waren, glücklich, dass sie Amine Briefe und Orangen hatten schicken können, ohrfeigte Omar seine Schwester. Sie begriff überhaupt nichts, und als sie anfing zu weinen, sagte ihr Bruder zu ihr: »Denk nicht mal daran, dich eines Tages zu schminken, hast du verstanden? Wenn du auf die Idee kommst, Lippenstift zu benutzen, dann verpasse ich dir ein breites Lächeln.« Und mit dem Zeigefinger malte er ein makabres Lächeln auf das Gesicht des Kindes.

*

Selma setzte sich auf, schlang ihrer Schwägerin die Arme um den Hals und bedeckte ihr Gesicht mit Küssen. Seit sie sie kannte, diente Selma Mathilde als Führerin, Übersetzerin und beste Freundin. Selma hatte ihr die Gebräuche und Traditionen erklärt, ihr die Höflichkeitsformeln beigebracht. »Wenn du nicht weißt, was du antworten sollst, sag Amen, das genügt.« Selma unterwies sie in der Kunst, so zu tun als ob, und in der, still zu sein. Wenn sie alleine waren, bombardierte Selma Mathilde mit Fragen. Sie wollte alles über Frankreich wissen, übers Reisen, über Paris und die amerikanischen Soldaten, denen Mathilde bei der Befreiung begegnet war. Sie löcherte sie, wie ein Gefangener einen Mann löchert, dem es gelungen war auszubrechen, und sei es auch nur ein einziges Mal.

»Warum bist du hier?«, fragte sie Mathilde.

»Ich mache Weihnachtseinkäufe«, flüsterte die Französin. »Willst du mitkommen?«

Mathilde begleitete die Schwägerin in ihr Zimmer und sah zu, wie sie sich auszog. Auf einem Kissen direkt auf dem Boden sitzend, betrachtete sie Selmas schmale Hüften, ihren ein wenig speckigen Bauch, den Busen mit den dunklen Brustwarzen, der noch nie in einen Büstenhalter gezwängt worden war. Selma schlüpfte in ein elegantes schwarzes Kleid, dessen runder Ausschnitt ihren zarten Hals betonte. Aus einer Schachtel holte sie ein Paar vergilbte und mit kleinen Stockflecken übersäte Handschuhe, die sie sich mit lächerlicher Vorsicht überzog.

Mouilala war besorgt.

»Ich will nicht, dass ihr in der Medina herumspaziert«, sagte sie zu Mathilde. »Du hast ja keine Ahnung, wie neidisch die Leute sind. Sie sind bereit, ein Auge zu opfern, damit ihr blind werdet. Zwei hübsche Mädchen wie ihr, nein, das macht man nicht. Die Leute der Medina werden euch verfluchen, und ihr kommt heim mit einem Fieber oder etwas Schlimmerem. Wenn ihr spazieren gehen wollt, dann geht in die *Ville Nouvelle*, da riskiert ihr nichts.«

»Wo ist denn da der Unterschied?«, fragte Mathilde amüsiert.

»Die Europäer sehen einen nicht so an. Sie kennen den bösen Blick nicht.«

Die jungen Frauen verließen sie lachend, und Mouilala blieb lange hinter der Tür stehen, verwirrt und zitternd. Sie begriff überhaupt nicht, was geschah, und fragte sich, ob sie vor Sorge oder Freude aufgewühlt war, als sie die Mädchen hinausgehen sah.

Selma hatte die Nase voll von dem rückständigen Aberglauben, den idiotischen Ammenmärchen, die Mouilala unermüdlich wiederholte. Sie hörte ihr einfach nicht mehr zu, und nur die Sorge, es der alten Frau gegenüber an Respekt mangeln zu lassen, hinderte sie daran, sich die Ohren zuzuhalten und die Augen zu schließen, wann immer ihre Mutter sie vor Dschinnen, Flüchen oder dem bösen Blick warnte. Mouilala hatte nichts Neues mehr zu bieten. Ihr Leben bestand nur noch darin, sich im Kreis zu drehen und immer und immer wieder dieselben Gesten zu vollziehen, mit einer Fügsamkeit und einer Passivität, die Selma anwiderten. Die Alte war wie diese dummen Hunde, die sich verrenken, um sich selbst in den Schwanz zu beißen, und sich schließlich winselnd auf den Boden legen. Selma ertrug die ständige Anwesenheit ihrer Mutter nicht mehr, die, sobald sie hörte, dass sich eine Tür öffnete, sagte: »Wohin gehst du?« Die sie andauernd fragte, ob sie Hunger habe, ob sie sich langweile, die trotz ihres Alters auf die Terrasse stieg, um nachzusehen, was Selma dort trieb. Mouilalas

Fürsorge und Zärtlichkeit erdrückten sie und fühlten sich für sie an wie eine Art Gewalt. Manchmal hatte sie Lust, Mouilala und auch Yasmine, der Dienerin, ins Gesicht zu schreien. In ihren Augen waren beide Frauen gleichermaßen Sklavinnen, ganz egal, ob die eine die andere auf dem Markt gekauft hatte. Die Jugendliche hätte alles für ein Schloss und einen Schlüssel gegeben, für eine Tür, hinter der sie ihre Träume und Geheimnisse verschließen konnte. Sie betete, das Schicksal möge es gut mit ihr meinen und sie könnte eines Tages nach Casablanca fliehen und sich neu erfinden. Wie die Männer, die schrien »Freiheit! Unabhängigkeit!«, rief auch sie »Freiheit! Unabhängigkeit!«, doch niemand hörte sie.

Sie bettelte Mathilde an, mit ihr zur Place De-Gaulle zu gehen. Sie wollte »auf die Avenue«, wie alle jungen Leute der *Ville Nouvelle* sagten. Sie dürstete danach, so zu sein wie sie, die nur lebten, um gesehen zu werden, die die Avenue de la République rauf und runter spazierten oder mit dem Auto fuhren, so langsam wie möglich, die Fenster geöffnet und das Radio voll aufgedreht. Sie wollte sich allen zeigen, wie die Mädchen von hier, zur Königin des Volksfestes erkoren, zur schönsten Frau von Meknès gewählt werden und vor den Jungen und den Fotografen herumstolzieren. Sie hätte alles dafür gegeben, einen Kuss in die kleine Kuhle am Hals eines Mannes zu hauchen, zu wissen, wie ihre Nacktheit schmeckte, wie sie sie ansehen würden. Obwohl sie selbst niemanden kannte, dem diese große Liebe widerfahren war, hatte sie keine Zweifel, dass es die schönste Sache der Welt sei. Die alten Zeiten mit ihren arrangierten Ehen waren Geschichte. Oder zumindest hatte Mathilde ihr das gesagt, und sie wollte es glauben.

*

Mathilde willigte ein, weniger, um ihrer Schwägerin eine Freude zu machen, als weil sie im europäischen Viertel Einkäufe zu erledigen hatte. Selma war schon fast erwachsen, doch sie blieb lange vor dem Spielzeugladen stehen, und als sie ihre Handschuhe ans Schaufenster legte, kam einer der Verkäufer heraus und rief: »Nimm deine Finger da weg!« Man beäugte sie misstrauisch, mit ihrer europäischen Kleidung, dem im Nacken zu einem losen Knoten zusammengefassten Haar. Sie zog andauernd ihre weißen Handschuhe zurecht, strich mit lächerlicher Sorgfalt den Rock glatt, sah die Passanten freundlich an in der naiven Hoffnung, zu korrigieren, was nicht stimmte, und ihr Unbehagen zu zerstreuen. Vor einem Café pfiffen drei Burschen bei ihrem Anblick, und Mathilde schämte sich für das Lächeln, das Selma ihnen zuwarf. Sie nahm sie an der Hand und beschleunigte ihren Schritt, weil sie fürchtete, man könnte sie sehen und Amine könnte von dem unerfreulichen Zwischenfall erfahren. Sie eilten zum großen Markt, und Mathilde sagte: »Ich muss fürs Abendessen einkaufen. Bleib in der Nähe.« Am Eingang zur Markthalle saßen ein paar Frauen auf dem Boden und warteten, dass man sie als Haushaltshilfe oder Kindermädchen einstellte. Sie trugen alle einen Schleier vor dem Gesicht, bis auf eine, deren zahnloser Mund Selma abschreckte. Sie dachte: ›Wer soll die denn wollen?‹ Das junge Mädchen ging langsam, ließ seine Ballerinas über das nasse Pflaster schleifen. Sie wäre zu gern in der Stadt geblieben, hätte ein Eis gegessen, die Röcke in den Schaufenstern und die Frauen, die selbst ihre Autos steuerten, bewundert. Sie hätte so gern zu diesen Cliquen junger Leute gehört, die am Donnerstagnachmittag Überraschungspartys organisierten und zu amerikanischer Musik tanzten. Der Kaffeeverkäufer hatte in seinem Schaufenster einen Automaten aufgestellt, ein schwarzer Mann mit platter Nase und wulstigen Lippen, der mit dem Kopf nickte. Selma stellte sich vor die Büste, und ein paar Minuten lang nickte auch sie wie eine mechanische Puppe. In der Metzgerei lachte sie über ein Plakat mit einem Hahn darauf und dem Satz: »Wenn dieser Hahn kräht, geben wir Kredit.« Sie wollte Mathilde das Bild zeigen, doch die reagierte gereizt. »Du denkst nur an deinen Spaß. Siehst du nicht, dass ich zu tun habe?« Mathilde war besorgt. Sie kramte auf dem Grund ihrer Taschen. Mit gerunzelter Stirn zählte sie das Wechselgeld nach, das die Händler ihr gaben. Geld war zum ständigen Streitpunkt geworden. Amine warf ihr vor, verantwortungslos und verschwenderisch zu sein. Mathilde musste insistieren, sich rechtfertigen, manchmal betteln, um Geld für die Schule, das Auto, etwas zum Anziehen für die Kleine oder den Friseur zu bekommen. Er zog ihr Wort in Zweifel. Er warf ihr vor, Bücher zu kaufen, Schminke, unnötigen Stoff, um Kleider zu nähen, die niemanden interessierten. »Ich bin es, der hier das Geld verdient«, schrie er manchmal. Er deutete auf die Lebensmittel, die auf dem Tisch standen, und fügte hinzu: »Das und das und das wird von meiner Arbeit bezahlt.«

Als Heranwachsende hatte Mathilde niemals gedacht, dass es möglich wäre, ganz allein frei zu sein, es erschien ihr undenkbar, weil sie eine Frau war, weil sie keine Ausbildung hatte, dass ihr Schicksal nicht eng mit dem eines anderen verbunden wäre. Sie hatte ihren Irrtum viel zu spät erkannt, und jetzt, da sie es besser verstand und ein wenig mutiger war, war es unmöglich geworden zu gehen. Die Kinder ersetzten ihre Wurzeln, sie war wider Willen an dieses Land gefesselt. Ohne Geld konnte sie nirgends hingehen, und diese Abhängigkeit, diese Unterwerfung machten sie kaputt. Wie viele Jahre auch vergingen, sie konnte sich einfach nicht damit abfinden, und es war ihr immer zuwider, es war, als beuge sie sich und gebe sich geschlagen, wofür sie sich selbst verabscheute. Jedes Mal, wenn Amine ihr einen Geldschein zusteckte, wenn sie sich ein Stück Schokolade gönnte, aus Naschlust, nicht aus Notwendigkeit, fragte sie sich, ob sie es verdient hatte. Und sie fürchtete, dass sie eines Tages, als alte Frau auf diesem fremden Boden, nichts besitzen würde und nichts vollbracht hätte.

Als er am Abend des 23. Dezember 1953 nach Hause kam, war Amine wie geblendet. Auf Zehenspitzen schlich er in das kleine Wohnzimmer, wo Mathilde die Kerzen des Blätterkranzes angelassen hatte, den sie selbst gebunden hatte. Ein Kuchen stand, zugedeckt mit einem bestickten Geschirrtuch, auf der Anrichte, und rote Girlanden mit Glaskugeln und Samtschleifen schmückten die Wände.

Mathilde war zur Herrin ihres Hauses geworden. Nach vier Jahren auf der Farm hatte sie bewiesen, dass sie mit wenigen Mitteln viel zustande brachte, dass sie die Tische mit Decken und Feldblumen dekorieren, die Kinder ordentlich kleiden, trotz des qualmenden Herds Mahlzeiten zubereiten konnte. Sie war nicht mehr so schreckhaft wie zuvor; sie zertrat das Ungeziefer mit ihren Sandalen, zerlegte selbst die Tiere, die die Bauern ihr schenkten. Amine war stolz auf sie, und er liebte es, ihr zuzusehen, wenn sie sich schwitzend, mit rotem Gesicht, die Ärmel bis zu den Schultern hochgekrempelt, im Haus zu schaffen machte. Das Temperament seiner Frau überwältigte ihn, und wenn er sie umarmte, sagte er »meine Geliebte«, »mein Schatz«, »mein kleiner Soldat«.

Wenn er gekonnt hätte, hätte er ihr Winter und Schnee geschenkt, und sie hätte sich in ihrem heimatlichen Elsass geglaubt. Wenn er gekonnt hätte, hätte er in die Mauer aus Zement einen vornehmen großen Kamin geschlagen, und sie hätte sich daran gewärmt wie früher am Feuer im Haus ihrer Kindheit. Er konnte ihr weder Feuer noch Schneeflocken bieten, doch in jener Nacht ließ er, anstatt ins Bett zu gehen, zwei seiner Arbeiter wecken, und nahm sie mit sich in die Felder. Die Bauern stellten dem Chef keine Fragen. Sie marschierten fügsam hinter ihm her, und während sie immer tiefer in die Natur vordrangen, während die Dunkelheit und die Geräusche der Tiere sie einhüllten, dachten sie, dass man ihnen vielleicht eine Falle stellte oder dass es um eine Abrechnung ginge oder der Chef sie für eine Verfehlung, die begangen zu haben sie sich nicht erinnerten, bestrafen würde. Amine hatte ihnen gesagt, sie sollten eine Axt mitnehmen, und er drehte sich andauernd um und flüsterte: »Schneller, wir dürfen nicht vom Morgengrauen überrascht werden.« Einer der Arbeiter, der Achour hieß, zog den Chef am Ärmel. »Wir sind nicht mehr bei uns, Sidi. Wir sind auf dem Land der Witwe.« Amine zuckte mit den Schultern und schüttelte Achour ab. »Geh weiter und sei still«, sagte er, wobei er den Arm ausstreckte, um mit seiner kleinen Taschenlampe zu leuchten. »Da.« Amine hob den Kopf und verharrte einige Sekunden so, mit bloßer Kehle, den Blick starr auf die Wipfel der Bäume gerichtet. Er wirkte zufrieden. »Diesen Baum da, den fällen wir und bringen ihn ins Haus. Schnell und leise.« Beinahe eine Stunde lang hieben sie auf den Stamm einer jungen Zypresse mit nachtblauen Nadeln ein. Dann hoben die drei

Männer den Baum hoch, einer an der Spitze, einer am Fuß, der dritte in der Mitte. So durchquerten sie die Güter der Witwe Mercier, und wenn jemand Zeuge der Szene geworden wäre, hätte er bestimmt gedacht, nicht mehr ganz bei Verstand zu sein, denn die Nadeln verbargen die Körper der Männer, und es schien, als bewege sich der Baum ganz von allein auf ein unbekanntes Ziel zu. Die Arbeiter trugen ihr Opfer, ohne zu murren, aber sie begriffen überhaupt nicht, was gerade geschehen war. Amine hatte den Ruf, ein rechtschaffener Mann zu sein, und jetzt entpuppte er sich als Dieb, als Wilderer, der sich einer Frau gegenüber wie ein Lump verhielt. Und dann, wenn schon stehlen, warum nicht lieber das Vieh, die Ernte, die Maschinen? Warum diesen mickrigen Baum?

Amine öffnete die Tür, und zum ersten Mal in ihrem Leben betraten die Männer das Haus ihres Chefs. Amine legte einen Finger auf seine Lippen und zog vor den Arbeitern die Schuhe aus, die es ihm nachmachten. Sie stellten den Baum mitten im Wohnzimmer ab. Er war so hoch, dass sich seine Spitze unter der Decke krümmte. Als Achour eine Leiter holen wollte, um sie abzuschneiden, wurde Amine ärgerlich. Es passte ihm nicht, dass diese Männer in seinem Wohnzimmer waren, und er setzte sie ohne viel Federlesens vor die Tür.

Als Amine am nächsten Morgen erwachte, zerschlagen von der kurzen Nacht und mit schmerzender Schulter, streichelte er den Rücken seiner Frau. Mathildes Haut war feucht und heiß, aus ihrem halb geöffneten Mund rann ein kleiner Spuckefaden, und er begehrte sie heftig. Er bohrte die Nase in den Hals der jungen Frau, ohne die Worte zu beachten, die sie murmelte. Er nahm sie wie ein Tier, taub und blind, zerkratzte ihr die Brüste, vergrub seine Finger mit den schwarzen Nägeln in ihren Haaren. Als Mathilde den Baum mitten im Wohnzimmer fand, unterdrückte sie einen Schrei. Sie drehte sich zu Amine um und begriff, dass er ihr heute Morgen seine Belohnung entrissen hatte, dass er sie so leidenschaftlich besessen hatte, um seinen Sieg zu feiern. Sie ging um die Zypresse herum, zupfte ein paar Nadeln ab, zerrieb sie in der Handfläche und atmete den vertrauten Duft ein. Aïcha, die vom Stöhnen ihres Vaters aufgewacht war, beobachtete verständnislos die Szene. Ihre Mutter war glücklich, und das überraschte sie.

An diesem Tag begab sich Amine, während Mathilde und Tamo den riesigen Truthahn rupften, den ein Arbeiter gebracht hatte, auf die Avenue de la République. Als er das teure Geschäft betrat, das eine alte Französin führte, kicherten die beiden Verkäuferinnen. Amine senkte den Blick und bereute es, keine anderen Schuhe angezogen zu haben. An seinen Stiefeln hing noch der Schlamm der letzten Nacht, und er hatte keine Zeit gehabt, sein Hemd bügeln zu lassen. Der Laden war brechend voll. Ein Dutzend Menschen wartete vor den Kassen, die Arme mit Paketen beladen. Elegante Damen probierten Hüte oder Schuhe an. Amine näherte sich langsam den verglasten Schaukästen an der Wand, in denen verschiedene Pantoffeln für Frauen ausgestellt waren. »Was willst du?«, fragte eine der jungen Verkäuferinnen mit zugleich spöttischem und aufreizendem Lächeln. Amine hätte beinahe gesagt, dass er sich im Geschäft geirrt hatte. Während er schwieg und sich fragte, wie er sich verhalten sollte, legte die Frau den Kopf zur

Seite und machte kugelrunde Augen. »Was ist, Mohamed, verstehst du kein Französisch? Siehst du nicht, dass wir zu tun haben?«

»Haben Sie meine Größe?«, erwiderte er.

Die Verkäuferin drehte sich zu der Stelle um, auf die er zeigte, und warf ihm einen verwunderten Blick zu.

»Ist es das, was du willst?«, fragte sie. »Ein Weihnachtsmannkostüm?«

Amine senkte den Kopf wie ein ertapptes Kind. Die Frau zuckte mit den Schultern. »Warte hier auf mich.« Sie durchquerte den Laden und ging ins Lager. Dieser Mann, dachte sie, sah nicht aus wie ein Bediensteter, den ein perverser Hausherr zwang, sich so auszustaffieren, damit die Kinder ihr Vergnügen hatten. Nein, er wirkte eher wie einer dieser jungen Nationalisten, die man in den Cafés der Medina verhaftete und denen sie sich in ihren Tagträumen hingab. Doch so einen konnte sie sich schwerlich mit weißem Bart und scheußlicher Mütze vorstellen. An der Kasse trat Amine, mit dem Paket unter dem Arm, vor Ungeduld von einem Bein aufs andere. Er hatte das Gefühl, ein Verbrechen zu begehen, und er schwitzte bei dem Gedanken, ein Bekannter könnte ihn hier überraschen. Auf der Landstraße fuhr er, so schnell er konnte, und dachte dabei an die Freude, die er den Kindern bereiten würde.

Er zog sein Kostüm im Auto über und ging so ins Haus. Als er die Stufen der Terrasse hochstieg und die Tür zum Esszimmer öffnete, räusperte er sich laut, dann rief er mit tiefer, warmer Stimme nach den Kindern. Aïcha war sprachlos. Immer wieder drehte sie sich zu ihrer Mutter und zu Selim herum, der lachte. Wie war der Weihnachtsmann hierhergekommen? Der Alte mit der roten Mütze klopfte sich lachend auf den Bauch, aber Aïcha bemerkte, dass er keine Kiepe auf dem Rücken trug, und war enttäuscht. Im Garten standen auch weder Schlitten noch Rentiere. Sie senkte den Blick und stellte fest, dass der Weihnachtsmann ähnliche Schuhe trug wie die Arbeiter, eine Art graue, mit Schlamm verkrustete Gummistiefel. Amine rieb sich die Hände. Er wusste nicht, was er tun oder sagen sollte, und fühlte sich mit einem Mal lächerlich. Er sah zu Mathilde, und das begeisterte Lächeln seiner Frau gab ihm Mut, seine Rolle weiterzuspielen. »Also, Kinder, wart ihr auch schön brav?«, fragte er mit Grabesstimme. Selim wurde bleich. An die Beine seiner Mutter geschmiegt, die Arme emporgestreckt, brach er in Schluchzen aus. »Ich habe Angst«, schrie er, »ich habe Angst!«

Aïcha bekam eine Stoffpuppe, die Mathilde selbst gebastelt hatte. Für die Haare hatte sie braune Wolle genommen, die sie angefeuchtet, mit Öl eingerieben und dann geflochten hatte. Körper und Kopf waren aus einem alten Kissenbezug, auf den Mathilde asymmetrische Augen und einen lächelnden Mund gestickt hatte. Aïcha liebte diese Puppe, die ihre Mutter auch noch mit ihrem eigenen Parfum eingesprüht hatte. Außerdem gab es für sie noch ein Puzzle, Bücher und eine Tüte Bonbons. Selim bekam ein Auto mit einem großen Knopf auf dem Dach, der leuchtete und ein schrilles Geräusch von sich gab, wenn man ihn drückte. Seiner Frau schenkte Amine ein paar rosa Pantoffeln. Er reichte ihr das Paket mit einem verlegenen Lächeln, und nachdem Mathilde das Papier zerrissen hatte, starrte sie die Pantoffeln an, die Lippen zusammengekniffen, weil sie Angst hatte, loszuheulen. Sie wusste nicht, ob es die Scheußlichkeit der Pantoffeln, die Tatsache, dass sie zu klein waren, oder einfach nur die grauenhafte Trivialität dieses Geschenks war, die sie derart traurig und wütend machte. Sie sagte »danke«, schloss sich dann ins Bad ein, packte das Paar Schuhe mit einer Hand und schlug sich die Sohlen gegen die Stirn. Sie wollte sich dafür bestrafen, dass sie so dumm gewesen war, dass sie so viel von diesem Fest erwartet hatte, von dem Amine nichts verstand. Sie hasste sich dafür, dass sie nicht in der Lage war zu verzichten, dass sie nicht die Selbstlosigkeit ihrer Schwiegermutter besaß, dass sie so oberflächlich und gedankenlos war. Am liebsten hätte sie das Abendessen ausfallen lassen, sich unter der Decke verkrochen und alles vergessen. Das ganze Theater schien ihr jetzt lächerlich. Sie hatte Tamo gezwungen, ein schwarzes Kleid mit weißer Schürze zu tragen, wie ein Zimmermädchen in einem schlechten Boulevardstück. Sie hatte sich abgerackert, um das Essen zuzubereiten, und jetzt wurde ihr allein beim Gedanken an diesen Truthahn übel, den sie mühevoll gestopft hatte, beide Hände im Bauch des Tieres vergraben, erschöpft von den unsichtbaren und undankbaren häuslichen Pflichten. Sie ging zum Tisch wie zum Schafott und riss vor Amine die Augen auf, um die Tränen zurückzudrängen und ihn glauben zu machen, sie sei glücklich.

IV

Im Januar 1954 war es so kalt, dass die Mandelbäume erfroren und ein Wurf Kätzchen auf der Schwelle zur Küche starb. Im Pensionat waren die Schwestern bereit, eine Ausnahme zu machen und die Öfen in den Klassenräumen den ganzen Tag brennen zu lassen. Die Mädchen behielten während des Unterrichts ihre Mäntel an, manche von ihnen trugen sogar zwei Strumpfhosen unter ihren Kitteln. Aïcha gewöhnte sich langsam an die Monotonie des Schulalltags, und in einem Heft, das Schwester Marie-Solange ihr geschenkt hatte, listete sie ihre Freuden und Kümmernisse auf.

Was Aïcha nicht mochte:

Ihre Klassenkameradinnen, die Kälte in den Fluren, das Mittagessen, die Unterrichtsstunden, die zu lange dauerten, die Warzen in Schwester Marie-Céciles Gesicht.

Was sie mochte:

Die Ruhe der Kapelle, die Musik, die manchmal morgens auf dem Klavier gespielt wurde, die Turnstunden, in denen sie schneller lief als alle anderen und am Seil hochgeklettert war, ehe ihre Klassenkameradinnen es schafften, sich daran festzuklammern.

Sie mochte den Nachmittag nicht, weil sie müde war, und den Morgen nicht, weil sie immer zu spät kam. Sie mochte, dass es Regeln gab und dass diese eingehalten wurden.

Wenn Schwester Marie-Solange sie für ihre Arbeit lobte, errötete Aïcha. Während des Gebets hielt Aïcha die raue, eisige Hand der Nonne. Ihr Herz schlug vor Freude höher, sobald sie das Gesicht der jungen Frau sah, ihre klaren und reizlosen Züge, ihre von kaltem Wasser und schlechter Seife strapazierte Haut. Man hätte meinen können, die Schwester verbringe Stunden damit, ihre Wangen und Lider zu schrubben, denn ihre Haut war beinahe durchscheinend geworden, ihre Sommersprossen, die früher vielleicht ihren Charme ausgemacht hatten, waren wie verblasst. Womöglich setzte sie alles daran, an sich jeglichen Reiz, jegliche Weiblichkeit, jegliche Anmut und damit jegliche Gefahr zu tilgen. Nie dachte Aïcha, ihre Lehrerin wäre eine Frau; unter ihrer weiten Kutte verbärge sich ein lebendiger und pulsierender Körper, ein Körper wie der ihrer Mutter, der schreien, Genuss empfinden und in Tränen ausbrechen konnte. Mit Schwester Marie-Solange verließ Aïcha die irdische Welt. Sie ließ die Kleinlichkeit und Niedertracht der Menschen hinter sich und schwebte in himmlischen Sphären, in Gesellschaft Jesu und der Apostel.

Die Schülerinnen klappten ihre Bücher zu, und es klang, als applaudierten sie alle zusammen am Ende eines Stücks. Sie begannen zu reden, Schwester Marie-Solange rief sie zur Ordnung, doch es nützte nichts. »Stellen Sie sich paarweise auf. Ohne Disziplin, meine Fräulein, gibt es keinen Ausflug.« Aïcha legte den Kopf auf den Ellbogen und versenkte sich in die Betrachtung des Hofes. Sie versuchte, in die Ferne zu sehen, weiter als zu dem Baum, der seine Blätter verloren hatte, weiter als zur Mauer, weiter als zum Pförtnerhäuschen, in dem Brahim sich ausruhen durfte, wenn es zu kalt war. Sie hatte keine Lust rauszugehen, keine Lust, einer Mitschülerin die Hand zu geben, die ihr hinterhältig die Nägel ins Fleisch bohren und dann lachen würde. Sie hasste die Stadt, und die Vorstellung, sie zu durchqueren, inmitten dieses Schwarms fremder Mädchen, machte ihr Angst.

Schwester Marie-Solange streichelte mit der Hand über Aïchas Rücken und sagte ihr, dass sie nebeneinandergehen und gemeinsam die Klasse anführen würden, dass sie keine Angst zu haben brauchte. Aïcha stand auf, rieb sich die Augen und zog den Mantel an, den ihre Mutter für sie genäht hatte und der an den Achseln ein wenig zu eng war, was ihr einen seltsamen, steifen Gang verlieh.

Die Mädchen versammelten sich vor dem Tor des Pensionats. Sosehr sie sich bemühten, ruhig zu sein, spürte man, dass die kleine Schar vor Aufregung völlig überdreht war und jederzeit ein Tumult ausbrechen konnte. Niemand war an diesem Morgen dem Unterricht von Schwester Marie-Solange gefolgt. Niemand hatte verstanden, dass in dem Vortrag der Nonne auch eine Warnung steckte. »Gott«, hatte sie mit brüchiger Stimme gesagt, »liebt all seine Kinder. Es gibt keine minderwertigen oder überlegenen Rassen. Gottes Söhne, müssen Sie wissen, sind vor ihm alle gleich, selbst wenn sie verschieden sind.« Auch Aïcha verstand nicht, was die Schwester sagen wollte, aber die Worte beeindruckten sie sehr. Sie zog folgende Lehre daraus: Gott liebte nur die Männer und die Kinder. Sie war überzeugt, die Frauen wären von seiner universellen Liebe ausgeschlossen, und fürchtete sich nun davor, selbst eine zu werden. Dieses unausweichliche Schicksal erschien ihr entsetzlich grausam, und sie dachte an Adam und Eva, die aus dem Paradies vertrieben worden waren. Wenn sie erst einmal zur Frau herangereift wäre, würde sie diesen Verlust der göttlichen Liebe ertragen müssen.

»Vorwärts, meine Fräulein!« Mit einer ausladenden Geste forderte Schwester Marie-Solange die Kinder auf, ihr zu dem in der Straße geparkten Bus zu folgen. Auf dem Weg hielt sie ihnen einen Vortrag zur Geschichte. »Dieses Land«, erklärte sie, »dieses Land, das wir so sehr lieben, hat eine jahrtausendealte Geschichte. Sehen Sie sich um, dieses Wasserbecken, diese Mauern, diese Tore sind Früchte einer ruhmreichen Zivilisation. Ich habe Ihnen schon vom Sultan Mulai Ismail erzählt, einem Zeitgenossen unseres Sonnenkönigs. Merken Sie sich seinen Namen, junge Damen.« Die Mädchen kicherten, weil die Lehrerin den Namen des einheimischen Königs mit Kehllauten ausgesprochen hatte, um zu demonstrieren, dass sie des Arabischen mächtig war. Doch niemand machte eine Bemerkung, denn alle erinnerten sich noch gut an den Zorn der Nonne, als Ginette einmal gefragt hatte: »Lernen wir jetzt Kanakisch?« Die Mädchen hätten schwören können, dass Schwester Marie-Solange ihre Schülerin um ein Haar geohrfeigt hätte. Doch dann hatte sie sicher gedacht, dass Ginette erst sechs Jahre alt war und dass man ihr mit Geduld und pädagogischem Feingefühl begegnen musste. Eines Abends hatte Schwester Marie-Solange sich der Mutter Oberin anvertraut, die sich, während sie ihr zuhörte, mit der rauen Zunge über die Lippen fuhr und mit den Zähnen kleine Hautfetzen abriss. Sie erzählte ihr, sie habe eine Vision gehabt, ja eine Erleuchtung, als sie in Azrou unter Zedern an einem Fluss entlanggegangen war. Beim Anblick der Frauen mit ihren Kindern auf dem Rücken, ein farbiges Tuch um die Haare geschlungen, und der auf ihre Holzstäbe gestützten Männer, die ihre Familien und Herden führten, hatte sie gemeint, Jakob, Sarah und Salomon vor sich zu sehen. Dieses Land, rief sie, bot ihr Szenen der Armut und Ergebenheit, die der Stiche aus dem Alten Testament würdig waren.

*

Die Klasse hielt vor einem düsteren Gebäude, von dem unmöglich zu erraten war, wozu es diente oder was es enthielt. Ein Mann in einem nachtblauen Anzug erwartete sie vor dem Eingang, der eher ein Loch in der Mauer war. Der Führer presste die verschränkten Hände aneinander und schien verwirrt, ja sogar entsetzt, als er den Schwarm Schulmädchen herannahen sah. Mit seiner hohen, zitternden Stimme versuchte er, das Stimmengewirr zu übertönen, doch die Nonnen mussten erst wütend werden, ehe er sich Gehör verschaffen konnte. »Wir werden jetzt die Treppe hinuntergehen. Es ist dunkel, und der Boden ist rutschig. Ich bitte Sie, gut achtzugeben.« Als sie schließlich betraten, was an eine Höhle erinnerte, ließen die Angst, die von Wänden und Boden abstrahlende eisige Kälte und die unheimliche Atmosphäre des Ortes die Kinder verstummen. Eines der Mädchen, wegen der Dunkelheit vermochte niemand zu sagen, welches, stieß einen gruseligen Schrei aus, wie das Heulen eines Gespenstes oder eines Wolfs. »Ein wenig Respekt, meine Fräulein. Hier haben christliche Brüder entsetzliche Qualen erlitten.« Schweigend durchquerten sie ein Labyrinth von Gängen und Gewölben.

Schwester Marie-Solange erteilte dem jungen Führer das Wort, dessen Stimme bebte. Er hatte nicht mit einem so jungen Publikum gerechnet und wusste nicht, was er vor den Kindern mit ihren empfindsamen Gemütern sagen durfte. Mehrmals suchte er nach Worten, wiederholte sich, bat um Verzeihung, wobei er sich mit einem zerschlissenen Taschentuch die Stirn wischte. »Wir sind hier im sogenannten Christengefängnis.« Er deutete auf die gegenüberliegende Mauer, und die Mädchen stießen spitze Schreie aus, als er ihnen die Inschriften zeigte, die die Gefangenen Jahrhunderte zuvor darauf hinterlassen hatten. Er hatte den Schülerinnen jetzt den Rücken zugewandt, was ihn kühner und redseliger werden ließ. Er berichtete vom Martyrium Tausender Männer – »Ende des 17. Jahrhunderts zählte man beinahe zweitausend« –, die Sultan Mulai Ismail hier eingesperrt hatte, und betonte die Genialität dieses großen Erbauers, der kilometerlange unterirdische Tunnels graben ließ, in denen die Sklaven sich dahinschleppten, halb tot, blind, ohne eine Möglichkeit zu entkommen. »Seht nach oben«, sagte er, selbstbewusst, beinahe autoritär, und die kleinen Mädchen reckten stumm die Nasen zur Decke. Dort war ein Loch in den Fels gebrochen, und durch dieses Loch, sagte er, warf man die Gefangenen herunter und die Nahrung, die kaum zum Überleben reichte.

Aïcha schmiegte sich an Schwester Marie-Solange. Sie sog den Duft ihrer Kutte ein, klammerte sich an die Schnur, die ihr als Gürtel diente. Als der Führer ihnen das System der *matmouras*, dieser unterirdischen Speicher, erläuterte, in denen die Gefangenen eingeschlossen waren und manchmal erstickten, stiegen ihr die Tränen in die Augen. »In diesen Mauern«, fügte der Mann hinzu, dem es inzwischen ein boshaftes Vergnügen bereitete, diese Vögelchen zu erschrecken, »in diesen Wänden befinden sich Skelette. Die christlichen Sklaven, die auch die hohen Wehrmauern zum Schutz der Stadt erbaut haben, fielen manchmal vor Erschöpfung um und wurden dann von ihren Antreibern eingemauert.« Der Mann sprach jetzt im Ton eines Propheten, mit einer Stimme wie aus dem Jenseits, die den Kindern Schauer über den Rücken jagte. In allen Mauern dieses ruhmreichen Landes, in sämtlichen Bollwerken der Königsstädte konnte man, wenn man unter dem Stein grub, die Leichen der Sklaven, der Ketzer, der Unerwünschten finden. Daran musste Aïcha in den folgenden Tagen immerzu denken. Überall meinte sie zusammengekauerte Skelette durchscheinen zu sehen, und sie betete inbrünstig für die Erlösung dieser verdammten Seelen.

Ein paar Wochen später fand Amine seine Frau am Fuß des Bettes, die Knie unter die Brust gezogen, die Nase am Boden platt gedrückt. Sie klapperte so heftig mit den Zähnen, dass er befürchtete, sie könnte sich die Zunge abbeißen und sie verschlucken, wie es bei den Epileptikern der Medina manchmal vorkam. Mathilde stöhnte, und Amine nahm sie auf die Arme. Unter den Handflächen spürte er die verkrampften Muskeln seiner Frau. Er streichelte sanft ihren Arm, um sie zu beruhigen. Dann rief er Tamo und übertrug ihr, ohne sie anzusehen, die Fürsorge für seine Frau. »Ich gehe arbeiten. Kümmere dich um sie.«

Als er abends zurückkam, delirierte Mathilde. Sie wand sich wie eine Gefangene in ihren nassen Laken, rief auf Elsässisch nach ihrer Mutter. Das Fieber war so hoch, dass ihr Körper sich aufbäumte, als versetze man ihr Elektroschocks. Aïcha stand weinend am Fuß des Bettes. »Ich gehe den Arzt holen«, verkündete Amine früh am nächsten Morgen. Er fuhr mit dem Auto davon und ließ Mathilde in der Obhut des Hausmädchens, den der Zustand seiner Herrin nicht besonders zu beeindrucken schien.

Sobald sie allein war, machte Tamo sich ans Werk. Sie

mischte verschiedene Pflanzen, wobei sie jede Zutat gewissenhaft dosierte, und gab kochendes Wasser darüber. Unter Aïchas staunendem Blick knetete sie die stark riechende Paste und sagte: »Man muss die bösen Geister vertreiben.« Sie zog Mathilde aus, die nicht reagierte, und bestrich mit der Mixtur den großen weißen Körper, dessen Blässe sie faszinierte. Sie hätte ein boshaftes Vergnügen daran finden können, ihre Chefin so in der Gewalt zu haben. Sie hätte den Wunsch haben können, sich an dieser strengen und beleidigenden Christin zu rächen, die sie wie eine Wilde behandelte, ihr sagte, sie sei ebenso schmutzig wie die Kakerlaken, die um die Olivenölfässer wimmelten. Doch Tamo, die oft nachts, in der Einsamkeit ihres Zimmers, geweint hatte, massierte die Schenkel ihrer Herrin, legte ihr die Hände an die Schläfen und betete mit aufrichtiger Hingabe. Nach einer Stunde wurde Mathilde ruhiger. Ihre Kiefer entspannten sich, die Zähne knirschten nicht mehr. Tamo saß mit grün verschmierten Fingern auf dem Boden, den Rücken an die Wand gelehnt, und wiederholte unermüdlich eine Litanei, deren Melodie Aïcha verfolgte, ohne den Blick von den Lippen des Hausmädchens abzuwenden.

Als der Arzt kam, fand er die Elsässerin halb nackt, den Körper mit einer grünlichen Pampe bedeckt, deren Geruch bis in den Flur drang. Tamo saß am Krankenbett, und als sie die Männer eintreten sah, zog sie Mathilde das Laken wieder über den Bauch und verließ mit gesenktem Kopf das Zimmer.

»Hat das die Fatma gemacht?«, fragte der Arzt, indem er auf das Bett deutete. Die grüne Paste hatte Laken, Kissen und Überdecke verschmiert und war auf den Teppich gekleckert, den Mathilde bei ihrer Ankunft in Meknès gekauft hatte und an dem sie sehr hing. Tamo hatte Fingerabdrücke auf Wänden und Nachttisch hinterlassen, und der Raum erinnerte an die Bilder jener entarteten Künstler, die Melancholie mit Talent verwechselten. Der Arzt hob die Brauen und schloss für ein oder zwei Minuten, die Amine endlos vorkamen, die Augen. Der hätte sich gewünscht, dass der Arzt zur Patientin stürzte, eine Diagnose stellte, eine Lösung fand. Stattdessen ging er ums Bett herum, zupfte eine Ecke des Lakens zurecht, rückte ein Buch gerade, tat alle möglichen nutzlosen und absurden Dinge.

Endlich zog er seine Jacke aus und faltete sie sorgfältig zusammen, ehe er sie über eine Stuhllehne hängte. Währenddessen warf er Amine kurze und scharfe Blicke zu, wie um ihm eine Lehre zu erteilen. Dann erst beugte er sich über die Kranke, schob seine Hand unter das Laken, um sie zu untersuchen, drehte sich jedoch noch einmal um, als wäre ihm gerade wieder eingefallen, dass ein Mann hinter seinem Rücken ihm zusah.

»Lass uns allein.« Amine kam der Aufforderung nach.

»Madame Belhaj, können Sie mich hören? Wie fühlen Sie sich?«

Mathilde wandte ihm das vor Erschöpfung ausgezehrte Gesicht zu. Sie konnte die schönen grünen Augen kaum offen halten und wirkte verwirrt, wie ein Kind, das an einem fremden Ort aufwacht. Der Arzt dachte, sie würde weinen und um Hilfe bitten. Der Anblick dieser großen blonden Frau brach ihm das Herz, dieser Frau, die sicher reizend war, wenn sie sich die Mühe machte, wenn man ihr die Gelegenheit gab, sich ein wenig herauszuputzen. Ihre Füße waren rau und voller Hornhaut, die Nägel lang und dick. Er nahm Mathildes Arm, fühlte ihren Puls, wobei er gut aufpasste, dass er sich nicht mit der Kräuterpaste beschmutzte, schob dann die Hand unters Laken, um ihren Bauch abzutasten. »Öffnen Sie den Mund und sagen Sie ›Aaahh‹.« Mathilde gehorchte.

»Das ist ein Malariaschub. So etwas kommt hier recht häufig vor.« Er zog seinen Stuhl an Mathildes kleinen Schreibtisch heran und betrachtete die Radierungen von Onkel Hansi, der Colmar im Jahr 1910 gezeichnet hatte, dann fiel sein Blick auf das Geschichtsbuch über Meknès. Ein nicht besonders hochwertiges Briefpapier lag auf dem Tisch; darauf durchgestrichene Entwürfe. Er nahm ein Rezept aus seiner Ledertasche und schrieb. Anschließend öffnete er die Zimmertür und sah sich nach dem Ehemann um. Im Flur war nur ein kleines mageres Mädchen mit struppigen Haaren. Es lehnte an der Wand, in der Hand eine fleckige Puppe. Amine kam, und der Arzt reichte ihm den Zettel.

»Hol das aus der Apotheke.«
»Was hat sie, Doktor? Geht es ihr besser?«
Der Arzt wirkte verärgert.
»Beeil dich.«
Der Doktor schloss die Zimmertür hinter sich und blieb am Bett der Kranken. Er hatte das Gefühl, er müsse sie beschützen, nicht vor der Krankheit, sondern vor der Situation, in die sie sich gebracht hatte. Angesichts der entblößten und entkräfteten Frau stellte er sich die Intimität vor, die sie mit diesem hitzigen Araber teilte. Dies fiel ihm

umso leichter, als er im Flur die abscheuliche Frucht jener Verbindung gesehen hatte, und in ihm wallten Ekel und Empörung auf. Sicher, er wusste, dass die Welt sich geändert hatte, dass der Krieg sämtliche Regeln, sämtliche Gesetze über den Haufen geworfen hatte, als hätte man alle Menschen in ein großes Gefäß gesteckt und es geschüttelt, wodurch sich Körper begegneten, deren Berührung er für anstößig hielt. Die Frau hier schlief in den Armen dieses behaarten Arabers, dieses ungehobelten Klotzes, der sie besaß, der sie herumkommandierte. All das war nicht richtig, es entsprach nicht der natürlichen Ordnung der Dinge, solche Liebesbeziehungen brachten Unordnung und Verderben. Mischlinge kündigten das Ende der Welt an.

Als Mathilde um etwas zu trinken bat, hielt er der Kranken ein Glas frisches Wasser an die Lippen. »Danke, Doktor«, sagte sie und drückte seine Hand.

Durch diese vertrauliche Geste ermutigt, fragte er: »Entschuldigen Sie meine Indiskretion, Madame. Aber ich bin neugierig. Was um alles in der Welt hat Sie hierher verschlagen?«

Mathilde war zu schwach, um zu sprechen. Sie hätte die Hand zerkratzen mögen, in der er ihre noch immer hielt. Tief, ganz tief in ihrem Bewusstsein versuchte ein Gedanke an die Oberfläche zu gelangen, sich Gehör zu verschaffen. Ein Widerstand regte sich, doch ihr fehlte die Kraft, ihn in Worte zu fassen. Sie hätte gern eine Erwiderung gefunden, eine schlagfertige Replik auf diese Formulierung, die sie wütend machte. »Hierher verschlagen«, als wäre ihr Leben nur ein Unfall, als wären ihre Kinder, dieses Haus, ihr ganzes Dasein nichts als ein Irrtum, eine Verfehlung.

›Ich werde mir etwas überlegen müssen, was ich ihnen antworten kann‹, dachte sie. ›Ich muss mir einen Panzer aus Worten schmieden.‹

Während der Tage und Nächte, in denen ihre Mutter das Bett hütete, war Aïcha sehr besorgt. Wenn ihre Mutter sterben würde, was sollte dann aus ihr werden? Sie lief ziellos durchs Haus wie eine Fliege unter einem Glas. Sie rollte mit den Augen, um die Erwachsenen zu ergründen, denen sie nicht vertraute. Tamo überhäufte sie mit Zärtlichkeit und liebevollen Worten. Sie wusste, dass Kinder wie Hunde sind, dass sie verstehen, was man ihnen verheimlicht, und die Nähe des Todes spüren. Auch Amine war hilflos. Das Haus war trist ohne Mathildes Scherze, ohne die albernen Streiche, die sie so gern spielte. Sie stellte kleine Becher mit Wasser oben auf die Türen und nähte Amines Jackenärmel innen zusammen. Er hätte egal was dafür gegeben, dass sie wieder aufstand, dass sie eine Runde Verstecken in den Büschen im Garten organisierte. Dass sie schniefend ein elsässisches Märchen erzählte.

*

Während der Krankheit ihrer Nachbarin hatte die Witwe Mercier sie oft besucht, um sich zu erkundigen, wie es ihr ging, und ihr Romane auszuleihen. Mathilde konnte sich nicht erklären, was ihr die plötzliche Freundschaft der Witwe eingetragen hatte. Vorher hatten sie ein eher distanziertes Verhältnis gehabt, hatten die Hand gehoben, wenn sie einander auf dem Feld begegneten, oder sich Früchte geschenkt, deren Ernte üppig ausgefallen war und die zu verderben drohten. Mathilde hatte keine Ahnung, dass die Witwe am Weihnachtstag im Morgengrauen aufgestanden war und dass sie, allein in ihrem eiskalten Zimmer, in eine Orange gebissen hatte. Sie schälte die Früchte mit den Zähnen, denn sie liebte das bittere Aroma, das die Zitrusschalen an ihrem Gaumen hinterließen. Sie hatte die Tür zum Garten geöffnet und war, trotz des Raureifs, unter dem alle Pflanzen erstarrt waren, trotz des eisigen Windes, der über die Ebene pfiff, barfuß hinausgetreten. Man erkannte die Bäuerin an ihren Füßen; ihren Füßen, die über brennend heißen Boden gegangen waren, die das Brennen der Nesseln nicht mehr fürchteten, ihren Füßen, deren Sohlen ganz aus Hornhaut bestanden. Die Witwe kannte ihr Grundstück wie ihre Westentasche. Sie wusste, wie viele Steine die Erde bedeckten, wie viele Rosen dort blühten, wie viele Kaninchen in ihrem Bau scharrten. An diesem Weihnachtsmorgen sah sie zu der Reihe Zypressen hinüber und stieß einen kleinen Schrei aus. Die prächtige Säulenzypressenhecke, die ihr Land begrenzte, kam ihr vor wie ein Mund, aus dem jemand in der Nacht einen Zahn herausgebrochen hatte. Sie rief nach Driss, der im Haus seinen Tee trank. »Driss, komm her, schnell!« Der Arbeiter, der ihr zugleich als Kompagnon, Sohn und Ersatzehemann diente, kam mit dem Glas in der Hand angerannt. Sie zeigte in Richtung des fehlenden Baumes, und Driss brauchte eine Weile, ehe er begriff. Sie wusste genau, dass er die Geister beschwören, sie vor einem Fluch warnen würde, den ihr jemand angehängt habe, denn Driss konnte außergewöhnliche Ereignisse nur mit Magie erklären. Die alte Frau, deren sonnengegerbtes Gesicht von tiefen Furchen durchzogen war, stemmte die Fäuste in ihre mageren Hüften. Sie näherte ihre Stirn der von Driss, bohrte ihren grauen Blick in den des Bauern und fragte ihn, was er über Weihnachten wisse. Der Mann zuckte mit den Achseln, wie um zu sagen: Nicht viel. Er hatte Generationen von Christen hier durchkommen sehen, armselige Bauern oder steinreiche Grundbesitzer. Er hatte sie die Erde umgraben, Hütten bauen, in Zelten schlafen sehen, aber von ihrem Privatleben und von ihrem Glauben hatte er keine Ahnung. Die Witwe klopfte ihm auf die Schulter und begann zu lachen. Ein offenes und schallendes Lachen, ein silbriges Lachen, frisch wie eine Blume, das durch die ländliche Stille hallte. Driss kratzte sich mit der Spitze des Zeigefingers den Schädel und machte ein ratloses Gesicht. Wirklich, die Sache ergab überhaupt keinen Sinn. Ganz bestimmt sann ein Dschinn auf Rache gegen die Witwe, und dieser entfleuchte Baum war das Zeichen dafür, dass er sie mit einem bösen Zauber belegt hatte. Ihm fielen die Gerüchte wieder ein, die über seine Herrin kursierten. Man sagte, sie hätte auf ihrem Grundstück tot geborene Kinder begraben und sogar Föten, die ihr vertrockneter Leib nicht hatte austragen können. Ein Hund hätte eines Tages im Maul den Arm eines Babys bis zum Duar geschleppt. Manche behaupteten, nachts kämen Männer, um zwischen ihren welken Schenkeln Trost zu finden, und obwohl Driss all seine Tage hier verbrachte, obwohl er Zeuge ihres asketischen Lebens war, kam er nicht umhin, den Verleumdungen Gehör zu schenken und sich davon beunruhigen zu lassen. Dabei wusste er alles über sie. Als ihr Mann eingezogen wurde, dann in Kriegsgefangenschaft geriet und in einem Lager an Typhus starb, da hatte sie Driss ihren Kummer und ihre Verzweiflung anvertraut. Er bewunderte ihren Mut und war fassungslos, als er diese Frau weinen sah, die Traktor fuhr, das Vieh versorgte, den Arbeitern mit beeindruckender Autorität Anweisungen gab. Er war ihr dankbar dafür, dass sie Roger Mariani, dem Nachbarn, die Stirn bot, der in den Dreißigerjahren aus Algerien gekommen war, kurz vor der Witwe und Joseph, ihrem Mann, und der die Arbeiter grob behandelte und nur eine einzige Regel kannte: die Burnusse ordentlich schwitzen zu lassen.

Die Witwe verschränkte die Arme und blieb eine Weile so stehen, schweigend und reglos. Dann drehte sie sich lebhaft um und sagte zu Driss in perfektem Arabisch: »Vergessen wir das, ja? Los, an die Arbeit.« Jedes Mal, wenn sie in den folgenden Tagen an den fehlenden Baum dachte, wurde ihr schmächtiger Körper von Lachen geschüttelt. Insgeheim entwickelte sie dadurch eine gewisse Zuneigung zu Mathilde und ihrem Mann. Und einige Zeit nach den Feiertagen, die sie allein auf ihrem Grundstück verbrachte, beschloss sie, den Belhajs einen Besuch abzustatten. Die alte Frau fand Mathilde ans Bett gefesselt vor und fragte, was sie tun könne. Als sie auf dem Sofa, wo Mathilde ihre Tage verbrachte, Romane mit Eselsohren liegen sah, schlug sie vor, ihr Bücher zu leihen. Die Elsässerin, deren Augen vor Fieber glänzten, ergriff ihre Hand und dankte ihr.

Eines Tages, als Mathilde sich langsam erholte, parkte ein glänzender Wagen, der von einem Chauffeur mit Mütze gefahren wurde, vor dem Tor des Grundstücks. Amine sah einen großen, fülligen Mann aussteigen, der, als er bei ihm angekommen war, mit starkem Akzent fragte:
»Könnte ich den Besitzer sprechen?«
»Das bin ich selbst«, erwiderte Amine, und der Mann schien darüber erfreut zu sein. Er trug elegante Lackschuhe, die Amine unwillkürlich musterte. »Sie werden Ihre Schuhe schmutzig machen.«
»Das ist mir ganz egal, glauben Sie mir. Was mich interessiert, ist dieses schöne Gut, das Sie da haben. Wären Sie bereit, mich herumzuführen?«
Dragan Palosi stellte Amine viele Fragen. Er wollte wissen, wie er sein Land erworben hatte, was er anzupflanzen gedachte, wie seine Einkünfte und seine Erwartungen für die nächsten Jahre waren. Amine antwortete sehr knapp, denn er misstraute diesem Mann mit dem seltsamen Akzent, der viel zu gut angezogen war für einen Gang über die Felder. Amine begann zu schwitzen, und er beobachtete aus den Augenwinkeln das runde Gesicht des Besuchers,

der sich Stirn und Hals mit einem Taschentuch abwischte. Er dachte, dass er nicht mal Zeit gehabt hatte, ihn nach seinem Namen zu fragen. Als der Mann sich schließlich vorstellte, konnte Amine eine Grimasse nicht unterdrücken, und sein Besucher begann zu lachen.

»Das ist Ungarisch«, sagte er. »Dragan Palosi. Ich bin Arzt. Ich habe eine Praxis in der Rue de Rennes.«

Amine nickte. Das brachte ihn nicht viel weiter. Was führte einen ungarischen Arzt hierher? In was für Machenschaften wollte er ihn hineinziehen? Plötzlich blieb Dragan Palosi stehen und hob den Blick. Aufmerksam betrachtete er die Reihe Orangenbäume, die sich vor ihm erstreckte. Die Bäume waren noch jung, aber sie hingen voller Früchte. Da bemerkte Dragan, dass aus einem der Bäume ein Zitronenzweig herausragte, dessen gelbe Früchte sich unter die riesigen Orangen mischten.

»Das ist amüsant«, sagte der Ungar, indem er sich dem Baum näherte.

»Ach, das? Ja, die Kinder haben ihren Spaß daran. Es ist ein Spiel zwischen uns. Meine Tochter nennt ihn den ›komischen Zitrangenbaum‹. Ich habe auch einen Birnenzweig auf eine Quitte aufgepfropft, aber dafür haben wir noch keinen Namen gefunden.«

Amine verstummte, denn er wollte nicht, dass der Doktor der Medizin ihn für einen Dilettanten oder einen Spinner hielt.

»Ich würde Ihnen gern ein Geschäft vorschlagen.« Dragan nahm Amine am Arm und zog ihn unter einen Baum, in ein schattiges Eckchen. Er erzählte, dass er seit Jahren davon träume, Obst nach Osteuropa zu exportieren. »Orangen und Datteln«, erklärte er Amine, der keinen Schimmer hatte, welche Länder er meinte. »Ich kümmere mich um den Transport der Orangen zum Hafen von Casablanca. Ich werde Ihre Erntearbeiter bezahlen, und Sie bekommen auch eine Pacht für das Land. Sind Sie dabei?« Amine schlug ein, und als er an diesem Tag mit Aïcha aus der Schule kam, saß Mathilde auf den Stufen der kleinen Treppe, die in den Garten führte. Das Mädchen warf sich in die Arme seiner Mutter und dachte, dass seine Gebete nicht umsonst gewesen waren und dass Mathilde überleben würde. *Gegrüßet seist Du, Maria.*

*

Als Mathilde wieder aufstehen konnte, freute sie sich über die Pfunde, die sie verloren hatte. Im Spiegel betrachtete sie ihr blasses, abgemagertes Gesicht, die dunklen Ringe unter den Augen. Sie gewöhnte sich an, vor der Glastür eine Decke aufs Gras zu legen und die Vormittage mit den Kindern, die draußen spielten, in der Sonne zu verbringen. Der beginnende Frühling verzauberte sie. Jeden Tag verfolgte sie das Aufbrechen der Knospen an den Zweigen, zerrieb zwischen den Fingern duftende Orangenblüten, beugte sich über den zarten Flieder. Die unbestellten Felder vor ihr waren ganz mit blutrotem Mohn übersät, mit wilden Blumen in verschiedenen Orangetönen. Hier behinderte nichts den Flug der Vögel. Keine Strommasten, kein Autolärm, keine Mauern, an denen sie ihre winzigen Schädel zertrümmern konnten. Seit die warmen Tage zurückgekehrt waren, hörte sie das Zwitschern Hunderter unsichtbarer Vögel, und die Kronen der Bäume zitterten im Widerhall ihres Gesangs. Die Abgeschiedenheit der Farm, die sie derart geängstigt, sie in so tiefe Melancholie gestürzt hatte, erschien ihr in diesen ersten Frühlingstagen himmlisch.

Eines Nachmittags gesellte Amine sich zu ihnen und streckte sich mit einer Unbeschwertheit, die Aïcha überraschte, neben seinem Sohn aus. »Ich habe amüsante Leute getroffen, die dir gefallen dürften«, sagte er zu seiner Frau. Er erzählte ihr von Dragans unerwartetem Auftauchen auf dem Grundstück, seinen wunderlichen Plänen und legte ihr all die Vorteile dar, die sie aus dieser Verbindung ziehen könnten. Mathilde runzelte die Stirn. Sie hatte nicht vergessen, wie Bouchaïb die Leichtgläubigkeit ihres Mannes ausgenutzt hatte, und fürchtete, er könnte sich erneut von falschen Versprechungen verleiten lassen.

»Und warum fragt er dich das? Roger Mariani hat hektarweise Orangenplantagen, und er ist viel bekannter hier in der Gegend.«

Das Misstrauen seiner Frau verletzte Amine, der unvermittelt aufstand.

»Das kannst du ihn gern selbst fragen. Seine Frau und er laden uns diesen Sonntag zum Mittagessen ein.«

Den ganzen Sonntagvormittag klagte Mathilde darüber, dass sie nichts zum Anziehen habe. Am Ende schlüpfte sie in das blaue Kleid, das völlig aus der Mode war, und warf Amine vor, sie nicht zu verstehen. Sie träumte von dem New Look von Dior, der bei den Europäerinnen in der *Ville Nouvelle* Furore machte.

»Dieses Kleid habe ich schon bei Kriegsende getragen.

Die Länge ist überhaupt nicht mehr in. Wie sieht das denn aus?«

»Du brauchst nur den Haik zu tragen, dann musst du dir über so was keine Gedanken mehr machen.«

Amine lachte, und Mathilde verabscheute ihn. Sie war schlecht gelaunt aufgewacht, und diese Einladung, die sie hätte erfreuen sollen, erschien ihr wie eine lästige Pflicht.

»Was ist das überhaupt für ein Essen? Sind nur wir eingeladen oder noch andere Gäste? Glaubst du, man muss sich sehr schick machen?« Worauf Amine mit einem Schulterzucken antwortete: »Woher soll ich das wissen?«

Die Palosis wohnten in der *Ville Nouvelle*, in der Nähe des Hotel Transatlantique, und von ihrem Haus aus bot sich ein herrlicher Blick über die Medina und ihre Minarette. Das Paar erwartete sie auf der Vortreppe, geschützt vor der glühenden Sonne durch eine kleine weiß-orangefarbene Markise. Während Amine und Mathilde aus dem Auto stiegen und auf die Tür zugingen, hielt der Arzt die Arme ausgebreitet wie ein Familienvater, der seine Kinder willkommen heißt. Dragan Palosi trug einen eleganten dunkelblauen Anzug und eine Krawatte mit breitem Knoten. Seine Lackschuhe glänzten ebenso wie sein dichter Schnurrbart, auf den er viel Sorgfalt verwandte. Er hatte dicke Wangen, fleischige Lippen, und alles an ihm drückte eine gewisse Gemütlichkeit aus, Lust am Genießen, Lebensfreude. Er winkte und legte seine Hände dann an Mathildes Wangen, wie bei einem kleinen Mädchen. Es waren zwei riesige, schwarz behaarte Hände, Mörder- oder Metzgerhände, und Mathilde stellte sich unwillkürlich vor, wie Dragan Palosi mit diesen gigantischen Händen ein Baby aus der Vagina einer Frau zog. Sie spürte an der Wange einen kalten Siegelring, den der Mann am Ringfinger trug und der ihm das Blut abschnürte.

Neben ihm stand eine blonde Frau, deren Gesicht und Figur man nur schwerlich bewundern konnte, so sehr wurde der Blick zwangsläufig von ihren enormen, unübersehbaren, überdimensionierten Brüsten angezogen. Die Gastgeberin schenkte Mathilde ein träges Lächeln und reichte ihr eine schlaffe Hand. Sie war nach der neusten Mode frisiert, ihr Kleid sah aus wie aus einem Magazin, und doch sickerten ihr Vulgarität und ein Mangel an Eleganz aus jeder Pore. Da war die Art, wie sie ihren orangefarbenen Lippenstift aufgetragen hatte oder die Hand an die Hüfte legte, und dann, vor allem, das Schnalzen mit der Zunge am Ende ihrer Sätze. Sie schien mit Mathilde eine alberne Komplizenschaft aufgrund des Geschlechts oder der Nationalität herstellen zu wollen. Corinne war Französin, »aus Dünkirchen«, betonte sie mit kehligem R. Mathilde fühlte sich lächerlich, als sie ihr auf der Vortreppe zwei Teller reichte, einen mit einem Gugelhupf, einen mit einem Feigenkuchen. Die Gastgeberin nahm die Teller mit spitzen Fingern entgegen und so ungeschickt wie jemand, der zum ersten Mal einen Säugling auf den Arm nimmt. Amine schämte sich für seine Frau, und Mathilde spürte es. Corinne war nicht die Sorte Frau, die sich etwas aus Kuchen machte, die ihre Zeit, ihre Jugend und ihre Schönheit in einer überhitzten Küche vergeudete, zwischen Hausangestellten und plärrenden Kindern. Dragan bemerkte vielleicht das Unbehagen, denn er dankte Mathilde mit einer Freundlichkeit und Wärme, die sie rührten. Er hob das Geschirrtuch, beugte sich vor, hielt seine dicke Nase ein paar Zentimeter über die Kuchen und atmete tief ein. »Das duftet ja wunderbar!«, rief er, und Mathilde errötete.

Als Corinne Mathilde ins Wohnzimmer führte, auf einen Sessel wies und ihr etwas zu trinken anbot, als sie sich ihr gegenüber hinsetzte und begann, ihre Geschichte zu erzählen, dachte Mathilde: ›Sie ist eine Hure.‹ Sie schenkte dem, was sie sagte, überhaupt keine Beachtung, denn sie war sicher, dass diese Frau ihr nur Lügen auftische, und sie wollte sich nicht zum Narren halten lassen. Dafür kamen die Leute hierher, in diese abgelegene Stadt, um zu lügen, um sich selbst neu zu erfinden. Sie musste sich anhören, wie Corinne den reichen ungarischen Gynäkologen kennengelernt hatte, aber sie glaubte keine Sekunde lang an diese angebliche Liebe auf den ersten Blick, die beide wie der Blitz getroffen hatte. Während sie beim Aperitif, ohne die Gläser zu zählen, einen exzellenten Portwein trank, konnte Mathilde nur an eins denken. Sie sah den marokkanischen Butler hereinkommen und hinausgehen, sie betrachtete das strahlende Lächeln ihres Mannes, sie starrte den Siegelring an, der den fleischigen Finger des Gynäkologen einschnürte, und dachte: ›Sie ist eine Hure.‹ Die Worte hallten in ihrem Schädel wider wie die Salven eines Maschinengewehrs. Sie stellte sich Corinne in einem Bordell in Dünkirchen vor, als armes junges Mädchen, starr vor Kälte und Scham, eine dralle, halb nackte Gestalt in Nylonunterkleid und Strapsen. Dragan hatte sie bestimmt aus der Gosse gezogen, vielleicht hatte er sich leidenschaftlich in sie verliebt oder ritterliche Gefühle für sie empfunden, doch das änderte nichts. Diese Frau verwirrte Mathilde, sie widerte sie an und faszinierte sie, sie weckte ihre Neugier und ihren Fluchtinstinkt.

Mehrmals im Verlauf des Aperitifs, wenn die Konversation ins Stocken geriet und sich verlegenes Schweigen ausbreitete, erwähnte Dragan die Kuchen, die ihm das Wasser im Mund zusammenlaufen ließen, und schenkte Mathilde ein verschwörerisches Lächeln. Er hatte sich schon immer besser mit Frauen verstanden. Als Kind hatte ihn nichts mehr gequält als das Knabeninternat, in das seine Eltern ihn schickten und in dem er diese beklemmende Männlichkeit ertragen musste. Er liebte die Frauen nicht wie ein Verführer, sondern wie ein Freund, wie ein Bruder. In seinem Erwachsenenleben, das geprägt war von Exil und Irrfahrten, waren ihm die Frauen immer als Verbündete erschienen. Sie verstanden die Schwermut, die ihn bedrückte, sie wussten, was es bedeutete, auf die Willkür ihres Geschlechts reduziert zu werden, wie er auf die Absurdität seiner Religion reduziert wurde. Von ihnen hatte er die Mischung aus Resignation und Kampfgeist gelernt, hatte verstanden, dass die Freude eine Rache an denen war, die dich verleugnen wollen.

Amine und Mathilde staunten über die ausgesuchte Schönheit des Palosi'schen Hauses. Wenn man das Paar sah, hätte man sich einen so erlesenen Geschmack, eine solche Finesse bei der Wahl des Mobiliars, dem Arrangement der Stoffe, der Zusammenstellung der Farben schwerlich vorstellen können. Sie gingen in ein Speisezimmer, dessen breite Glasfront sich auf einen bewundernswert gepflegten Garten öffnete. Im Hintergrund wuchsen Bougainvilleen, und die Glyzine blühte. Unter einem Jacarandabaum hatte Corinne einen Tisch und Stühle aufstellen lassen. »Aber es ist zu heiß, um draußen zu essen, nicht wahr?«

Jedes Mal, wenn sie lachte oder etwas sagte, hoben sich ihre Brüste, und man hatte das Gefühl, sie müssten aus ihrem Kleid rutschen, sich entfalten, ihre Brustwarzen würden zum Vorschein kommen wie Knospen, die im Frühling aufplatzen. Amine konnte den Blick nicht von ihr abwenden, und er lächelte hungrig, schöner denn je. Durch das Leben an der frischen Luft waren seine Züge von Wind und Sonne gemeißelt, seine Augen waren weit wie der Horizont, seine Haut verströmte einen wunderbaren Duft. Mathilde entging seine verführerische Wirkung auf Frauen nicht. Und nun fragte sie sich, ob er die Einladung angenommen hatte, um ihr eine Freude zu machen, oder ob doch eher die Rundungen und die Sinnlichkeit dieser Frau sie hierhergeführt hatten.

»Ihre Frau ist sehr elegant«, hatte Amine gesagt, als sie auf der Vortreppe angekommen waren, und ihr einen schmachtenden Handkuss gegeben. »Oh, diese Kuchen sehen wirklich köstlich aus«, hatte Dragan geantwortet. »Ihre Frau ist eine ausgezeichnete Köchin.« Als er während des Essens wieder die Kuchen erwähnte, hätte sich Mathilde am liebsten in Luft aufgelöst. Sie hob die Hände an die Schläfen, um ihre erschlaffte Frisur aufzufrischen. Schweiß rann ihr über die Stirn, und ihr blaues Kleid hatte Flecken unter den Achseln und zwischen den Brüsten. Mathilde hatte den ganzen Morgen in der Küche verbracht, dann musste sie den Kindern schnell noch etwas zu essen machen und Tamo Anweisungen geben. Zehn Kilometer von der Farm entfernt war das Auto liegen geblieben, und sie hatte es anschieben müssen, weil Amine behauptete, sie könne nicht so gut manövrieren. Während sie eine zu kompakte Gänsemousse zum Mund führte, sagte sie sich, dass ihr Mann durchtrieben war und sie nur gezwungen hatte, die alte Klapperkiste zu schieben, weil er sich sein Sonntagsjackett nicht ruinieren wollte. Er war schuld daran, dass sie so bei den Palosis angekommen war, erschöpft und verschwitzt, mit zerknittertem Kleid, die Beine voller Insektenstiche. Sie machte Corinne ein Kompliment für die köstliche Vorspeise und schob die Hand unter den Tisch, um ihre juckende Wade zu kratzen.

Sie wollte fragen: »Was haben Sie während des Krieges getan?«, denn ihr schien, dass man die Menschen nur so wirklich kennenlernte. Doch Amine, den der Weißwein gesprächig machte, begann mit Dragan über marokkanische Politik zu reden, und die Frauen lächelten einander schweigend an. Corinne ließ die Asche ihrer Zigarette auf den Boden fallen, und ein Stückchen Glut versengte eine Teppichfranse. Mit müdem Gesicht, den Blick vom Alkohol getrübt, schlug sie Mathilde vor, in den Garten zu gehen, was diese widerwillig annahm. ›Ich lasse sie einfach reden‹, sagte sie sich verstockt und grimmig. Aus einem Beistelltisch holte Corinne ein Päckchen Zigaretten und bot Mathilde eine an. »Das nächste Mal müssen Sie Ihre Kinder mitbringen. Ich hatte ein paar Leckereien für sie zubereiten lassen, und im Hinterzimmer sind noch alte Spielsachen. Die ehemaligen Besitzer haben sie dagelassen«, erklärte sie mit spröder Stimme, in der eine tiefe Traurigkeit lag. Corinne setzte sich auf eine der Stufen, die in den Garten führten. »Wann sind Sie nach Marokko gekommen?«, fragte sie. Mathilde erzählte ihre Geschichte, und während sie nach Worten suchte, wurde ihr bewusst, dass ihr zum ersten Mal jemand so zuhörte, interessiert und wohlwollend. Corinne selbst hatte es kurz nach Kriegsausbruch nach Casablanca verschlagen. Dragan, der aus Ungarn in die Schweiz geflohen war, hatte von einem russischen Freund gehört, Marokko sei der ideale Ort, um noch einmal ganz von vorn anzufangen. In der Weißen Stadt an der Atlantikküste hatte er eine Anstellung als Arzt in einer renommierten Klinik gefunden. Dort hatte er viel Geld verdient, doch der Ruf des Direktors und die Art der Operationen, die dieser durchführte, hatten ihn schließlich vergrault. Und er hatte sich für Meknès entschieden, sein angenehmes Leben und seine Obstgärten.

»Was waren das für Operationen?«, fragte Mathilde, die Corinnes verschwörerischer Tonfall neugierig gemacht hatte.

Corinne sah sich um, rutschte mit ihrem Po dicht an Mathildes und flüsterte: »Ganz und gar ungewöhnliche Operationen, wenn Sie mich fragen. Wissen Sie nicht, dass Leute deswegen aus ganz Europa kommen? Dieser Doktor ist ein Genie oder ein Wahnsinniger, aber es heißt, er sei imstande, einen Mann in eine Frau zu verwandeln!«

Am Ende des Trimesters baten die Schwestern Aïchas Eltern um ein Gespräch. Amine und Mathilde erschienen eine Viertelstunde zu früh am Tor, und Schwester Marie-Solange brachte sie zum Büro der Mutter Oberin. Als sie an der Kapelle vorbeikamen, wandte Amine ihr den Blick zu. Was hielt dieser Gott dort für ihn bereit? Schwester Marie-Solange bat sie, vor dem breiten Zedernholzschreibtisch Platz zu nehmen, auf dem ein paar Akten gestapelt waren. Über dem Kamin hing ein Kruzifix. Als die Mutter Oberin ihr Büro betrat, erhoben sie sich, und Amine war auf alles gefasst. Er und Mathilde hatten die ganze Nacht darüber gesprochen, was man ihnen vorwerfen würde: Das andauernde Zuspätkommen, Aïchas Kleidung, ihre mystischen Zustände. Sie hatten gestritten. »Hör auf, ihr Geschichten zu erzählen, die ihr Angst machen«, drohte Amine. »Kauf uns ein Auto«, gab Mathilde zurück. Doch gegenüber der Direktorin fühlten sie sich vereint. Was diese auch sagen würde, sie würden ihr Kind schon verteidigen.

Die Nonne bedeutete ihnen, sich zu setzen. Sie bemerkte den Größenunterschied zwischen Amine und seiner Frau, und es schien sie zu erheitern. Sicher dachte sie, dass nur ein verliebter oder bescheidener Mann es hinnehmen konnte, seiner Frau bloß bis zur Schulter zu gehen. Sie ließ sich in ihrem Sessel nieder und versuchte, eine Schublade zu öffnen, deren Schlüssel sie nicht fand.

»Nun, Schwester Marie-Solange und ich wollten Ihnen sagen, dass wir mit Aïcha sehr zufrieden sind.«

Mathildes Beine begannen zu zittern. Sie wartete auf die schlechte Nachricht. »Sie ist ein ängstliches und scheues Kind, und es ist gewiss nicht leicht, ihr Zutrauen zu gewinnen. Doch ihre Noten sind hervorragend.«

Sie schob ein Heft mit Zensuren zu ihnen hinüber, das sie endlich aus der Schublade gezogen hatte. Ihr knochiger Finger glitt über das Blatt, sie hatte weiße, perfekt geschnittene Nägel, so zart wie die eines Kindes.

»Aïcha liegt in allen Fächern klar über dem Durchschnitt. Deswegen wollten wir mit Ihnen sprechen, weil wir denken, dass Ihre Tochter eine Klasse überspringen sollte. Wären Sie damit einverstanden?«

Die beiden Schwestern sahen sie mit strahlendem Lächeln an. Sie erwarteten eine Antwort und wirkten enttäuscht, dass die Eltern nicht mehr Begeisterung zeigten. Amine und Mathilde rührten sich nicht. Sie starrten auf das Heft und schienen eine stumme Konversation, bestehend aus Zwinkern, Stirnrunzeln und Auf-den-Lippen-kauen, zu führen. Amines Erinnerungen an die Schule waren getrübt von den Ohrfeigen, die der Lehrer vorbeugend verteilte. Mathilde ihrerseits erinnerte sich vor allem daran, dass ihr damals immer kalt gewesen war, viel zu kalt, um sich zu konzentrieren oder einen Stift zu halten. Sie war es, die schließlich das Wort ergriff.

»Wenn Sie glauben, dass es gut für sie ist.« Fast hätte sie hinzugefügt: »Sie kennen sie besser als wir.«

Als sie zu Aïcha zurückkehrten, die auf der Straße brav gewartet hatte, schauten sie sie komisch an, als sähen sie sie zum ersten Mal. Dieses Mädchen, dachten sie, war ihnen fremd, es hatte trotz seines zarten Alters eine Seele und Geheimnisse, etwas Unbeugsames, was sie nicht zu begreifen oder zu erfassen vermochten. Dieses kleine magere, x-beinige Kind mit dem ernsten Gesichtchen, dieses strubbelige Kind war also derart intelligent. Zu Hause sprach sie wenig. Abends spielte sie mit den Fransen des großen blauen Teppichs und bekam Niesanfälle vom Staub. Sie erzählte nie, was sie in der Schule tat, behielt ihren Kummer, ihre Freuden, ihre Freundschaften für sich. Wenn Fremde zu ihnen nach Hause kamen, floh sie so schnell wie Insekten, die man jagt, sie verschwand in ihrem Zimmer oder draußen in der Ebene. Wohin sie auch ging, sie rannte mit ihren langen dünnen Beinen, die wie losgelöst von ihrem Körper waren. Ihre Füße waren dem Brustkorb, den Armen voraus, und Aïcha schien so rot zu werden und zu schwitzen, weil sie ihre dürren Haxen einholen musste, die ihr durch irgendeinen Zauber entwischt waren. Sie schien vollkommen ahnungslos. Sie bat nie um Hilfe bei ihren Schularbeiten, und wenn Mathilde sich über ihre Hefte beugte, konnte sie nur die ordentliche Schrift ihrer Tochter bewundern, ihr Geschick, ihre Hartnäckigkeit.

Aïcha stellte keine Fragen zu dem Treffen. Ihre Eltern sagten ihr, sie seien mit ihr zufrieden und wollten das mit einem Mittagessen in einer Brasserie in der *Ville Nouvelle* feiern. Sie nahm die Hand, die Mathilde ihr reichte, und folgte ihnen. Das Einzige, was sie glücklich zu machen schien, war der Stapel neuer Schulbücher, den ihre Mutter ihr übergab. »Ich glaube, du hast dir eine Belohnung verdient.« Sie setzten sich auf die Terrasse, unter die große, staubige rote Markise. Amine nahm Aïchas Glas und goss ihr einen Fingerbreit Bier ein. Er sagte, heute sei ein besonderer Tag, und sie könne einen Schluck mit ihnen trinken. Aïcha steckte die Nase in ihr Glas. Das Bier hatte keinen Geruch, also hob sie es an die Lippen und schluckte die bittere Flüssigkeit herunter. Ihre Mutter wischte mit dem Handschuh ein wenig Schaum von ihrer Wange. Sie mochte das sehr, diese eiskalte Flüssigkeit, die ihr durch die Kehle in den Magen rann und sie erfrischte. Sie verlangte nicht nach mehr, machte kein Theater, sondern schob nur ihr Glas ein wenig weiter in die Mitte des Tisches, und ohne wirklich darüber nachzudenken, füllte ihr Vater es erneut. Er war noch ganz durcheinander. Seine Tochter sah aus wie ein kleiner Schmutzfink, und dabei konnte sie Latein und war in Mathematik besser als all die Französinnen. »Außergewöhnliche Fähigkeiten«, hatte die Lehrerin gesagt.

Amine und Mathilde waren allmählich ein wenig beschwipst. Sie bestellten Obst, lachten und aßen mit den Fingern. Aïcha sagte kaum etwas. Ihr Geist war ganz benebelt. Es kam ihr so vor, als wäre ihr Körper noch nie so leicht gewesen, sie spürte ihre Arme kaum. Und da war eine seltsame Abweichung zwischen ihren Gedanken und ihren Gefühlen, eine Art Verzögerung, die sie verwirrte. Sie wurde von einer ungeheuren Welle der Zärtlichkeit für ihre Eltern erfasst, doch schon ein paar Sekunden später war ihr das Gefühl fremd, und sie begann über ein Gedicht nachzudenken, das sie gelernt und von dem sie den letzten Vers vergessen hatte. Es gelang ihr nicht, sich zu konzentrieren, und sie lachte nicht, als eine Gruppe junger Männer sich vor dem Café aufstellte, um für die Gäste ein paar Kunststücke zu machen. Sie war schrecklich müde und konnte nur mit Mühe die Augen aufhalten. Ihre Eltern erhoben sich, um ein armenisches Paar mit einem Lebensmittelladen zu begrüßen, dem sie Obst und Körbe voll Mandeln verkauften. Aïcha hörte, dass jemand ihren Namen sagte. Ihr Vater redete laut und legte die Hand auf die knochige Schulter seiner Tochter. Sie lächelte mit offenem Mund, sie betrachtete die dunkle Hand ihres Vaters und legte ihre Wange darauf. Die Erwachsenen fragten sie: »Wie alt bist du?«, »Gehst du gerne zur Schule?« Sie antwortete nicht. Irgendetwas hatte sie verpasst, aber sie wusste noch, dass es etwas Schönes war, und über diesem letzten Gedanken schlief sie ein, den Kopf auf der Tischplatte.

Sie erwachte mit nassen Wangen von den Küssen ihrer Mutter. Sie gingen Richtung Avenue de la République, zum Cinéma Empire, dessen Eingang an ein griechisches Theater erinnerte. Aïcha bekam ein Eis, das sie auf dem Gehweg schleckte, langsam und auf eine Weise, die ihr Vater so anzüglich fand, dass er ihr die Waffel aus der Hand riss und in den Mülleimer warf. »Du machst dein Kleid noch schmutzig«, rechtfertigte er sich. Es lief *Zwölf Uhr mittags*. Im Kinosaal lachten Grüppchen von Jugendlichen, Männer im Sonntagsanzug kommentierten laut die Nachrichten und stritten. Eine junge Frau verkaufte Schokolade und Zigaretten. Aïcha war so klein, dass ihr Vater sie auf den

Schoß nehmen musste, damit sie etwas sehen konnte. Das Licht ging aus, und die alte marokkanische Platzanweiserin, die sie zu ihren Sitzen geführt hatte, schrie, an eine Gruppe Halbwüchsiger gewandt: »*Sed foumouk!*«[9] Benommen von der warmen Berührung seiner Haut, schmiegte Aïcha sich an Amine. Sie bohrte ihr Gesicht in den Hals ihres Vaters, gleichgültig gegenüber dem Geschehen auf der Leinwand und der Taschenlampe, mit der die Platzanweiserin in Richtung eines jungen Mannes wedelte, der sich eine Zigarette angezündet hatte. Während der Film lief, fuhr Mathilde Aïcha mit den Fingern durch die Haare, zog sanft an jeder Strähne, sodass der Körper des Kindes vom Nacken bis zu den Fußsohlen erschauerte. Als sie aus dem Kino kamen, war ihre Mähne noch voluminöser und krauser als sonst, und sie schämte sich, so auf der Straße gesehen zu werden.

Im Auto auf dem Rückweg trübte sich die Stimmung. Das lag nicht nur an dem schweren, gewittrigen Himmel oder den Staubwolken, die von kleinen Windhosen aufgewirbelt wurden. Amine hatte die gute Nachricht vergessen, die die Schwestern ihnen verkündet hatten, und sorgte sich um das Geld, das er leichtsinnig ausgegeben hatte. Mathilde, die Stirn an die Scheibe gedrückt, redete allein vor sich hin. Aïcha fragte sich, wie ihre Mutter so viel über diesen Film zu sagen haben konnte. Sie lauschte Mathildes hoher Stimme, nickte, wenn diese sich zu ihr umdrehte und fragte: »Grace Kelly ist wunderschön, nicht wahr?« Mathilde liebte das Kino mit verzehrender Leiden-

---

9 »Halt die Klappe!«

schaft. Während sie einen Film sah, hörte sie beinahe auf zu atmen, reckte jede Faser ihres Körpers den Gesichtern in Technicolor entgegen. Wenn sie nach zwei Stunden den dunklen Kinosaal verließ, erschütterte sie das Treiben auf der Straße. Es war die Stadt, die nicht echt war, unpassend, die Realität, die ihr wie eine banale Erfindung erschien, eine Lüge. Sie genoss das Glück, in eine andere Welt einzutauchen, Zeuge erhabener Leidenschaften zu werden, und zugleich brodelte in ihr eine Art Wut, eine Bitterkeit. Sie wünschte, sie könnte selbst die Leinwand betreten, könnte Emotionen aus demselben Stoff, von derselben Intensität erleben. Sie wünschte, man würde ihre Würde als Figur anerkennen.

Während des Sommers 1954 schrieb Mathilde ihrer Schwester häufig, doch die Briefe blieben unbeantwortet. Sie dachte, die Unruhen, die das Land erschütterten, wären verantwortlich für das schlechte Funktionieren der Post, und machte sich keine Gedanken über Irènes Schweigen. Francis Lacoste, der neue Generalresident, der auf General Guillaume gefolgt war, hatte bei seiner Ankunft im Mai 1954 versprochen, gegen die Welle der Ausschreitungen und Morde vorzugehen, die die französische Bevölkerung in Angst versetzte. Er drohte den Nationalisten furchtbare Vergeltungsmaßnahmen an, und Omar, Amines Bruder, spie Gift und Galle gegen ihn. Eines Tages ließ er seinen Ärger an Mathilde aus. Er schäumte vor Wut, nachdem er vom Tod des inhaftierten Widerstandskämpfers Mohammed Zerktouni erfahren hatte. »Dieses Land ist nur noch mit Waffen zu befreien. Die werden schon sehen, was die Nationalisten für sie bereithalten.« Mathilde versuchte, ihn zu besänftigen. »Nicht alle Europäer sind so, das weißt du genau.« Sie führte als Beispiel jene Franzosen an, die sich ganz klar für die Unabhängigkeit ausgesprochen hatten und in einigen Fällen sogar verhaftet worden waren, weil sie die Gruppen im Untergrund logistisch unterstützt hatten. Doch Omar zuckte mit den Schultern und spuckte auf den Boden.

Mitten im August, als sich der erste Jahrestag der Absetzung des Sultans näherte, wollten sie einen Tag bei Mouilala verbringen, die ihren ältesten Sohn mit tausend Gebeten empfing und Gott dankte, dass er ihr diese Gunst gewährte. Sie zogen sich zurück, um über Geld und Geschäfte zu reden, während Mathilde Aïcha in dem kleinen Wohnzimmer die Haare flocht. Selim lief überall im Haus herum und wäre beinahe die Steintreppe hinuntergefallen. Omar, der den kleinen Jungen vergötterte, hob ihn sich auf die Schultern. »Ich nehme ihn mit in den Park, da kann er rennen«, gab er Bescheid und verschwand, ohne auf Mathildes Ermahnungen zu hören. Als sie um fünf Uhr noch nicht zurück waren, holte Mathilde beunruhigt ihren Mann. Amine beugte sich aus dem Fenster. Er rief nach seinem Bruder und bekam zur Antwort Geschrei und Beschimpfungen. Demonstranten riefen zum Protest, zur Revolte auf; sie befahlen den Muslimen, ihren Stolz zu zeigen, dem Eindringling erhobenen Hauptes entgegenzutreten. »Wir müssen Selim finden. Kommt!«, schrie Amine. Sie sagten Mouilala kaum auf Wiedersehen, deren Kopf zitterte und die ihrem Sohn segnend die Hand auf die Stirn legte. Amine schob Frau und Tochter die Treppe hinunter. »Du bist wohl verrückt geworden«, sagte er zu Mathilde. »Wie konntest du ihn einfach so gehen lassen, weißt du nicht, dass es jeden Tag Demonstrationen gibt?«

Sie mussten so schnell wie möglich die Altstadt verlassen. Diese schmalen Gassen waren eine Falle, in der man sie leicht in die Enge treiben konnte und seine Familie den Demonstranten ausgeliefert wäre. Geräusche näherten sich, Stimmen hallten von den Mauern der Medina wider. Sie sahen Männer kommen, von vorne, von hinten, die irrsinnig schnell herbeiströmten. Eine immer kompaktere Menge umgab sie, und Amine, der seine Tochter auf dem Arm trug, begann zum Tor der Medina zu rennen.

Sie erreichten das Auto und stürzten sich hinein. Aïcha fing an zu weinen. Sie wollte auf den Arm ihrer Mutter, fragte, ob ihr Bruder sterben würde, und Amine und Mathilde befahlen ihr gleichzeitig, still zu sein. Die Flut der Aufrührer hatte sie eingeholt, sodass Amine nicht zurücksetzen konnte. Gesichter drückten sich an die Fenster. Das Kinn eines jungen Mannes hinterließ auf der Scheibe eine lange Fettspur. Fremde Blicke musterten diese seltsame Familie, dieses Kind, von dem man schwer sagen konnte, zu welchem Lager es gehörte. Ein Jugendlicher begann zu schreien, die Arme gen Himmel erhoben, die Menge war wie elektrisiert. Er war höchstens fünfzehn Jahre alt und hatte sich einen kleinen Flaum wachsen lassen. Seine tiefe, hasserfüllte Stimme passte nicht zu dem sanften Blick. Aïcha starrte ihn an und wusste, dass sich ihr dieses Gesicht für immer einprägen würde. Der junge Mann machte ihr Angst, und sie fand ihn schön mit seiner Flanellhose, seiner kurzen Jacke, wie die der amerikanischen Piloten. »Es lebe der König!«, schrie er, und alle wiederholten im Chor: »Es lebe Mohammed ben Youssef!«, so laut, dass Aïcha das Gefühl hatte, ihre Stimmen würden das Auto zum Schaukeln bringen. Andere junge Burschen hatten begonnen, mit dicken Knüppeln auf das Dach des Wagens zu trommeln, wie ein Orchester schlugen sie den Takt zu ihren Parolen, und ihr Gejohle wurde immer lauter, beinahe melodisch. Sie begannen, alles kaputt zu schlagen, die Scheiben der Fahrzeuge, die Glühbirnen in den Laternen, das Pflaster war übersät von Glassplittern, und die Demonstranten liefen mit ihren abgetragenen Schuhen darüber, ohne das Blut zu bemerken, das ihnen über die Füße rann.

»Legt euch hin!«, rief Amine, und Aïcha drückte ihre Wange an den Boden des Autos. Mathilde, die ihr Gesicht mit den Händen schützte, sagte sich immer wieder: ›Alles wird gut, alles wird gut.‹ Sie dachte an den Krieg und an jenen Tag, als sie sich in einen Graben geworfen hatte, um sich vor den Schüssen aus einem Flugzeug in Sicherheit zu bringen. Sie hatte die Nägel in die Erde gegraben, hatte ein paar Augenblicke die Luft angehalten und dann so fest die Schenkel zusammengepresst, dass sie beinahe einen Orgasmus gehabt hätte. Jetzt, in diesem Moment, hätte sie Amine gern davon erzählt oder zumindest ihre Lippen auf seine gelegt, die Angst in Begehren aufgelöst. Dann, plötzlich, zerstreute sich die Menge, als wäre mittendrin eine Granate explodiert und hätte die Körper in alle Richtungen geschleudert. Das Auto wackelte, und Mathilde sah die Augen einer Frau, die mit den Nägeln an die Scheibe klopfte. Mit dem Zeigefinger deutete sie auf die zitternde Kleine. Ohne zu wissen, warum, vertraute Mathilde ihr. Sie öffnete die Scheibe, und die Frau warf ihr, ehe sie davonrannte, zwei große Stücke Zwiebel herein. »Reizgas!«, brüllte Amine. In wenigen Sekunden füllte sich die Kabine mit einem scharfen, beißenden Geruch, und sie begannen zu husten.

Amine startete und fuhr sehr langsam durch die Rauchwolke, die sich gebildet hatte. Er erreichte das Tor zum Park, sprang aus dem Wagen und ließ die Tür hinter sich offen stehen. Von Weitem sah er seinen Bruder und seinen Sohn, die spielten. Es war, als hätten die Unruhen, die wenige Meter entfernt getobt hatten, in einem anderen Land stattgefunden. Der Sultansgarten war ruhig und friedlich. Ein Mann saß auf einer Bank, neben seinen Füßen stand ein großer Käfig mit rostigen Stangen. Amine trat näher und bemerkte darin einen mageren Affen mit gräulichem Fell, der in seinem eigenen Kot hockte. Er ging in die Knie, um das Tier besser zu sehen, das sich zu ihm umwandte und die Zähne bleckte. Es fauchte und spuckte, und Amine hätte nicht sagen können, ob der Affe lachte oder ihn bedrohte.

Amine rief seinen Sohn, der zu ihm gerannt kam und sich ihm in die Arme warf. Er wollte nicht mit seinem Bruder reden, er hatte keine Zeit für Erklärungen oder Vorhaltungen, also ging er zurück zum Wagen und ließ Omar mitten auf dem Rasen stehen. Auf dem Weg zur Farm hatte die Polizei eine Straßensperre errichtet. Aïcha bemerkte die lange Nagelkette auf dem Boden und stellte sich das Geräusch der platzenden Reifen vor. Einer der Polizisten gab Amine ein Zeichen, anzuhalten. Er näherte sich dem Fahrzeug und setzte seine Sonnenbrille ab, um die Gesichter der Insassen zu mustern. Aïcha fixierte ihn mit einer Neugier, die den Beamten aus dem Konzept brachte. Er schien überhaupt nicht zu begreifen, was er da für eine Familie vor sich hatte, die ihn brav und wortlos ansah. Mathilde fragte sich, was er sich wohl für eine Geschichte zusammenreimen mochte. Hielt er Amine für den Chauffeur? Stellte er sich vor, Mathilde wäre die reiche Frau eines Siedlers, die dieser Bedienstete nach Hause bringen sollte? Doch die Erwachsenen schienen den Polizisten nicht zu interessieren, er starrte nur die Kinder an. Er betrachtete Aïchas Arme, die den Brustkorb ihres kleinen Bruders umschlangen, wie um ihn zu beschützen. Mathilde kurbelte langsam die Scheibe herunter und lächelte den jungen Mann an.

»Es wird eine Ausgangssperre geben. Sehen Sie zu, dass Sie nach Hause kommen.« Der Polizist klopfte auf die Motorhaube, und Amine fuhr los.

Zum Ball am 14. Juli trug Corinne ein rotes Kleid und geflochtene Lederpumps. Im Garten, wo bunte Lampions aufgehängt waren, tanzte sie nur mit ihrem Mann und lehnte die Aufforderungen der anderen Gäste höflich ab. Auf diese Weise glaubte sie sich vor Eifersucht zu schützen und sich die Freundschaft der Ehefrauen zu sichern, doch diese hielten sie, ganz im Gegenteil, für herablassend und ordinär. ›Unsere Männer‹, sagten sie sich, ›sind ihr wohl nicht gut genug.‹ In solchen Situationen ließ Corinne stets Vorsicht walten. Sie hütete sich vor Alkohol und Übermut, denn sie wusste, der Morgen danach war schmerzhaft. Sie fürchtete dieses Gefühl, sich erniedrigt zu haben, zu viel geredet zu haben, weil man unbedingt gefallen wollte. Vor Mitternacht wurde Dragan, der trinkend an der Bar lehnte, zu einer Geburt gerufen. Die Frau bekam ihr drittes Kind, und er musste sich beeilen. Corinne wollte nicht bleiben, »Wenn du nicht da bist, tanze ich nicht«, also brachte er sie nach Hause, ehe er ins Krankenhaus fuhr. Als sie am nächsten Tag erwachte, war ihr Mann noch nicht zurück. Sie blieb in dem Zimmer mit den geschlossenen Läden liegen, lauschte dem Geräusch der Ventilatorenflügel, das

Nachthemd nass vor Schweiß. Schließlich stand sie auf und schleppte sich ans Fenster. Auf der Straße, wo die Hitze schon erdrückend war, sah sie einen Mann mit einem Palmenblatt den Bürgersteig fegen. Im Haus gegenüber herrschte geschäftiges Treiben. Die Kinder saßen auf den Stufen vor dem Eingang, während ihre Mutter von Zimmer zu Zimmer eilte, die Läden schloss, die Hausmädchen anherrschte, weil die Koffer noch nicht fertig gepackt waren. Der Vater, der vorne im Wagen saß und bei geöffneter Tür rauchte, schien schon von der langen Reise erschöpft zu sein. Sie fuhren zurück nach Frankreich, und Corinne wusste, dass die *Ville Nouvelle* bald menschenleer sein würde. Ein paar Tage zuvor hatte ihre Klavierlehrerin angekündigt, dass sie ins Baskenland reisen würde. »Wie gut, dieser Hitze und dem Hass für ein paar Wochen zu entfliehen.«

Corinne löste sich vom Fenster und dachte, dass sie nichts hatte, wohin sie gehen konnte. Keinen Ort, an den sie zurückkehren konnte, kein Haus ihrer Kindheit voller Erinnerungen. Sie erschauerte vor Abscheu beim Gedanken an die düsteren Straßen von Dünkirchen, an die Nachbarinnen, die sie beobachteten. Sie sah sie wieder vor sich, wie sie in den Eingängen ihrer heruntergekommenen Häuser standen, die schmutzigen Haare zurückgesteckt, und mit beiden Händen das grobe Schultertuch vor der Brust zusammenhielten. Sie misstrauten Corinne, deren Körper sich mit fünfzehn Jahren urplötzlich entwickelt hatte. Ihre Kleinmädchenschultern mussten die enormen Brüste halten, ihre zarten Füße das Gewicht der runden Hüften tragen. Ihr Körper war ein falscher Köder, in dem sie gefangen war. Bei Tisch wagte ihr Vater nicht mehr, sie anzusehen. Ihre Mutter wiederholte dümmlich: »Diese Kleine, wie soll man sie bloß anziehen?« Die Soldaten warfen ihr begehrliche Blicke zu, die Frauen hielten sie für unsittlich. »So ein Körper, der bringt einen auf krumme Gedanken!« Man hielt sie für gierig, bereitwillig lüstern. Man dachte, eine solche Frau wäre nur fürs Vergnügen gemacht. Die Männer warfen sich auf sie, zogen sie aus, wie man ein Geschenk auspackt, hastig und grob. Dann bestaunten sie geblendet ihre unglaublichen Brüste, die sich, vom Büstenhalter befreit, ausbreiteten wie ein riesiger Klecks Sahne. Sie stürzten sich darauf, bissen genüsslich hinein, als hätten sie angesichts dieser unerschöpflichen Leckerei, dieser Prachtstücke, derer sie nicht Herr werden konnten, den Verstand verloren.

Corinne schloss die Fensterläden und verbrachte den Vormittag im Dämmerlicht auf dem Bett ausgestreckt. Sie rauchte Zigaretten, bis der Filter ihr die Lippen verbrannte. Von ihrer Kindheit ebenso wie von Dragans blieben nur Steinhaufen, unter den Bombenangriffen eingestürzte Häuser, auf verlassenen Friedhöfen begrabene Körper. Sie waren beide hier gestrandet, und bei ihrer Ankunft in Meknès hatte Corinne geglaubt, sie könnte sich vielleicht ein neues Leben aufbauen. Sie stellte sich vor, dass die Sonne, die gute Luft, das ruhige Leben sich heilsam auf ihren Körper auswirken würden und sie Dragan endlich ein Kind schenken könnte. Aber die Monate vergingen, dann die Jahre. Im Haus hörte man nur das trübselige Brummen des Ventilators, und nie erklang ein Kinderlachen.

Als ihr Mann kurz vor dem Mittagessen heimkam, stellte

sie ihm tausend grausame Fragen. Sie quälte sich selbst, indem sie wissen wollte: »Wie viel hat es gewogen?«, »Hat es geweint?«, »Sag, Liebling, war es ein hübsches Baby?« Mit den Augen eines Ertrunkenen antwortete Dragan seiner Geliebten sanft, während er sie an sich drückte. Er hatte vorgehabt, an diesem Nachmittag zur Farm der Belhajs hinauszufahren, und Corinne schlug vor, ihn zu begleiten. Sie mochte Mathilde gern, ihr lebhaftes Temperament und ihre Unbeholfenheit. Was die junge Frau ihr von ihrem Leben erzählt hatte, berührte sie. Mathilde hatte gesagt: »Ich habe keine andere Wahl als die Einsamkeit. In meiner Situation, wie sollen wir da gesellschaftliche Kontakte haben? Sie können sich nicht vorstellen, wie das ist, mit einem Einheimischen verheiratet zu sein, in einer Stadt wie dieser.« Corinne hätte ihr beinahe geantwortet, dass es auch nicht immer leicht gewesen war, mit einem Juden verheiratet zu sein, einem Staatenlosen, einem Fremden, und eine Frau ohne Kinder zu sein. Aber Mathilde war noch so jung, und Corinne dachte, dass sie es nicht verstehen würde.

Als Corinne auf der Farm ankam, lag Mathilde unter der Weide, neben sich die schlummernden Kinder. Sie näherte sich leise, um den Schlaf der Kleinen nicht zu stören, und Mathilde bedeutete ihr, sich neben sie auf das Tuch zu setzen, das sie auf dem Gras ausgebreitet hatte. Im Schatten, gewiegt von dem süßen kindlichen Atem, betrachtete sie die Bäume, die weiter unten wuchsen und an deren Ästen sich verschiedenfarbige Früchte mischten.

In diesem Sommer kam Corinne beinahe jeden Tag auf den Hügel. Sie liebte es, mit Selim zu spielen, in den sie ganz vernarrt war und den sie sanft in Beinchen und Wangen biss. Manchmal machte Mathilde das Radio an und ließ die Tür zum Haus offen, damit die Musik in den Garten drang. Dann nahm jede von ihnen die Hand eines Kindes, wirbelte es herum und tanzte mit ihm. Mehrmals lud Mathilde sie ein, zum Abendessen zu bleiben, und wenn es dunkel wurde, gesellten sich die Männer zu ihnen und sie aßen im Garten unter einer von Amine gebauten Pergola, an der sich eine Glyzine hochzuranken begann.

Das Gerede der Stadt erreichte sie verzerrt, durch Gerüchte entstellt. Mathilde wollte vom Rest der Welt nichts wissen. Die Nachrichten brachten zu viel Unheil und Leid mit sich. Doch sie schaffte es einfach nicht, Corinne an jenem Tag das Wort abzuschneiden, als diese mit verstörtem Gesicht zu ihr kam. »Tragisches Fieber in Marokko«, titelte die Zeitung, die sie in der Hand hielt. Sie flüsterte, damit die Kinder die schrecklichen Dinge nicht hörten, die sich am 2. August in Petitjean zugetragen hatten. »Sie haben Israeliten getötet«, und wie eine eifrige Schülerin betete sie die Liste der Qualen herunter. Der aufgeschlitzte Brustkorb eines Vaters von elf Kindern. Die Plünderung und Brandschatzung der Häuser. Sie beschrieb die geschändeten Leichen, die man nach Meknès gebracht hatte, um sie zu begraben, und zitierte die Worte, die die Rabbiner in allen Synagogen verkündet hatten. »Gott wird nicht vergessen. Unsere Toten werden gerächt werden.«

V

Im September ging Aïcha wieder in die Schule, und ab da waren es die Kranken, die sie für ihre Verspätungen verantwortlich machte. Seit Rabias Unfall hatte sich das Gerücht verbreitet, Mathilde besitze die Gaben einer Heilerin. Sie kenne die Namen der Medikamente und wisse, wie man sie verabreichte. Sie sei ruhig und großzügig. Das erklärte jedenfalls, warum von da an jeden Morgen Bauern vor der Tür der Belhajs standen. Die ersten Male ging Amine öffnen und fragte argwöhnisch:
»Was machst du hier?«
»Guten Tag, Herr. Ich bin gekommen, um die gnädige Frau zu sehen.«

Jeden Morgen wurde die Schlange von Mathildes Patienten länger. Während der Weinlese kamen viele Arbeiterinnen. Manche hatten einen Zeckenbiss, andere eine Venenentzündung, oder sie konnten ihr Kind nicht mehr stillen, weil die Milch in ihren Brüsten versiegt war. Amine gefiel es nicht, all diese Frauen auf der Treppe anstehen zu sehen. Er hasste die Vorstellung, dass sie in sein Haus eindrangen, dass sie ihn auf Schritt und Tritt beobachteten, dass sie im Dorf herumerzählen würden, was sie in der Wohnung des Chefs gesehen hatten. Er warnte seine Frau vor Hexerei, vor übler Nachrede, vor Neid, der in den Herzen aller Menschen schlummert.

Mathilde wusste, wie man Wunden versorgt, Zecken mit Äther betäubt oder einer Frau beibringt, ein Fläschchen zu reinigen und ein Baby zu waschen. Sie behandelte die Bauern mit einer gewissen Schroffheit. Sie lachte nicht mit ihnen, wenn sie derbe Späße machten, um eine weitere Schwangerschaft zu erklären. Sie verdrehte die Augen, wenn man ihr wieder und wieder Geschichten von bösen Geistern, im Bauch der Mutter eingeschlafenen Babys oder Schwangeren, die kein Mann je berührt hatte, erzählte. Sie schimpfte über den Fatalismus dieser Leute, die in allem auf Gott vertrauten, und verstand nicht, wie sie sich derart in ihr Schicksal fügen konnten. Tagein, tagaus ermahnte sie sie, besser auf ihre Hygiene zu achten. »Du bist schmutzig!«, schrie sie. »Deine Wunde infiziert sich. Du musst dich waschen!« Sie weigerte sich sogar, eine von weither gekommene Arbeiterin hereinzulassen, deren nackte Füße mit getrocknetem Kot bedeckt waren und von der sie annahm, dass sie völlig verlaust war. Inzwischen hallte das Haus jeden Morgen vom Gebrüll der Kinder aus der Umgebung wider. Oft schrien sie vor Hunger, weil die Frauen, um aufs Feld zurückzukehren oder weil sie erneut schwanger waren, die Kleinen ohne viel Federlesens entwöhnten. Das Baby bekam statt Muttermilch nur noch in Tee getunktes Brot und wurde von Tag zu Tag dünner. Mathilde wiegte diese Kinder mit den tiefliegenden Augen und eingefallenen Wangen, und manchmal stiegen ihr Tränen in die Augen, weil sie sie nicht beruhigen konnte.

Bald war Mathilde überfordert von dem Andrang, und sie fühlte sich lächerlich in dieser behelfsmäßigen Ambulanz, in der sie nur über Alkohol, Jodlösung und saubere Handtücher verfügte. Eines Tages kam eine Frau mit einem Kind auf dem Arm. Es war in eine schmutzige Decke gewickelt, und als Mathilde sich näherte, sah sie, dass die Haut an seinen Wangen schwarz war und sich ablöste wie bei den Paprikaschoten, die die Frauen auf der Holzkohle grillten. In diesen Häusern wurde am Boden gekocht, und es kam vor, dass den Kindern ein voller Teekessel über das Gesicht kippte oder sie von einer Ratte in die Lippe oder ins Ohr gebissen wurden.

»Wir können nicht untätig zusehen«, wiederholte Mathilde, die beschloss, sich ein paar Vorräte für ihre Krankenstation zuzulegen. »Ich werde dich nicht um Geld bitten«, versprach sie. »Ich komme schon zurecht.«

Amine zog die Augenbrauen hoch und lachte.

»Barmherzigkeit ist eine muslimische Pflicht.«

»Es ist auch eine christliche Pflicht.«

»Dann sind wir uns ja einig. Mehr gibt es dazu nicht zu sagen.«

*

Aïcha gewöhnte sich an, ihre Hausaufgaben in dem Krankenzimmer zu machen, wo es nach Kampfer und Seife roch. Wenn sie den Blick von ihren Heften hob, sah sie Bauern, die Hasen an den Ohren gepackt hielten, um sie ihnen zum Zeichen des Dankes zu überreichen. »Sie haben selbst kaum etwas, aber wenn ich ihr Geschenk zurückweise, verletze ich sie«, erklärte Mathilde ihrer Tochter. Aïcha lächelte den Kindern zu, die ein rasselnder Husten schüttelte und deren Augen von Fliegen bedeckt waren. Sie staunte über ihre Mutter, die die Sprache der Berber immer besser beherrschte und Tamo ausschimpfte, weil sie weinte, wenn sie Blut sah. Mathilde lachte manchmal, sie setzte sich ins Gras, ihre bloßen Füße an den Füßen der Frauen. Sie küsste eine Greisin auf die knochige Wange, gab den Capricen eines Kindes nach, das nach Zucker verlangte. Sie bat die Frauen, ihr alte Geschichten zu erzählen, und die Frauen erzählten lachend, das Gesicht hinter der Hand verborgen, und ließen dabei ihre Zunge gegen den zahnlosen Kiefer schnalzen. Sie erzählten in ihrer Sprache persönliche Erinnerungen und vergaßen, dass Mathilde zugleich ihre Chefin und eine Fremde war.

»Menschen, die niemandem etwas zuleide tun, sollten nicht so leben müssen«, sagte Mathilde, die das Elend empörte, immer wieder. Ihren Mann und sie einte das Streben nach Verbesserungen für die Menschen: weniger Hunger, weniger Schmerz. Jeder begeisterte sich für den Fortschritt in der irren Hoffnung, dass Maschinen üppigere Ernten ermöglichen und Medikamente Krankheiten besiegen würden. Dennoch versuchte Amine oft, seiner Frau ihre Arbeit auszureden. Er sorgte sich um ihre Gesundheit und fürchtete die Krankheitserreger, die all diese Fremden bei ihnen verbreiten und die seine Kinder gefährden könnten. Eines Abends erschien eine Frau mit einem Kind, das seit Tagen fieberte. Mathilde empfahl ihr, es nackt, mit kühlen

Handtüchern bedeckt, schlafen zu lassen. Am nächsten Tag kam die Frau im Morgengrauen wieder. Das Kind glühte und war in der Nacht von Krämpfen geschüttelt worden. Mathilde ließ die Bäuerin ins Auto steigen und setzte das Kind neben Aïcha. »Ich bringe meine Tochter in die Schule, dann gehen wir ins Krankenhaus, hast du verstanden?« Im Krankenhaus für die Einheimischen mussten sie lange warten, ehe ein rothaariger Arzt das Kind schließlich untersuchte. Als Mathilde Aïcha nach der Schule abholte, war sie bleich, und ihr Kiefer zitterte. Aïcha dachte, es sei etwas passiert. »Ist der kleine Junge gestorben?«, fragte sie. Mathilde drückte ihre Tochter an sich, zwickte sie in Schenkel und Arme. Sie weinte, und ihre Tränen rannen über das Gesicht des Kindes. »Meine Kleine, mein Engel, wie fühlst du dich? Schau mich an, Schätzchen. Geht es dir gut?« In dieser Nacht fand Mathilde keinen Schlaf, und sie betete ausnahmsweise einmal zu Gott. Sie sagte sich, dass sie für ihren Hochmut bestraft wurde. Sie hatte sich für eine Heilerin gehalten, dabei hatte sie keine Ahnung. Das Einzige, was sie konnte, war, ihre Kinder in Gefahr bringen, und vielleicht würde morgen Aïcha vor Fieber glühen, und der Arzt würde ihr, wie heute früh, sagen: »Das ist Polio, Madame. Seien Sie vorsichtig, es ist sehr ansteckend.«

Die Ambulanz gab auch Anlass zu Streitigkeiten mit den Nachbarn. Männer kamen, um sich bei Amine zu beschweren. Mathilde hatte ihren Frauen geraten, sich der ehelichen Pflicht zu entziehen, sie hatte ihnen Flausen in den Kopf gesetzt. Diese Christin, diese Fremde durfte sich nicht in solche Dinge einmischen, nicht Zwietracht säen im Schoß der Familien. Eines Tages erschien Roger Mariani an der Tür der Belhajs. Es war das erste Mal, dass ihr reicher Nachbar die Straße überquerte, die ihre Grundstücke voneinander trennte. Normalerweise sah Mathilde ihn zu Pferde auf seinen Ländereien, den Hut tief in die Stirn gezogen. Er betrat den Raum, in dem die Frauen mit ihren Kindern im Arm auf dem Boden saßen. Einige von ihnen flüchteten bei seinem Anblick, ohne Mathilde auf Wiedersehen zu sagen, die gerade die Brandwunden eines Jungen sorgfältig mit Fettgaze bedeckte. Die Hände auf dem Rücken verschränkt, durchquerte Mariani das Zimmer und stellte sich hinter Mathilde. Er kaute auf einem Weizenstängel, und das Geräusch seiner Zunge irritierte Mathilde und lenkte sie ab. Als sie sich umdrehte, lächelte er. »Bitte, machen Sie weiter.« Er setzte sich auf einen Stuhl und wartete, bis Mathilde den Jungen hinausschickte, dem sie noch empfahl, im Schatten zu bleiben und sich auszuruhen.

Sobald sie allein waren, erhob Mathilde sich. Ihre Größe brachte ihn ein wenig aus dem Konzept und ihre grünen Augen, in denen er keine Angst zu lesen meinte. Sein ganzes Leben lang hatten die Frauen ihn gefürchtet, waren beim Klang seiner lauten Stimme zusammengezuckt, hatten versucht zu entkommen, wenn er sie an der Taille oder an den Haaren packte, und leise geweint, wenn er sie in einer Scheune oder hinter einem Busch mit Gewalt nahm. »Das wird Ihnen noch auf die Füße fallen, wenn Sie diese Araber zu gut behandeln«, warf er Mathilde hin. Achtlos nahm er eine Flasche medizinischen Alkohol in die Hand, trommelte mit der Spitze einer Schere auf den Tisch. »Was glauben Sie? Dass sie Sie als Heilige verehren? Ihnen einen Tempel errichten wie ihren Marabuts? Diese Frauen da«, er zeigte auf die Arbeiterinnen, die draußen beschäftigt waren, »halten eine Menge aus. Bringen Sie sie nicht dazu, sich selbst leidzutun, haben Sie verstanden?«

*

Doch Mathilde ließ sich durch nichts beirren. Eines Samstags Anfang September ging sie zu Doktor Palosis Praxis, im dritten Stock eines reizlosen Gebäudes in der Rue de Rennes. Im Wartesaal saßen vier Europäerinnen, und eine von ihnen, die schwanger war, legte sich die Hand auf den Bauch, als sie Mathilde sah, wie um ihren Fötus vor dieser unheilvollen Begegnung zu schützen. Sie warteten lange in dem überhitzten Raum, in dem drückendes Schweigen herrschte. Eine der Frauen schlief ein, das Gesicht auf die rechte Hand gestützt. Mathilde versuchte den Roman zu lesen, den sie mitgebracht hatte, doch es war einfach zu heiß dafür. Ihr Geist schweifte hierhin und dorthin, ohne sich auf irgendetwas konzentrieren zu können.

Als Dragan Palosi endlich aus seinem Behandlungszimmer kam, stand Mathilde auf und seufzte erleichtert. Er sah gut aus in seinem weißen Kittel, die schwarzen Haare nach hinten gekämmt. Er wirkte ganz anders als der leutselige Mann, den sie bei ihrer ersten Begegnung kennengelernt hatte, und ihr schien, als seien seine dunkel umrandeten Augen ein wenig traurig. Sein Gesicht zeigte jene für gute Ärzte so typische Müdigkeit. In ihren Zügen meint man das Leid der Patienten durchscheinen zu sehen. Man ahnt, dass es die Beichten der Kranken sind, die ihre Schultern niederdrücken, dass das Gewicht dieser Geheimnisse und ihrer eigenen Ohnmacht auf ihnen lastet, ihre Schritte und Worte verlangsamt.

Der Arzt trat zu Mathilde und zögerte kurz, ehe er sie auf die Wangen küsste. Er bemerkte, dass sie errötete, und um das Unbehagen zu zerstreuen, inspizierte er den Einband des Buches, das sie in der Hand hielt.

»*Der Tod des Ivan Iljitsch*«, las er leise. Er hatte eine tiefe Stimme, eine Stimme voller Verheißungen. Man spürte, dass dieser Körper, dieses Herz angefüllt waren mit außergewöhnlichen Geschichten. »Lieben Sie Tolstoi?«

Mathilde nickte, und während er sie in sein geräumiges Büro führte, erzählte er ihr eine Anekdote. »Als ich nach Marokko kam, 1939, zog ich zu einem russischen Freund, der vor der Revolution geflohen war. Eines Abends lud er Freunde zum Essen ein. Wir haben getrunken und Karten gespielt, und einer der Gäste, den sie Michael Lwowitsch nannten, ist auf dem Sofa im Wohnzimmer eingeschlafen. Er schnarchte so laut, dass wir alle anfingen zu lachen, und da sagte mein Freund zu mir: ›Wenn man bedenkt, dass er der Sohn des großen Tolstoi ist!‹«

Mathilde riss die Augen auf.

»Ganz genau, der Sohn dieses Genies«, rief Dragan, indem er ihr bedeutete, auf einem schwarzen Ledersessel Platz zu nehmen. »Er ist gegen Kriegsende gestorben. Ich habe ihn nie wiedergesehen.«

Sie schwiegen beide, und Dragan wurde bewusst, wie unpassend die Situation war. Mathilde wandte ihr Gesicht dem türkisen Paravent zu, hinter dem die Patientinnen sich auszogen.

Sie gab sich einen Ruck: »Um ehrlich zu sein, bin ich

nicht hier, um mich untersuchen zu lassen. Ich möchte Sie um Hilfe bitten.«

Dragan legte das Kinn auf seine verschränkten Finger. Wie oft hatte er das schon erlebt? »Ein Gynäkologe muss auf alles gefasst sein«, hatte ihm einer seiner Professoren an der Budapester Universität gesagt. Auf flehende Frauen, die bereit waren, die schlimmsten Experimente über sich ergehen zu lassen, um ein Kind zu bekommen. Auf flehende Frauen, die bereit waren, die schlimmsten Qualen über sich ergehen zu lassen, um ein Kind loszuwerden. Auf verzweifelte Patientinnen, die durch beschämende Symptome feststellen mussten, dass ihre Männer sie betrogen hatten. Auf jene schließlich, die einer Schwellung unter dem Arm, einem Ziehen im Unterleib zu spät Beachtung geschenkt hatten. »Aber Sie müssen doch furchtbare Schmerzen gehabt haben«, sagte er diesen. »Warum sind Sie denn nicht früher gekommen?«

Dragan betrachtete Mathildes hübsches Gesicht, ihre Haut, die für diese Breiten zu hell und voller roter Flecken war. Was wollte sie von ihm? Würde sie ihn um Geld bitten? Hatte ihr Mann sie geschickt?

»Ich höre.«

Mathilde erzählte, immer schneller, mit einer Leidenschaft, die den Gynäkologen verblüffte. Sie erzählte von Rabia, die seltsame Stellen auf Bauch und Oberschenkeln hatte und immer wieder erbrechen musste. Sie beschrieb Jmias Fall, deren Kind mit achtzehn Monaten noch nicht stehen konnte. Sie gestand ihm, dass sie sich überfordert fühlte, dass sie Leiden wie Diphterie, Keuchhusten, der ägyptischen Augenkrankheit nicht gewachsen war, deren Symptome sie zwar inzwischen erkannte, die sie aber nicht zu behandeln wusste. Dragan sah sie an, mit offenem Mund und großen Augen. Beeindruckt davon, wie gewissenhaft sie jede Pathologie beschrieb, nahm er einen Stift und einen Block und machte sich Notizen. Manchmal unterbrach er sie, um nachzufragen: »Diese Stellen, nässen sie, oder sind sie trocken?«, »Haben Sie die Wunde desinfiziert?« Er war berührt von der Leidenschaft dieser Frau für die Medizin, ihrem Wunsch, das außergewöhnliche Getriebe des menschlichen Körpers zu verstehen.

»Normalerweise gebe ich keine Ratschläge oder Medikamente, wenn ich die Patienten nicht selbst gesehen habe. Aber diese Frauen würden sich niemals von einem Mann, noch dazu einem Ausländer, untersuchen lassen.« Er erzählte ihr, dass ihn einmal in Fes ein sehr reicher Kaufmann wegen seiner Frau hatte kommen lassen, die unter schweren Blutungen litt. Ein zerlumpter Pförtner hatte ihn ins Haus geführt, wo Dragan die Patientin durch einen undurchsichtigen Vorhang hindurch befragen musste. Die Frau war am nächsten Tag gestorben, verblutet.

Dragan erhob sich und zog zwei große Bücher aus seinem Regal. »Die anatomischen Tafeln sind leider auf Ungarisch. Ich versuche, Ihnen französische zu besorgen, aber in der Zwischenzeit können Sie sich schon mal damit vertraut machen.« Das andere Buch betraf die Kolonialmedizin und war mit Schwarz-Weiß-Fotografien illustriert. Auf dem Rückweg blätterte Mathilde durch den dicken Band und blieb an einem Foto hängen, das mit folgender Bildunterschrift versehen war: »Eindämmung der Typhusepidemie, Marokko, 1944.« Männer in Dschellaba, einer hinter dem anderen aufgereiht, waren umgeben von einer Wolke schwarzen Pulvers, und dem Fotografen war es gelungen, die Mischung aus Schreck und Staunen auf ihren Gesichtern einzufangen.

Mathilde parkte das Auto vor der Post. Sie öffnete die Wagentür, streckte die Beine aus und stellte die Füße auf den Gehweg. Noch nie hatte sie einen so heißen September erlebt. Sie holte das Blatt Papier und einen Stift aus ihrer Tasche und beendete den Brief, den sie am Morgen begonnen hatte. Im ersten Absatz schrieb sie, dass man nicht alles glauben müsse, was in der Zeitung stehe. Dass Petitjean furchtbar gewesen sei, natürlich, aber gleichzeitig sei es doch komplizierter.

»Meine liebe Irène, bist du in den Urlaub gefahren? Ich stelle mir vor, aber vielleicht irre ich mich, dass du in den Vogesen bist, an einem der Seen, wo wir als Kinder gebadet haben. Ich habe immer noch den Geschmack des Blaubeerkuchens auf der Zunge, den diese große Frau mit dem Gesicht voller Warzen serviert hat. Ich erinnere mich ganz genau an den Geschmack und denke daran, wenn ich traurig bin, um mich aufzumuntern.«

Sie schlüpfte wieder in ihre Schuhe und ging die Stufen zum Postamt hoch. Sie stellte sich an dem Schalter an, hinter dem eine freundliche Dame saß. »Mülhausen, Frankreich«, sagte sie. Dann betrat sie die Haupthalle, die Hunderte Postfächer enthielt. Ihre hohen Wände waren ganz mit kleinen Messingtüren bedeckt, auf denen jeweils eine Nummer stand. Sie hielt vor dem Fach 25, ihrem Geburtsjahr, wie sie Amine gegenüber bemerkt hatte, dem solche Zufälle gleichgültig waren. Sie schob den Schlüssel, den sie in ihrer Tasche aufbewahrte, in das Schloss, doch er ließ sich nicht drehen. Mathilde versuchte es noch einmal, diesmal ruppiger und mit einer Gereiztheit, die den anderen Kunden nicht entging. Wollte sie etwa Briefe klauen, die eine Geliebte ihrem Mann schrieb? Oder war das vielleicht das Postfach ihres Liebhabers, an dem sie sich rächen wollte? Ein Postangestellter näherte sich langsam, wie ein Zoowärter, der ein Raubtier zurück in den Käfig bringen soll. Es war ein sehr junger Mann mit roten Haaren und vorstehendem Kiefer. Mathilde fand ihn hässlich und lächerlich mit seinen zu großen Füßen und dieser ernsten Miene, die er aufsetzte, um sie anzusprechen. ›Er ist noch ein Kind‹, dachte sie, und trotzdem sah er sie streng an:

»Was ist los, Madame? Kann ich Ihnen helfen?« Sie zog ihren Schlüssel so hastig heraus, dass sie dem jungen Mann, der sehr viel kleiner war als sie, beinahe den Ellbogen aufs Auge gehauen hätte. »Es lässt sich nicht öffnen«, schimpfte sie.

Der Postbeamte nahm Mathilde den Schlüssel aus der Hand, doch er musste sich auf die Zehenspitzen stellen, um an das Schloss zu kommen. Seine Langsamkeit regte Mathilde auf. Am Ende brach der Schlüssel im Schloss, und Mathilde musste warten, bis er seinen Vorgesetzten geholt hatte. Sie würde sich verspäten; sie hatte Amine versprochen, heute die Buchführung abzuschließen, damit er die Arbeiter ausbezahlen konnte, und er wäre zudem verärgert, wenn das Abendessen nicht pünktlich auf den Tisch kam. Endlich erschien der Beamte wieder, ausgerüstet mit einer Trittleiter und einem Schraubenzieher und begann, würdevoll die Angeln des Postfachs abzuschrauben. In resigniertem Ton sagte er, er habe niemals »etwas Derartiges« erlebt, und Mathilde hatte große Lust, ihm die Leiter unter den Füßen wegzuziehen. Endlich gab die Tür des Brieffachs nach, und der Beamte hielt sie Mathilde hin. »Wer sagt mir, dass das der richtige Schlüssel war? Denn wenn Sie sich getäuscht haben, dann müssen Sie die Reparatur bezahlen.« Mathilde schob ihn beiseite, nahm den Stapel Briefe und marschierte grußlos zum Ausgang.

In dem Moment, als die Hitze sie übermannte, als sie den glühenden Stempel der Sonne auf dem Kopf spürte, erfuhr sie, dass ihr Vater gestorben war. Ein Telegramm, von Irène in nüchternen Worten abgefasst, war am Vortag an sie übermittelt worden. Sie drehte das Blatt um, las noch einmal die Adresse auf dem Umschlag, starrte die Buchstaben des Telegramms an, als könne es sich nur um einen Scherz handeln. War es möglich, dass man jetzt gerade, Tausende Kilometer von hier entfernt, in ihrer vom Herbst vergoldeten Heimat ihren Vater beerdigte? Während der Rotschopf seinem Vorgesetzten den unglücklichen Zwischenfall mit dem Fach Nummer 25 erläuterte, trugen Männer Georges Sarg über den Friedhof von Mülhausen. Gereizt und fassungslos fuhr Mathilde zurück zum Hof und fragte sich dabei, wie lange die Würmer wohl brauchen würden, um mit der kolossalen Wampe ihres Vaters fertigzuwerden, um die Nasenlöcher dieses Riesen zu verstopfen, diesen Kadaver einzuhüllen und zu verschlingen.

*

Als er vom Tod seines Schwiegervaters erfuhr, sagte Amine: »Du weißt, dass ich ihn sehr mochte«, und das war nicht gelogen. Er hatte sofort große Sympathie für diesen offenen und fröhlichen Mann empfunden, der ihn ohne jegliche Vorurteile und ohne Paternalismus in seiner Familie aufgenommen hatte. Amine und Mathilde hatten in der Kirche des elsässischen Dorfes, in dem Georges geboren wurde, geheiratet. In Meknès wusste das keiner, und Mathilde hatte ihrem Mann versprechen müssen, dieses Geheimnis für sich zu behalten. »Das ist ein schweres Unrecht. Sie würden es nicht verstehen.« Niemand hatte die Fotos gesehen, die nach der Trauung aufgenommen worden waren. Der Fotograf hatte Mathilde gebeten, sich zwei Stufen tiefer hinzustellen, damit sie gleich groß war wie ihr Mann. »Sonst«, hatte er erklärt, »sieht es ein bisschen lächerlich aus.« Für die Organisation des Festes hatte Georges allen Launen seiner Tochter nachgegeben, der er manchmal ein paar Scheine zusteckte, ohne dass Irène davon wusste, denn die beklagte sich über unnötige Ausgaben. Er dagegen verstand, dass man das Bedürfnis hatte, zu genießen, sich schön zu fühlen, und er verurteilte die Leichtfertigkeit seines Kindes nicht.

Niemals hatte Amine derart betrunkene Männer gesehen wie an diesem Abend. Georges ging nicht, er schlingerte, er klammerte sich an die Schultern der Frauen, tanzte, um sein Torkeln zu verbergen. Gegen Mitternacht stürzte er sich auf seinen Schwiegersohn und nahm ihn wie einen jungen Raufbold in den Schwitzkasten. Georges war sich seiner Kraft nicht bewusst, und Amine dachte, der Alte könnte ihn glatt töten, ihm aus lauter Zuneigung das Genick brechen. Er schleifte ihn in den hinteren Teil des überhitzten Saals, in dem einige Paare unter Lampiongirlanden tanzten. Sie stützten die Ellbogen auf den Holztresen, und Georges bestellte zwei Bier, ohne Amine zu beachten, der abwehrend mit den Händen fuchtelte. Er hatte schon mehr als genug getrunken und sich sogar vor ein paar Minuten hinter der Scheune übergeben müssen. Georges füllte ihn ab, um ihn auf die Probe zu stellen, um ihn zum Reden zu bringen. Er füllte ihn ab, weil dies die einzige ihm bekannte Art war, Freundschaft zu schließen, ein Band des Vertrauens zu knüpfen. Wie Kinder, die sich ins Handgelenk ritzen und einen Schwur mit Blut besiegeln, wollte Georges die Zuneigung zu seinem Schwiegersohn mit literweise Bier begießen. Amine war übel, und er rülpste andauernd. Er hielt nach Mathilde Ausschau, doch die Braut schien verschwunden zu sein. Georges packte ihn an den Schultern und redete im Suff auf ihn ein. Mit seinem starken elsässischen Akzent nahm er die Umstehenden als Zeugen: »Gott weiß, dass ich weder etwas gegen Afrikaner noch gegen die Leute deines Glaubens habe. Im Übrigen habe ich keine Ahnung von Afrika, falls dich das interessiert.« Die Männer rundum grinsten, stumpf vom Alkohol, mit feuchten, hängenden Lippen. Der Name dieses Kontinents hallte in ihren Köpfen wider und weckte Vorstellungen von barbusigen Frauen, Männern mit Lendenschurz, Farmen, die sich inmitten tropischer Vegetation erstreckten, so weit das Auge reichte. Sie hörten »Afrika« und dachten an einen Ort, wo sie die Herren der Welt sein könnten, sofern sie Schmutz und Epidemien überlebten. »Afrika« – und ein Wirrwarr an Bildern tauchte auf, die mehr über ihre Fantasien verrieten als über den Kontinent selbst. »Ich weiß nicht, wie man bei euch die Frauen behandelt«, sagte Georges, »aber mein Mädel macht's einem nicht leicht, nicht wahr?« Er stieß den zusammengesackten Greis neben sich mit dem Ellbogen an, als solle der bezeugen, wie ungezogen Mathilde war. Der Mann wandte Amine seine glasigen Augen zu und sagte nichts. »Ich war zu nachlässig mit ihr«, fuhr Georges fort, dessen Zunge geschwollen zu sein schien und der Mühe hatte, die Worte herauszubringen. »Die Göre hatte ihre Mutter verloren, was soll ich sagen? Ich hab mich erweichen lassen. Ich hab' sie am Rheinufer rumspringen lassen, da hat man sie mir am Schlafittchen zurückgebracht, weil sie Kirschen stibitzt oder nackt gebadet hat.« Georges bemerkte nicht, dass Amine rot wurde und langsam die Geduld verlor. »Weißt du, ich hab's nie über mich gebracht, ihr eine Tracht Prügel zu verpassen. Sosehr Irène mich auch schimpfte, ich konnte es nicht. Aber du, du darfst ihr nicht alles durchgehen lassen. Mathilde muss begreifen, wer das Sagen hat. Was, Junge?« Georges redete weiter und vergaß schließlich, dass er seinen Schwiegersohn vor sich hatte. Mittlerweile waren sie bei den männlich-deftigen Vertraulichkeiten angelangt, und er fühlte sich befugt, über die Busen der Frauen zu reden und über ihre Hintern, die ihn noch über jede Enttäuschung hinweggetröstet hatten. Er ließ seine

Faust auf den Tisch krachen und schlug mit schlüpfriger Miene einen Abstecher ins Bordell vor. Die Umsitzenden lachten, und ihm fiel wieder ein, dass dies Amines Hochzeitsnacht war und dass es heute Abend um den Hintern seiner Tochter ging.

Georges war ein Schürzenjäger und Trunkenbold, ein Ungläubiger und ein ausgemachtes Schlitzohr. Aber Amine liebte diesen Riesen, der an den ersten Abenden, als der junge Soldat im Dorf stationiert war, in seinem Sessel im Wohnzimmer Pfeife geraucht und sich ansonsten zurückgehalten hatte. Ohne ein Wort zu sagen, hatte er beobachtet, wie zwischen seiner Tochter und diesem Afrikaner eine zarte Romanze aufkeimte, seiner Tochter, der er, als sie noch ein Kind war, beigebracht hatte, dem Unsinn nicht zu trauen, der in den Märchenbüchern stand. »Es stimmt nicht, dass die Neger unartige Kinder fressen.«

*

In den folgenden Tagen war Mathilde untröstlich, noch nie hatte Aïcha ihre Mutter so gesehen. Sie brach mitten beim Essen in Schluchzen aus oder schimpfte wütend auf Irène, die sie über den Zustand ihres Vaters im Unklaren gelassen hatte. »Er war seit Monaten krank. Wenn sie mir vorher Bescheid gesagt hätte, dann hätte ich mich um ihn kümmern können, mich von ihm verabschieden können.« Mouilala kam, um Mathilde ihr Beileid auszusprechen. »Er ist jetzt erlöst. Wir müssen nun wieder nach vorne schauen.«

Nach ein paar Tagen verlor Amine die Geduld und warf

ihr vor, den Hof und die Kinder zu vernachlässigen. »Hier bei uns trauert man nicht tagelang. Man verabschiedet sich von den Toten und führt sein Leben weiter.« Eines Morgens, als Aïcha ihre warme Milch mit Zucker trank, verkündete Mathilde: »Ich muss ins Elsass fahren, sonst werde ich noch verrückt. Ich muss das Grab meines Vaters besuchen, und wenn ich zurückkomme, wird bestimmt alles wieder gut sein.«

Einige Tage bevor seine Frau die Reise antrat, der er zugestimmt und für die er bezahlt hatte, redete Amine mit ihr über ein Problem, das ihm keine Ruhe ließ. »Ich habe darüber nachgedacht, als Georges gestorben ist. Unsere Hochzeit, in der Kirche, ist hier juristisch wertlos. Marokko wird bald unabhängig sein, und ich möchte nicht, falls mir etwas zustoßen sollte, dass du keinerlei Anspruch auf die Kinder oder die Farm hast. Wenn du wieder da bist, müssen wir das regeln.«

Zwei Wochen später, mitten im Oktober 1954, wachte Amine gut gelaunt auf und schlug Aïcha vor, ihn auf seinem Rundgang zu begleiten, mit ihm die Felder zu durchstreifen. Er sagte zu ihr: »Für einen Bauern gibt es keinen Sonntag.« Er war zuerst überrascht von der Ausdauer seiner Tochter, davon, wie sie ihm entgegenlief, ihn überholte, um die Mandelbaumallee zu erreichen und darin zu verschwinden. Sie schien jeden einzelnen dieser Bäume zu kennen, ihre kleinen Füße wichen mit erstaunlicher Behändigkeit den Brennnesseln und den Schlammlöchern aus, die ein willkommener Regen in der Nacht hinterlassen hatte. Manchmal drehte Aïcha sich um, als wäre sie es leid, auf ihn zu warten, und starrte ihn aus ihren großen, verblüfften Augen an. Für eine Sekunde, eine Minute verfolgte er einen verrückten Gedanken, doch dann besann er sich. ›Eine Frau‹, sagte er sich, ›kann keinen Hof von der Größe führen.‹ Er hatte andere Ambitionen für sie, sie sollte später einmal in der Stadt leben, eine kultivierte Frau werden, eine Ärztin vielleicht, oder warum nicht eine Anwältin. Sie gingen an einem Feld entlang, und als die Arbeiter das Kind sahen, stießen sie laute Rufe aus. Sie ruderten mit den Armen, sie hatten Angst, dass die Zunge des Mähdreschers die Kleine verschlingen könnte, so etwas hatte es schon gegeben, und dieses Risiko durfte man bei der Tochter des Chefs nicht eingehen. Ihr Vater mischte sich unter die Arbeiter. Aïcha kam es so vor, als spräche er endlos mit ihnen. Sie legte sich auf die feuchte Erde und sah im wolkenschweren Himmel eine seltsame Vogelformation. Sie fragte sich, ob das Boten waren, ob sie aus dem Elsass kamen, um die Rückkehr ihrer Mutter anzukündigen.

Achour, der seit dem ersten Tag für ihren Vater arbeitete, näherte sich auf einem Pferd mit gräulichem Fell, dessen Schweif verfilzt war vom Schlamm. Amine winkte seine Tochter heran. »Komm her«, sagte er zu ihr. Der Motor des Mähdreschers wurde abgestellt, und Aïcha trat scheu zu den Männern. Amine war auf den Rücken des Pferdes gestiegen und lächelte. »Na los!« Aïcha lehnte mit ihrem zarten Stimmchen ab, meinte, sie renne lieber nebenher. Er dachte, sie wolle spielen, wie er als Kind gespielt hatte; brutale Spiele, bei denen man sich bekriegte, einander Fallen stellte, das Gegenteil dessen sagte, was man meinte. Er drückte seine Fersen in die Flanken des Pferdes, das sich mit geblähten Nüstern aufbäumte, und beugte sich tief über den Rücken des Tieres, die Wange an seinen Hals geschmiegt. Er begann das Kind in rasendem Tempo zu umkreisen, wobei er Staub aufwirbelte und die Sonne verdunkelte. Er spielte Sultan, Stammeshäuptling, Kreuzritter, der bald siegreich dieses Mädchen, das kaum größer war als eine Ziege, entführen würde. Mit sicherer Hand ergriff er Aïcha unter den Achseln und hob sie hoch, so wie

Mathilde die Katzen am Nackenfell hochnahm. Er setzte sie vor sich auf den Sattel, johlte wie ein Cowboy oder ein Indianer, was er für komisch hielt, doch seine Tochter zitterte. Sie begann zu weinen, und ihr magerer Körper wurde von Schluchzern geschüttelt. Amine musste sie fest an sich drücken. Er fuhr ihr mit der Hand über den Kopf, sagte: »Hab keine Angst. Beruhige dich!« Aber das Kind klammerte sich panisch an die Mähne des Pferdes. Beim Blick in die Tiefe wurde es von Schwindel gepackt. Da spürte Amine eine warme Flüssigkeit über seinen Schenkel rinnen. Unsanft riss er das Mädchen hoch, das nicht aufhörte zu schreien, und sah seinen durchnässten Hosenboden. »Das gibt's doch nicht!«, brüllte er, während er Aïcha mit spitzen Fingern hielt, als ekele sie ihn, als störten ihn sowohl der Geruch als auch die Feigheit, die seine eigene Tochter verströmte. Er brachte das Pferd zum Stehen, indem er an der Trense zog, und stieg hinunter. Den Blick gesenkt, standen Vater und Tochter einander gegenüber. Das Pferd kratzte mit seinem Huf über den Boden, und Aïcha warf sich zu Tode erschrocken ans Bein ihres Vaters. »Sei nicht so ein Angsthase.« Er ergriff den Arm der Kleinen und betrachtete den Urin, der über den Pferdesattel lief.

Während sie mit gebührendem Abstand zwischen sich zurück zum Haus gingen, dachte Amine, dass das hier nicht der richtige Ort für Aïcha war, dass er nicht mit ihr umzugehen verstand. Seit Mathilde in Europa war, hatte er versucht, seiner Tochter Zeit zu widmen, ihr ein liebevoller und guter Vater zu sein. Doch er war ungeschickt, nervös, diese kleine Frau von sieben Jahren machte ihn befangen. Seine Tochter brauchte eine weibliche Begleitung, jemanden, der sie verstand, und nicht nur Tamo, die sie liebevoll versorgte, aber dumm und schmutzig war. Er hatte das Hausmädchen in der Küche dabei überrascht, wie es sich die Teekanne an den Mund hielt, um direkt aus dem Schnabel zu trinken, und hätte sie am liebsten geohrfeigt. Er musste seine Tochter von solch schädlichen Einflüssen fernhalten, und außerdem konnte er sich nicht ganz allein um die Fahrten zur Schule kümmern.

Am selben Abend betrat er Aïchas Zimmer, setzte sich auf das kleine Bett und beobachtete sie an ihrem Schreibtisch.
»Was malst du da?«, fragte er, ohne sich vom Bett zu rühren. Aïcha sah nicht zu ihm auf, sie antwortete nur: »Ich male für Mama.« Amine lächelte und versuchte mehrmals, etwas zu sagen, dann gab er es auf. Er erhob sich und öffnete die Schubladen der Kommode, in der Mathilde Aïchas Kleider aufbewahrte. Er nahm einen der wollenen Schlüpfer heraus, die seine Frau gestrickt hatte, und er kam ihm entsetzlich klein vor. Er legte die wenigen Kleidungsstücke auf einen Haufen, um sie dann alle in eine große braune Tasche zu stopfen. »Du wirst ein paar Tage bei deiner Großmutter in Berrima schlafen. Ich glaube, so ist es besser für dich und leichter, in die Schule zu kommen.« Aïcha faltete langsam die Zeichnung zusammen und schnappte sich die Puppe, die auf dem Bett lag. Sie folgte ihrem Vater in den Flur und küsste ihren Bruder auf die Stirn, der an Tamos Bauch geschmiegt schlief.
Es war das erste Mal, dass sie mitten in der Nacht miteinander allein waren, und diese Nähe machte sie beide nervös. Im Auto wandte Amine seiner Tochter hin und wieder

das Gesicht zu und lächelte, wie um zu sagen: Alles wird gut. Mach dir keine Sorgen. Aïcha erwiderte sein Lächeln, dann, durch die Stille der Nacht ermutigt, bat sie: »Erzähl mir vom Krieg.« Als sie das sagte, klang ihre Stimme erwachsen, fest, tiefer als sonst, was Amine überraschte. Den Blick auf die Straße geheftet, sagte er: »Hast du diese Narbe schon bemerkt?« Er legte einen Finger hinter sein rechtes Ohr und ließ ihn langsam zur Schulter hinabgleiten. Es war zu dunkel, um die braune Erhebung der Narbe zu sehen, aber Aïcha kannte die seltsame Zeichnung auf der Haut ihres Vaters genau. Sie nickte, verrückt vor Aufregung bei dem Gedanken, dass sie endlich dieses Geheimnis erfahren würde. »Während des Krieges, kurz bevor ich Mama kennenlernte« – Letzteres brachte Aïcha zum Kichern –, »war ich einige Monate in einem Lager, in dem die Deutschen uns gefangen hielten. Es gab dort viele Soldaten wie mich, Marokkaner der Kolonialarmee. Für Gefangene wurden wir recht anständig behandelt. Das Essen war weder gut noch ausreichend, und ich nahm immer mehr ab. Aber wir wurden nicht geschlagen und nicht zum Arbeiten gezwungen. Tatsächlich war das Schlimmste in dieser Zeit die Langeweile. Eines Tages ließ ein deutscher Offizier die Gefangenen antreten. Er fragte, ob es unter uns einen Friseur gebe, und da habe ich, ohne zu überlegen, ich weiß bis heute nicht, warum, mich rasch durch die Menge geschoben, mich vor den Offizier gestellt und gesagt: ›Ich, mein Herr, ich war Friseur in meinem Dorf.‹ Die anderen Männer, die mich kannten, begannen zu lachen. ›Da hast du dir was Schönes eingebrockt‹, sagten sie. Doch der Offizier glaubte mir und ließ mitten im Lager einen Tisch und einen Stuhl aufstellen. Man gab mir eine alte Haarschneidemaschine, eine Schere und eine glibberige Frisiercreme, nach der die Deutschen verrückt waren.« Amine fuhr sich mit der Hand über den Schädel, um die Geste der deutschen Offiziere nachzuahmen, die sich die Pomade in die Haare schmierten. »Mein erster Kunde setzte sich, und da, meine Kleine, begann der Ärger. Ich hatte keine Ahnung, wie man diesen Haarscherer benutzte, und als ich ihn am Nacken des Deutschen ansetzte, ist er mir irgendwie weggerutscht. Da war plötzlich eine kahle Stelle mitten auf dem Kopf des Soldaten. Ich habe geschwitzt und mir gesagt, dass es jetzt wohl besser wäre, alles abzurasieren, aber warum auch immer, diese verflixte Haarschneidemaschine machte, was sie wollte. Nach einer Weile wurde der Mann unruhig, er fuhr sich über den Schädel und wirkte nervös. Er sprach Deutsch, und ich verstand kein Wort von dem, was er sagte. Schließlich hat er mich weggestoßen und sich einen kleinen Spiegel geschnappt, der auf dem Tisch lag. Als er sich darin sah, fing er an zu schreien, und auch wenn ich ihn nicht verstand, wusste ich doch, dass er mich beschimpfte, mir alle möglichen Beleidigungen an den Kopf warf. Er ließ den Mann kommen, der mich engagiert hatte und der eine Erklärung von mir verlangte. Und weißt du, was ich ihm geantwortet habe? Ich habe lächelnd die Arme zum Himmel gehoben und gesagt: ›Afrikanischer Schnitt, mein Herr!‹«

Amine begann zu lachen, er schlug vor Vergnügen aufs Lenkrad, aber Aïcha lachte nicht. Sie hatte die Pointe der Geschichte nicht verstanden. »Was ist denn nun mit der Narbe?« Amine dachte, dass er ihr nicht die Wahrheit sagen konnte. Dass er ein kleines Mädchen vor sich hatte, keinen Kameraden. Wie sollte er ihr von seiner Flucht erzählen, vom Stacheldraht an seinem Hals, dem Fleisch, das daran hängen blieb und aufriss, ohne dass er es spürte, weil die Angst so viel größer war als der physische Schmerz? Er musste diese Geschichte für später aufheben, dachte er. »Na ja«, sagte er daher nur mit einer sanften Stimme, die Aïcha nicht von ihm kannte. Sie näherten sich bereits den Lichtern der Stadt, sodass sie das Profil ihres Vaters und die Wulst an seinem Hals erkennen konnte. »Nachdem ich aus dem Lager geflohen war, bin ich lange durch den Schwarzwald gelaufen. Es war kalt, und ich begegnete keiner Menschenseele. Eines Nachts im Schlaf hörte ich ein Geräusch, wie ein Brüllen, den Ruf eines wilden Tieres. Als ich die Augen öffnete, stand vor mir ein Bengalischer Tiger. Er hat mich angesprungen und mir mit seiner scharfen Kralle den Hals aufgerissen.« Aïcha stieß einen entzückten Schrei aus. »Zum Glück hatte ich mein Gewehr bei mir und habe ihn erledigt.« Aïcha lächelte und hatte Lust, den langen Schnitt zu berühren, der sich vom Haaransatz bis zum Schlüsselbein zog. Sie hatte den Grund für diese nächtliche Reise beinahe vergessen und war überrascht, als ihr Vater ein paar Meter von Mouilalas Haus entfernt den Wagen parkte. Mit einer Hand nahm Amine die braune Tasche, mit der anderen hielt er Aïchas Handgelenk. Im Haus begann sie zu schreien und flehte ihren Vater an, sie nicht hierzulassen. Die Frauen schoben Amine hinaus und herzten das Kind. Dann war Mouilala Aïchas Theater leid, die sich auf der Erde wälzte, die Kissen zu Boden warf, mit dickköpfigem Zorn den Teller Gebäck von sich stieß, den man ihr reichte. »Die kleine Französin ist cholerisch«, schloss die Alte.

Sie gaben dem Mädchen ein Zimmer direkt neben Selmas, und in dieser ersten Nacht willigte Yasmine ein, auf dem Boden am Fuß des Bettes zu schlafen. Obwohl der Atem des Hausmädchens sie hätte beruhigen sollen, fand Aïcha keinen Schlaf. Dieses Haus kam ihr vor wie das des kleinen Schweinchens, das sich in den Kopf gesetzt hatte, eine Hütte aus Stroh zu bauen, die der Wolf dann einfach wegpustete.

Am nächsten Morgen in der Schule, während Schwester Marie-Solange Zahlen an die Tafel schrieb, dachte Aïcha: ›Wo ist meine Mutter, und wann kommt sie wieder?‹ Sie fragte sich, ob man sie an der Nase herumgeführt hatte, ob diese Reise so eine war, von der man nicht zurückkam, wie die, die der Mann der Witwe Mercier unternommen hatte. Monette, ihre Sitznachbarin, flüsterte ihr etwas ins Ohr, und die Lehrerin klopfte mit dem Stock auf die Tischkante. Monette war ein lebhaftes und redseliges Mädchen, dessen Größe alle Schülerinnen beeindruckte. Sie hatte Aïcha aus Gründen, die diese sich nicht erklären konnte, ins Herz geschlossen. Monette plapperte ununterbrochen, auf den Bänken der Kapelle und im Pausenhof, im Speisesaal und sogar im Klassenzimmer während der mündlichen Abfrage. Sie stellte die Geduld der Erwachsenen auf eine harte Probe, und einmal rief die Mutter Oberin »Zum Donnerwetter!«, und ihre faltigen Wangen liefen rot an vor Scham. Aïcha hätte nicht sagen können, welche von Monettes Geschichten wahr waren und welche bloß ausgedacht. Hatte Monette wirklich eine Schwester in Frankreich, die Schauspielerin war? War sie wirklich schon einmal nach Amerika gereist, hatte Zebras im Pariser Zoo gesehen, einen ihrer Cousins auf den Mund geküsst? Stimmte es, dass ihr Vater, Émile Barte, Pilot war? Monette erzählte so ausführlich und so voller Begeisterung von ihm, dass Aïcha schließlich an die Existenz dieses genialen Mitglieds des Aero-Clubs von Meknès glaubte. Monette erklärte ihr den Unterschied zwischen einer T-33, einer Piper Club und einer Vampire, sie schilderte die gefährlichsten Flugfiguren, die ihr Vater beherrschte. Sie sagte: »Irgendwann nehme ich dich mal mit.« Dieses Versprechen wurde für Aïcha zur regelrechten Obsession. Sie hatte nur noch zwei Dinge im Kopf: einen Nachmittag im Aero-Club und die Rückkehr ihrer Mutter. Sie stellte sich vor, dass der Vater ihrer Freundin mit einem seiner Flugzeuge Mathilde abholen könnte. Wenn sie ihn höflich fragte, ihn inständig bat, wäre er sicher bereit, ihr diesen kleinen Gefallen zu tun.

Monette malte in ihr Messbuch. Sie verpasste den Figuren auf den Heiligenbildern dicke schwarze Schnurrbärte. Sie brachte Aïcha zum Lachen, die in den ersten Monaten ihrer Freundschaft fassungslos war, wie jemand Autorität so wenig fürchten konnte. Aïcha beobachtete die Streiche ihrer Freundin mit offenem Mund, die Brauen hochgezogen, voller Bewunderung. Mehrmals beknieten die Schwestern sie, ihre Freundin zu verraten. Doch Aïcha sagte nie etwas und zeigte sich loyal. Eines Tages schleifte Monette sie zu den Toiletten des Pensionats. Es war so kalt, dass die meisten Mädchen stundenlang einhielten, um nicht mit klappernden Zähnen über dem Plumpsklo hocken zu müssen. Monette sah sich um. »Bewach die Tür«, befahl sie Aïcha, deren Herz beinahe zersprang. Sie sagte: »Beeil dich«, »Bist du bald fertig?«, »Was machst du denn überhaupt, wir werden Ärger bekommen!« Die große Monette holte eine Glasflasche unter ihrem Kittel hervor. Sie hob ihren Wollrock, dessen Saum sie mit den Zähnen festhielt. Sie zog ihren Schlüpfer herunter, und Aïcha sah entsetzt das glatte Geschlecht ihrer Freundin. Monette hielt die kleine Flasche daran und pinkelte hinein. Die heiße Flüssigkeit rann durch den Hals auf den Glasboden, und Aïcha begann vor Angst und Aufregung zu zittern. Dann merkte sie, wie ihre Knie weich wurden. Fast hätte sie ein paar Schritte rückwärts gemacht, ihre Flucht vorbereitet, denn sie dachte, sie wäre vielleicht in eine Falle getappt und Monette würde sie ihren Urin trinken lassen. Bestimmt war sie zu naiv gewesen, und gleich würde Monette die anderen Mädchen der Klasse aufwiegeln, sie würden sich auf Aïcha stürzen, die Flasche an ihre Zähne drücken und schreien: »Trink! Trink!« Aber Monette zog ihren Schlüpfer wieder hoch, strich den Rock glatt und nahm Aïchas Finger in ihre feuchte Hand. »Komm mit«, sagte sie, und sie rannten auf dem Kiesweg Richtung Kapelle. Aïcha wurde beauftragt, vor der Tür Schmiere zu stehen, doch sie wandte immerzu den Blick ins Innere der Kapelle, um zu sehen, was Monette dort anstellte. So wurde sie Zeugin, wie ihre Freundin den Inhalt der Flasche ins Weihwasserbecken kippte. Von diesem Tag an erschauerte Aïcha unwillkürlich jedes Mal, wenn sie die Finger der Schwestern oder der Schülerinnen in das Becken eintauchen und danach das Kreuzzeichen machen sah.

»Wie viel ist ein Monat?«, fragte Aïcha Mouilala, die sie an ihre magere Brust drückte. »Mama kommt zurück«, versprach die Alte. Aïcha mochte den Geruch ihrer Großmutter nicht, die dicken orangefarbenen Strähnen, die unter ihrem Kopftuch hervorschauten, das Henna, mit dem sie ihre Fußsohlen färbte. Und dann waren da ihre Hände, so schwielig und rau, dass man von ihnen keine Zärtlichkeiten erwarten konnte. Diese Hände, deren Nägel vom Putzwasser angegriffen waren, deren Haut mit kleinen Narben übersät war, die die häuslichen Kämpfe hinterlassen hatten. Hier die Spur einer Verbrennung, da der Schnitt von einem Festtag, an dem sie im Vorratsraum neben der Küche geblutet hatte. Trotz ihres Abscheus flüchtete sich Aïcha, wenn sie Angst hatte, ins Zimmer der alten Frau. Mouilala lachte über den Charakter ihrer Enkelin und schrieb deren Empfindlichkeit ihren europäischen Wurzeln zu. Wenn sich die Stimmen aus den Dutzenden Moscheen der Stadt erhoben, begann Aïcha zu zittern. Nach dem Ruf zum Gebet bliesen die Muezzins in riesige Trompeten, deren tiefer Klang dem Kind Angst einjagte. In einem Buch, das eine Ordensschwester ihr in der Schule gezeigt hatte, hielt der

Erzengel Gabriel ein golden umrahmtes Instrument in der Hand. Er weckte die Toten zum Jüngsten Gericht.

Eines Abends, als sie mit Selma Schularbeiten machte, hörte Aïcha Türen schlagen und Omar laut schreien. Die Mädchen ließen ihre Hefte liegen und lehnten sich über die Brüstung, um in den Innenhof hinunterzuschauen. Mouilala stand neben dem Bananenbaum und drohte ihrem Sohn mit leiser Stimme und einer Härte, die Aïcha nicht an ihr kannte. Sie näherte sich der Eingangstür, doch ihr Sohn bat sie inständig. »Ich kann sie jetzt nicht rauswerfen! Es geht um die Zukunft des Landes, *ya moui*[10].« Er küsste die Schulter seiner Mutter, nahm mit Gewalt die Hand, die sie ihm verweigerte, und dankte ihr.

Die alte Frau stieg die Treppe hoch, den Mund voller Verwünschungen und Bitterkeit. Ihre Söhne würden sie noch umbringen! Was hatte sie Allah getan, welches Unrecht hatte sie begangen, um diese beiden Söhne in ihrem Haus zu verdienen? Jalil war von Dämonen besessen, und Omar hatte ihr immer schon reichlich Kummer bereitet. Vor dem Krieg war er auf ein Gymnasium in der *Ville Nouvelle* gegangen, an dem Kadour ihn dank der Vermittlung eines europäischen Freundes hatte einschreiben können. Als sein Vater gestorben und sein Bruder im Krieg war, musste Omar sich vor niemandem mehr für seine Taten verantworten. Mehrmals kam er zurück nach Berrima mit blutverschmiertem Gesicht, die Lippen geschwollen. Er prügelte sich gern und verbarg eine scharfe Klinge in seiner Tasche. Ein Sohn ohne Vater ist eine öffentliche Ge-

---

10 »meine Mutter«

fahr, sagte Mouilala sich. Mehrere Wochen lang hatte er ihr seinen Rauswurf aus der Schule verheimlicht, bis sie schließlich von einem Nachbarn erfuhr, dass er eines Tages mit einer Zeitung unter dem Arm ins Klassenzimmer gekommen war und triumphierend geschrien hatte: »Paris ist den Deutschen in die Hände gefallen! Dieser Hitler zeigt es allen!« Damals hatte Mouilala geschworen, sie werde alles Amine erzählen, wenn er aus dem Krieg zurückkäme.

Omar sah ebenso gut aus wie sein älterer Bruder, aber er hatte ungewöhnlichere Züge, ein kantiges Gesicht, hohe Wangenknochen, schmale Lippen und volles braunes Haar. Er war vor allem sehr viel größer und machte immer eine so ernste und grimmige Miene, dass man ihn für älter hielt, als er war. Seit seinem zwölften Lebensjahr trug er eine Brille, deren Gläser, obwohl sie sehr dick waren, nicht viel brachten, und sein kurzsichtiger Blick erweckte den Eindruck, er wäre verwirrt und würde gleich hilfesuchend den Arm ausstrecken. Seine Gereiztheit erschreckte Aïcha. Es war, als hätte man es mit einem hungrigen Tier zu tun oder einem, das gerade geschlagen worden war.

Er hätte es niemals offen zugegeben, aber während der Kriegsjahre war Omar die Abwesenheit seines großen Bruders nur willkommen gewesen. Oft hatte er von Amines entstelltem Körper geträumt, zerfetzt von einer Granate, verwesend in einer Grube. Er wusste über den Krieg nur das, was sein Vater ihm erzählt hatte. Das Gas, die Schützengräben voller Schlamm und Ratten. Er hatte keine Ahnung, dass man so nicht mehr kämpfte. Amine hatte überlebt. Schlimmer noch, er war als Held aus dem Krieg zurückgekehrt, die Brust mit Medaillen behängt, den Mund voller fantastischer Geschichten. 1940 war er in Gefangenschaft geraten, und Omar hatte Sorge und Verzweiflung heucheln müssen. 1943 war er heimgekommen, und Omar hatte den Erleichterten gespielt, dann Bewunderung vorgetäuscht, als der Ältere beschlossen hatte, sich freiwillig zurück zur Front zu melden. Wie oft hatte Omar die Schilderung der heroischen Taten seines Bruders ertragen müssen, der Ausbruch aus dem Lager, die Flucht über die vereisten Felder, wo ein armer Bauer ihn als seinen Arbeiter ausgegeben hatte? Wie oft hatte er so getan, als würde er lachen, während Amine seine Reise auf einem Kohlewaggon mimte und seine Begegnung mit einem Freudenmädchen in Paris, das ihn bei sich aufgenommen hatte? Wenn sein Bruder sich aufspielte, lächelte Omar. Er klopfte ihm auf die Schulter und sagte: »Das ist ein echter Belhaj!« Doch er ertrug es kaum, die Mädchen mit ihren halb geöffneten Lippen zu sehen, die Zunge ein wenig herausgestreckt, die kicherten und sich gern von einem Kriegshelden hätten erobern lassen.

Omar hasste seinen Bruder genauso sehr, wie er Frankreich hasste. Der Krieg war seine Genugtuung gewesen, sein großer Moment. Er hatte viele Hoffnungen in diesen Konflikt gesetzt und gedacht, er würde doppelt befreit daraus hervorgehen. Sein Bruder wäre tot und Frankreich besiegt. 1940, nach der Kapitulation, trug er genüsslich seine Verachtung für all jene zur Schau, die gegenüber den Franzosen auch nur die geringste Unterwürfigkeit zeigten. Es machte ihm Spaß, sie anzurempeln, sie in der Schlange vor den Läden zu schubsen, auf die Schuhe der Damen zu spucken. In der europäischen Stadt beschimpfte er die Hausangestellten, die Wärter, die Gärtner, die den französischen Polizisten mit gesenktem Blick ihre Arbeitsbescheinigung hinhielten, während diese sie anschnauzten: »Wenn du mit der Arbeit fertig bist, verschwindest du, verstanden?« Er rief zur Revolte auf, zeigte mit dem Finger auf die Schilder an den Häusern, die den Einheimischen die Benutzung des Aufzugs oder das Baden untersagten.

Omar verfluchte diese Stadt, diese ranzige, angepasste Gesellschaft, diese Siedler und Soldaten, diese Landwirte und Gymnasiasten, die überzeugt waren, im Paradies zu leben. Omars Lebenshunger ging einher mit seiner Zerstörungswut: die Lügen entlarven, die Bilder zerstören, die Sprache, das verschmutzte Innere in Stücke reißen, um eine neue Ordnung entstehen zu lassen, in der er einer der Anführer sein könnte. 1942, im »Jahr der Marken«, musste Omar mit Rationierung und Lebensmittelknappheit zurechtkommen. Es machte ihn wütend, auf einen so banalen Kampf beschränkt zu sein, während Amine Kriegsgefangener war. Er wusste, dass den Franzosen doppelt so viel zustand wie den Marokkanern. Er hatte sagen hören, die Einheimischen bekämen keine Schokolade, da diese nicht zu ihren üblichen Speisen gehöre. Er knüpfte ein paar Kontakte zu Leuten, die auf dem Schwarzmarkt verkauften, und bot an, ihnen beim Absatz der Ware zu helfen. Mouilala fragte nicht, woher die Hühner kamen, die Omar auf den Hackklotz der Küche warf, oder Zucker und Kaffee. Sie schüttelte den Kopf, manchmal sogar mit verärgerter Miene, was ihren Sohn rasend machte. Diese Undankbarkeit brachte ihn um. War das alles nicht gut genug für sie? Warum konnte sie nicht einfach Danke sagen, sich dafür erkenntlich zeigen, dass er seine Schwester, seinen verrückten Bruder und die gefräßige Sklavin ernährte? Nein, seine Mutter hatte nur für Amine etwas übrig und für Selma, diese dumme Gans. Egal was er für seine Familie, für sein Land tat, Omar fühlte sich unverstanden.

Am Ende des Krieges hatte er viele Freunde in den Untergrundorganisationen, die sich gegen die französische Besatzungsmacht gebildet hatten. Zunächst wollten seine Chefs ihm keine Verantwortung übertragen. Sie misstrauten diesem impulsiven jungen Mann, dem die Geduld fehlte, sich die Reden über Gleichheit oder über die Emanzipation der Frauen anzuhören, und der mit heiserer Stimme zum bewaffneten Kampf aufrief. »Jetzt gleich! Sofort!« Unwillig lehnte er die Bücher und Zeitungen ab, deren Lektüre ihm seine Anführer empfahlen. Einmal ereiferte er sich über einen Spanier mit narbigem Gesicht, der gegen Franko gekämpft hatte und sich als Kommunist bezeichnete. Der Mann, der zur Erhebung des Proletariats aufrief, trat für die Unabhängigkeit aller Völker ein. Omar hatte ihn beschimpft; er hatte ihn einen Abtrünnigen genannt, hatte sich über sein Geschwätz lustig gemacht, um wieder einmal Taten statt Worten zu fordern.

Seine Fehler wurden ausgeglichen durch eine unerschütterliche Loyalität und eine Unerschrockenheit, die die Leiter der Zelle schließlich überzeugten. Immer öfter verschwand er für ein paar Tage oder sogar eine Woche von zu Hause. Mouilala hatte es ihm nie gesagt, doch sie kam in diesen Momenten fast um vor Sorge. Sobald sie das Quietschen der Eingangstür hörte, stand sie aus dem

Bett auf. Sie ließ es an der armen Yasmine aus, um dann in den Armen der Sklavin zu weinen, trotz der Abscheu, die deren schwarze Haut ihr einflößte. Nächtelang hatte sie gebetet und sich vorgestellt, dass ihr Sohn im Gefängnis verrottete oder tot war, wegen einer Frauengeschichte oder der Politik. Doch er war immer wiedergekommen, mit noch mehr Schaum vor dem Mund, noch unverrückbareren Überzeugungen, finsterem Blick.

An jenem Abend bestand Omar darauf, unter dem Dach seiner Mutter ein Treffen abzuhalten, und er ließ sie schwören, dass sie Amine nichts verraten würde. Zuerst weigerte Mouilala sich; sie wollte keine Scherereien in ihrem Haus und ließ nicht zu, dass man Waffen in den von Kadour Belhaj selbst erbauten Mauern versteckte. Sie interessierte sich nicht für Omars große nationalistische Reden, woraufhin dieser um ein Haar auf den Boden gespuckt und gesagt hätte: »Aber als dein Sohn für die Franzosen gekämpft hat, da warst du zufrieden.« Doch er beherrschte sich und flehte sie an, küsste ihre pergamentenen Hände, obwohl ihn dieses Theater beschämte. »Ich darf mein Gesicht nicht verlieren. Wir sind Muslime! Wir sind Nationalisten. Es lebe Sidna Mohammed ben Youssef!«

Mouilala brachte dem Sultan eine rührende Verehrung entgegen. Sie trug Mohammed ben Youssef in ihrem Herzen, wo er umso gegenwärtiger war, seit man ihn außer Landes verbannt hatte. Wie die anderen Frauen stieg sie nachts hoch auf die Dachterrasse und betrachtete den Mond, in dem sie das Gesicht des Herrschers zu erkennen meinte. Es hatte ihr nicht gefallen, dass Mathilde gelacht hatte, als sie Sidna Mohammed ben Youssefs Exil bei Madame Gascar beweinte. Sie hatte genau gesehen, dass ihre Schwiegertochter ihr nicht glaubte, als sie ihr erzählt hatte, wie sich bei seiner Ankunft auf dieser seltsamen, von Negern bewohnten Insel die Elefanten und Raubtiere dem entthronten Sultan und seiner Familie zu Füßen warfen. Mohammed, möge Gott ihn beschützen, hatte im Flugzeug, das ihn zu diesem verfluchten Ort brachte, ein Wunder bewirkt. Er und seine Familie wären wegen eines Treibstoffproblems beinahe abgestürzt, doch der Sultan hatte sein Taschentuch auf den Flugzeugrumpf gelegt, und die Maschine hatte unbeschadet ihr Ziel erreicht. In Gedanken an ihn und an den Propheten gab Mouilala schließlich den Bitten ihres Sohnes nach. Sie eilte die Treppe hoch, um den Männern nicht zu begegnen, die ihr Haus betraten. Omar folgte ihr, und als er Aïcha auf einer Stufe sitzen sah, stieß er sie grob an.

»Verschwinde, los, beweg dich, was hockst du da wie ein dicker Sack *smid*[11]? Verstehst du Arabisch, Nassrania? Dass ich dich ja nicht dabei erwische, wie du mir nachspionierst, kapiert?«

Er hob den Arm, zeigte ihr seine Handfläche, und Aïcha dachte, er könnte sie an die Wand klatschen wie die dicken grünen Fliegen, die Selma mit ihren Fingernägeln zerdrückte. Aïcha flitzte davon und schloss ihre Zimmertür hinter sich, die Stirn schweißbedeckt.

---

11 Grieß (Anm. d. Ü.)

Am 3. Oktober 1954 war Mathilde nach Le Bourget geflogen, wo sie eine klapprige Maschine Richtung Mülhausen bestieg. Die Reise kam ihr endlos vor, zumal sie es nicht erwarten konnte, ihren Zorn an Irène auszulassen und mit ihr abzurechnen. Wie hatte ihre Schwester es wagen können, sie vom Tod des Vaters auszuschließen? Sie hatte Georges als Geisel genommen, hatte ihren lieben Papa ganz für sich behalten und seine Stirn mit scheinheiligen Küssen bedeckt. Im Flugzeug weinte Mathilde beim Gedanken daran, dass ihr Vater vielleicht nach ihr gefragt und Irène ihn ganz sicher belogen hatte. Sie legte sich die Worte zurecht, die sie sagen würde, wenn sie ihrer Schwester erst einmal Auge in Auge gegenüberstünde, und die passenden Gesten dazu. Sie fühlte sich in gewisse Momente ihrer Kindheit zurückversetzt, wenn sie einen Wutanfall hatte und Irène sich darüber mokierte: »Papa, komm und schau dir die Kleine an. Man könnte meinen, sie ist vom Teufel besessen!«

Als sie in Mülhausen landete und ein frischer Wind ihr übers Gesicht strich, verflog all ihr Zorn. Mathilde sah sich um, wie man im Traum eine Landschaft betrachtet und dabei fürchtet, eine falsche Geste, ein Wort zu viel könnte einen zurück in die Realität befördern. Sie reichte dem Zöllner ihren Ausweis und hätte ihm am liebsten gesagt, dass sie von hier war und nach langer Zeit wieder nach Hause zurückkehrte. Beinahe hätte sie ihn auf beide Wangen geküsst, so hinreißend fand sie seinen elsässischen Akzent. Irène erwartete sie, bleich und mager, in ihrem eleganten Trauerkleid. Sie winkte zaghaft mit den schwarz behandschuhten Fingern, und Mathilde lief auf sie zu. Ihre Schwester war alt geworden. Sie trug jetzt eine große Brille, die sie hart und maskulin aussehen ließ. Unter ihrem rechten Nasenloch ragten ein paar borstige weiße Härchen aus einem Leberfleck. Sie umarmte Mathilde mit einer Innigkeit, die diese nicht von ihr kannte. Sie dachte ›Jetzt haben wir also niemanden mehr außer uns‹, und dieser Gedanke brachte sie zum Weinen.

Während der Autofahrt nach Hause sagte Mathilde nichts. Zurück in der Heimat zu sein berührte sie so sehr, dass sie Angst hatte, es zu übertreiben und den Sarkasmus ihrer Schwester zu wecken. Das Land, das sie verlassen hatte, war ohne sie wiederaufgebaut worden, die Menschen, die sie gekannt hatte, waren ohne sie zurechtgekommen. Der Gedanke, dass ihre Abwesenheit den Flieder nicht daran gehindert hatte zu blühen und den Platz, gepflastert zu werden, verletzte ihre Eitelkeit ein wenig. Irène parkte auf der kleinen Straße gegenüber dem Haus ihrer Kindheit. Vom Gehweg aus betrachtete Mathilde den Garten, in dem sie so viel gespielt hatte, und hob den Kopf zum Fenster des Arbeitszimmers, wo sie so oft das stattliche Profil ihres Vaters gesehen hatte. Ihr Herz zog sich zusammen, sie wurde blass und wusste nicht, ob sie von der Vertrautheit dieses Ortes derart ergriffen war oder, im Gegenteil, von einem verstörenden Gefühl der Fremdheit. Als ob sie, indem sie hierhergekommen war, sich nicht nur an einen anderen Ort, sondern auch in eine andere Zeit begeben hätte und diese Reise vor allem eine Rückkehr in die Vergangenheit wäre.

In den ersten Tagen bekam sie viel Besuch. Sie verbrachte die Nachmittage mit Teetrinken und Kuchen essen, und nach einer Woche hatte sie die Pfunde wieder zugelegt, die sie durch die Krankheit verloren hatte. Ihre ehemaligen Klassenkameradinnen schleppten Kinder mit sich herum, andere waren schwanger, die meisten hatten sich in strenge Gattinnen verwandelt und beklagten sich über den Hang ihrer Männer zur Flasche und zu leichten Mädchen. Sie aßen in Alkohol eingelegte Kirschen und gaben auch ihren Kindern welche, deren Münder rot verschmiert waren und die schließlich benommen auf dem Kanapee in der Diele einschliefen. Joséphine, die ihre engste Freundin gewesen war und die zu viel Schnaps trank, erzählte, dass sie eines Nachmittags, als sie eigentlich ihre Eltern besuchen sollte, ihren Mann mit einer anderen Frau erwischt hatte. »Sie haben es in meinem eigenen Bett getrieben!« Die Freundinnen kamen, um zu sehen, ob das Leben für Mathilde ebenso viele Enttäuschungen bereitgehalten hatte wie für sie. Sie wollten wissen, ob auch sie die trübselige Erfahrung der Trivialität des Lebens, des erzwungenen Schweigens, der Schmerzen beim Gebären und der Kopulation ohne Zärtlichkeit gemacht hatte.

Eines Nachmittags gewitterte es, und die jungen Frauen

rückten näher an den Kamin. Irène hatte allmählich genug von dem unaufhörlichen Defilee und der Koketterie ihrer Schwester. Aber Mathilde hatte so untröstlich gewirkt, auf Knien vor dem Grab des Vaters, dass sie nicht wagte, ihr diese harmlose Zerstreuung zu verwehren. »Erzähl uns, wie das Leben in Afrika so ist! Du Glückspilz! Wir sind hier noch nie rausgekommen.«

»Na ja, so exotisch ist es nun auch wieder nicht«, zierte Mathilde sich. »Am Anfang hat man natürlich das Gefühl, auf einem anderen Stern gelandet zu sein, doch dann muss man sich bald den alltäglichen Pflichten widmen, die genau die gleichen sind wie hier.«

Sie ließ sich bitten, mehr zu berichten, und genoss die Erwartung in den Augen dieser Hausfrauen, die so viel älter wirkten als sie. Mathilde log. Sie log bezüglich ihres Lebens, bezüglich des Charakters ihres Mannes, sie erzählte das Blaue vom Himmel, untermalt von schrillem Lachen. Unablässig wiederholte sie, ihr Gatte sei ein fortschrittlicher Mann, ein genialer Agronom, der mit eiserner Hand einen riesigen landwirtschaftlichen Betrieb leitete. Sie sprach von »ihren« Patienten, schilderte ihre Ambulanz, wo sie Wunder vollbrachte, und verschwieg den Zuhörerinnen ihren Mangel an Kenntnissen und Mitteln.

Am nächsten Tag ging Irène mit ihr ins Arbeitszimmer des Vaters und reichte ihr einen Umschlag. »Das ist ein Teil dessen, was dir zusteht.« Mathilde wagte nicht, ihn zu öffnen, aber sie fühlte, wie dick er war, und musste ihre Freude unterdrücken. »Wie du weißt, war Papa kein besonders umsichtiger Geschäftsmann. Als ich mir seine Rechnungsbücher angesehen habe, gab es dort Unstimmigkeiten. In ein paar Tagen gehen wir zum Notar, der wird das alles klären, dann kannst du beruhigt wieder nach Hause fahren.« Mathilde war nun seit beinahe drei Wochen im Elsass, und Irène erwähnte immer öfter ihre Abreise. Sie fragte, ob sie schon ein Billett reserviert habe, ob ein Brief von ihrem Mann gekommen sei, und nahm an, dieser müsse allmählich ungeduldig werden. Doch Mathilde wollte nichts davon hören, und es gelang ihr, den Gedanken von sich fernzuhalten, dass sie irgendwo ein Leben hatte und man sie dort erwartete.

Sie verließ das Arbeitszimmer, den Umschlag in der Hand, und sagte zu ihrer Schwester, sie wolle in die Stadt gehen. »Ich muss vor meiner Rückkehr noch ein paar Dinge besorgen.« Sie warf sich in die Einkaufsstraße wie in die Arme eines Mannes. Zitternd vor Aufregung musste sie zweimal tief durchatmen, ehe sie einen eleganten Laden betrat, dessen Eigentümer Auguste hieß. Sie probierte zwei Kleider an. Ein schwarzes und ein lilafarbenes, zwischen denen sie sich lange nicht entscheiden konnte. Sie kaufte schließlich das lilafarbene, verließ die Boutique jedoch verstimmt, ärgerlich darüber, dass sie überhaupt hatte wählen müssen, denn es tat ihr schon leid, nicht das schwarze genommen zu haben, das sie schlanker machte. Auf dem Weg zurück schlenkerte sie ihre Einkaufstasche wie ein kleines Mädchen, das von der Schule nach Hause geht und sich überlegt, seine Hefte in den Graben zu werfen. In der Auslage des elegantesten Hutmachers am Ort entdeckte sie einen italienischen Strohhut mit weicher, breiter Krempe und rotem Band. Mathilde ging die paar Stufen zum Laden hoch, wo ihr ein Verkäufer die Tür öffnete.

Es war ein älterer, affektierter Mann, ein Päderast, dachte Mathilde, die das Innere des Geschäfts trostlos und enttäuschend fand.

»Sie wünschen, mein Fräulein?«

Schweigend deutete sie mit der Fingerspitze auf den Hut.

»Perfekt.«

Der Mann glitt übers Parkett und nahm ihn langsam aus dem Schaufenster. Mathilde setzte ihn auf, und als ihr Blick in den Spiegel fiel, erschrak sie. Sie sah aus wie eine Frau, eine richtige Frau, eine stilvolle Pariserin, eine Wohlhabende. Sie dachte an ihre Schwester, die immer sagte, der Teufel stehe hinter den Eingebildeten und man dürfe sich nicht im Spiegel bewundern. Der Verkäufer leierte ein paar Komplimente herunter, dann schien er die Geduld zu verlieren, da Mathilde den Hut immer wieder zurechtrückte, ihn sich mal links, mal rechts in die Stirn zog. Lange starrte sie das kleine Schild an, auf dem der Preis stand, und verlor sich in einer komplizierten und tiefgründigen Überlegung. Als ein Kunde eintrat, streckte der Verkäufer säuerlich die Hand nach dem Hut aus, den er nun wiederhaben wollte.

Der Kunde näherte sich Mathilde und sagte: »Hinreißend.«

Sie errötete und nahm den Hut ab, den sie langsam über ihre Brust gleiten ließ, ohne sich der glühenden Sinnlichkeit dieser Geste bewusst zu sein.

»Sie sind nicht von hier, Mademoiselle. Ich könnte schwören, Sie sind Künstlerin. Habe ich recht?«

»Absolut«, erwiderte sie. »Ich arbeite beim Theater. Ich habe gerade ein Engagement für diese Spielzeit bekommen.«

Sie ging zum Tresen und nahm den Umschlag voller Geldscheine aus ihrer Tasche. Während der Verkäufer extrem langsam den Hut einpackte, antwortete Mathilde auf die Fragen des jungen Mannes. Er trug einen eleganten Überzieher und einen khakifarbenen Filzhut, der seinen Blick halb verbarg. Mit einer Mischung aus Scham und Kitzel verstrickte sie sich immer weiter in ihre Lüge. Der Verkäufer durchquerte das Geschäft und hielt Mathilde vor der Glastür das Paket hin. Dem Mann im Überzieher, der fragte, ob sie sich wiedertreffen könnten, sagte sie: »Leider lassen mir die Proben kaum Zeit. Aber kommen Sie doch mal, um mich auf der Bühne zu sehen.«

Wieder daheim, schämte sie sich für all die Pakete, die sie bei sich hatte. Sie ging schnell durch den Salon und verschwand in ihrem Zimmer, glücklich und mit roten Wangen. Nachdem sie ein Bad genommen hatte, holte sie das Grammofon aus dem Büro ihres Vaters, um es neben ihr Bett zu stellen. An diesem Abend war sie auf ein Fest eingeladen, und während sie sich zurechtmachte, hörte sie einen alten deutschen Schlager, den Georges geliebt hatte. Als sie zu der Feier kam, machten ihr die Gäste Komplimente für ihr lilafarbenes Kleid, und die Männer betrachteten lächelnd ihre weichen Seidenstrümpfe. Sie trank einen Schaumwein, der so trocken war, dass sie nach einer Stunde keine Spucke mehr hatte und noch mehr trinken musste, um weiterzuerzählen. Alle befragten sie zu ihrem afrikanischen Leben, zu Algerien, womit man Marokko andauernd verwechselte. »Dann sprechen Sie also Arabisch?«, fragte ein charmanter Herr. Sie trank in einem Zug das Glas Rotwein, das man ihr reichte, und sagte unter begeistertem Applaus einen Satz auf Arabisch.

Auf dem Heimweg genoss sie es, allein durch die Straßen zu gehen, ohne Aufpasser und ohne Zeugen. Sie schwankte ein wenig und trällerte ein schlüpfriges Lied, worüber sie lachen musste. Auf Zehenspitzen stieg sie die Treppe hoch und legte sich aufs Bett, ohne ihr Kleid oder die Strümpfe auszuziehen. Sie war glücklich über diese Trunkenheit und diese Einsamkeit, glücklich, sich ein Leben erfinden zu können, ohne dass ihr jemand widersprach. Sie drehte sich um, vergrub das Gesicht im Kopfkissen, um die Übelkeit zu vertreiben, die sie überkam. Ein Schluchzer stieg in ihr hoch, ein Schluchzer, der genau dieser Freude entsprang. Mathilde weinte darüber, dass sie ohne die anderen so glücklich war. Mit geschlossenen Augen, die Nase ins Kissen gebohrt, ließ sie einen heimlichen Gedanken aufkeimen, einen schändlichen Gedanken, der sich schon seit Tagen in ihr einnistete. Ein Gedanke, den Irène sicherlich erraten hatte und der ihre beunruhigte Miene erklärte. An diesem Abend, während sie dem Wind in den Blättern der Pappeln lauschte, dachte Mathilde: ›Ich bleibe hier.‹ Ja, sie dachte, dass sie es tun könnte, dass sie – selbst wenn diese Worte unaussprechlich waren – ihre Kinder verlassen könnte. Diese Vorstellung war so brutal, dass sie ins Laken beißen musste, um nicht zu schreien. Doch der Gedanke verflüchtigte sich nicht. Im Gegenteil, in ihrem Geist wurde das Szenario immer konkreter. Ein neues Leben erschien ihr möglich, und sie erwog alle Vorteile, die es hätte. Natürlich waren da Aïcha und Selim. Da waren Amines Haut und der unendlich blaue Himmel ihrer neuen Heimat. Doch mit der Zeit und der Distanz würde der Schmerz nachlassen. Ihre Kinder würden sie, nachdem sie gelitten und sie gehasst hätten, vielleicht sogar vergessen, und jeder wäre glücklich auf seiner Seite des Meeres. Möglicherweise würde es sich eines Tages sogar so anfühlen, als wären sie einander nie begegnet, als wären ihre Schicksale immer getrennt, einander fremd gewesen. ›Es gibt kein Drama, von dem man sich nicht erholen kann‹, dachte Mathilde, ›keine Katastrophe, auf deren Ruinen man nicht wieder etwas aufbauen kann.‹

Sicher, man würde sie verurteilen. Man würde ihr all ihre schönen Reden über das Leben dort vorhalten. »Wenn du so glücklich bist, warum gehst du dann nicht dahin zurück?« Im Übrigen spürte sie bereits, wie die Ungeduld der Nachbarn wuchs; es wurde langsam Zeit, dass sie in ihr Leben zurückkehrte und der ruhige, triste Alltag wieder zu seinem Recht kam. Wütend auf sich selbst, auf ihr Schicksal, auf die ganze Welt, sagte Mathilde sich, dass sie auch irgendwo ganz anders hingehen könnte, nach Straßburg oder sogar Paris, wo niemand sie kannte. Sie könnte studieren, Ärztin oder sogar Chirurgin werden. Sie entwarf unmögliche Szenarien, die ihr den Magen zusammenzogen. Sie hatte doch auch das Recht, an sich zu denken, nach ihrem Wohl zu streben. Sie setzte sich im Bett auf, schwindlig, betrunken. Das Blut pochte in ihren Schläfen und hinderte sie am Nachdenken. War sie verrückt geworden? War sie eine jener Frauen, der die Natur keine Instinkte gegeben hatte? Sie schloss die Augen und legte sich wieder hin. Von konfusen Bildern begleitet, sank sie langsam in den Schlaf. In dieser Nacht träumte sie von Meknès und den Feldern, die sich rund um die Farm erstreckten. Sie sah die Kühe mit ihren traurigen Augen und hervorstehenden Rippen, auf denen schöne weiße Vögel saßen und ihnen Parasiten aus dem Fell pickten. Ihr Traum verwandelte sich in einen Albtraum, durchzogen von herzzerreißendem Muhen. Bauern, so mager wie ihre Herden, ließen ihre Stöcke auf die Nacken der Kühe niedergehen, die giftige Kräuter kauten. In der Hocke sitzend, nahmen sie eine Rolle Schnur und banden den Tieren die Hinterbeine zusammen, um sie am Weglaufen zu hindern.

Am nächsten Morgen erwachte sie in ihrem Kleid, die Strümpfe waren auf ihre Knöchel heruntergerutscht. Ihr Kopf tat so weh, dass sie während des Frühstücks kaum die Augen aufhalten konnte. Irène trank langsam ihren Tee, biss in eine mit Marmelade bestrichene Scheibe Brot, wobei sie darauf achtete, ihre Zeitung nicht zu verkleckern. Seit ihre Schwester fortgegangen war, interessierte sie sich lebhaft für die Situation in den Kolonien. Als Mathilde das Esszimmer betrat, war sie gerade dabei, einen Artikel über Zusammenstöße auf dem Land, über Verhandlungen des Sultans mit dem Generalresidenten auszuschneiden. Mathilde zuckte mit den Schultern. »Kann schon sein. Ich weiß nicht.« Ihr war nicht nach einer Unterhaltung zumute. Ab und zu kam ihr etwas ätzende Galle hoch, und sie musste tief durchatmen, um sich nicht zu übergeben.

Seit ihrer Ankunft hatte sie nicht mit Irène gestritten. Während der ersten Tage hatte sie immerzu gefürchtet, das eine Wort zu viel könnte fallen und alles kaputt machen, die Zwistigkeiten würden wieder aufflammen. Doch zwischen ihr und ihrer Schwester war eine neue Vertrautheit entstanden. Als sie Kinder waren, hatte die Konkurrenz um die elterliche Liebe keinen Raum für Zuneigung gelassen. Jetzt waren sie allein auf der Welt, und vor allem teilten sie allein die Erinnerung an die Toten. Der Abstand und das Alter hatten die Dinge aufs Wesentliche reduziert und alle kleinlichen Vorwürfe fortgewischt.

Mathilde streckte sich auf dem Sofa aus und dämmerte beinahe den ganzen restlichen Tag vor sich hin. Irène blieb bei ihr, deckte ihre nackten Füße zu und setzte allzu aufdringliche Besucher vor die Tür. Als sie wieder aufwachte, war es dunkel. Ein Feuer brannte im Kamin, und Irène strickte. Mathilde fühlte sich schlapp und niedergeschlagen. Sie dachte daran, wie sie sich auf dem Fest am Vorabend aufgeführt hatte, und fand sich lächerlich. Sie war immer noch ein kleines Mädchen, genau das musste Irène denken. Mathilde setzte sich auf und streckte die Füße Richtung Feuer. Sie hatte das Bedürfnis zu reden. Hier war ihre Zuflucht, und sie würde getröstet werden. In dem Salon, wo man nur das Klappern der Stricknadeln und das knisternde Feuer hörte, erzählte sie vom Charakter ihres Mannes. Seinen Wutausbrüchen. Sie ging nicht zu sehr ins Detail, sagte nichts, was man für eine Lüge oder eine Übertreibung hätte halten können. Sie sagte nur gerade genug, und sie wusste, dass Irène verstanden hatte. Sie sprach über die Abgeschiedenheit der Farm, über die Angst, die sie in den stockfinsteren Nächten quälte, wenn nur das Geheul der Schakale die Stille zerriss. Sie versuchte ihr begreiflich zu machen, was es bedeutete, in einer Welt zu leben, wo sie nicht hingehörte, eine von ungerechten und empörenden

Regeln regierte Welt, in der die Männer nie Rechenschaft ablegten, in der man nicht mal wegen eines verletzenden Wortes weinen durfte. Sie begann zu schluchzen, während sie die endlosen Tage schilderte und die ungeheure Einsamkeit, die Sehnsucht nach ihrem Zuhause und ihrer Kindheit. Sie hatte sich nicht vorstellen können, was Emigration wirklich hieß. Mathilde zog die Beine zu sich heran und wandte sich ihrer Schwester zu, die in die Flammen starrte. Mathilde hatte keine Angst, denn sie dachte, ihre Aufrichtigkeit würde alles lösen. Sie schämte sich nicht für ihre tränenüberströmten Wangen, für ihre unzusammenhängenden Worte. In diesem Moment wollte sie niemandem etwas vormachen, sie war bereit, sich als die zu zeigen, die sie war: eine durch Scheitern und Enttäuschungen gealterte Frau, eine Frau ohne Stolz. Sie erzählte, und als sie fertig war, wandte sie Irène ihr Gesicht zu, die sich nicht rührte.

»Du hast eine Entscheidung getroffen. Nun steh auch dazu. Das Leben ist für alle hart, weißt du.«

Mathilde senkte den Kopf. Wie dumm sie gewesen war, auf einen mitfühlenden Blick zu hoffen. Wie sehr sie sich schämte, auch nur einen Moment geglaubt zu haben, man könnte sie verstehen und trösten. Mathilde wusste nicht, wie sie auf diese Gleichgültigkeit reagieren sollte. Ihr wäre es lieber gewesen, wenn ihre Schwester sie verspottet hätte, wenn sie wütend geworden wäre, wenn sie ihr vorgehalten hätte: »Ich hab's dir doch gesagt.« Sie hätte es nur natürlich gefunden, wenn Irène die Araber, die Muslime, die Männer für Mathildes Unglück verantwortlich gemacht hätte. Doch diese Härte ließ sie erstarren und verstummen. Sie war überzeugt, dass ihre Schwester ihre Antwort seit Langem vorbereitet hatte, dass sie sie schon ewig wiederkäute und es kaum erwarten konnte, sie ihr endlich bei der richtigen Gelegenheit ins Gesicht zu schleudern. Es hätte nur einer Winzigkeit bedurft, und sie wäre nicht wieder zurückgegangen. Sie hätte diese verrückte Idee aufgegeben, eine Fremde zu sein, anderswo zu leben, unter äußerster Einsamkeit zu leiden. Irène stand auf, ohne ihre Schwester anzusehen. Sie würde die Hand nicht ausstrecken. Sollte Mathilde doch ertrinken. Am Fuß der Treppe rief Irène: »Lass uns schlafen gehen. Morgen haben wir einen Termin beim Notar.«

*

Nach dem Frühstück verließen sie das Haus. Als Irène ins Auto stieg, klebten noch ein paar Brotkrümel an ihren Lippen. Sie kamen etwas zu früh in der Kanzlei an, die im ersten Stock eines stattlichen Gebäudes lag. Eine junge Frau machte ihnen auf und bat sie, in einem eiskalten Raum Platz zu nehmen. Sie behielten ihre Mäntel an und schwiegen. Sie waren nun wieder Fremde. Als sich die Tür öffnete, wandten sie sich um, und Mathilde konnte einen Schrei nicht unterdrücken. Vor ihr stand der Mann aus dem Laden. Der Mann mit dem Hut. Während sie ihm ihre feuchte Hand reichte, warf sie ihm einen flehenden Blick zu. Irène merkte nichts, und Mathilde ging schnell über die Peinlichkeit hinweg.

»Guten Tag, Maître.«

Er betrat hinter ihnen das Büro und zeigte auf zwei

Stühle vor seinem massiven Holzschreibtisch. Der junge Mann hatte die Nachfolge des alten Notars angetreten, den Mathilde gekannt hatte und der an seiner Trunksucht gestorben war. Er lächelte wie ein Erpresser vor seinem machtlosen Opfer.

»Nun, Madame, wie geht es Ihnen denn so in Marokko?«, fragte er sie.

»Sehr gut, vielen Dank.«

»Sie leben in Meknès, hat mir Ihre Schwester erzählt.«

Sie nickte und wich dem Blick des Mannes aus, der sich über seinen Schreibtisch beugte wie eine Katze, kurz bevor sie sich ihre Beute schnappt. Er blätterte in einer Akte, holte ein Dokument daraus hervor und wandte sich wieder an Mathilde:

»Sagen Sie, gibt es Theater in der Stadt, in der Sie leben?«

»Durchaus«, erwiderte sie mit eisiger Stimme. »Aber mein Mann und ich arbeiten viel. Ich habe anderes zu tun, als mich zu amüsieren.«

VI

Am 2. November kam Mathilde zurück. Aïcha, die an diesem Tag zu Hause bleiben durfte, erwartete ihre Mutter an der Straße, auf einer Holzkiste sitzend. Als sie das Auto ihres Vaters kommen sah, stand sie auf und wedelte mit den Armen. Die am Morgen gepflückten Blumen hingen schlaff herab, und sie verzichtete darauf, sie zu überreichen. Amine hielt ein paar Meter vor dem Tor, Mathilde stieg aus. Sie trug einen neuen Mantel, elegante Schuhe aus braunem Leder und einen Strohhut, der nicht zur Jahreszeit passte. Mit vor Liebe überströmendem Herzen sah Aïcha sie an. Ihre Mutter war ein Soldat, der von der Front heimkehrte, ein siegreicher, verwundeter Soldat, der unter seinen Medaillen Geheimnisse verbarg. Sie schloss ihre Tochter in die Arme, vergrub die Nase im Nacken des Kindes und die Finger in seiner krausen Mähne. Aïcha kam ihr so leicht und zierlich vor, dass sie Angst hatte, ihr eine Rippe zu brechen, wenn sie sie an sich drückte.

Hand in Hand gingen sie zum Haus, und Tamo erschien, mit Selim auf dem Arm. In einem Monat hatte er sich sehr verändert, Mathilde dachte, dass er dicker geworden war, wegen des zu fettigen Essens, das das Hausmädchen kochte. Doch an diesem Tag hätte nichts sie ärgern oder ihr die Laune verderben können. Sie war heiter und gelassen, denn sie hatte sich damit abgefunden, ihr Schicksal anzunehmen, sich ihm zu ergeben, etwas daraus zu machen. Während sie das Haus betrat, das in der Wintersonne badende Wohnzimmer durchquerte, die Koffer in ihr Zimmer bringen ließ, dachte sie, dass es der Zweifel war, der einem zum Verhängnis wurde, dass eine Wahl zu haben Leid verursachte und die Seele zerfraß. Jetzt, da sie sich entschieden hatte, da es kein Zurück mehr gab, fühlte sie sich stark. Stark, nicht mehr frei zu sein. Und ihr fiel der Satz aus Racines *Andromache* wieder ein, den sie, die erbärmliche Lügnerin, die Möchtegernschauspielerin, in der Schule gelernt hatte: »Ergeb' ich blind mich dem Schicksal, das mich mit sich reißt.«

Die Kinder wichen ihr den ganzen Tag lang nicht von der Seite. Sie klammerten sich an ihre Waden, und Mathilde versuchte zum Spaß voranzukommen, trotz der Last an ihren Beinen. Feierlich, als wäre er eine Schatztruhe, öffnete sie ihren Koffer und holte Stofftiere, Kinderbücher, Erdbeerbonbons mit Zuckerguss daraus hervor. Im Elsass hatte sie sich von der eigenen Kindheit verabschiedet, sie hatte sie verschnürt, zum Schweigen gebracht und tief in einer Schublade vergraben. Von nun an konnte es nicht mehr um ihre Kindheit, ihre naiven Träume, ihre Launen gehen. Sie zog die Kleinen an ihre Brust, hob sie hoch, eines auf jedem Arm, und kugelte sich mit ihnen auf dem Bett herum. Sie küsste sie stürmisch, und in den Küssen, mit denen sie ihre Wangen bedeckte, lag nicht nur die Kraft ihrer Liebe, sondern die ganze Intensität ihres Bedauerns.

Sie liebte sie umso mehr, als sie für sie alles aufgegeben hatte. Glück, Leidenschaft, Freiheit. Sie dachte: ›Ich hasse mich dafür, dass ich so gefesselt bin. Ich hasse mich dafür, dass ihr mir wichtiger seid als alles andere.‹ Sie nahm Aïcha auf ihren Schoß und las ihr Geschichten vor. »Noch eine«, sagte das Kind immer wieder, und Mathilde las weiter. Sie hatte einen ganzen Koffer voller Bücher mitgebracht, deren Einband Aïcha andächtig streichelte, ehe sie sie aufschlug. Es gab auch den Struwwelpeter, der sie faszinierte und ihr Angst machte mit seinen zerzausten Haaren und seinen endlos langen Nägeln. Selim sagte: »Er sieht aus wie du«, und das brachte sie zum Weinen.

*

Am 16. November 1954 wurde Aïcha sieben Jahre alt. Mathilde beschloss, eine Geburtstagsfeier auf der Farm für sie zu organisieren. Sie machte selbst wunderhübsche Einladungskarten, denen sie einen Zettel beilegte, auf dem die Eltern das Kommen ihres Kindes bestätigen konnten. Jeden Abend fragte sie Aïcha, ob ihre kleinen Freundinnen geantwortet hätten. »Geneviève kommt nicht. Ihre Eltern erlauben ihr nicht, aufs Land zu fahren. Sie sagen, da holt sie sich Flöhe oder Durchfall.« Mathilde zuckte mit den Schultern. »Geneviève ist eine dumme Gans, und ihre Eltern sind Idioten. Es wird auch ohne sie gehen, keine Sorge.«

Eine Woche lang sprach Mathilde nur über das Fest. Morgens im Auto redete sie von dem Kuchen, den sie beim feinsten Konditor der Stadt bestellen würde, den Girlanden, die sie aus Krepppapier basteln würde, den Spielen ihrer

Kindheit, die sie ihnen beibringen und die ihnen viel Spaß machen würden. Sie wirkte so glücklich und begeistert, dass Aïcha es nicht übers Herz brachte, ihr die Wahrheit zu sagen. Ihre Mitschülerinnen machten sich ständig über sie lustig. In ihrer Klasse, wo sie die Jüngste war, zogen die Mädchen sie an den Haaren, schubsten sie auf der Treppe. Sie hassten sie umso mehr, als sie die Klassenbeste war und alle Preise in Latein, Mathematik und bei Diktaten einheimste. »Zum Glück bist du intelligent. Denn so hässlich, wie du bist, wird dich nie jemand heiraten wollen.« Neben Monette in der Kapelle kniend, versenkte Aïcha sich in bösartige Gebete, in hasserfüllte Bitten. Sie träumte davon, dass sie erstickten, sich unheilbare Krankheiten zuzogen, vom Baum fielen und sich beide Beine brachen. *Vergib uns unsere Schuld, wie auch wir vergeben unsern Schuldigern.* Doch sie verkniff es sich, Dummheiten zu machen, die Rache, die sie sich ausmalte, in die Tat umzusetzen. Sie beherrschte ihre Eifersucht Selim gegenüber und ballte die Fäuste, um den kleinen Buben, den ihre Mutter mit einer Zärtlichkeit ansah, die sie verletzte, nicht in den Rücken zu zwicken. Seit Mathilde wiedergekommen war, hatte Aïcha mehrmals gehört, wie ihr Vater sich über die Fahrten zwischen der Schule und dem Haus beklagt hatte. »Das reibt uns auf«, sagte er. »Es ist zu anstrengend für die Kinder.« Also versuchte sie, noch unauffälliger, noch unsichtbarer zu sein, denn sie lebte in der ständigen Angst, dass ihre Eltern sie im Internat anmelden könnten und sie ihre Mutter nur noch samstags und sonntags sehen würde, wie die meisten Mädchen des Pensionats.

*

Der Tag des Festes kam. Es war ein trostloser und regnerischer Sonntag. Als Aïcha erwachte, stellte sie sich auf ihr Bett und betrachtete durchs Fenster die Äste des Mandelbaums, die im Wind zitterten. Der Himmel war trüb und zerknautscht wie ein Laken nach einer Nacht voller Albträume. Ein Mann in einer groben braunen Dschellaba kam vorbei, die Kapuze auf dem Kopf, und das Kind hörte, wie der Schlamm unter seinen Schuhen aufspritzte. Gegen Mittag flaute der Wind ab, und der Regen ließ nach, doch der Himmel war noch immer von grauen Wolken überzogen, und die Atmosphäre war irgendwie bedrückend. ›Das ist einfach ungerecht‹, dachte Mathilde. ›Warum versteckt sich die Sonne vor uns, in diesem Land, in dem es immer so furchtbar schön ist?‹

Amine sollte zum Konditor fahren, um den Kuchen abzuholen, und dann zum Pensionat, wo drei kleine Mädchen, die am Wochenende nicht nach Hause gingen, Aïchas Einladung angenommen hatten. Doch Amine kam und kam nicht zurück. Zweimal musste er am Straßenrand anhalten und warten, bis der Regen nachließ, weil seine Scheibenwischer nicht gut funktionierten und er nichts sah. Beim Konditor ließ man ihn warten. Es hatte eine Verwechslung gegeben, und jemand anders hatte seinen Kuchen bekommen. »Wir haben keine Erdbeeren mehr«, erklärte ihm die Verkäuferin. Amine zuckte mit den Schultern. »Egal. Ich will einfach nur einen Kuchen.«

Auf der Farm drehte sich Mathilde im Kreis. Sie hatte das Wohnzimmer geschmückt, der Tisch im Esszimmer war mit Tellern gedeckt, die elsässische Alltagsszenen zeigten. Sie tigerte durchs Haus, nervös, gereizt, und in ihrem

Kopf spielten sich die schrecklichsten Szenarien ab. Aïcha rührte sich nicht. Die Nase ans Fenster gedrückt, starrte sie in den Himmel, als wollte sie die Wolken verscheuchen, als hoffte sie, sie könnte allein durch die Kraft ihres Wunsches eine strahlende Sonne zum Vorschein kommen lassen. Was sollten sie in diesem staubigen Haus anfangen? Was konnte man drinnen schon für Spiele machen? Man musste draußen herumrennen können, sie musste ihnen ihre Verstecke in den Bäumen zeigen, den Esel im Stall, der zu alt war, um zu arbeiten, all die Katzen, die Mathilde gezähmt hatte. *Gib mir Kraft, Herr, der du nichts als Liebe bist.*

Endlich kam Amine, mit durchnässten Kleidern, in den Händen eine sahneverschmierte Kuchenschachtel. Ihm folgten Monette und drei kleine Mädchen mit verschrecktem Blick.

»Aïcha, komm und begrüße deine Freundinnen«, sagte Mathilde, indem sie ihre Tochter vor sich herschob.

Aïcha hätte sich am liebsten in Luft aufgelöst. Sie hätte alles dafür gegeben, dass man diese Mädchen ins Pensionat zurückbrachte und sie wieder ihrer gefahrlosen Einsamkeit überließ. Doch Mathilde begann wie besessen zu singen, und Selma klatschte in die Hände. Die Mädchen wiederholten die Melodien, vergaßen die Texte und lachten. Aïchas Augen wurden verbunden, und Mathilde drehte sie ein paarmal herum. Blind, mit ausgestreckten Armen, tapste sie voran, geleitet vom erstickten Gekicher ihrer Mitschülerinnen. Um siebzehn Uhr begann es zu dämmern. Mathilde rief: »Ich glaube, es ist Zeit«, verschwand in der Küche und ließ diese Kinder, die einander nichts zu sagen hatten, im Wohnzimmer allein. Als sie die Schachtel öffnete, fing sie beinahe an zu weinen. Das war nicht der Kuchen, den sie bestellt hatte. Mit vor Wut zitternden Händen setzte sie den Kuchen auf eine Platte, und Aïcha hörte ihre Mutter singen: »Zum Geburtstag viel Glück, zum Geburtstag viel Glück...« Auf dem Stuhl kniend, beugte Aïcha sich über die Kerzen, und als sie sie gerade auspusten wollte, hielt ihre Mutter sie zurück. »Du musst dir etwas wünschen und es für dich behalten.«

Das Licht wurde angeschaltet. Ginette, deren Nase die ganze Zeit lief, fing an zu heulen. Sie fürchtete sich hier und wollte zurück ins Pensionat. Mathilde beugte sich zu ihr hinunter, tröstete sie, dabei hätte sie diese kleine Transuse am liebsten geschüttelt, ihr gesagt, sie solle nicht so egoistisch sein. Begriff sie denn nicht, dass es heute nicht um sie ging? Doch die anderen Kinder, außer Monette, verzogen das Gesicht.

»Wir wollen auch nach Hause. Sag deinem Chauffeur, er soll uns zurückbringen.«

»Dem Chauffeur?« Mathilde dachte an Amines düstere Miene, daran, wie er die Konditorschachtel auf den Küchentisch geknallt hatte. Diese Kinder hatten ihn für den Chauffeur gehalten, und er hatte ihnen nicht widersprochen.

Mathilde begann zu lachen, sie wollte das Missverständnis gerade aufklären, als Aïcha rief:

»Mama, kann der Chauffeur sie zurückbringen?«

Mit demselben finsteren Blick, wie wenn sie bestraft wurde und die ganze Welt zu hassen schien, starrte Aïcha ihre Mutter an. Mathildes Herz zog sich zusammen, und sie nickte langsam. Die Mädchen folgten ihr wie Entenküken zum Büro, wohin Amine sich zurückgezogen hatte.

Den ganzen Nachmittag war er dort dringeblieben, zerfressen von einem Zorn, den er zu besänftigen versuchte, indem er Zigaretten rauchte und Artikel aus Magazinen ausschnitt. Die Schülerinnen sagten Aïcha lustlos auf Wiedersehen und stiegen hinten ins Auto.

Amine fuhr langsam wegen des Regens, der wieder eingesetzt hatte. Die drei Mädchen schliefen ein, eine über der anderen, und Ginette schnarchte. Amine dachte: ›Es sind nur Kinder. Man muss ihnen verzeihen.‹

*

Am folgenden Donnerstag ging Mathilde mit den Kindern in ein Fotoatelier in der Rue Lafayette. Der Fotograf setzte sie auf einen Hocker vor einem Plakat, das die Kathedrale von Notre-Dame de Paris zeigte. Selim wollte einfach nicht stillhalten, und Mathilde wurde wütend. Bevor der Fotograf sich bereitmachte, richtete sie Aïchas Frisur und strich mit der Hand über den weißen Kragen ihres Kleides. »So, und jetzt bewegt euch vor allem nicht mehr.« Hinten auf dem Abzug notierte Mathilde Ort und Datum. Sie steckte ihn in einen Umschlag und schrieb an Irène: »Aïcha ist die Beste in ihrer Klasse, und Selim lernt sehr schnell. Gestern ist sie sieben geworden. Die beiden sind mein Glück und meine Freude. Sie entschädigen mich für alle Demütigungen.«

Eines Tages, als sie gerade mit dem Abendessen fertig waren, stand ein Mann vor ihrer Tür. In der Dunkelheit des Flurs erkannte Amine seinen Waffenbruder nicht sofort. Mourad war vom Regen durchweicht, er schlotterte in seinen nassen Kleidern. Mit einer Hand hielt er seine Mantelaufschläge zusammen, mit der anderen schüttelte er die tropfende Kappe. Mourad hatte seine Zähne verloren, und er sprach wie ein Greis mit eingefallenen Wangen. Amine zog ihn ins Haus und drückte ihn so fest an sich, dass er jede einzelne Rippe seines alten Kameraden spüren konnte. Er lachte und scherte sich nicht darum, dass er selbst nass wurde. »Mathilde! Mathilde!«, rief er, indem er Mourad mit sich ins Wohnzimmer zog. Mathilde stieß einen Schrei aus. Sie erinnerte sich nur zu gut an den Adjutanten ihres Mannes, einen schüchternen und feinfühligen Mann, der ihr sympathisch gewesen war, ohne dass sie es ihm je hätte sagen können. »Er muss sich umziehen, er ist durchnässt bis auf die Knochen. Mathilde, geh ihm ein paar Sachen holen.« Mourad wehrte ab, er hielt sich die Hände vors Gesicht und fuchtelte aufgeregt mit ihnen. Nein, er würde nicht das Hemd seines Kommandanten tragen, nein, er würde kein Paar Strümpfe von ihm ausleihen, und erst recht kein Unterhemd. Niemals könnte er so etwas tun, das gehörte sich nicht. »Sei nicht albern«, rief Amine, »der Krieg ist vorbei.« Diese Worte versetzten Mourad einen Stich. Sie lösten eine Art Pfeifen in seinem Kopf aus, waren ihm unangenehm, und er hatte das Gefühl, Amine hätte sie nur gesagt, um ihn zu verletzen.

Im Badezimmer, dessen Wände mit blauen Fayence-Kacheln gefliest waren, zog Mourad sich aus. Er vermied es, seinem ausgemergelten Ebenbild in dem großen Spiegel zu begegnen. Wozu sollte er diesen von einer Kindheit in Armut, vom Krieg, vom Umherirren auf fremden Straßen verheerten Körper betrachten? Mathilde hatte ein sauberes Handtuch und ein muschelförmiges Stück Seife auf den Waschbeckenrand gelegt. Er wusch sich die Achseln, den Hals, die Hände bis hoch zu den Ellbogen. Er zog die Schuhe aus und tauchte seine Füße in eine mit kaltem Wasser gefüllte Schüssel. Dann schlüpfte er widerstrebend in die Kleider seines Kommandanten.

Er verließ das Badezimmer und durchquerte den Flur dieses unbekannten Hauses, geleitet von den Stimmen. Der des Kindes, das sagte: »Wer ist dieser Mann?«, und: »Erzähl uns mehr vom Krieg!« Der Mathildes, die darum bat, dass jemand das Fenster öffnete, weil der Herd so sehr qualmte. Der ungeduldigen Amines: »Was treibt er nur so lange? Glaubst du, ich sollte nachsehen, ob alles in Ordnung ist?« Ehe Mourad die Küche betrat, wo sie alle versammelt waren, hielt er inne und beobachtete durch den Türspalt die kleine Familie. Ihm wurde langsam wieder warm. Er schloss die Augen und sog den Duft des Kaffees ein, der verbrannte.

Ein Gefühl der Behaglichkeit überkam ihn und machte ihn ganz benommen. Es war wie ein Schluchzen, das man nicht unterdrücken kann. Er fasste sich an die Kehle, riss die Augen auf, um den salzigen Geschmack zurückzudrängen, der ihm in den Mund stieg. Amine saß seinem zerzausten Kind gegenüber. Es war Ewigkeiten her, dachte Mourad, dass er so etwas zum letzten Mal gesehen hatte. Die Gesten geschäftiger Frauen, kindliches Verhalten, Zärtlichkeit. Mourad sagte sich, dass seine Irrfahrt vielleicht zu guter Letzt beendet war. Dass er am Ziel angekommen war und dass ihn hier, in den Mauern dieses Hauses, die Albträume nicht länger verfolgen würden.

Er trat ein, und die Erwachsenen sagten »Ah!«, während das kleine Mädchen ihn anstarrte. Sie setzten sich alle vier um den Tisch, über den Mathilde eine selbst gestickte Decke gebreitet hatte. Mourad trank seinen Kaffee ganz langsam, Schluck für Schluck, die Hände fest um die Emailletasse geschlossen. Amine fragte ihn nicht, woher er kam, noch wieso er hier war. Er lächelte ihn an, legte die Hand auf seine Schulter und sagte immer wieder »Was für eine Überraschung!« und »Was für eine Freude!«. Den ganzen Abend lang ließen sie Erinnerungen wiederaufleben, vor dem faszinierten Kind, das sie anflehte, es nicht ins Bett zu schicken. Also erzählten sie von ihrer Fahrt mit dem Schiff zu zivilisierten und kriegerischen Menschen, im September 1944. Im Hafen von La Ciotat hatten sie Lieder gesungen, um sich Mut zu machen. »Wie hast du gesungen, Papa? Und was hast du gesungen?«

Amine lachte seinen Adjutanten, Grenadier Mourad, aus, der über alles staunte und ihn am Ärmel zog, um ihm flüsternd Fragen zu stellen. »Gibt es hier auch Arme?«, wollte er wissen. Er wunderte sich, auf den Feldern in Südfrankreich weiße Frauen arbeiten zu sehen, Frauen wie jene, die in seinem Land nur dann das Wort an ihn richteten, wenn sie dazu gezwungen waren. Mourad sagte gern, dass er sich für Frankreich freiwillig verpflichtet hatte, um dieses Land zu verteidigen, über das er nichts wusste, doch von dem, ohne dass er hätte sagen können, warum, sein Schicksal abhing. »Frankreich ist meine Mutter. Frankreich ist mein Vater.« In Wahrheit hatte er keine Wahl gehabt. Als die Franzosen in seinem Dorf, achtzig Kilometer von Meknès entfernt, aufgetaucht waren, hatten sie die Männer versammelt und die Alten, Kinder und Kranken aussortiert. Den anderen hatten sie die Pritsche eines Lastwagens gezeigt: »Ihr könnt in den Krieg gehen oder ins Gefängnis.« Also war Mourad in den Krieg gezogen. Und nie war ihm in den Sinn gekommen, dass eine Gefängniszelle eine komfortablere, sicherere Zuflucht gewesen wäre als die Schlachtfelder des verschneiten Landes. Im Übrigen war es nicht diese Erpressung, die ihn überzeugte. Es war nicht die Angst vor der Inhaftierung oder der Schande. Auch nicht die Freiwilligenprämie und der Sold, die er seiner Familie schickte und für die seine Mutter ihm so dankbar war. Später, als er zum Spahi-Regiment kam, in dem Amine als Hauptgefreiter diente, begriff er, dass er das Richtige getan hatte. Dass etwas Großes geschehen war, dass er seinem Leben, seinem armseligen Bauernleben eine unverhoffte Größe verleihen würde, eine Bedeutung, derer er nicht einmal würdig war. Manchmal wusste er nicht mehr, ob er für Amine oder für Frankreich bereit war zu sterben.

Wenn er an den Krieg zurückdachte, erinnerte Mourad sich vor allem an die Stille. Der Lärm der Bomben, der Gewehre, die Schreie waren ausgelöscht, und in seinem Geist blieb nur die Erinnerung an schweigsame Jahre, an die wenigen zwischen Männern gewechselten Worte. Amine sagte ihm, er solle die Augen niederschlagen, nicht auffallen. Sie mussten kämpfen, siegen und dann heimkehren. Bloß kein Aufsehen erregen. Keine Fragen stellen. Von La Ciotat aus waren sie gen Osten vorgerückt, wo man sie als Befreier empfing. Die Männer öffneten ihnen zu Ehren gute Tropfen, und die Frauen wedelten mit kleinen Fahnen. »*Vive la France! Vive la France!*« Einmal hatte ein Kind mit dem Finger auf Amine gezeigt und gesagt »der Neger«.

Mourad war dabei gewesen, als Amine Mathilde zum ersten Mal gesehen hatte, im Herbst 1944. Ihr Regiment war in einem kleinen Dorf, ein paar Kilometer von Mülhausen entfernt, stationiert gewesen. Am selben Abend hatte sie sie zum Essen zu sich nach Hause eingeladen. Sie entschuldigte sich im Voraus: »Die Rationierung«, erklärte sie, und die Soldaten nickten. Als es so weit war, bat man sie in den Salon, der voller Leute war. Dorfbewohner, andere Soldaten, alte Herren, die schon betrunken schienen. Sie setzten sich an einen langen Holztisch, und Mathilde nahm Amine gegenüber Platz und sah ihn ausgehungert an. Es kam ihr so vor, als wäre dieser Offizier die Antwort auf ihre Gebete. Als wäre er ihr, die sie den Krieg weniger verfluchte als den Mangel an Abenteuern, vom Himmel gesandt worden. Die sie seit vier Jahren eingesperrt lebte, ohne etwas anzuziehen, ohne ein neues Buch zum Lesen. Sie war neunzehn Jahre alt und hungerte nach allem, und der Krieg hatte ihr alles genommen.

Mathildes Vater betrat den Salon, ein schlüpfriges Lied auf den Lippen, in das jedermann einstimmte. Amine und Mourad blieben stumm. Sie starrten diesen Riesen mit dem gewaltigen Bauch und dem trotz seines Alters rabenschwarzen Schnurrbart an. Alle nahmen nun um den Tisch herum Platz. Mourad wurde geschubst und drückte sich immer enger an Amine. Ein Mann setzte sich ans Klavier, und die Gäste hakten einander unter und sangen. Man verlangte zu essen. Die Frauen, deren Wangen von geplatzten Äderchen gerötet waren, stellten Platten mit Wurst und Kohl auf den Tisch. Krüge voller Bier wurden serviert, und Mathildes Vater bot brüllend Schnaps an. Mathilde schob Amine die Platte hin. Schließlich waren sie die Befreier, ihnen gebührte es, sich zuerst zu bedienen. Amine steckte die Gabel in eine Wurst. Er sagte »Danke« und aß.

Mourad neben ihm zitterte. Er war bleich wie ein Gespenst, und sein Nacken war schweißbedeckt. Dieser Lärm, diese Frauen, diese anstößige Art zu singen waren ihm nicht geheuer und erinnerten ihn an das Bousbir-Viertel[12] von Casablanca, in das ihn französische Soldaten einmal geschleift hatten. Seitdem verfolgte ihn das Lachen dieser Männer und wie barbarisch sie sich aufgeführt hatten. Sie hatten ihre Finger in die Scham eines Mädchens gesteckt, das nicht älter war als seine Schwester. Sie zogen die Prostituierten an den Haaren, sie saugten an ihren Brüsten, nicht auf eine

---

12 Bordell-Viertel in Casablanca zur Zeit des französischen Protektorats (Anm. d. Ü.)

sinnliche Art und Weise, sondern wie bei einem Tier, dessen Euter man ausputzen will. Die Körper der Mädchen waren violett, übersät mit Knutschflecken und Kratzern.

Mourad drückte sich an seinen Kommandanten. Er zupfte ihn am Ärmel, bis Amine sauer wurde. »Was ist los?«, fragte er ihn auf Arabisch. »Siehst du nicht, dass ich mich unterhalte?« Doch Mourad ließ nicht locker. Er sah Amine panisch an. »Das«, sagte er und zeigte dabei auf die Teller, »ist Schwein, nicht wahr? Und das«, fuhr er fort, indem er die Augenbrauen in Richtung der Gläser hob, »ist Alkohol, oder nicht?« Amine sah ihn an und sagte mit tonloser Stimme: »Iss und sei still.«

»Was soll schon passieren?«, fragte er ihn später, als sie durch die dunklen Straßen des Dorfs zu ihrem Quartier gingen. »Wovor hast du Angst? Vor der Hölle? Da waren wir schon, und wir sind wieder zurückgekommen.«

Hatten sie nicht genau davon geträumt, einem wohlig warmen Zimmer, einem vollen Teller, dem Lächeln einer jungen Frau, als sie nach der Schlacht von La Horgne im Mai 1940 den Deutschen in die Hände gefallen waren? Sie waren marschiert, Stunden, Tage, hinter den SS-Männern her, und Mourad hatte darauf bestanden, Amines Ausrüstung zu tragen. Was hatten sie mit all dem zu tun? Sie wollten nichts weiter als eine kleine Farm betreiben, auf einem Hügel weit weg von hier. Sie hatten keine Feinde, die sie nicht persönlich kannten, und hier, angesichts dieser riesigen Männer, dieser Männer, die eine fremde Sprache sprachen, hatten sie ihre Waffen fallen lassen und sich in Reih und Glied aufgestellt. Eines späten Abends hatten sie am Rand eines Feldes haltgemacht und in der undurchdringlichen Finsternis die vereiste Erde aufgekratzt. Still und leise hatten sie gerade gekeimte Kartoffeln ausgegraben und gegessen, wobei sie aufpassten, dass sie beim Kauen kein Geräusch machten. In dieser Nacht hatten alle Männer sich übergeben, manche schissen sich in die Hosen. Als der Tag anbrach und sie ihren Weg fortsetzen mussten, warfen sie einen letzten Blick auf das Feld. Es war von lauter schmalen, wütenden Furchen durchzogen, als hätten kleine Tiere mit scharfen Krallen darin gewühlt. Dann waren sie mit dem Zug in ein Gefangenenlager in der Nähe von Dortmund gefahren. »Erzähl mir von dem Lager!«, bat Aïcha, deren Lider schwer wurden. »Die Geschichten vom Lager heben wir uns für später auf«, erwiderte Amine, den die Erinnerungen erschöpft hatten.

Amine begleitete Mourad ans Ende des Flurs und öffnete eine Tür, die in ein kleines Zimmer mit geblümter Stofftapete führte. Mourad wagte nicht einzutreten, die Feinheit und feminine Atmosphäre des Raums brachten ihn in Verlegenheit. Auf dem Nachttisch stand eine mit einem Veilchenstrauß verzierte Glaskaraffe. Mathilde hatte raschelnde Vorhänge genäht und angebracht und einen Haufen bunter Kissen auf dem Bett verteilt. Mourad, der damit gerechnet hatte, in der Küche auf einer Bank oder dem nackten Fußboden zu schlafen, war verwirrt. »Du kannst bei uns bleiben, solange du willst. Es ist gut, dass du gekommen bist«, beruhigte Amine ihn.

Mourad zog sich aus und schlüpfte zwischen die kühlen Laken. Alles war friedlich, und trotzdem fand er keinen Schlaf. Er öffnete das Fenster, warf die Laken auf den Boden, doch nichts linderte seine Beklemmung. Er geriet so sehr in Panik, dass er schon aufstehen, seine durchnässte Jacke anziehen und wieder in die Nacht hinausgehen wollte. Diese Behaglichkeit, diese Klarheit, diese menschliche Wärme waren nicht für ihn gemacht. Er hatte kein Recht, dachte er, seine Sünden hier hineinzutragen, das Schicksal dieser Menschen mit seinen Geheimnissen zu verdüstern. In seinem Bett schämte Mourad sich, nicht alles gesagt zu haben. Er dachte, dass Amine ihn, wenn er die Wahrheit erführe, vor die Tür setzen würde, ihn beschimpfen und ihm vorwerfen würde, seine Gutmütigkeit ausgenutzt zu haben.

Mourad hätte gern seine Hand auf Amines gelegt und, wenn er es gewagt hätte, den Kopf an die Schulter seines Kommandanten sinken lassen, seinen Duft eingeatmet. Er hätte sich gewünscht, dass ihre Umarmung auf der Türschwelle niemals endete. Mathilde und den Kindern gegenüber hatte er Freude geheuchelt, denn ihm wäre lieber gewesen, sie wären nicht da, niemand stünde zwischen dem Kommandanten und ihm. Vorhin war er mit einer Lüsternheit in Amines Unterhemd und Hemd geschlüpft, die er nun bereute. Wie sehr er sich schämte. Tränen stiegen ihm in die Augen, weil sein Geschlecht brannte, sein Magen sich verkrampfte vor Begehren. Er versuchte, diese Bilder aus seinem Geist zu vertreiben. Er biss sich in die Hand wie ein von Schmerzen gepeinigter Kranker. Man durfte nicht daran denken, genau wie man nicht an die Leichen denken durfte, an die zerfetzten, in Schlammlachen verwesenden Körper, den verfluchten Monsun, der seine Kameraden in Indochina zum Wahnsinn trieb, an die Ströme schwarzen Blutes all derer, die sich lieber umbrachten, als weiter zu kämpfen. Man durfte weder an den Krieg denken noch an das irrsinnige, fiebrige Verlangen nach Amines Zärtlichkeit, das er verspürte.

Hierher war er gekommen, und jetzt konnte er sich unmöglich dazu entschließen, dieses Haus wieder zu verlassen. In Wahrheit hatte seine Desertion nur einen einzigen Grund gehabt, war nur auf ein Ziel ausgerichtet gewesen. All die Nächte, in denen er marschiert war, in denen er sich in Viehwaggons, Scheunen und Kellern versteckt hatte, all die Tage, an denen er, stumpf vor Müdigkeit und selbst die Angst vergessend, in Bahnhofshallen eingeschlafen war, hatte er Amines Gesicht vor Augen gehabt. Er dachte an das Lächeln seines Kommandanten, dieses schiefe Lächeln, das nur die Hälfte seiner weißen Zähne entblößte. Dieses Lächeln, für das er einen weiteren Kontinent durchquert hätte. Und während die anderen Soldaten am Herzen das Foto eines Mädels mit nackten Beinen trugen, während sie sich einen runterholten und dabei an die milchweißen Brüste einer Hure oder einer vagen Verlobten dachten, schwor Mourad sich, seinen Kommandanten wiederzufinden.

Am nächsten Morgen erwartete Amine ihn in der Küche. Mathilde hatte Aïcha auf dem Schoß, und beide waren in die Betrachtung einer anatomischen Tafel zur Funktionsweise der Nieren vertieft. Selim, der nach Urin roch, spielte am Boden mit leeren Töpfen. »Ah, da bist du ja!«, begrüßte ihn Amine. »Ich habe die ganze Nacht nachgedacht und möchte dir etwas vorschlagen. Komm, ich erkläre es dir, während wir ein Stück gehen.« Mathilde reichte Mourad eine Tasse Kaffee, die er in einem Zug leerte. Amine nahm seine Jacke, die Sonnenbrille, er küsste Mathilde auf die Schulter und streifte mit den Fingerspitzen ihren Po. »Los, raus mit euch«, sagte sie lachend.

Sie schlugen den Weg zu den Ställen ein. »Ich möchte dir zeigen, was ich in nur fünf Jahren aufgebaut habe. Vor ein paar Monaten habe ich einen Vorarbeiter eingestellt, einen jungen Franzosen, der mir von meiner Nachbarin, der Witwe Mercier, empfohlen wurde. Er war ein guter Bursche, rechtschaffen und fleißig, aber er ist kurze Zeit später nach Frankreich zurückgekehrt. Es gibt viel zu tun und zu erreichen. Ich hätte gern, dass du mir hilfst. Wenn du bleiben kannst, mache ich dich zum Vorarbeiter.« Mourad lief schweigend, im Gleichschritt mit seinem Kommandanten. Er kannte sich nicht aus mit Landwirtschaft, aber er war unter freiem Himmel aufgewachsen, und keine Aufgabe erschien ihm zu schwer, solange Amine es war, der ihn darum bat. Amine zeigte ihm die Obstplantagen, die inzwischen einen großen Teil des Gutes einnahmen. Er erzählte ihm von seiner Leidenschaft für den Olivenbaum, eine edle Pflanze, mit der er viel experimentierte. »Ich würde gern ein Gewächshaus bauen, um meine eigenen Setzlinge zu ziehen und die Erträge zu verbessern. Man müsste eine Baumschule einrichten, ein Heiz- und Bewässerungssystem installieren. Und ich brauche Zeit, um mich meiner Forschung und der Entwicklung neuer Sorten zu widmen.« Mit vor Aufregung gerötetem Gesicht drückte Amine Mourads Hand in seiner. »Ich habe einen Termin bei der Landwirtschaftskammer. Wir reden weiter, wenn ich zurück bin, einverstanden?«

Am selben Abend nahm Mourad das Angebot an und zog in den Schuppen unter der riesigen Palme, ein paar Meter vom Haus entfernt. Nachts konnte er die Ratten im Efeu an dem gewaltigen Stamm hochklettern hören. Er brauchte so gut wie nichts zum Leben: ein Feldbett, eine Decke, die er jeden Morgen mit irritierender Sorgfalt zusammenlegte, Schüssel und Wasserkrug für eine notdürftige Wäsche. Wenn man ihm gesagt hätte, er solle aufs Feld scheißen, hätte ihn das weder überrascht noch schockiert. Doch er benutzte die Außentoilette, die im Hof hinter der Küche für Tamo, das Hausmädchen, eingerichtet worden war, das nicht da pinkeln durfte, wo Mathilde pinkelte. Die Arbeiter behandelte Mourad mit militärischer Härte, und es dauerte keine drei Wochen, bis die Landleute ihn hassten. »Disziplin«, sagte er immer wieder, »ist das Geheimnis siegreicher Armeen.« Er war noch schlimmer als manche Franzosen, als jene, die die schlechten Arbeiter in eine Kammer sperrten oder prügelten. Dieser Kerl, beklagten sich die Fellachen, war schlimmer als ein Fremder. Er war ein Verräter, einer, der sich verkauft hatte, vom Schlag der Sklavenhändler, die auf dem Rücken ihres Volkes Imperien gründen.

Einmal, als Mourad und Achour an Marianis Farm vorbeigingen, räusperte sich der Arbeiter laut und spuckte aus. »Verflucht seist du!«, schrie er mit grimmigem Blick auf die Einfriedung der Ländereien. »Diese Kolonisten haben das beste Land bekommen. Sie haben uns unser Wasser und unsere Bäume weggenommen.« Mourad unterbrach ihn und fragte streng: »Was, meinst du, gab es hier, bevor er gekommen ist? Leute wie er haben nach Wasser gebohrt, sie haben die Bäume gepflanzt. Haben sie etwa nicht im Elend gelebt, in Lehm- oder Blechhütten? Halt bloß den Mund! Hier wird keine Politik gemacht. Hier wird gearbeitet.« Mourad beschloss, die Männer jeden Morgen namentlich aufzurufen, und er warf Amine vor, dass er noch nie daran gedacht hatte, ihre Arbeitszeiten zu kontrollieren. »Ohne Autorität herrscht Anarchie. Wie soll die Farm florieren, wenn du sie machen lässt, was sie wollen?«

Mourad blieb vom Morgengrauen bis zum Abend auf den Maschinen und verließ die Felder auch über Mittag nicht. Die Arbeiter wollten nicht mit ihm zusammen essen, also setzte er sich allein in den Schatten eines Baums und kaute sein Brot mit gesenkten Augen, um den spöttischen Blicken seiner Truppe nicht zu begegnen.

Gleich nach seiner Einstellung kümmerte Mourad sich um das Problem mit dem Wasser. Mit einem alten Pontiac-Motor baute er eine Pumpanlage, und er engagierte ein paar Männer zum Bohren. Als das Wasser heraussprudelte, stießen die Arbeiter Freudenschreie aus. Sie hielten ihre schwieligen Hände unter den Strahl, erfrischten ihre vom Wind ausgedorrten Gesichter und dankten Gott für seine Großzügigkeit. Doch Mourad war nicht so freigebig wie Allah. Nachts organisierte er »Wasserrunden« zur Bewachung des Brunnens. Zwei Arbeiter, denen er vertraute, wechselten sich vor dem Loch ab, ein Gewehr über der Schulter. Sie zündeten ein Feuer an, um Schakale und Hunde fernzuhalten, und kämpften gegen den Schlaf, während sie auf die Ablösung warteten.

Mourad wollte, dass Amine glücklich war und dass er stolz war. Er scherte sich nicht um den Hass der Arbeiter, sondern war allein von dem Gedanken besessen, seinen Kommandanten zufriedenzustellen. Amine übertrug Mourad jeden Tag mehr Aufgaben und widmete sich seinen Experimenten und den vielen Terminen bei der Bank. Seine häufige Abwesenheit ließ Mourad verzweifeln. Er hatte diese Arbeit in dem Glauben angenommen, dass sie wieder so eng verbunden wären wie im Krieg, dass sie zusammen das Leben im Freien genießen würden, stundenlange Märsche, gemeinsam bewältigte Gefahren und das Lachen, ihr Männerlachen, über alberne Scherze. Er dachte, sie wären einander so nah wie damals und trotz der Hierarchie, die nach wie vor bestand, würde zwischen ihnen diese Freundschaft wiederaufleben, von der Mathilde, die Arbeiter und selbst die Kinder ausgeschlossen wären.

Er war überglücklich, als Amine ihm Mitte Dezember vorschlug, ihm bei der Reparatur des Mähdreschers zu helfen. Sie verbrachten drei Nachmittage im Schuppen. Amine staunte über Mourads Enthusiasmus, der sich fröhlich pfeifend auf die riesige Maschine schwang. Während des Krieges war immer er es gewesen, der die Panzer reparierte. Eines Abends warf Amine mit ölverschmiertem Gesicht und vor Erschöpfung und Frustration zitternden Händen ein Werkzeug an die Wand, wütend darüber, dass er seine Zeit und sein Geld mit diesem Gerät vergeudet hatte. Ihnen fehlten Teile, die keine Werkstatt der Gegend ihnen hatte besorgen können. »Vergessen wir es. Ich gehe nach Hause.« Aber Mourad hielt ihn zurück und befahl ihm in scherzhaftem Ton, nicht zu verzagen. Er bot an, selbst die fehlenden Teile zu schmieden, und meinte, wenn dies irgendwie helfen könne, den Mähdrescher wieder zum Laufen zu bringen, würde er sich ein Bein oder einen Arm abhacken. Darüber musste Amine lachen, der zu jener Zeit nicht viel lachte.

Amine freute sich über die Tüchtigkeit seines Vorarbeiters, doch die drückende Atmosphäre, die dessen militärische Methoden mit sich brachten, bereitete ihm Sorgen. Die Bauern kamen oft, um sich zu beschweren. Mourad attackierte die Nationalisten, und man sah ihn nicht selten dem *moqaddem*[13] auf der Landstraße hinterherlaufen. Der Vorarbeiter brüstete sich damit, für Ordnung und Wohlstand zu sorgen. Wenn Amine sich beklagte, dass es auf der Farm immer häufiger Auseinandersetzungen gab, oder er sein Bedauern darüber ausdrückte, morgens wie abends den verschlossenen Gesichtern der Arbeiter zu begegnen, beschwichtigte Mourad ihn. »Jetzt ist nicht der richtige Zeitpunkt, um nachgiebig zu sein. Überall im Land sorgen die jungen Leute für Unruhe, man muss eine klare Linie verfolgen.«

»Er stört mich«, gestand Mathilde ihrem Mann eines Tages. Sie ertrug Mourads Anwesenheit nicht mehr, die Amine ihnen zu den gemeinsamen Mahlzeiten aufzwang, selbst am Sonntag. Sie fand, er sehe aus wie ein Geier, mit seinen breiten, hängenden Schultern, seiner Hakennase, seiner Einsamkeit eines Aasfressers, und Amine konnte ihr aus-

---

13 örtlicher Mitarbeiter der Geheimpolizei (Anm. d. Ü.)

nahmsweise einmal nicht widersprechen. Mourad redete in kriegerischen Metaphern, und Amine musste ihn oft zurechtweisen. »Sag nicht solche Dinge vor den Kindern. Du siehst doch, dass du ihnen Angst machst.« Für den Vorarbeiter ging es immer nur um Pflicht und Ehre, alle Geschichten, die er erzählte, enthielten ihr Scherflein Krieg. Amine hatte Mitleid mit seinem Adjutanten, der in der Vergangenheit gefangen war wie diese auf ewig im Bernstein erstarrten Insekten. Hinter Mourads Arroganz erkannte er Unbeholfenheit, und eines Abends, als sie gemeinsam vom Feld zurückkamen, sagte er zu ihm: »An Heiligabend isst du mit uns. Es ist ein besonderes Fest, Mathilde legt großen Wert darauf.« Und er hätte am liebsten hinzugefügt: »Wir reden weder über Frankreich noch über den Krieg«, wagte es aber nicht.

*

Zu Weihnachten lud Mathilde die Palosis ein, und Corinne nahm erfreut an. »Weihnachten ohne Kinder ist so traurig, findest du nicht?«, hatte sie zu Dragan gesagt, dessen Herz sich verkrampfte. Corinne glaubte, er wüsste nicht, was es für eine Frau bedeutete, keine Kinder zu haben. Sie dachte, dieser Kummer wäre ihm verschlossen, und ganz generell verstünden Männer nichts von solch seelischem Leid. Corinne täuschte sich. Einmal, als er selbst noch ein Kind gewesen war und in Budapest lebte, hatte der kleine Dragan ein Kleid seiner Schwester Tamara angezogen. Das Mädchen hatte so sehr gelacht, dass es sich beinahe in die Hose pinkelte, und immer wieder gesagt: »Wie schön du bist! Was für ein reizendes Fräulein!« Als Dragans Vater davon erfuhr, war er wütend geworden und hatte seinen Sohn bestraft. Er hatte ihn vor solch perversen Spielen gewarnt, vor dieser zweifelhaften Neigung, der er nachgegeben hatte. Wenn er daran zurückdachte, war Dragan überzeugt, dass seine Faszination für Frauen damals ihren Anfang genommen hatte. Er wollte sie nie besitzen oder sein wie sie, nein, was ihn überwältigte, war diese magische Kraft, die sie besaßen, dieser Bauch, der kugelrund wurde, wie der Bauch seiner Mutter. Er sagte es seinem Vater nicht und auch nicht seinem Medizinprofessor, als dieser ihn mit scheelem Blick fragte, warum er sich der Gynäkologie zuwenden wolle. Er antwortete nur: »Weil Frauen immer Babys bekommen werden.«

Dragan liebte Kinder, und sie erwiderten seine Zuneigung. Aïcha vergötterte den Arzt, der ihr mit verschwörerischem Zwinkern Pfefferminz- oder Lakritzbonbons zusteckte. Sie war ihm weniger für die Süßigkeiten dankbar als für das geteilte Geheimnis und das Gefühl, ihm etwas zu bedeuten. Wichtig zu sein. Er faszinierte sie auch, wegen seines Akzents und dieses »eisernen Vorhangs«, den er oft erwähnte und hinter den er Orangen und eines Tages, vielleicht, Aprikosen schicken wollte. Mathilde hatte gesagt, er würde seine Schwester Tamara mitbringen, die auch hinter dem Eisernen Vorhang lebte, und Aïcha stellte sich eine Frau hinter einem großen metallenen Rollladen vor, wie der, den der Lebensmittelhändler Soussi am Abend herunterließ, um sein Geschäft vor Dieben zu schützen. ›Wie seltsam‹, dachte sie. ›Warum sollte jemand so leben?‹

*

Am Heiligen Abend kamen die Palosis als Letzte, und Aïcha betrachtete sie verstohlen, hinter den Beinen ihrer Mutter verborgen. Tamara erschien, eine Frau mit gelbem Teint und dünnem Haar, das sie seitlich zu einer Art Chignon gesteckt hatte, wie er in den Dreißigerjahren modern gewesen war. Die hervorquellenden Augen mit den langen blassen Wimpern verschlangen ihr halbes Gesicht, und es schien, als hätten sich darin Bilder und traurige Erinnerungen eingebrannt, die diese Frau unablässig betrachten musste. Sie wirkte wie ein altes, auf einem Karussell gefangenes Kind. Selim hatte Angst und wollte ihr nicht seine Wange hinhalten, als sie ihm ihre schmalen Lippen näherte. Sie trug ein altmodisches Kleid, dessen Ärmel und Kragen schon oft geflickt worden waren. Doch prächtige Schmuckstücke an ihrem Hals und ihren Ohrläppchen zogen Mathildes Blicke auf sich. Diese aus vergangenen Zeiten, aus einer versunkenen Welt geerbten Geschmeide brachten Mathilde ins Träumen, und sie behandelte Tamara wie einen hohen Gast.

Bei der Ankunft der Palosis füllte sich das Haus mit Lachen und erstaunten Ausrufen. Alle bewunderten Corinnes Kleid mit weit schwingendem, knöchellangem Rock und einem Dekolleté, das die Männer hypnotisierte. Selbst die Witwe Mercier, die sich den Fuß verstaucht hatte und am Wohnzimmerfenster sitzen blieb, machte ihr ein Kompliment für ihre Eleganz. An diesem Abend spielte Dragan den Weihnachtsmann. Er bat Tamo und Amine, ihm beim Ausladen seines Kofferraums zu helfen, und als sie, die Arme voller Pakete, wieder hereinkamen, stürzte Mathilde ihnen entgegen. Aïcha dachte: »Sie ist wie ein Kind.«

»Danke, danke!«, wiederholte Mathilde, während sie den ungarischen Tokajer entdeckte, den Dragan hatte auftreiben können und von dem er, mitten im Wohnzimmer stehend, eine Flasche entkorkte. »Der wird Sie an Ihre Elsässer Spätlese erinnern, Sie werden sehen«, und er ließ die goldene Flüssigkeit in ein Glas rinnen, an dem er feierlich schnupperte. »Nun öffnen Sie schon dieses Paket!« Mathilde zerriss die Schnur und fand in dem Karton eine große Auswahl an Medikamenten, Verbandsmaterial und Medizinbüchern. Sie nahm eines und drückte es an ihre Brust. »Das ist auf Französisch!«, betonte Dragan, der sein Glas auf die Kinder und die Freude des Beisammenseins hob.

Tamara willigte ein, vor dem Abendessen für die Gäste zu singen. In ihrer Jugend hatte sie sich einer gewissen Berühmtheit als Opernsängerin erfreut und war in Prag, Wien und an einem deutschen See, dessen Namen sie vergessen hatte, aufgetreten. Sie stellte sich vor das große Fenster. Sie legte sich eine Hand auf den Bauch und streckte den anderen Arm aus, die Finger zum Horizont gerichtet. Aus ihrem schmächtigen, mageren Brustkorb erklang eine gewaltige Stimme, und die Edelsteine an ihrem Hals schienen zu vibrieren. Der unendlich traurige Gesang war wie die Klage einer Sirene oder irgendeines merkwürdigen, auf die Erde verbannten Tieres, das mit diesem verzweifelten Laut die Seinen wiederzufinden suchte. Tamo, die noch nie etwas Derartiges gehört hatte, kam ins Wohnzimmer gelaufen. Mathilde hatte sie gezwungen, ein schwarz-weißes Zofenkostüm und eine kleine bauschige Haube anzuziehen. Sie roch nach Schweiß, und ihre hübsche Rüschenschürze war verschmiert, weil sie sich die Finger daran abgewischt hatte. Dabei hatte Mathilde ihr eingeschärft: »Das ist kein Geschirrtuch!« Das Hausmädchen sah die Sängerin verblüfft an, und ehe es einen lauten Kommentar abgeben oder anfangen konnte zu lachen, stürzte Mathilde zu ihm und schickte es zurück in die Küche. Aïcha schmiegte sich an ihren Vater. Es lag eine gewisse Schönheit, vielleicht sogar Magie in dem Gesang, doch Amine empfand nichts außer einer entsetzlichen Scham, die alles überdeckte und erstickte. Diese Darbietung war ihm peinlich, und er wusste nicht, warum.

Nach dem Essen gingen die Männer zum Rauchen auf die Terrasse. Die Nacht war hell, man konnte die unanständige Form der Zypressen vor dem violetten Himmel erkennen. Amine war leicht beschwipst, und er fühlte sich glücklich, dort auf der Terrasse seines Hauses, mit seinen Gästen. Er dachte: ›Ich bin ein Mann, ich bin ein Vater. Ich besitze etwas.‹ Er ließ seinen Geist in eine merkwürdige, leichte Träumerei abschweifen. Durch die Scheibe sah er den Wohnzimmerspiegel, der das Bild seiner Frau und seiner Kinder zurückwarf. Er wandte den Blick zum Garten und empfand für die Männer, die ihn umgaben, eine so tiefe, so glühende Freundschaft, dass ihn das törichte Verlangen überkam, sie an sich zu drücken, ihnen seine Gefühle zu offenbaren. Dragan, der im folgenden Frühjahr seine erste Orangenernte einbringen wollte, erzählte, dass er nun sicher einen Zwischenhändler gefunden habe und kurz davor sei, den Vertrag abzuschließen. Benommen vom Alkohol, konnte Amine sich nicht konzentrieren, seine Gedanken entwischten ihm wie die Pusteblumensamen, die vom

Wind verstreut werden. Er bemerkte nicht, dass Mourad ebenfalls betrunken war und Mühe hatte, sich auf den Beinen zu halten. Der Vorarbeiter hatte sich an Omar geklammert, mit dem er auf Arabisch sprach. »Das ist ein Waschlappen«, sagte er über Dragan, und als er lachte, spritzte Speichel zwischen seinen fehlenden Zähnen hervor. Er beneidete den Ungarn um seine Eleganz, beneidete ihn um die Aufmerksamkeit, die Amine ihm schenkte, und fühlte sich selbst lächerlich in seinem abgewetzten Hemd und dem Jackett, das Mathilde ihm weniger aus Großzügigkeit gegeben hatte, als weil sie sich vor den ausländischen Gästen nicht schämen wollte.

Omar hasste den ehemaligen Soldaten. Er wischte sich die Spucke ab, die ihm auf den Hals getropft war, und verdrehte die Augen zum Himmel, als Mourad einen seiner ewigen Monologe über den Krieg anstimmte. Alle Männer senkten den Kopf. Weder der Jude noch der Moslem, noch irgendwer sonst, der diese Jahre der Schande und des Verrats durchgemacht hatte, wollte, dass der Abend von solchen Erinnerungen verdorben würde. Mourad, dessen Blick flackerte, erwähnte seine Zeit in Indochina. »Kommunistische Drecksschweine!«, schrie er, und Dragan schaute ins Haus, auf der Suche nach dem verständnisvollen Blick einer Frau. Plötzlich machte Omar sich los, Mourad verlor das Gleichgewicht und fiel zu Boden.

»Dien Bien Phu! Dien Bien Phu![14]«, wiederholte Omar, hüpfend wie ein Teufel, den Mund vor Wut verzerrt. Dann

---

14 Die entscheidende Niederlage der Franzosen 1954 in Vietnam. (Anm. d. Ü.).

bückte er sich, packte Mourad am Kragen und spuckte ihm ins Gesicht. »Dreckiger Spitzel! Armseliger Fußsoldat, du lässt dich von den Franzosen ausnutzen. Du verrätst den Islam, verrätst dein Land.« Dragan hockte sich hin, um die Wunde an Mourads Stirn zu untersuchen, die dieser sich bei dem Sturz zugezogen hatte. Amine, schlagartig nüchtern, näherte sich seinem Bruder, doch ehe er versuchen konnte, ihn zu beschwichtigen, traf ihn Omars kurzsichtiger Blick und ließ ihn erstarren. »Ich gehe. Ich weiß nicht, was ich in diesem verkommenen Haus zu suchen habe, in dem man einen Gott feiert, der nicht mal meiner ist. Du solltest dich schämen vor deinen Kindern und deinen Arbeitern. Du solltest dich schämen, dein Volk gering zu schätzen. Nimm dich lieber in Acht. Den Verrätern wird es schlecht ergehen, wenn wir uns das Land erst zurückholen.« Omar kehrte ihm den Rücken zu und verschwand in der Nacht, wo seine langgliedrige Gestalt nach und nach verblasste, als hätte die Natur ihn verschluckt.

Die Frauen hatten die Schreie gehört und waren erschrocken, als sie Mourad auf dem Boden liegen sahen. Corinne kam zu ihnen gerannt, und trotz seiner Wut, trotz seines Schmerzes, musste Amine lachen, als er sie sah. Ihre Brüste waren so riesig, dass sie auf eine komische Art lief, mit kleinen Bocksprüngen, den Rücken ganz gerade, das Kinn nach vorn gereckt. Dragan klopfte seinem Gastgeber auf den Rücken und sagte auf Ungarisch etwas, das so viel hieß wie: »Lassen wir uns das Fest nicht verderben. Trinken wir!«

VII

Omar blieb verschwunden. Eine Woche verging, dann ein Monat, und Omar hatte noch immer kein Lebenszeichen von sich gegeben.

Eines Morgens fand Yasmine vor der nagelbeschlagenen Tür zwei Körbe voller Essen. Sie waren so schwer, dass sie sie über den Boden in die Küche schleifen musste, während sie Mouilala zurief: »Zwei Hühner, Eier und Saubohnen. Schauen Sie nur, diese Tomaten und das Tütchen Safran!« Mouilala stürzte sich auf die alte Sklavin und schlug sie. »Pack das alles weg! Hörst du, pack es weg!« Ihr welkes Gesicht war tränenüberströmt, und sie zitterte. Mouilala wusste, dass die Nationalisten Körbe mit Lebensmitteln und manchmal auch Geld an die Familien der Märtyrer oder Gefangenen verteilten. »Idiotin, einfältige Gans, begreifst du denn nicht, dass meinem Sohn etwas zugestoßen ist?«

Als Amine sie besuchen kam, saß die alte Frau im Innenhof, und zum ersten Mal sah er sie mit bloßem Haar, das ihr in grauen, spröden Strähnen über den Rücken hing. Sie stand auf, wütend, und blickte ihn hasserfüllt an.

»Wo ist er? Seit einem Monat war er nicht mehr zu

Hause! Möge der Prophet ihn beschützen! Verheimliche mir nichts, Amine. Wenn du etwas weißt, wenn meinem Sohn ein Unglück zugestoßen ist, sag es mir, ich flehe dich an.« Mouilala hatte seit Tagen nicht geschlafen, sie war abgemagert, ihr Gesicht eingefallen.

»Ich verheimliche dir nichts. Warum machst du mir Vorwürfe? Omar trifft sich seit Monaten mit einem Haufen Aufwiegler. Er ist es, der die Familie in Gefahr bringt. Warum gibst du mir die Schuld dafür?«

Mouilala begann zu weinen. Es war das erste Mal, dass es zwischen ihr und Amine Streit gab.

»Finde ihn, *ya ouldi*[15], finde deinen Bruder. Bring ihn zurück nach Hause.« Amine küsste seine Mutter auf den Kopf, er rieb ihre Hände in seinen und versprach es ihr.

»Alles wird gut. Ich bringe ihn zurück. Ich bin sicher, dass es eine vernünftige Erklärung für alles gibt.«

In Wahrheit quälte ihn Omars Verschwinden. Wochenlang klopfte er an die Türen der Nachbarn, der Freunde der Familie, seiner wenigen Bekanntschaften aus der Armee. Er ging in die Cafés, in denen sein Bruder häufig gesehen worden war, saß ganze Nachmittage vor dem Omnibusbahnhof und beobachtete, wie die Busse nach Tanger und Casablanca abfuhren. Oft stutzte er, sprang auf und lief einem Mann hinterher, dessen Statur oder martialischer Gang ihn an seinen Bruder erinnerte. Er tippte dem Unbekannten auf die Schulter, der sich umdrehte, und Amine sagte: »Verzeihung, mein Herr, ich habe Sie verwechselt.«

Er erinnerte sich, dass Omar oft von Otmane erzählt

---

15 mein Sohn

hatte, seinem Schulfreund, der aus Fes stammte, und beschloss, dort hinzufahren. Er erreichte die heilige Stadt am frühen Nachmittag und drang in die feuchten Straßen der Medina ein. Es war ein trostloser, eisiger Februar, der sein trübes Licht über die sattgrünen Felder und prunkvollen Moscheen der Königsstadt breitete. Amine fragte die Passanten, die zitternd an ihm vorbeihasteten, nach dem Weg, doch jeder wies ihm eine andere Richtung, und nachdem er sich zwei Stunden im Kreis gedreht hatte, ergriff ihn Panik. Andauernd musste er sich an die Mauern drücken, um einen Esel oder einen Karren passieren zu lassen. »*Balak, balak!*[16]«, und Amine erschrak, mit schweißgetränktem Hemd trotz der kühlen Luft. Ein alter Mann, dessen Haut an manchen Stellen ganz hell war, näherte sich ihm und bot ihm mit rollendem R an, ihn zu begleiten. Schweigend folgte Amine dem vornehmen Herrn, den alle Welt grüßte. »Hier ist es«, sagte der Unbekannte, indem er auf eine Tür deutete, und ehe Amine ihm danken konnte, verschwand er in einem Gässchen.

Ein Hausmädchen, das noch keine fünfzehn Jahre alt war, öffnete ihm und führte ihn in einen kleinen Salon im Erdgeschoss. Er wartete lange in diesem stillen und verlassenen Riad[17]. Mehrmals stand er auf und ging vorsichtig um den Innenhof herum. Er schaute durch die angelehnten Türen, ließ seine Schuhe über die Mosaikfliesen klappern in der Hoffnung, das Geräusch würde die Bewohner wecken, die vielleicht zu dieser nachmittäglichen Stunde

---

16 »Aus dem Weg!«
17 traditionelles marokkanisches Haus (Anm. d. Ü.)

schliefen. Der Riad war weitläufig und äußerst geschmackvoll eingerichtet. In einem großen Zimmer gegenüber dem Brunnen standen zwei mit kostbarem Stoff bezogene Sofas neben einem Mahagonischreibtisch. Im Patio wuchs duftender Jasmin, und eine Glyzinie reichte bis zur Balustrade des ersten Stockwerks. Rechts der Eingangstür waren die Wände des marokkanischen Salons mit Gipsskulpturen und die Zedernholzdecke mit bunten Malereien geschmückt.

Amine wollte gerade gehen, als sich die Tür öffnete und ein Mann hereinkam. Er trug eine gestreifte Dschellaba und einen Tarbusch. Sein Bart war sorgfältig gestutzt, und unter dem Arm hatte er eine mit Akten prall gefüllte rote Ledertasche. Erstaunt über die Anwesenheit eines Fremden in seinem Haus, runzelte der Mann die Brauen.

»Guten Tag, Sidi! Verzeihen Sie die Störung. Man hat mich hereingelassen.«

Der Hausherr antwortete nicht.

»Ich heiße Amine Belhaj. Entschuldigen Sie noch einmal, dass ich Sie daheim behellige. Ich bin auf der Suche nach meinem Bruder, Omar Belhaj. Ich weiß, dass Ihr Sohn und er befreundet sind, und ich dachte, ich könnte ihn vielleicht hier finden. Ich habe ihn überall gesucht. Meine Mutter kommt um vor Sorge.«

»Omar, ja, natürlich, jetzt erkenne ich die Ähnlichkeit. Sie waren 1940 an der Front, nicht wahr? Ihr Bruder ist nicht hier, es tut mir leid. Mein Sohn Otmane wurde aus dem Gymnasium geworfen und studiert jetzt in Azrou. Er hat Ihren Bruder schon lange nicht mehr gesehen, wissen Sie.«

Amine konnte seine Enttäuschung nicht verbergen. Er vergrub die Hände in den Taschen und schwieg. »Setzen Sie sich«, bat ihn der Hausherr, und in dem Moment kam das junge Dienstmädchen wieder und stellte eine Teekanne auf den Kupfertisch.

Haddsch Karim war ein reicher Geschäftsmann, der die Kunden seiner Kanzlei bei Immobilienkäufen und Investitionen beriet. Er hatte einen Angestellten, eine Schreibmaschine und genoss das Vertrauen seines Viertels und darüber hinaus. In Fes und der ganzen Region suchte man die Protektion dieses einflussreichen Mannes, der den nationalistischen Parteien nahestand, doch viele Europäer unter seinen Freunden zählte. Alle zwei Jahre ging er zur Kur nach Châtel-Guyon, um sein Asthma und seinen Hautausschlag zu behandeln. Er liebte Wein, hörte deutsche Musik und hatte einem ehemaligen englischen Botschafter Möbel aus dem 19. Jahrhundert abgekauft, die seinem Riad eine ganz eigene Note verliehen. Er war ein ungreifbarer Mann, den man abwechselnd beschuldigte, ein Spitzel der französischen Behörden oder eine der schlimmsten Ausgeburten des marokkanischen Nationalismus zu sein.

»In den Dreißigerjahren habe ich für die Franzosen gearbeitet«, begann er zu erzählen. »Ich verfasste Verträge sowie einige juristische Übersetzungen. Ich war ein rechtschaffener Angestellter, und sie konnten mir nichts vorwerfen, Gott sei Dank. Und dann, 1944, habe ich das Unabhängigkeitsmanifest unterstützt und an den Aufständen teilgenommen. Die Franzosen haben mich rausgeworfen, und da habe ich meine eigene Kanzlei als Anwalt marokkanischen Rechts eröffnet. Wer sagt, dass wir sie brauchen, nicht wahr?« Haddsch Karims Gesicht verdüsterte sich. »Andere hatten weniger Glück als ich. Einige meiner Freunde wurden ins Tafilalet verbannt, andere von wahren Fanatikern gefoltert, die Zigaretten auf ihrem Rücken ausdrückten, die sie in den Wahnsinn treiben wollten. Was sollte ich tun? Ich habe versucht, meinen Brüdern zu helfen. Ich habe Geld gesammelt, um die Verteidigung politischer Gefangener zu finanzieren. Eines Tages bin ich zum Gericht gegangen, in der Hoffnung, einen jungen Angeklagten unterstützen oder zumindest einem von der Grausamkeit eines Urteils niedergeschmetterten Vater beistehen zu können. Vor dem Gebäude sah ich einen Mann auf der Erde sitzen, der ein Wort rief, das ich nicht verstand. Ich näherte mich ihm und sah, dass er vor sich drei oder vier Krawatten sorgfältig auf einem Stück Stoff ausgebreitet hatte. Der Händler meinte, er hätte einen guten Kunden ausgemacht, er wollte mir unbedingt eine davon aufschwatzen, doch ich sagte, ich sei nicht interessiert, und ging zum Gerichtsgebäude. Vor dem Portal drängte sich eine Menschenmenge. Betende Männer, Frauen, die sich das Gesicht zerkratzten und den Namen des Propheten anriefen. Glauben Sie mir, Si Belhaj, ich erinnere mich an jeden Einzelnen von ihnen. Väter, gedemütigt von ihrer eigenen Ohnmacht, hielten mir Dokumente hin, die sie nicht lesen konnten. Sie warfen mir flehende Blicke zu, sagten den Frauen, sie sollten aus dem Weg gehen und still sein, doch die tränenüberströmten Mütter hörten auf niemanden. Als ich endlich die Eingangstür erreichte, stellte ich mich vor, betonte, ich sei Jurist, doch der Portier blieb unerbittlich. Ohne Krawatte war es unmöglich hineinzukommen. Ich konnte es kaum glauben. Gekränkt, beschämt, ging ich zu dem Händler zurück, der mit überkreuzten Beinen auf dem Boden saß, und schnappte mir eine blaue Krawatte. Ich bezahlte, ohne ein Wort zu sagen, und band die Krawatte über meine Dschellaba. Ich hätte mich lächerlich gefühlt, wenn ich nicht auf den Stufen, die zu den Verhandlungssälen führten, besorgte Väter gesehen hätte, die Kapuze ihrer Dschellaba hochgeschlagen und eine Krawatte um den Hals.« Der Mann nahm einen Schluck Tee. »Ich bin wie all diese Väter, Si Belhaj. Ich bin stolz darauf, einen nationalistisch gesinnten Sohn zu haben. Ich bin stolz auf all diese Söhne, die sich gegen die Besatzer erheben, die die Verräter bestrafen, die kämpfen, um eine ungerechte Fremdherrschaft zu beenden. Doch wie viele Morde werden nötig sein? Wie viele zum Tode Verurteilte, ehe wir den Sieg erringen? Otmane ist in Azrou, weit weg von all dem. Er soll studieren und bereit sein, dieses Land zu führen, sobald es unabhängig wird. Finden Sie Ihren Bruder. Suchen Sie ihn überall. Wenn er in Rabat, in Casablanca ist, holen Sie ihn zurück nach Hause. Ich bewundere diejenigen, die mit aufrechtem Herzen das Martyrium der ihren annehmen. Doch noch besser verstehe ich die, die sie um jeden Preis retten wollen.«

Draußen im Patio, wo die Nacht hereinbrach und es inzwischen dunkel war, wurden große Kandelaber angezündet. Auf einem Möbel bemerkte Amine eine hübsche hölzerne Uhr französischer Herstellung, deren goldenes Zifferblatt in der Dämmerung glänzte. Haddsch Karim bestand darauf, Amine zum Tor der Medina begleiten zu lassen, wo sein Wagen geparkt war. Ehe er ihn verabschiedete, versprach er, Erkundigungen einzuziehen und ihn zu informieren, sobald er etwas hörte. »Ich habe Freunde. Seien Sie unbesorgt, einer wird schließlich reden.«

Auf dem Weg zur Farm dachte Amine die ganze Zeit an das, was der Mann ihm erzählt hatte. Er überlegte, dass er vielleicht zu weit weg von allem lebte, dass ihn diese Abgeschiedenheit in gewisser Weise schuldig gemacht hatte und blind. Er war ein Feigling, und wie der schlimmste aller Feiglinge hatte er eine Höhle gegraben und sich darin versteckt in der Hoffnung, dass ihn dort niemand erreichte, niemand sah. Amine war inmitten dieser Menschen geboren, inmitten dieses Volkes, doch war er darauf niemals stolz gewesen. Im Gegenteil, er hatte die Europäer, denen er begegnete, oft beruhigen wollen. Er hatte versucht, sie zu überzeugen, dass er anders war, dass er weder durchtrieben noch fatalistisch oder faul war, wie die französischen Siedler gern von ihren Marokkanern behaupteten. Er trug das Bild, das die Franzosen sich von ihm machten, unauslöschlich in seinem Herzen und lebte damit. Als Jugendlicher hatte er sich angewöhnt, langsam und mit gesenktem Kopf zu gehen. Er wusste, dass seine dunkle Haut, seine gedrungene Statur, seine breiten Schultern Misstrauen weckten. Also schob er seine Hände unter die Achseln, wie ein Mann, der geschworen hat, sich nicht zu prügeln. Jetzt kam es ihm so vor, als lebte er in einer Welt, die ausschließlich von Feinden bevölkert war.

Er beneidete Omar um seinen Fanatismus, seine Fähigkeit, sich einer Sache ganz zu verschreiben. Er selbst hätte gern keine Mäßigung gekannt, keine Angst zu sterben. In Momenten der Gefahr dachte er an seine Frau und seine

Mutter. Er zwang sich zu überleben. In Deutschland, in dem Lager, in dem man ihn gefangen hielt, hatten seine Barackengenossen ihn in ihre Fluchtpläne eingeweiht. Sie hatten die Möglichkeiten, die sich ihnen boten, sorgfältig studiert. Sie hatten eine Blechschere geklaut, um den Stacheldraht durchzuschneiden, hatten ein paar Vorräte angelegt. Wochenlang hatte Amine Ausreden gefunden, um nichts zu unternehmen. »Es ist zu dunkel«, hatte er eingewandt. »Warten wir auf den Vollmond.« »Es ist zu kalt, wir werden in den eisigen Wäldern niemals überleben. Warten wir, bis es wärmer wird.« Die Männer vertrauten ihm, oder vielleicht hörten sie aus seinem Zögern das Echo ihrer eigenen Angst heraus. Zwei Jahreszeiten waren vergangen, zwei Jahreszeiten des Aufschiebens, des schlechten Gewissens, der geheuchelten Ungeduld, endlich zu fliehen. Natürlich war er besessen vom Gedanken an die Freiheit, sie bevölkerte all seine Träume, doch er konnte sich nicht dazu durchringen. Er wollte keine Kugel in den Rücken bekommen, er wollte nicht sterben wie ein Hund, an den Stacheldraht gekrallt.

Für Selma brach mit Omars Verschwinden eine Zeit des Glücks und der Freiheit an. Niemand überwachte sie nun mehr, niemand scherte sich um ihre Abwesenheit und ihre Lügen. Während ihrer ganzen Jugend hatte sie mit grimmigem Stolz ihre von blauen Flecken übersäten Waden präsentiert, ihre geschwollenen Wangen, ihre halb geschlossenen Lider. Ihren Freundinnen, die sich weigerten, Selmas Dummheiten mitzumachen, sagte sie immer: »Wozu soll man auf alles verzichten? Die Ohrfeigen gibt es so oder so.« Wenn sie ins Kino ging, hüllte sie sich in einen Haik, um nicht erkannt zu werden, und sobald sie in dem dunklen Saal war, ließ sie Männer ihre nackten Beine streicheln und dachte: »Dieses Glück kann mir keiner nehmen.« Omar erwartete sie oft im Innenhof und prügelte sie unter Mouilalas Augen windelweich. Einmal, sie war noch keine fünfzehn Jahre alt, kam sie abends spät aus der Schule zurück, und als sie an die Tür des Hauses in Berrima klopfte, weigerte Omar sich, ihr aufzumachen. Es war Winter, die Dunkelheit brach früh herein. Sie schwor, sie sei in der Schule aufgehalten worden, sie habe nichts Schlechtes getan, sie rief Allah an und seine Barmherzigkeit. Hinter der nagelbeschlagenen Tür hörte sie Yasmine schreien, die den jungen Mann anflehte, sich gnädig zu zeigen. Doch Omar hatte nicht nachgegeben, und Selma hatte die Nacht, halb tot vor Angst und Kälte, in dem kleinen angrenzenden Garten im nassen Gras verbracht.

Sie hasste diesen Bruder, der ihr alles verbot, sie als Hure beschimpfte und ihr schon mehrmals ins Gesicht gespuckt hatte. Tausendmal hatte sie ihm den Tod gewünscht und Gott dafür verflucht, dass sie unter der Herrschaft eines so gewalttätigen Mannes leben musste. Er lachte über den Freiheitsdrang des jungen Mädchens. Mit ätzender Stimme wiederholte er: »Freundinnen, Freundinnen«, wenn sie um die Erlaubnis bat, eine Nachbarin besuchen zu dürfen. »Du denkst wohl nur daran, dich zu amüsieren?« Er hob sie ein paar Zentimeter vom Boden hoch, hielt sein Gesicht dicht vor das seiner zitternden Schwester und schleuderte sie an die Wand oder warf sie die Treppe hinunter.

Als Omar verschwand und Amine, zu sehr von seiner Farm in Anspruch genommen, sie seltener besuchte, war Selma überglücklich. Sie lebte wie eine Seiltänzerin in dem Bewusstsein, dass diese Freiheit nur eine begrenzte Zeit währen würde und dass sie bald, wie die meisten Nachbarinnen in ihrem Alter, nicht mehr auf die Terrasse gehen könnte, weil sie hochschwanger war und ein eifersüchtiger Ehemann ihr dies verbot. Im Hamam betrachteten die Frauen ihren Körper, manche streichelten ihre Hüften, und die Masseurin schob ihr einmal etwas grob die Hand zwischen die Schenkel. Sie sagte: »Dein Mann wird's mal gut haben.« Die Berührung dieser öligen Hand, dieser schwarzen Finger, die es gewöhnt waren, Körper zu kneten, wühlte sie auf. Sie begriff, dass in ihr etwas Ungestilltes war, etwas Unersättliches, eine Leere, die nur darauf wartete, gefüllt zu werden, und sie wiederholte die Geste allein in ihrem Zimmer, ohne Scham zu empfinden und ohne dass es ihr gelang, sich zu befriedigen. Männer kamen, die um ihre Hand anhalten wollten. Sie setzten sich ins Wohnzimmer, und Selma beobachtete von der Treppe aus besorgt diese schmerbäuchigen Familienväter, die laut schlürfend ihren Tee tranken und so taten, als würden sie ausspucken, um die herumschleichenden Katzen zu verscheuchen. Mouilala empfing sie aufgeregt, hörte ihnen zu, und sobald sie begriff, dass es nicht um ihren Sohn ging, dass diese Männer keine Ahnung hatten, was Omar zugestoßen war, stand sie auf, und der Anwärter blieb ein paar Minuten benommen sitzen, ehe er dieses Irrenhaus verließ, ohne sich noch einmal umzudrehen. Also dachte Selma, dass man sie vergessen hatte. Dass niemand in der Familie sich mehr an sie erinnerte, und sie war froh darüber.

Sie begann, die Schule zu schwänzen und sich auf der Straße herumzutreiben. Sie warf ihre Bücher und Hefte weg, kürzte die Säume ihrer Röcke, und mithilfe einer spanischen Freundin zupfte sie sich die Augenbrauen und schnitt sich die Haare nach der neusten Mode. Aus den Nachttischschubladen stahl sie genug Geld, um sich Zigaretten und Coca-Cola-Flaschen zu kaufen. Und als Yasmine drohte, sie zu verraten, umarmte sie sie und sagte: »Ach, nein, Yasmine, das würdest du nicht tun.« Die alte Sklavin, die nichts als ein Leben bei den anderen gekannt hatte, die immer nur stumm und gehorsam gewesen war, hatte im Haus die Macht übernommen. Am Gürtel trug sie ein schweres Schlüsselbund, dessen Geklimper durch den Flur und den Innenhof hallte. Sie war verantwortlich für die Mehl- und Linsenvorräte, die Mouilala, traumatisiert von Kriegen und Hungersnöten, beharrlich weiterhin anlegte. Sie allein konnte die Türen der Zimmer, die mit Palmetten verzierten Zedernholztruhen und die großen Wandschränke öffnen, in denen Mouilala ihre Mitgift vermodern ließ. Nachts, wenn Selma verschwand, ohne dass ihre Mutter etwas davon wusste, setzte sich die alte Schwarze in den Hof und wartete. In der Dunkelheit erahnte man die glühende Spitze der filterlosen Zigarette, die ihre Züge einer mit den Jahren runzlig gewordenen Kakaofrucht schwach erhellte. Sie verstand, jedoch nur auf eine verschwommene Art und Weise, den Freiheitsdrang der jungen Frau. Selmas Eskapaden weckten im Herzen der armen Sklavin längst erloschene Sehnsüchte, Fluchtfantasien, Hoffnungen auf ein Wiedersehen.

*

Im Winter 1955 verbrachte Selma die Vormittage im Kino und die Nachmittage bei ihren Nachbarinnen oder im Innern eines Cafés, dessen Wirt verlangte, dass man die Bestellung im Voraus bezahlte. Die jungen Leute dort redeten über Liebe und Reisen, über schöne Autos und die beste Möglichkeit, der Überwachung der Alten zu entgehen. Um die Alten drehten sich all ihre Gespräche. Die Alten, die nichts begriffen, die nicht sahen, dass die Welt sich verändert hatte, die der Jugend vorwarfen, sich nur für Tanzlokale und Sonnenbaden zu interessieren. Zwischen zwei Tischkicker-Partien verkündeten Selmas Freunde lautstark, erregt von den langen müßigen Tagen, sie hätten ihren Eltern, diesen gruseligen Tattergreisen, keine Rechenschaft abzulegen. Sie hatten genug von ihren Erzählungen über Verdun und Monte Cassino, über Senegalschützen und spanische Soldaten. Genug von den Erinnerungen an Hungersnöte, zu früh gestorbene Kinder, in Schlachten verlorene Territorien. Die jungen Leute schworen nur auf Rock'n'Roll, amerikanische Filme, schicke Autos und Spritztouren mit den Mädchen, die keine Angst hatten, auszubüxen. Selma mochten sie am meisten von allen. Nicht, weil sie die Hübscheste oder die Ungenierteste war, sondern weil sie sie zum Lachen brachte und weil man bei ihr einen so unbändigen Lebenshunger spürte, dass ihn anscheinend nichts zu zügeln vermochte. Sie war unwiderstehlich, wenn sie Vivien Leigh in *Vom Winde verweht* nachahmte, wie sie den Kopf schüttelte und mit spitzer Stimme sagte: »Morgens, mittags, abends Krieg. Dieses alberne Geschwätz vom Krieg verdirbt mir jedes Fest!« Manchmal machte sie sich über Amine lustig, und ihr Publikum bog sich vor Lachen, während das strahlende junge Mädchen mit gerunzelten Brauen die Brust vorreckte wie ein alter Soldat, der stolz seine Medaillen präsentiert. »Du solltest dankbar sein, dass du nie gehungert hast«, donnerte sie, den Zeigefinger zum Himmel erhoben. »Du hast den Krieg nie kennengelernt, kleine Närrin.« Selma hatte keine Angst. Niemals dachte sie, man könnte sie erkennen und verraten. Sie täte etwas Schlechtes. Sie vertraute auf ihr Glück und träumte von der Liebe. Jeden Tag wurde ihr, in einer Mischung aus Schrecken und Erregung, ein wenig mehr bewusst, wie groß die Welt war und welche Möglichkeiten sich ihr boten. Meknès erschien ihr so klein wie ein zu enges Kleidungsstück, in dem man erstickt und von dem man bei jeder Bewegung fürchtet, es müsse zerreißen. Dann wurde sie manchmal von Zorn gepackt, bekam einen Wutanfall. Schimpfend verließ sie das Zimmer einer Freundin, oder sie warf im Café die Gläser mit heißem Tee um. Sie sagte: »Ihr dreht euch im Kreis. Immer, immer dieselben Gespräche!« Sie fand ihre Freunde gewöhnlich und erahnte hinter ihrer jugendlichen Auflehnung den eigentlichen Hang zu Konformismus und Folgsamkeit. Einige Mädchen gingen ihr schon aus dem Weg. Man wollte seinen Ruf nicht riskieren, indem man mit ihr zusammen gesehen wurde.

Am Nachmittag fand Selma manchmal Unterschlupf bei einer Nachbarin, Mademoiselle Fabre. Die Französin lebte seit dem Ende der Zwanzigerjahre in der Medina, in einem alten Riad, der langsam verfiel. Darin herrschte eine entsetzliche Unordnung; das Wohnzimmer war vollgestopft mit dreckigen Sitzbänken, kaputten Truhen, Büchern, auf denen jemand Tee oder Essen verkleckert hatte. Die Wandbespannungen waren von Mäusen angeknabbert, und überall hing ein Geruch nach Schoß und faulen Eiern. Mademoiselle nahm alle Bedürftigen der Medina bei sich auf, und nicht selten schliefen bei ihr, auf dem nackten Fußboden oder in einer Ecke des Salons, Waisenkinder oder mittellose junge Witwen. Im Winter regnete es durchs Dach herein, und das Geräusch der Tropfen, die in die Metallschüsseln fielen, mischte sich unter das Geschrei der Kinder, das Knarzen der Karrenräder, die auf der Straße vorbeifuhren, das Klappern der Webmaschinen oben im ersten Stock. Mademoiselle war hässlich. Ihre Nase mit den weiten Poren war groß und unförmig, ihre Augenbrauen grau und stellenweise kahl, und seit ein paar Jahren schüttelte ein leichtes Zittern ihren Kiefer und machte ihre Aussprache undeutlich. Unter den weiten Gandouras, die sie trug, erahnte man ihren Wanst und ihre dicken, mit Krampfadern übersäten Beine. An ihrem Hals hing ein Kreuz aus Elfenbein, das sie immerzu streichelte wie einen Talisman oder ein Amulett. Das hatte sie aus Zentralafrika mitgebracht, wo sie aufgewachsen war und worüber sie nicht gerne sprach. Niemand wusste irgendetwas über ihre Kindheit oder die Zeit vor ihrer Ankunft in Marokko. In der Medina hieß es, sie sei eine Nonne gewesen, sie sei die Tochter eines reichen Industriellen, ein Mann, nach dem sie verrückt gewesen sei, habe sie hierher geschleift und dann verlassen.

Seit über dreißig Jahren lebte Mademoiselle unter den Marokkanern, sprach ihre Sprache, kannte ihre Gebräuche. Man lud sie zu Hochzeiten und religiösen Zeremonien ein, und niemandem fiel diese Frau mehr auf, die sich in nichts von den Einheimischen unterschied, die schweigend ihren heißen Tee trank und es verstand, Kinder zu segnen und Gottes Gnade für ein Haus zu erbitten. Wenn die Frauen sich trafen, vertrauten sie sich ihr an. Mademoiselle erteilte Ratschläge, schrieb Briefe für jene, die nicht lesen konnten, zeigte sich besorgt über peinliche Krankheiten und die Spuren von Schlägen. Einmal hatte eine junge Frau zu ihr gesagt: »Wenn die Taube nicht gegurrt hätte, wäre der

Wolf auch nicht zu ihr gekommen.« Und Mademoiselle hatte stets absolute Diskretion gewahrt. Sie lehnte es ab, mit viel Geschrei an den Grundfesten dieser Welt zu rütteln, in der sie nur eine Fremde war, und dennoch machten Armut und Ungerechtigkeit sie wütend. Ein Mal, nur ein einziges Mal, hatte sie gewagt, an die Tür eines Mannes zu klopfen, dessen Tochter außergewöhnlich begabt war. Sie hatte diesen strengen Vater gekniet, die Ausbildung des Mädchens zu fördern, und hatte angeboten, es nach Frankreich zu schicken, damit es dort studieren konnte. Der Mann hatte nicht getobt. Er hatte sie nicht rausgeworfen und beschuldigt, Unzucht und Chaos säen zu wollen. Nein, der alte Herr hatte gelacht. Er hatte schallend gelacht, die Hände zum Himmel erhoben. »Studieren!«, und mit einer beinahe fürsorglichen Geste hatte er Mademoiselle Fabre zur Tür begleitet und ihr gedankt.

Man verzieh Mademoiselle Fabre ihre Exzentrik, weil sie alt und hässlich war. Weil sie als gut und großzügig bekannt war. Während des Krieges hatte sie in Armut geratene Familien ernährt, hatte Kindern, die in Lumpen herumliefen, etwas zum Anziehen gegeben. Sie hatte sich für eine Seite entschieden und ließ keine Gelegenheit aus, daran zu erinnern. Im September 1954 war ein Journalist aus Paris nach Meknès gekommen, um eine Reportage über die Stadt zu machen. Man hatte ihm geraten, diese Französin zu treffen, die eine Weberei aufgebaut hatte und der das Schicksal der Armen nicht gleichgültig war. Der junge Mann wurde an einem Nachmittag empfangen, und er wäre in dem brütend heißen Haus ohne ein Lüftchen beinahe umgekippt. Auf dem Fußboden sortierten Kinder

Wolle nach Farben, die sie anschließend in geflochtene Körbe legten. Im Stockwerk darüber ließen junge Frauen vor großen Hochwebstühlen schwatzend die Fäden tanzen. In der Küche tunkten zwei schwarze Greisinnen ihr Brot in einen bräunlichen Brei. Der Reporter bat um ein Glas Wasser, und Mademoiselle Fabre tätschelte ihm die Stirn und sagte: »Armer Junge. Regen Sie sich nicht auf, wehren Sie sich nicht dagegen.« Sie sprachen über ihre guten Taten, über das Leben in der Medina, die gesundheitliche und moralische Lage der jungen Frauen, die hier arbeiteten. Dann fragte der Journalist sie, ob sie die Terroristen fürchte, ob sie, wie der Rest der französischen Gemeinschaft, sehr beunruhigt sei. Mademoiselle hob die Augen. Sie blickte in den weißen Spätsommerhimmel über sich und ballte die Fäuste, wie um sich zu beherrschen. »Es ist noch nicht allzu lange her, da nannten wir diejenigen Terroristen, die zu Widerstandskämpfern wurden. Nach über vierzig Jahren Protektorat ist es doch nur zu verständlich, dass die Marokkaner jene Freiheit fordern, für die sie gekämpft haben, jene Freiheit, auf deren Geschmack wir sie gebracht haben, deren Wert wir ihnen vermittelt haben.« Der Journalist, dem der Schweiß aus allen Poren rann, erwiderte, dass die Unabhängigkeit selbstverständlich kommen werde, aber Schritt für Schritt. Dass die Franzosen, die ihr Leben für dieses Land geopfert hätten, nun nicht die Leidtragenden sein dürften. Was solle aus Marokko werden, wenn die Franzosen nicht mehr da wären? Wer würde es regieren? Wer das Land bestellen? Mademoiselle Fabre unterbrach ihn. »Mir ist ganz gleich, was diese Franzosen denken, wenn Sie es wissen wollen. Sie haben das Gefühl, sie würden hier verdrängt von diesem wachsenden und sich behauptenden Volk. Dabei sollten sie sich gesagt sein lassen: Sie sind Fremde.« Sie setzte den Journalisten vor die Tür, ohne ihm eine Begleitung zu seinem Hotel in der *Ville Nouvelle* anzubieten.

Jeden Donnerstagnachmittag empfing die Französin eine Gruppe junger Mädchen aus gutem Hause, denen sie angeblich Kreuzstich, Stricken und die Grundlagen des Klavierspielens beibrachte. Die Eltern vertrauten ihr, denn sie wussten, dass Mademoiselle niemals wagen würde, ihren Töchtern gegenüber missionarischen Eifer an den Tag zu legen. Sicher, sie sprach nicht über Jesus, erzählte nicht von seiner die Welt überstrahlenden Liebe, und doch wurde so manche von ihr bekehrt. Keins der Mädchen lernte bei ihr mehr als zwei Noten, und sie waren unfähig, einen Strumpf zu stopfen. Sie verbrachten die Stunden im Patio oder dem kleinen marokkanischen Salon, auf Matratzen gelümmelt und Honiggebäck in sich hineinstopfend. Mademoiselle legte eine Schallplatte auf, brachte ihnen bei zu tanzen, las ihnen Gedichte vor, die sie erröten ließen, und manche ergriffen »*Ouili, ouili!*«[18] rufend die Flucht. Sie gab ihnen *Paris Match* zu lesen, dessen zerrissene Seiten man anschließend von Terrasse zu Terrasse flattern und die Fotos von Prinzessin Margaret im Rinnstein enden sah.

Eines Nachmittags im März 1955, als sie gerade den Tee servieren wollte, überraschte Mademoiselle Fabre ihre Zöglinge bei einer hitzigen Diskussion. Seit einer Woche streikten die Gymnasiasten wegen einer Schülerin, die

---

18 »Oh là là, oh là là!«

von einem Lehrer beleidigt worden war. Er hatte sie beschuldigt, einen subversiven Aufsatz über den Kampf Jeanne d'Arcs gegen die Engländer geschrieben und den Geschichtsunterricht dafür missbraucht zu haben, ihre nationalistische Gesinnung zu bekunden. Im oberen Stock hörte man die Arbeiter lachen, die das Dach reparierten, und die Mädchen versuchten unwillkürlich, einen Blick auf sie zu erhaschen. Mit den ausladenden und zeremoniösen Gesten einer Marokkanerin goss Mademoiselle Fabre den Minztee in die angeschlagenen Gläser. Dann trat sie zu Selma.

»Kommen Sie, mein Fräulein, ich muss mit Ihnen reden.«

Selma folgte ihr in die Küche. Sie fragte sich, warum die Hausherrin sie wohl beiseitenahm. Fast hätte sie gesagt, die interessiere sich nicht für Politik, ihre Schwägerin sei Französin, sie habe sich gar nicht an dem Gespräch beteiligt, doch Mademoiselle lächelte ihr zu und forderte sie auf, sich an einen kleinen Holztisch zu setzen, auf dem ein vor Fruchtfliegen wimmelnder Obstkorb stand. Mademoiselle streckte die Beine aus. Für ein paar Minuten, die Selma endlos erschienen, versank sie in der Betrachtung der Bougainvillea, die ihre üppigen violetten Blüten über die Mauer am Ende des Gartens breitete. Sie nahm einen fauligen Pfirsich, dessen Haut sich ablöste und schwarzes, matschiges Fleisch entblößte.

»Ich habe gehört, Sie gehen nicht mehr zur Schule.«

Selma zuckte mit den Schultern.

»Wozu? Das habe ich nie begriffen.«

»Sie sind töricht. Ohne Bildung kommen Sie nirgendwohin.«

Selma war überrascht. Noch nie hatte sie Mademoiselle so reden, einem Mädchen gegenüber einen so strengen Ton anschlagen hören.

»Es ist wegen eines Jungen, nicht wahr?«

Selma errötete, wenn sie gekonnt hätte, wäre sie weggerannt und nie wieder in dieses Haus zurückgekehrt. Ihre Beine begannen zu zittern, und Mademoiselle Fabre legte eine Hand auf ihr Knie.

»Glauben Sie, ich würde das nicht verstehen? Sie denken sicher, ich wäre nie verliebt gewesen.«

›Mach, dass sie still ist. Mach, dass sie mich gehen lässt‹, dachte Selma, doch die alte Frau fuhr fort, während sie mit den Fingerspitzen ihr Elfenbeinkreuz streichelte, das von all den Berührungen schon ganz blank poliert war.

»Heute sind Sie verliebt, und es ist wundervoll. Sie glauben alles, was die jungen Männer Ihnen sagen. Sie denken, dass das so bleiben und sie Sie immer so sehr lieben werden, wie sie Sie jetzt lieben. Dagegen hat die Schule keinerlei Bedeutung. Aber Sie haben keine Ahnung vom Leben! Eines Tages werden Sie ihnen alles geopfert haben, dann haben Sie nichts mehr und sind von der geringsten ihrer Gesten abhängig. Abhängig von ihrer guten Laune und ihrer Zuneigung, ihrer Brutalität ausgeliefert. Glauben Sie mir, wenn ich Ihnen sage, dass Sie an Ihre Zukunft denken und studieren müssen. Die Zeiten haben sich geändert. Sie müssen sich nicht in dasselbe Schicksal ergeben wie Ihre Mutter. Sie können etwas aus sich machen, Anwältin werden, Lehrerin, Krankenschwester. Oder auch Pilotin! Haben Sie nicht von diesem jungen Mädchen gehört, Touria Chaoui, das mit gerade mal sechzehn Jahren seinen Pilotenschein bekommen hat? Sie können werden, was Sie wollen, vorausgesetzt, Sie geben sich Mühe. Und bitten Sie nie, niemals einen Mann um Geld.«

Selma hörte ihr zu, beide Hände fest um das Teeglas geschlossen. Sie hörte so aufmerksam zu, dass Mademoiselle Fabre dachte, sie hätte sie überzeugt. »Gehen Sie wieder zur Schule. Bereiten Sie sich auf Ihre Prüfungen vor. Ich helfe Ihnen, wenn es nötig ist. Mademoiselle, versprechen Sie mir, dass Sie das Gymnasium nicht hinschmeißen.« Selma dankte ihr, küsste die zerknitterten Wangen der Nachbarin und sagte: »Ich verspreche es Ihnen.«

Doch auf dem Rückweg zum Haus in Berrima dachte Selma an das Gesicht der ehemaligen Nonne, an ihre kalkweiße Haut, ihre Lippen, die so schmal waren, dass es aussah, als hätte sie ihren eigenen Mund verschluckt. Sie lachte in den schmalen Straßen in sich hinein und sagte sich: ›Was weiß sie schon von den Männern? Was weiß sie von der Liebe?‹ Sie empfand ungeheure Verachtung für den fetten, trostlosen Körper der alten Frau, für ihr einsames Leben, für ihre Ideale, die nur dazu dienten, den Mangel an Zärtlichkeit zu verschleiern. Selma hatte, am Abend zuvor, einen Jungen geküsst. Und seitdem fragte sie sich ununterbrochen, wie es sein konnte, dass die Männer, die ihr alles verwehrten und sie beherrschten, zugleich diejenigen waren, für die sie so gerne frei sein wollte. Ja, ein Junge hatte sie geküsst, und sie erinnerte sich mit unmenschlicher Präzision an den Weg, den seine Küsse genommen hatten. Seit gestern musste sie immerzu die Augen schließen, um mit nie versiegender Erregung diesen köstlichen Moment noch einmal zu erleben. Sie sah die hellen Augen des Jungen vor sich, hörte seine Stimme, die Worte, die er gesagt hatte – »Zitterst du?« –, und Schauer liefen ihr über den Körper. Sie war wie gefangen in dieser Erinnerung, die sie immer wieder abspulte, und sie befühlte mit den Händen ihren Mund, ihren Hals, um dort die Spur einer Verletzung zu suchen, einen Abdruck, den der Mund des Jungen hinterlassen hatte. Jedes Mal, wenn er seine Lippen auf ihre Haut gelegt hatte, war es ihr so vorgekommen, als erlöse er sie von der Angst und der Feigheit, in der sie aufgewachsen war.

War es das, wozu die Männer da waren? Redete man deswegen so viel über die Liebe? Ja, sie entrissen einem den Mut, der sich in den hintersten Winkel des Herzens verkrochen hatte, sie brachten ihn wieder ans Licht, zwangen ihn, sich zu entfalten. Für einen Kuss, einen weiteren Kuss, fühlte sie sich mit ungeheurer Kraft versehen. ›Wie recht sie haben‹, dachte sie, während sie hoch in ihr Zimmer ging. ›Wie recht sie haben, sich in Acht zu nehmen und uns zu warnen, denn was wir da verbergen, unter unseren Schleiern und unseren Röcken, was wir verheimlichen, ist so leidenschaftlich, dass wir alles dafür verraten können.‹

Ende März wurde Meknès von einer solchen Kältewelle heimgesucht, dass das Brunnenwasser im Patio gefror. Mouilala wurde krank und blieb tagelang im Bett, wo ihr mageres Gesicht kaum unter den dicken Decken hervorlugte, die Yasmine über sie breitete. Mathilde besuchte sie oft, pflegte sie, trotz ihres Widerstands, trotz ihrer Weigerung, die Medizin zu schlucken. Sie war wie ein kapriziöses und verängstigtes kleines Kind. Sie wurde zwar wieder gesund. Doch als sie endlich aufstehen konnte und in die Küche ging, bekleidet mit einem Morgenmantel, den Mathilde ihr geschenkt hatte, bemerkte sie, dass etwas nicht stimmte. Zunächst wusste sie nicht, was in ihr diese Beklemmung auslöste, dieses Gefühl, wie eine Fremde im eigenen Haus zu sein. Sie ging durch den Flur, herrschte Yasmine an, stieg die Treppe hinauf und hinunter, obwohl ihr die Beine wehtaten. Sie beugte sich aus dem Fenster, blickte auf die Straße, die ihr trist erschien, als hätte man ihr etwas weggenommen. War es möglich, dass die Welt sich in den paar Wochen ihrer Krankheit derart verändert hatte? Sie dachte, sie wäre verrückt geworden, die Dämonen hätten genauso von ihr Besitz ergriffen wie von ihrem

Sohn Jalil. Sie erinnerte sich an die Geschichten, die man ihr erzählt hatte, über ihre Vorfahren, die halb nackt durch die Straßen liefen und mit Gespenstern redeten. Nun hatte der Familienfluch sie also eingeholt, und ihr Geist begann ihr zu entgleiten. Sie hatte Angst, und um sich zu beruhigen, tat sie, was sie immer tat. Sie setzte sich in die Küche und nahm ein Bund Koriander, das sie fein hackte. Sie näherte die alten Hände, die verkrümmten und mit Kräutern bedeckten Hände, ihrem Mund, ihrer Nase, verteilte den Koriander auf ihrem Gesicht und begann zu weinen. Sie bohrte sich die Finger in die Nasenlöcher, rieb sich die Augen wie eine Gestörte. Sie roch nichts. Durch einen bösen Zauber, den sie nicht verstand, hatte die Krankheit ihr den Geruchssinn genommen.

Und so roch sie an den Kleidern ihrer Tochter nicht den kalten Tabak und den Staub der Baustellen. Mouilala roch an den Blusen des jungen Mädchens auch nicht das billige Parfum, das Selma in der Medina mit geklautem Geld gekauft hatte. Vor allem bemerkte die alte Frau nicht, dass sich unter den süßlichen Geruch der Hauch eines Eau de Cologne mischte, frisch und zitronig, wie jene angesagten Düfte, mit denen sich die Europäer Hals und Achseln einrieben. Selma kam am Abend heim, mit roten Wangen, zerzausten Haaren, den Atem voll vom Geschmack eines anderen Mundes. Sie sang im Innenhof, sprach zu ihrer Mutter mit leuchteten Augen und drückte die Alte an sich. Sie sagte: »Ich liebe dich so sehr, Mama!«

Eines Abends erwartete Mathilde Amine hinter der Tür. »Ich war heute in der Stadt«, sagte sie. »Ich habe bei deiner Mutter vorbeigeschaut.« Mouilala hatte sich Aïcha gegenüber seltsam verhalten. Als das Kind seinen Mund der Hand der Großmutter genähert hatte, hatte diese angefangen zu schreien. »Sie hat Aïcha vorgeworfen, sie habe sie beißen wollen. Sie hat geschluchzt und die Hand an ihren Bauch gedrückt. Sie hatte wirklich Angst, verstehst du?« Ja, Amine verstand. Ihm war die Magerkeit seiner Mutter aufgefallen, ihr leerer Blick, ihre Gedächtnislücken. Sie hatte aufgehört, sich die Haare mit Henna zu färben, und vergaß manchmal, sich das Kopftuch um ihr graues Haar zu binden, ehe sie das Zimmer verließ. Mathilde hätte schwören können, dass Mouilala sie nicht gleich erkannt hatte, als sie sie besuchte. Die alte Frau hatte sie ein paar Sekunden lang mit offenem Mund und glasigem Blick angestarrt und dann erleichtert gewirkt. Sie hatte den Namen ihrer Schwiegertochter nicht ausgesprochen – das tat sie nie –, doch sie hatte gelächelt und die Hand auf den Arm der jungen Frau gelegt. Mouilala saß Stunden am Küchentisch, untätig vor den Körben voller Gemüse. Wenn ihr Geist ein wenig klarer wurde, bereitete sie das Essen zu, doch die Gerichte schmeckten nicht mehr so wie früher. Sie vergaß Zutaten oder schlief auf ihrem Stuhl ein, und der Boden der Tajine verbrannte. Sie, die immer so still und streng gewesen war, trällerte nun den ganzen Tag alberne Lieder, über die sie laut lachte. Sie drehte sich um sich selbst, hob mit beiden Händen den Saum ihres Kaftans hoch und streckte Yasmine die Zunge heraus, um sie zu verspotten.

»Das kann so nicht weitergehen«, meinte Mathilde. Amine zog seine Stiefel aus, hängte die Jacke über den Stuhl im Eingang und blieb schweigend stehen. »Wir müssen sie zu uns holen, und Selma auch.« Seine Frau sah ihn voller Zärtlichkeit an, die Hände auf die Hüften gelegt. Amine warf ihr einen glühenden Blick zu, der sie überraschte, und mit einer koketten Geste zupfte sie ihre Frisur zurecht und knotete die Schürze auf, die ihr die Taille einschnürte. In diesem Augenblick bedauerte er es, keine Worte zu haben. Keiner dieser Männer zu sein, die Zeit hatten für geistreiche Gedanken und für Zärtlichkeit, Zeit, all das zu sagen, was sie in ihrem Herzen trugen. Er sah sie lange an und dachte, dass sie eine Frau dieses Landes geworden war, dass sie ebenso litt wie er, sich ebenso unermüdlich abrackerte, und dass er nicht imstande war, ihr dafür zu danken.

»Ja, du hast recht. Mir war auch nicht wohl dabei, die beiden so allein in der Medina zu lassen, ohne einen Mann, der sie beschützt.« Er ging zu ihr, stellte sich auf die Zehenspitzen und küsste behutsam ihr Gesicht, das sie ihm entgegenneigte.

Zu Beginn des Frühjahrs half Amine seiner Mutter umzuziehen. Man schickte Jalil zu einem Onkel, einem heiligen Mann, der in der Nähe von Ifrane lebte und ihnen versicherte, dass die Höhe diesem schwachen Geist guttun werde. Yasmine, die noch nie Schnee gesehen hatte, bot an, ihn zu begleiten. Mouilala bekam das hellste Zimmer neben dem Eingang. Selma musste ein Zimmer mit Aïcha und Selim teilen, doch Mourad hatte Ziegelsteine und Zement beschafft und machte sich daran, einen neuen Flügel anzubauen.

Mouilala verließ ihr Zimmer kaum. Oft traf Mathilde sie unter dem Fenster sitzend an, versunken in die Betrachtung der roten Fußbodenfliesen. Ganz in Weiß gehüllt, erinnerte sie sich mit wiegendem Kopf an ein Leben des Schweigens, ein stummes Leben, in dem es verboten war, Kummer zu haben. Vom Weiß des Stoffes hoben sich ihre dunklen, faltigen Hände ab, Hände, die das ganze Leben dieser Frau zu enthalten schienen wie ein Buch ohne Worte. Selim verbrachte viel Zeit mit ihr. Er legte sich auf den Boden, den Kopf in den Schoß seiner Großmutter gebettet, und schloss die Augen, während sie seinen Rücken und seinen Nacken streichelte. Er weigerte sich, irgendwo anders zu essen als im Zimmer der Alten, und man musste sich damit abfinden, dass er ein paar schlechte Gewohnheiten annahm, wie mit den Fingern zu essen und laut zu rülpsen. Mouilala, die Mathilde immer nur dünn gekannt und die sich ihr Leben lang mit den Resten der anderen begnügt hatte, zeigte nun diese abstoßende Gier der Greise, die in solch trivialen Genüssen einen letzten Lebenssinn finden.

Mathilde war den ganzen Tag am Rennen, von der Schule nach Hause, vom Herd zur Waschküche. Sie wischte den Hintern der alten Frau ab und den Hintern ihres Sohnes. Sie kochte für alle und aß selbst im Stehen zwischen zwei Erledigungen. Am Morgen, wenn sie von der Schule zurückkam, behandelte sie die Kranken, dann wusch und bügelte sie. Nachmittags fuhr sie zu den Händlern, um Dünger oder Ersatzteile zu kaufen. Sie lebte in einem Zustand ewiger Sorge: um die Finanzen, um Mouilalas Gesundheit und die der Kinder. Amines düstere Stimmung beunruhigte sie, der sie an dem Tag, als Selma auf die Farm zog, gewarnt hatte: »Ich will nicht, dass sie sich den Arbeitern nähert. Ich will nicht, dass sie sich hier herumtreibt. Sie ist im Gymnasium oder im Haus, hast du mich verstanden?« Mathilde hatte genickt, das Herz vor Angst verkrampft. Wenn ihr Bruder nicht da war – also die meiste Zeit –, zeigte Selma sich frech und verletzend. Mathilde gab ihr Anweisungen, doch Selma scherte sich nicht darum. Sie erwiderte: »Du bist nicht meine Mutter.«

Mathilde fürchtete die heftigen Frühlingsregengüsse, den Hagel, den die Arbeiter vorhersagten, wegen des gelblichen Himmels am Nachmittag. Sie erschrak, wenn das Telefon klingelte, und betete, die Hand auf dem Hörer, es möge weder die Bank noch das Gymnasium, noch das Pensionat sein. Corinne rief sie oft während der Mittagsruhe an, sie lud sie zum Tee ein, sagte ihr: »Du hast auch das Recht, dich zu amüsieren!«

Mathilde schrieb Irène nur noch nüchterne Briefe, frei von Vertraulichkeiten oder Gefühlsäußerungen. Sie bat ihre Schwester, Rezepte der Gerichte ihrer Kindheit zu schicken, die sie vermisste. Sie wäre gern eine mustergültige Hausfrau gewesen, wie die auf den Fotos in den Magazinen, die Corinne ihr gab. Die einen Haushalt zu führen wussten, seinen Frieden hüteten, auf denen alles ruhte und die geliebt und respektiert wurden. Doch wie Aïcha ihr einmal mit ihrer Piepsstimme gesagt hatte: »Am Ende geht sowieso immer alles schief«, und Mathilde hatte ihr nicht widersprochen. Tagsüber schälte sie Gemüse, ein Buch vor sich aufgeschlagen. Sie versteckte Bücher in den Taschen ihrer Schürzen, und manchmal setzte sie sich auf einen Haufen Bügelwäsche, um die Romane von Henri Troyat oder Anaïs Nin zu lesen, die die Witwe Mercier ihr geliehen hatte. Sie bereitete Gerichte zu, die Amine ungenießbar fand. Nach Essig stinkenden Kartoffelsalat voller Zwiebeln oder Kohl, den sie so lange kochen ließ, dass das gesamte Haus noch tagelang danach stank, dermaßen trockenes Fleisch, dass Aïcha es wieder ausspuckte und die Reste in den Taschen ihres Kittels verbarg. Amine beklagte sich. Mit der Spitze seiner Gabel schob er die in Sahne schwimmenden Schnitzel von sich, die nicht zum Klima passten. Er trauerte dem Essen seiner Mutter nach und redete sich ein, Mathilde behauptete aus reiner Provokation, sie würde kein Couscous und keine Linsen mit Räucherfleisch mögen. Bei Tisch regte sie die Kleinen an zu erzählen, sie stellte ihnen Fragen, sie lachte, wenn sie mit den Löffeln auf den Tisch trommelten und ein Dessert verlangten. Dann wurde Amine wütend auf diese respektlosen und lärmenden Kinder. Er verfluchte dieses Haus, in dem er keine Ruhe fand, wie ein hart arbeitender Mann sie verlangen durfte. Mathilde nahm Selim auf den Arm, zog ein schmutziges Taschentuch aus ihrer Bluse und weinte. Eines Abends begann Amine, unter Aïchas staunendem Blick ein altes Lied zu singen: »*Elle pleurait comme une Madeleine, elle pleurait, pleurait, pleurait ... Elle pleurait toutes les larmes de son corps ...*«[19] Er verfolgte Mathilde bis in den Flur und schrie dabei: »*Quel cafard! Quel cafard ...*«[20], und Mathilde, rasend vor Wut, brüllte elsässische Beleidigungen, deren Bedeutung sie sich stets weigerte, ihnen zu verraten.

---

19 »Sie heulte wie ein Schlosshund, sie heulte, heulte, heulte ... Sie heulte sich die Augen aus ...«
20 »O weh! O weh!«

Mathilde wurde fülliger, und eine graue Strähne erschien an ihrer Schläfe. Tagsüber trug sie einen breiten Basthut, wie die der Bäuerinnen, und schwarze Gummisandalen. Ihre Haut war am Hals und auf den Wangen mit kleinen braunen Flecken und feinen Fältchen übersät. Am Ende ihrer langen Tage versank sie manchmal in tiefe Melancholie. Auf dem Weg zur Schule, den sanften Wind im Gesicht, sagte sie sich, dass sie nun schon seit zehn Jahren diese Landschaft durchmaß und das Gefühl hatte, sie hätte nichts vollbracht. Welche Spur würde sie hinterlassen? Hunderte verspeister und verschwundener Mahlzeiten, flüchtige Freuden, von denen nichts blieb, an einem Kinderbettchen geflüsterte Lieder, ganze Nachmittage lang gespendeter Trost für Kümmernisse, an die sich niemand mehr erinnerte. Geflickte Ärmel, einsame Verzweiflung, die sie für sich behielt, weil sie fürchtete, ausgelacht zu werden. Ganz gleich, was sie tat, und trotz der unendlichen Dankbarkeit ihrer Kinder und ihrer Patienten, es kam ihr so vor, als sei ihr Leben nichts als eine Vergänglichkeitsmaschinerie. Alles, was sie schaffte, war dazu bestimmt, zu verschwinden, ausgelöscht zu werden. Das war das Los ihres unbedeutenden häuslichen Lebens, dessen ewige Wiederholung der immer gleichen Gesten einen schließlich zermürbte. Durchs Fenster betrachtete sie die Mandelplantagen, die Morgen voller Wein, die jungen Sträucher, die langsam heranreiften und in ein, zwei Jahren Früchte tragen würden. Sie beneidete Amine, beneidete ihn um diesen Hof, den er Stein für Stein aufgebaut hatte und der ihm in diesem Jahr 1955 die ersten Erfolge brachte.

Die Pfirsichernte war gut gewesen, und er hatte seine

Mandeln für einen vorteilhaften Preis verkauft. Zu Mathildes größtem Verdruss, die Geld für Schulsachen und Kleidung forderte, entschied Amine, all seine Gewinne in die Entwicklung der Farm zu investieren. »Eine Frau von hier würde niemals wagen, sich in diese Dinge einzumischen«, warf er ihr vor. Er ließ ein zweites Gewächshaus bauen, engagierte ein Dutzend weitere Erntearbeiter und bezahlte einen französischen Ingenieur für die Konstruktion eines Speicherbeckens. Schon seit Langem begeisterte Amine sich für den Olivenanbau. Er hatte alles gelesen, was er zu dem Thema finden konnte, und zu Versuchszwecken dicht bepflanzte Plantagen angelegt. Er war überzeugt, dass er ganz allein neue Sorten züchten konnte, die der Hitze und der Wasserknappheit besser standhielten. Auf der Messe in Meknès, im Frühjahr 1955, stellte er seine Arbeit vor und versuchte mit konfusen Worten, die Notizen in seinen feuchten Händen knetend, einem skeptischen Publikum seine Theorie darzulegen. »Innovationen werden am Anfang immer verspottet, nicht wahr?«, vertraute er sich seinem Freund Dragan an. »Wenn alles läuft wie erwartet, werden diese Bäume bis zu sechsmal mehr Ertrag abwerfen als die derzeit auf der Farm wachsenden Sorten. Und ihr Wasserbedarf ist so gering, dass ich wieder zu den traditionellen Bewässerungsmethoden zurückkehren kann.«

In den vielen mühevollen Jahren hatte Amine sich daran gewöhnt, alleine zu arbeiten, auf niemandes Hilfe zu zählen. Sein Betrieb war umgeben von denen der französischen Siedler, deren Einfluss und Reichtum ihn lange Zeit eingeschüchtert hatten. Am Ende des Krieges verfügten die Kolonisten von Meknès noch über beträchtliche Macht.

Man sagte, sie könnten über das Wohl und Weh eines Generalresidenten entscheiden; sie bräuchten nur den kleinen Finger zu bewegen, um die Politik aus Paris in eine andere Richtung zu lenken. Jetzt zeigten sich Amines Nachbarn ihm gegenüber zuvorkommender. In der Landwirtschaftskammer, wo er um Zuschüsse bat, empfing man ihn respektvoll, und auch wenn man ihm das erhoffte Geld verweigerte, beglückwünschte man ihn zu seiner Kreativität und Beharrlichkeit. Als er dem ungarischen Arzt von dem Treffen erzählte, lächelte der.

»Sie haben Angst, weiter nichts. Sie spüren, dass der Wind sich dreht, dass die Einheimischen bald ihre eigenen Herren sein werden. Sie sichern sich ab, indem sie dich wie ihresgleichen behandeln.«

»Ihresgleichen? Sie sagen, dass sie mich unterstützen wollen, dass sie an meine Zukunft glauben, doch sie geben mir keinen Kredit. Und wenn ich scheitere, werden sie sagen, dass ich faul bin, dass die Araber alle gleich sind, dass wir ohne die Franzosen und ihren Arbeitseifer nirgendwo hinkommen.«

Im Mai brannte Roger Marianis Farm. In den Ställen verendeten die Schweine, und tagelang verbreitete sich der Geruch von verkohltem Fleisch. Die Arbeiter, die ohne viel Elan das Feuer löschten, banden sich Tücher vor die Gesichter, und manche übergaben sich. »Es ist *haram*[21], diesen verfluchten Rauch einzuatmen«, sagten sie. In der Nacht des Brandes kam Roger Mariani auf den Hügel, und Mat-

---

21 Sünde (Anm. d. Ü.)

hilde brachte ihn ins Wohnzimmer, wo er allein eine Flasche Tokajer leerte. Der einst so mächtige Mann, der General Noguès bedroht, ihn bis in sein Büro in Rabat verfolgt und sich durchgesetzt hatte, weinte wie ein Kind in dem alten Velourssessel. »Manchmal zieht sich mir das Herz zusammen, ich kann nicht denken, mein Kopf ist wie in dichten Nebel gehüllt. Ich weiß nicht mehr, was die Zukunft für uns bereithält, was gerecht ist, ob ich für Verbrechen bezahlen muss, die begangen zu haben ich immer leugnen werde. Ich habe an dieses Land geglaubt, wie ein Erleuchteter an Gott glaubt, ohne zu überlegen, ohne Fragen zu stellen. Und nun höre ich, dass man mich töten will, dass meine Bauern Waffen vergraben, um mich irgendwann zu erschießen, dass sie mich vielleicht aufhängen werden. Dass sie nur so getan haben, als hätten sie aufgehört, Wilde zu sein.«

Seit den Weihnachtsferien war das Verhältnis zwischen Amine und Mourad etwas distanzierter. Ein paar Wochen lang konnte Amine nicht anders, als seinem ehemaligen Adjutanten aus dem Weg zu gehen. Jedes Mal, wenn Mourads Gestalt auf dem Feldweg zwischen dem Duar und der Farm auftauchte, wenn er das hohlwangige Gesicht, die gelben Augen des Ex-Soldaten sah, drehte sich ihm der Magen um. Mit gesenktem Blick gab er ihm Anweisungen, und wenn Mourad zu ihm kam, um ihm ein Problem darzulegen oder ihn zu einer anstehenden Ernte zu beglückwünschen, konnte Amine nicht stillhalten. Es war stärker als er, er trat von einem Fuß auf den anderen und musste oft die Fäuste ballen, um nicht davonzurennen.

Während des Ramadan, der in den April fiel, erlaubte Mourad den Fellachen nicht, nachts zu arbeiten und sich die Stunden selbst einzuteilen, je nach der Hitze und ihrer Müdigkeit. »Gegossen und geerntet wird am Tage! Weder Gott noch ich können daran irgendetwas ändern!«, schrie er einen Bauern an, der sich die Hand vor den Mund hielt und ein Gebet sprach. Er ließ sie tagsüber ihre Siesta halten, doch dann beschimpfte er sie, bedrängte sie und warf ihnen vor, die Großzügigkeit des Chefs zu missbrauchen. Einmal schlug er einen Mann, den er im Garten, wenige Meter vom Haus entfernt, überrascht hatte. Er packte ihn an den Haaren und prügelte ihn grün und blau, wobei er ihn beschuldigte, die Familie Belhaj zu bespitzeln, Selma nachzuschleichen, durch die Moskitonetze einen Blick auf die französische Herrin erhaschen zu wollen. Mourad spionierte dem Hausmädchen hinterher und bezichtigte es imaginärer kleiner Diebstähle. Er fragte Mathildes Patienten aus, die er im Verdacht hatte, sie auszunutzen.

Eines Tages ließ Amine ihn in sein Büro kommen und sprach mit ihm wie zu Kriegszeiten, simpel, martialisch, indem er ihm Befehle erteilte ohne jegliche Erklärung. »Von nun an geben wir jedem Bauern aus der Umgebung, der kommt und um Wasser bittet, was er verlangt. Solange ich lebe, wird niemandem verwehrt, sich am Brunnen zu bedienen. Wenn Kranke behandelt werden wollen, dann sorgst du dafür, dass dies geschieht. Niemand wird auf meinem Land geschlagen, und jeder hat das Recht, sich auszuruhen.«

Tagsüber verließ Amine die Farm nicht, doch abends floh er vor dem Geschrei der Kinder, Mathildes Klagen, dem zornigen Blick seiner Schwester, die es nicht mehr ertrug, auf diesem abgelegenen Hügel zu leben. Amine spielte Karten in verrauchten Cafés. Er trank billigen Fusel in fensterlosen Kneipen mit anderen ebenso beschämten, ebenso betrunkenen Männern wie er. Oft traf er alte Garnisonskameraden, schweigsame Soldaten, denen er dankbar war, dass sie nicht mit ihm reden wollten. Eines Abends war auch Mourad dabei. Am nächsten Morgen konnte Amine sich nicht erinnern, unter welchen Umständen und mit welcher List es dem Vorarbeiter gelungen war, ihn dazu zu überreden, dass er ihn mitnahm. Aber an jenem Abend stieg Mourad ins Auto, und sie gingen zusammen in eine Kneipe an der Hauptstraße. Zusammen tranken sie, und Amine beachtete ihn überhaupt nicht. ›Soll er sich doch besaufen‹, dachte er. ›Soll er sich besaufen und stumpf und benebelt in einen Graben fahren.‹ In der elenden Spelunke, in der sie gelandet waren, spielte jemand auf einem Akkordeon, und Amine hatte Lust zu tanzen. Er hatte Lust, ein anderer zu sein, einer, auf den sich niemand verließ, einer, der ein leichtes und lockeres Leben hatte, ein mit Sünden gepflastertes Leben. Ein Mann packte ihn an der Schulter, und sie wiegten sich hin und her. Sein Gefährte wurde von einem irren Lachen gepackt, das sich im Saal ausbreitete und wie ein Zauber alle Gäste ansteckte. Ihre weit aufgerissenen Münder entblößten faulige Zähne. Einige klatschten in die Hände oder stampften den Rhythmus mit den Füßen. Ein großer, dürrer Mann stieß einen Pfiff aus, und alle drehten sich zu ihm um. »Gehen wir«, sagte er, und sie wussten alle, wohin sie gehen würden.

Dem Rand der Medina folgend, gelangten sie zum Mers, dem Bordellviertel. Amine war betrunken, er sah schlecht und torkelte. Irgendwelche Unbekannten stützten ihn abwechselnd. Jemand erleichterte sich an einer Mauer, und alle Männer verspürten den Drang zu pinkeln. Verstört betrachtete Amine die Rinnsale, die von der Befestigungsmauer aufs Pflaster liefen. Mourad näherte sich ihm und wollte ihn davon abbringen, die breite Straße hinunterzugehen, an deren Seiten sich von zänkischen Matronen geführte Freudenhäuser aneinanderreihten. Die Straße wurde zum dunklen, engen Sträßchen und endete dann in einer Art Sackgasse, wo Gauner die Männer erwarteten, die eine schnelle Nummer unvorsichtig gemacht hatte. Amine stieß ihn unsanft zurück, warf einen finsteren Blick auf Mourads Hand an seiner Schulter, und sie hielten vor einer Tür, an der einer der Männer klopfte. Man hörte ein Klacken, dann das Schlurfen von Babuschen auf dem Boden und eine Reihe klirrender Armbänder. Die Tür ging auf, und halb nackte Frauen stürzten sich auf sie wie Heuschrecken auf die Ernte. Mourad sah Amine nicht verschwinden. Er wollte die Brünette abschütteln, die ihn an der Hand genommen und in einen winzigen, mit einem Bett und einem undichten Bidet möblierten Raum gezogen hatte. Der Alkohol verlangsamte ihn, er konnte sich nicht auf seinen Plan, Amine zu retten, konzentrieren, und schon wallte Zorn in ihm auf. Das viel zu junge Mädchen hatte einen Turban auf dem Kopf, und ihr Hals roch nach Gewürznelken. Mit einer Geschicklichkeit, die ihn entsetzte, zog sie Mourads Hose herunter. Er sah, wie sie das aufhakte, was ihr als Unterrock diente. An ihren Beinen hatte sie noch frische Hautritzungen, die ein Muster ergaben, ein Symbol, dessen Bedeutung Mourad nicht zu erkennen vermochte. Er hatte Lust, der Prostituierten die Finger in die Augen zu bohren, Lust, sie zu bestrafen. Das Mädchen, das diesen Blick zu kennen schien, zögerte einen Moment. Sie schaute zur Tür, blieb jedoch und streckte sich, selbst sichtlich betrunken oder benebelt vom Kif, auf der Matratze aus. »Beeil dich, es ist heiß.«

Er hätte später nicht mehr sagen können, ob es dieser Satz oder der Schweiß war, der zwischen den Brüsten der jungen Frau hinabrann, ob es das Quietschen aus den anderen Zimmern war oder Amines Stimme, die er plötzlich herauszuhören meinte. Doch in dem Moment, bei diesem Mädchen mit den geweiteten Pupillen, hatte er plötzlich wieder die Bilder aus dem Indochinakrieg vor Augen, der Militärbordelle, die die Beamten des Büros für Eingeborenenfragen für die Soldaten eingerichtet hatten. Er erinnerte sich wieder an die Geräusche von dort, die feuchte Luft, die zerzauste Landschaft, die er Amine einmal zu beschreiben versucht hatte, ohne dass dieser deren Schwärze und Albtraumhaftigkeit begriffen hätte. Amine hatte nur gemeint: »So ein Dschungel, da kommt man ins Träumen.« Mourad fuhr sich mit den Händen über die nackten Arme, ihm war eiskalt, und es kam ihm vor, als befielen Schwärme von Mücken den Raum, als wären sein Nacken und sein Bauch wieder von diesen großen roten Flecken überzogen, die ihn nächtelang wachgehalten hatten. Hinter sich hörte er die Schreie der französischen Offiziere, und er sagte sich, dass er schon allerlei Eingeweide von Weißen gesehen hatte, dass er vom Durchfall ausgelaugte, von sinnlosen Kriegen verrückt gewordene Christen hatte sterben sehen. Nein, nicht das Töten war das Schlimmste. Und als er sich dies sagte, begann das Klicken des Abzugs durch seinen Schädel zu hallen, und er trommelte sich an die Schläfe, wie um all die finsteren Gedanken aus seinem Geist zu vertreiben.

Die Prostituierte, der die Chefin immerzu sagte, sie solle schnell machen, die Kunden warteten, erhob sich mit überdrüssiger Miene. Nackt kam sie auf Mourad zu. Sie sagte: »Bist du krank?«, und rief um Hilfe, als der ehemalige Soldat, von Schluchzern geschüttelt, begann, seine Stirn gegen die steinerne Wand zu schlagen. Man warf sie raus, und die Chefin spuckte dem durchgedrehten Adjutanten ins Gesicht. Die Prostituierten stürzten sich schreiend auf ihn, überhäuften ihn mit Spott und Beschimpfungen. »Verflucht seist du. Verflucht seiet ihr alle.« Amine und er liefen ziellos durch die Gegend. Sie waren jetzt allein, alle hatten sich aus dem Staub gemacht, und Amine wusste nicht mehr, wo er das Auto gelassen hatte. Er blieb am Straßenrand stehen und zündete eine Zigarette an, von deren erstem Zug ihm schlecht wurde.

Den Arbeitern sagte er am nächsten Morgen, der Vorarbeiter sei krank, und es betrübte ihn unwillkürlich, die Erleichterung und Freude auf ihren Gesichtern zu sehen. Mathilde, die Hilfe und Medikamente anbot, bekam nur die schroffe Antwort, Mourad brauche Ruhe. »Nichts als Ruhe.« Und Amine fügte hinzu: »Ich glaube, wir sollten ihn verheiraten. Es ist nicht gut, so allein zu sein.«

VIII

Seit zwanzig Jahren arbeitete Mehki als Fotograf auf der Avenue de la République. Wenn es das Wetter erlaubte, also sehr oft, lief er mit der Kamera über der Schulter die Avenue hinauf und hinunter und bot den Passanten an, sie zu fotografieren. In den ersten Jahren hatte er Mühe gehabt, sich zu behaupten angesichts der Konkurrenz, vor allem dieses jungen Armeniers, der jedermann kannte, vom Schuhputzer bis zum Inhaber der Bar, und der ihm alle Kunden wegschnappte. Schließlich hatte Mehki verstanden, dass man nicht nur auf den Zufall hoffen durfte, um Modelle aufzutreiben. Dass es nicht genügte, beharrlich zu sein, den Preis zu senken oder das eigene Talent herauszustreichen. Nein, man musste diejenigen aufspüren, die eine Erinnerung an genau diesen Moment behalten wollten. Diejenigen, die sich schön fanden, die das Gefühl hatten, alt zu werden, die ihre Kinder heranwachsen sahen und sich immer wieder sagten ›Das geht so schnell vorbei‹. Man brauchte sich gar nicht erst mit den Greisen, den Geschäftsleuten, den Hausfrauen mit ihren vor Sorgen zerfurchten Gesichtern aufzuhalten. Was immer funktionierte, waren Kinder. Er schnitt Grimassen, erklärte ihnen, wie der Fotoapparat funktionierte, und die Eltern konnten dem Wunsch nicht widerstehen, das Engelsgesicht ihres Knirpses auf ein Stück Papier zu bannen. Mehki hatte seine eigene Familie noch nie fotografiert. Seine Mutter dachte, die Kamera wäre ein Teufelsgerät, sie raubte denen die Seele, die so eitel waren, für eine Aufnahme zu posieren. Zu Beginn seiner Karriere hatte er als Fotograf beim Standesamt gearbeitet, und oft wollten die Männer dort nicht, dass ihre Frauen abgelichtet würden. Einige hohe marokkanische Würdenträger hatten sogar erzürnte Briefe an die Generalresidenz geschrieben, in denen sie sich mit aller Entschiedenheit dagegen verwahrten, dass ihre Frauen Unbekannten das Gesicht zeigen sollten. Die Franzosen hatten schließlich nachgegeben, und viele Caïds oder Paschas lieferten lediglich eine kurze Beschreibung ihrer Frau, die man an das Ausweispapier heftete.

Doch Verliebte waren seine bevorzugte Beute. Und an diesem Frühlingstag stieß Mehki auf das allerschönste Paar. Die Luft war mild und voller Versprechen. Das Stadtzentrum war in weiches Licht getaucht, das die weißen Häuserfassaden umschmeichelte und das leuchtende Rot der Geranien und Hibiskusblüten hervorhob. Ein Pärchen stach aus der Menge heraus, er lief zu ihnen, den Finger auf dem Auslöser, und sagte aufrichtig: »Sie beide sind so ein hübsches Paar, dass ich Sie auch gratis fotografieren würde!« Er hatte es auf Arabisch gesagt, und der junge Mann, ein Europäer, hob die Hände, um ihm zu bedeuten, dass er ihn nicht verstanden hatte. Er zog einen Geldschein aus seiner Tasche, den er Mehki reichte. ›Verliebte Burschen sind großzügig‹, dachte der. ›Sie wollen ihre Freundin beeindrucken, das vergeht mit der Zeit, aber bis dahin umso besser für Mehki!‹

Das dachte der Fotograf und war dabei so glücklich, so begeistert, dass er die Nervosität der jungen Frau gar nicht bemerkte, die sich wie eine Ausreißerin umsah. Sie zuckte zusammen, als der junge Mann, der einen Blouson nach amerikanischer Mode trug, ihre Schulter streifte. Sie waren so schön, so furchtbar schön, dass Mehki wie geblendet war. Nicht einen Augenblick dachte er, sie würden nicht recht zusammenpassen. Er war nicht scharfsinnig genug, um zu begreifen, dass diese beiden da kein Paar hätten sein dürfen.

Was tat das Mädchen auf der Avenue an diesem Dienstagnachmittag? Sie war fast noch ein Kind, eine Tochter aus gutem Hause, zweifellos, eine ehrbare Familie, die ihr Röcke und Jacken aus schlichtem Stoff schneidern ließ. Sie hatte nichts von diesen losen Frauenzimmern, die die Avenue rauf- und runterspazierten, die der Wachsamkeit ihrer Väter und Brüder entwischten und nach einem Fehltritt auf dem Rücksitz eines Autos schwanger wurden. Dieses Mädchen hier war von einer umwerfenden Frische, und während Mehki seine Kamera ergriff, dachte er, dass es etwas Wunderbares war, derjenige zu sein, der diesen Moment für die Ewigkeit festhielt. Er fühlte sich von einer Art Gnade beseelt. Dieser flüchtige Moment, dieses Gesicht, das noch durch nichts beschmutzt worden war, weder von der Hand eines Mannes noch von irgendwelchen Lastern, noch von der Härte des Lebens. Das würde sich der Filmrolle einprägen, die Natürlichkeit eines jungen Mädchens und dieser Blick, in dem schon ein Hauch Abenteuerlust mitschwang. Auch der Mann war ein wirklich hübscher Kerl, es genügte zu sehen, wie sich die Passanten, Männer wie Frauen, nach seinem muskulösen Körper umdrehten, diesem großen, schlanken Körper, dem kräftigen, sonnengebräunten Nacken. Er lächelte, und genau für diese Dinge war Mehki empfänglich. Die Schönheit von Lippen und Zähnen, die noch nicht von zu viel Zigaretten und schlechtem Kaffee fleckig geworden waren. Gott sei Dank schlossen die meisten seiner Modelle den Mund, wenn sie sich fotografieren ließen, doch dieser junge Mann war so euphorisch, er fühlte sich so vom Glück beschenkt, dass er nicht aufhören konnte, zu lachen und zu reden.

Das Mädchen wollte nicht fotografiert werden. Sie wollte gehen und flüsterte dem jungen Mann etwas ins Ohr, was Mehki nicht hören konnte. Doch der verliebte Bursche ließ nicht locker, er fasste das Mädchen am Handgelenk, wirbelte es einmal herum und sagte: »Komm schon, es dauert nur einen Moment, und dann haben wir eine schöne Erinnerung.« Mehki selbst hätte es nicht besser ausdrücken können. Nur ein paar Sekunden für ein lebenslanges Souvenir, war sein Slogan. Sie stand so steif und verschlossen da, dass Mehki sich ihr näherte und sie auf Arabisch nach ihrem Namen fragte. »Also, Selma, lächle und sieh mich an.«

Sobald das Foto geschossen war, gab Mehki ihnen einen Abholschein, den der junge Mann in die Tasche seines Blousons schob. »Kommen Sie morgen wieder. Falls Sie mich nicht auf der Avenue finden, ich lasse den Abzug im Atelier dort drüben, an der Ecke.« Und Mehki sah ihnen hinterher, wie sie in der Menschenmenge auf dem Bürgersteig verschwanden. Am nächsten Tag kam der junge Mann nicht. Mehki wartete tagelang auf ihn und änderte sogar seine übliche Route, in der Hoffnung, ihm zufällig über den Weg zu laufen. Die Aufnahme war sehr gelungen, und Mehki dachte, dass es vielleicht sogar das hübscheste Porträt war, das er je gemacht hatte. Es war ihm geglückt, das Licht dieses Mainachmittags einzufangen. Er hatte den Bildausschnitt so gewählt, dass man im Hintergrund Palmen und das Reklameschild des Kinos erkannte. Die beiden Verliebten sahen einander an. Sie, zart und schüchtern, hatte den Blick zum Gesicht des gut aussehenden jungen Mannes erhoben, dessen Mund halb geöffnet war.

Eines Abends betrat Mehki Luciens Atelier, der seine Filme entwickelte und ihm Geld für eine neue Kamera geliehen hatte. Sie regelten ihre Angelegenheiten, rechneten ab, und am Ende des Gespräches zog Mehki das Foto aus seiner kleinen ledernen Umhängetasche. »Schade«, sagte er, »sie haben es nicht abgeholt.« Lucien, der alles daransetzte, seine Vorliebe für Männer zu verbergen, beugte sich über das Bild und rief: »Was für ein hübscher Kerl! Wie bedauerlich, dass er nicht wiedergekommen ist.« Mehki zuckte mit den Schultern, und als er die Hand ausstreckte, um das Foto zurückzunehmen, sagte Lucien:

»Das ist eine sehr schöne Aufnahme, Mehki, wirklich sehr schön. Du wirst immer besser, weißt du das? Hör mal, ich möchte dir einen Vorschlag machen. Ich stelle das Bild in mein Schaufenster, das wird Kunden anziehen, und so erfahren alle, dass du Pärchen fotografierst wie kein anderer. Was hältst du davon?«

Mehki zögerte. Sicher, er war der Schmeichelei und der

Werbung, die dieses Bild bei den Passanten auf der Avenue für ihn machen würde, nicht abgeneigt. Doch er hatte auch den seltsamen Wunsch, die Aufnahme für sich ganz allein zu behalten, dieses Pärchen zu seinen Freunden, seinen anonymen Gefährten zu machen. Er fürchtete ein wenig, sie der Menge auf der Avenue zum Fraß vorzuwerfen, doch Lucien war sehr überzeugend, und schließlich gab Mehki nach. Am selben Abend, kurz bevor er den Laden zumachte, stellte Lucien in seinem Schaufenster das Foto des Piloten Alain Crozières und der jungen Selma Belhaj aus. Kaum eine Woche später kam Amine daran vorbei und sah es.

Später dachten Mathilde und Selma, dass der Zufall es auf sie abgesehen hatte. Dass selbst der Zufall auf der Seite der Männer stand, der Mächtigen, der Ungerechtigkeit. Denn im Frühjahr 1955 ging Amine selten in die *Ville Nouvelle*. Die Zunahme der Attentate, der Morde, der Entführungen, die immer brutalere Antwort der *Présence française* auf die Aktionen der Nationalisten, hatten in der Stadt zu einer drückenden Atmosphäre geführt, von der sich der Landwirt lieber fernhielt. Doch an diesem Tag wich er einmal von seiner Gewohnheit ab und begab sich zu Dragan Palosis Praxis, der beschlossen hatte, in Europa Obstbaumsetzlinge zu bestellen. »Komm in meine Praxis, wir besprechen die geschäftlichen Dinge, und dann gehe ich mit dir zur Bank, um über den Kredit zu verhandeln, den du brauchst.« Genau das war passiert. Amine hätte vor Scham im Boden versinken mögen, als er in dem Wartezimmer voller Frauen Platz nahm, von denen die Hälfte schwanger war. Er hatte beinahe eine Stunde mit dem Arzt gesprochen, der ihm in einer Art Katalog auf Hochglanzpapier verschiedene Sorten von Pfirsich-, Pflaumen- und Aprikosenbäumen präsentiert hatte. Dann gingen sie Seite an Seite zur Bank, wo ein Mann mit schuppiger Haut sie empfing. Dragan zufolge war er mit einer Algerierin verheiratet und lebte ein wenig außerhalb der Stadt, in der Nähe eines dieser großen Obstgärten, wo Städter das Wochenende verbrachten und picknickten. Der Bankangestellte erkundigte sich nach Amines landwirtschaftlichen Projekten mit einer Begeisterung und Genauigkeit, die diesen überraschten. Am Ende reichten sie einander die Hand, das Geschäft war besiegelt, und Amine verließ die beiden Männer mit dem Gefühl, erreicht zu haben, was er wollte.

Er war zufrieden, deswegen schlenderte er über die Avenue. Er dachte, dass er auch das Recht hatte, ein wenig zu bummeln, den Frauen hinterherzuschauen, ihnen so nah zu kommen, dass er ihr Parfum riechen konnte. Er wollte nicht nach Hause gehen, und deswegen lief er weiter, die Hände in den Hosentaschen, den Blick auf die Schaufenster gerichtet, er lief und vergaß dabei die Unruhen, seinen Bruder, vergaß die Vorwürfe, die Mathilde ihm wegen der neuen Investitionen gemacht hatte. Er betrachtete die Unterwäsche in den Vitrinen, die spitzen Büstenhalter und Höschen aus Satin. Er bewunderte die Schokolade in der Auslage einer Konditorei, deren Spezialität kandierte Kirschen waren. Und dann, im Schaufenster eines Fotoateliers, sah er den Abzug. Ein paar Sekunden lang glaubte er es nicht. Er grinste nervös und dachte, dass dieses Mädchen da auf dem Foto Selma verblüffend ähnlich sah. Es musste eine Italienerin oder Spanierin sein, eine Südländerin auf jeden Fall, und er fand sie sehr hübsch. Doch seine Kehle schnürte sich zusammen. Ihm war, als hätte er einen Schlag in den Magen bekommen, sein ganzer Körper wurde steif vor Zorn. Er näherte sich dem Fenster, weniger, um das Foto genau zu betrachten, als um den flanierenden Passanten den Blick darauf zu versperren. Er hatte den Eindruck, seine Schwester stünde nackt vor aller Augen und ihm bliebe nur sein Körper als Barriere, um Selmas Ehre zu bewahren. Amine musste sich beherrschen, um die Scheibe nicht mit seiner Stirn einzuschlagen, das Foto herauszunehmen und wegzurennen.

Er betrat den Laden, wo Lucien hinter dem hölzernen Tresen eine Patience legte.

»Kann ich Ihnen helfen?«, fragte der Besitzer des Ateliers. Er sah Amine beunruhigt an. Was mochte dieser Araber mit den gerunzelten Brauen, dem grimmigen Blick von ihm wollen? Das war mal wieder sein übliches Glück. Das Atelier war leer, und da kam ein Geisteskranker, ein Nationalist, ein Terrorist, vielleicht, um ihn kaltzumachen, nur weil er allein, schutzlos und Franzose war. Amine zog ein Taschentuch aus seiner Hose und wischte sich über die Stirn.

»Ich würde gern das Foto in der Vitrine sehen. Das mit dem jungen Mädchen.«

»Dieses hier?«, fragte Lucien, der langsam zum Schaufenster ging, das Bild nahm und es auf den Verkaufstisch legte.

Amine sah es lange schweigend an und fragte schließlich:

»Wie viel?«

»Wie bitte?«

»Was kostet das Foto? Ich möchte es kaufen.«

»Nun, es ist nicht zu verkaufen. Das Paar hat für das Bild bezahlt und hätte es abholen sollen. Bis jetzt sind sie noch nicht gekommen, aber man darf die Hoffnung nicht aufgeben«, versicherte Lucien mit schriller Stimme und fing dann an zu lachen.

Amine warf ihm einen finsteren Blick zu.

»Sagen Sie mir, wie viel Sie für das Bild wollen, und ich bezahle es Ihnen.«

»Aber wenn ich Ihnen doch sage...«

»Hören Sie. Dieses Mädchen«, er deutete mit dem Zeigefinger auf das Stück Pappe, »dieses Mädchen ist meine Schwester, und ich habe nicht die Absicht, sie auch nur eine Minute länger in Ihrem Schaufenster stehen zu lassen. Sagen Sie mir, was ich Ihnen schulde, und Sie sind mich los.«

Lucien wollte keine Schereeien. Er hatte Frankreich verlassen, weil er Opfer einer beschämenden Erpressung geworden war, und war mit dem festen Vorsatz in dieser neuen Welt, dieser ebenso niederträchtigen, aber sonnigeren Welt angekommen, niemals aufzufallen. Er hatte zu oft vom Ehrgefühl der Araber gehört, als dass er gewagt hätte, sie zu provozieren. »Rühre ihre Frauen an, und sie verpassen dir ein breites Lächeln«, hatte ihm ein Kunde gesagt, als er den Laden gerade eröffnet hatte. Und Lucien hatte gedacht: ›Diese Gefahr besteht nicht.‹ Ein paar Tage zuvor hatte er in der Zeitung gelesen, dass ein Beamter in Rabat oder Port-Lyautey von einem alten Marokkaner niedergestochen worden war. Dieser warf ihm vor, den Schleier vor dem Gesicht seiner Frau berührt und lachend ausgerufen zu haben: »Die ist ja blond wie eine Deutsche, die Fatma. Und blaue Augen hat sie auch noch!« Lucien erschauerte und reichte Amine das Bild.

»Bitte sehr. Schließlich ist sie Ihre Schwester, ich nehme an, es steht Ihnen zu. Sie können es ihr geben. Machen Sie damit, was Sie wollen, es geht mich nichts an.«

Amine nahm das Foto und verließ das Atelier, ohne Lucien auf Wiedersehen zu sagen, der den Rollladen herunterließ und beschloss, früher Feierabend zu machen.

Als er zur Farm zurückkam, war es dunkel, und Mathilde saß im Wohnzimmer und stopfte. In der halb geöffneten Tür stehend, schaute er sie lange an, ohne dass sie es bemerkte. Er schluckte immer wieder seine eigene Spucke herunter, die zäh und salzig war.

Mathilde sah ihn schließlich und senkte den Blick fast sofort wieder auf ihre Arbeit. »Du kommst spät«, sagte sie und wunderte sich nicht, dass sie keine Antwort erhielt. Ihr Mann näherte sich, betrachtete die kleine Strickjacke, deren Ärmel zerrissen war, und Mathildes von einem Fingerhut geschützten Mittelfinger. Er zog das Foto aus seiner Jacketttasche, und als er es auf das Kleidungsstück legte, schlug Mathilde sich die Hände vor den Mund. Der Fingerhut stieß gegen ihre Zähne. Sie machte ein Gesicht wie ein Mörder vor einem erdrückenden Beweis. Sie war überführt, saß in der Falle.

»Es ist ganz und gar harmlos«, stammelte sie. »Ich hatte vor, mit dir darüber zu reden. Dieser junge Mann hat ernste Absichten, er wollte zur Farm kommen, um ihre Hand anhalten, sie heiraten. Er ist ein anständiger Junge, glaub mir.«

Er starrte sie an, und Mathilde hatte den Eindruck, dass sich Amines Augen weiteten, seine Züge sich verformten, sein Mund riesig würde, als er brüllte: »Ja, bist du denn vollkommen verrückt! Nie und nimmer wird meine Schwester einen Franzosen heiraten!«

Er packte Mathilde am Ärmel und zerrte sie aus ihrem Sessel. Er zog sie in Richtung des im Dunkeln liegenden Flurs. »Du hast mich gedemütigt!« Er spuckte ihr ins Gesicht und schlug sie mit dem Handrücken.

Sie dachte an die Kinder und blieb stumm. Sie sprang ihrem Mann nicht an die Gurgel, kratzte ihn nicht, verteidigte sich nicht. Nichts sagen, den Zorn vorübergehen lassen, beten, dass er sich schämen und dass diese Scham ihn aufhalten würde. Sie ließ sich mitschleifen wie eine Leiche, so schwer, dass Amines Wut sich verzehnfachte. Er suchte Streit und wollte, dass sie sich wehrte. Mit seiner großen, dunklen Hand ergriff er eine ihrer Strähnen, zwang sie, aufzustehen, und näherte sein Gesicht dem ihren. »Wir sind noch nicht fertig«, sagte er, indem er ihr einen Fausthieb verpasste. An der Schwelle zum Flur, der zu den Zimmern führte, ließ er sie los. Sie kniete vor ihm, mit blutender Nase. Er knöpfte sein Jackett auf und begann zu zittern. Er warf das kleine Holzregal um, in dem Mathilde ihre Bücher aufbewahrte. Das Regal zerbrach, und die Bücher verteilten sich über den Fußboden.

Im Türspalt gewahrte Mathilde Aïchas Silhouette, die sie beobachtete. Amine blickte in Richtung seiner Tochter. Seine Gesichtszüge entspannten sich. Man hätte glauben können, er würde gleich anfangen zu lachen, behaupten, es wäre alles nur ein Spiel zwischen ihm und Mama, ein

Spiel, das die Kinder nicht verstehen könnten, und es sei Zeit, ins Bett zu gehen. Doch er steuerte mit wütenden Schritten, mit irren Schritten auf das Zimmer zu.

Mathilde starrte den Umschlag eines Buches auf dem Boden an. Die Geschichte von Nils Holgerssons Reise, die ihr Vater ihr vorgelesen hatte, als sie noch ein Kind war. Sie konzentrierte sich ganz auf die Zeichnung des kleinen Nils, der auf dem Rücken einer Gans saß. Sie hob nicht den Blick, als Selmas Schreie zu ihr drangen, sie rührte sich nicht, als ihre Schwägerin sie um Hilfe rief. Dann hörte sie Amine, der sie bedrohte.

»Ich werde euch alle töten!«

In der Hand hielt er eine Pistole, deren Lauf auf Selmas schönes Gesicht gerichtet war. Ein paar Wochen zuvor hatte er einen Waffenschein beantragt. Er hatte gesagt, es sei zum Schutz seiner Familie, auf dem Land sei es gefährlich, man könne nur auf sich selbst zählen. Mathilde hielt sich die Hände vor die Augen. Das war das Einzige, was sie tun konnte. Das Einzige, was ihr einfiel. Sie wollte das nicht sehen, wollte den Tod nicht kommen sehen, von der Hand ihres Mannes, des Vaters ihrer Kinder. Dann dachte sie an ihre Tochter, an ihren kleinen Jungen, der seelenruhig schlief, an die schluchzende Selma, und sie wandte ihren Kopf der Kinderzimmertür zu.

Amine folgte ihrem Blick und bemerkte Aïcha, ihre von einem schwachen Lichtkranz umgebene Mähne. Sie sah aus wie ein Geist. »Ich werde euch alle töten!«, brüllte er noch einmal und fuchtelte mit der Pistole in sämtliche Richtungen. Er wusste nicht, wo er anfangen sollte, aber wenn er es erst entschieden hätte, würde er sie erschießen, eine nach der anderen, kalt und entschlossen. Sie schluchzten und schrien alle durcheinander, Mathilde und Selma flehten um Vergebung, dann hörte er seinen Namen, er hörte »Papa«, er schwitzte in seinem Jackett, das ihm zu eng geworden war. Er hatte schon einmal geschossen, auf einen Mann, einen Fremden. Er hatte schon geschossen, er wusste, dass er es konnte, dass es sehr schnell gehen würde, dass die Angst sich legen und ihr eine grenzenlose Erleichterung folgen würde, ja sogar ein Gefühl der Allmacht. Doch er hörte »Papa«, und das kam von dort, aus dem Zimmer, auf dessen Schwelle sein Kind stand, dessen Nachthemd nass war, seine Füße wateten in einer Pfütze. Einen Moment lang überlegte er, den Lauf auf sich selbst zu richten. Das würde alles lösen, es gäbe nichts mehr zu sagen, nichts mehr zu erklären. Und sein Sonntagsjackett wäre voll mit seinem Blut. Er ließ die Pistole fallen und ging hinaus, ohne sie anzusehen.

Mathilde legte sich den Zeigefinger auf die Lippen. Sie weinte stumm und bedeutete Selma, sich nicht zu rühren. Auf allen vieren krabbelte sie zu der Waffe. Ihr Blick war von Tränen verschleiert, ihre Nase blutete heftig, und das Atmen tat ihr weh. Blitze zuckten durch ihren Schädel, sie musste sich die Hände an die Schläfen pressen, um nicht zusammenzubrechen. Sie nahm die Pistole in beide Hände, sie kam ihr sehr schwer vor, und sie begann sich wie eine Besessene um sich selbst zu drehen. Sie sah sich um, auf der Suche nach etwas, einer Lösung, um die Waffe verschwinden zu lassen. Sie warf ihrer Tochter einen verzweifelten Blick zu, dann reckte sie sich auf die Zehenspitzen, ergriff die große Terrakottavase, die auf dem Vitrinenschrank stand, kippte sie ein wenig und ließ die Waffe hineinfallen. Sie stellte die Vase wieder hin, die leicht schwankte, und während dieser paar Sekunden waren sie alle drei wie versteinert, starr vor Angst bei dem Gedanken, die Vase könne zerbrechen, Amine zurückkommen, den Schaden bemerken und sie alle töten.

»Hört mir zu, meine Schätze.« Mathilde zog ihre Tochter und Selma zu sich heran und drückte sie an ihr Herz, das so heftig schlug, dass das Kind erschrak. Der Geruch von Pipi stieg ihr in die Nase, vermischt mit dem von Blut. »Sagt niemals, wo die Pistole ist, habt ihr verstanden? Selbst wenn er euch anfleht, selbst wenn er euch bedroht oder euch etwas dafür verspricht. Sagt ihm niemals, dass sie in der Vase ist.« Sie nickten langsam. »Ich möchte euch sagen hören: ›Wir versprechen es.‹ Sagt es!« Mathilde sah jetzt zornig aus, und die Mädchen gehorchten.

Mathilde brachte sie ins Bad, füllte eine Wanne mit warmem Wasser und setzte Aïcha hinein. Sie wusch das Nachthemdchen, dann reinigte sie ihr Gesicht und Selmas mit einem in Alkohol und eiskaltem Wasser getränkten Tuch. Ihre Nase tat entsetzlich weh. Sie wagte nicht, sie zu berühren, doch sie wusste auch so, dass sie gebrochen war, und trotz des Schmerzes, trotz der Wut kam sie nicht umhin zu denken, dass es sie verunstalten würde. Dass Amine ihr nicht nur ihre Würde genommen, sondern ihr auch noch eine Boxernase verpasst hatte, die Visage eines räudigen Köters.

Aïcha kannte diese Frauen mit den blauen Gesichtern. Sie hatte sie oft gesehen, die Mütter mit den halb zugeschwollenen Augen, den violetten Wangen, die Mütter mit den aufgeplatzten Lippen. Damals dachte sie sogar, dafür hätte man Schminke erfunden. Um die Schläge der Männer zu verbergen.

In dieser Nacht schliefen sie im selben Zimmer, alle drei, die Beine ineinander verschlungen. Bevor Aïcha einschlief, den Rücken an den Bauch ihrer Mutter geschmiegt, sagte sie laut ihr Gebet. »*Segne, o Herr, meine Nachtruhe, damit ich mich stärken und Dir besser dienen kann. Heilige Jungfrau, Mutter Gottes und, nach ihm, meine größte Hoffnung, mein guter Engel, meine Schutzpatronin, halte Deine Hand über mich und behüte mich die ganze Nacht und mein ganzes Leben bis zur Stunde meines Todes.*«

Sie erwachten in derselben Position, wie erstarrt vor Angst, er könne wiederkommen, überzeugt, dass sie zu dritt einen unbesiegbaren Körper bildeten. In ihrem unruhigen Schlaf hatten sie sich in eine Art Tier verwandelt, einen Einsiedlerkrebs, ein in seine Muschel verkrochenes Krustentier. Mathilde drückte ihre Tochter an sich, sie wollte sie verschwinden lassen und mit ihr vergehen. Schlaf, schlaf, mein Kind, das ist alles nur ein böser Traum.

*

Amine lief die ganze Nacht ziellos herum. Im Dunkeln stieß er gegen Bäume, die Äste zerkratzten ihm das Gesicht. Er lief, verfluchte jeden Morgen dieses undankbaren Bodens. Von Sinnen, irr, begann er die Steine zu zählen und war überzeugt, sie hätten sich gegen ihn verschworen, vermehrten sich heimlich, verbreiteten sich über jeden Hektar Erde, um sie unpflügbar zu machen, unfruchtbar. Er hätte diesen ganzen steinigen Boden zwischen den Händen zermalmen mögen, zwischen den Zähnen, ihn kauen und eine gigantische Staubwolke wieder ausspucken mögen, die alles zudeckte. Die Luft war eisig. Er setzte sich unter einen Baum. Sein ganzer Körper zitterte, er zog den Kopf zwischen die Schultern, kauerte sich zusammen und versank, benommen von Scham und Alkohol, in einem unruhigen Halbschlaf.

Erst zwei Tage später kam er nach Hause zurück. Mathilde fragte ihn nicht, wo er gewesen war, und Amine suchte nicht nach der Pistole. Mehrere Tage lang herrschte im Haus tiefe, undurchdringliche Stille, eine Stille, die niemand zu brechen wagte. Aïcha sprach mit den Augen. Selma kam nicht aus ihrem Zimmer. Sie lag den ganzen Tag im Bett, weinte in ihr Kopfkissen, verfluchte ihren Bruder und schwor, sich zu rächen. Amine hatte beschlossen, dass sie das Gymnasium nicht beenden würde. Er sah nicht, wozu es gut sein sollte, dieses Mädchen noch mehr zu verwirren und sie auf verrückte Ideen zu bringen.

Amine verbrachte seine Tage draußen. Er konnte es nicht ertragen, Mathildes Gesicht zu sehen, die violetten Ringe unter ihren Augen, ihre Nase, die auf die doppelte Größe angeschwollen war, die aufgeplatzte Lippe. Er war sich nicht ganz sicher, glaubte aber, dass sie einen Zahn verloren hatte. Er verließ das Haus im Morgengrauen und kam zurück, wenn seine Frau im Bett war. Er schlief im Büro und verrichtete seine Notdurft in der Außentoilette, sehr zu Tamos Missfallen, die diese Vermischung sehr schockierte. Tagelang lebte er wie ein Feigling.

Am folgenden Samstag stand er in aller Frühe auf. Er

wusch sich, rasierte und parfümierte sich. Er ging in die Küche, wo Mathilde mit dem Rücken zu ihm Eier briet. Sie roch den Duft seines Eau de Cologne und war unfähig, sich zu rühren. Vor dem Herd stehend, einen Holzspatel in der Hand, betete sie, dass er nichts sagen würde. Das war ihre einzige Sorge. ›Lass ihn nicht so dumm sein, den Mund aufzumachen, mich mit einer Banalität zu behelligen, so zu tun, als wäre nichts geschehen.‹ Wenn er sagte: »Ich entschuldige mich«, dann, schwor sie sich, würde sie ihn ohrfeigen. Doch das Schweigen wurde nicht gebrochen. Amine bewegte sich mit kleinen Schritten hinter Mathilde, die ihn nicht sah, aber ahnte, dass ihr Mann wie eine Raubkatze mit geweiteten Nüstern und hechelndem Atem im Kreis lief. Er lehnte sich an den großen blauen Schrank und beobachtete sie. Sie fuhr sich mit der Hand durchs Haar, band den Gurt ihrer Schürze fester. Sie ließ die Eier anbrennen und hustete in ihre Faust wegen des Qualms.

Sie schämte sich ein wenig, es zuzugeben, doch das Schweigen, das sich zwischen ihnen eingenistet hatte, machte etwas Seltsames mit ihr. Sie dachte, dass sie, wenn sie nie mehr miteinander sprechen würden, wieder zu Tieren werden könnten, und dass dann viele Dinge möglich wären. Neue Wege würden sich ihnen eröffnen, sie würden neue Gesten lernen, sie könnten brüllen, kämpfen, sich blutig kratzen. Es gäbe nicht mehr diese endlosen Auseinandersetzungen, bei denen jeder sich abmühte, recht zu haben, und nichts gelöst wurde. Sie hatte keine Rachegelüste. Und ihren Körper, diesen Körper, den er verwüstet, den er gebrochen hatte, wollte sie ihm hingeben. Tagelang sagten sie einander nichts, doch sie liebten sich, im Stehen an einer Wand, hinter einer Tür und sogar draußen, einmal, an der Leiter, die aufs Dach führte. Um ihn zu beschämen, verlor sie jegliche Scham, jegliche Zurückhaltung. Sie schleuderte ihm ihre weibliche Begierde und Schönheit ins Gesicht, ihre Unzucht und Lüsternheit. Sie gab ihm Anweisungen, deren Grobheit ihn schockierte und seine Erregung anfachte. Sie bewies ihm, dass es in ihr etwas Ungreifbares gab, etwas Schmutziges, das aber nicht er beschmutzt hatte. Eine Finsternis, die ihr gehörte und die er nie begreifen würde.

Eines Abends, als Mathilde gerade bügelte, betrat Amine die Küche und sagte: »Komm. Er ist da.«

Mathilde stellte das Bügeleisen hin. Sie verließ die Küche, kehrte dann noch einmal um. Aïcha sah zu, wie sie sich über den Wasserhahn beugte, ihr Gesicht benetzte, sich die Haare glatt strich. Mathilde nahm die Schürze ab und sagte: »Ich bin gleich wieder da.« Natürlich folgte ihr das Kind, diskret wie eine Maus, und seine Augen funkelten in dem dunklen Flur, den es entlangging. Es setzte sich hinter die Tür, und durch einen Spalt sah es einen gedrungenen Mann mit pickeliger Haut, der eine braune Dschellaba trug und schlecht rasiert war. Seine dicken Tränensäcke wirkten, als wären sie mit einer zähen Flüssigkeit gefüllt und als genügte eine Hand oder eine Brise, die sie streifte, um sie zum Platzen zu bringen. Er saß in einem der Sessel des Büros, und ein junger Mann stand hinter ihm. Dieser hatte einen großen gelben Fleck wie von einem Vogelschiss auf der Schulter seiner khakifarbenen Jacke. Er hielt dem alten Mann ein großes, in Leder gebundenes Buch hin.

»Dein Name?«, sagte der Alte und blickte dabei in Mathildes Richtung.

Sie antwortete, doch der *adoul*²² wandte sich Amine zu. Mit gerunzelten Brauen wiederholte er: »Ihr Name?«, und Amine buchstabierte den Namen seiner Frau. »Mathilde.«
»Der Name ihres Vaters?«

»Georges«, sagte Amine und beugte sich über das Heft, ein wenig verlegen, dass er diesen christlichen Vornamen, diesen unmöglich zu schreibenden Namen hatte enthüllen müssen.

»Schursch? Schursch?«, wiederholte der Adoul, der auf seinem Stift herumzukauen begann. Der junge Mann hinter ihm wurde unruhig.

»Ich schreibe es, wie man es hört, das wird genügen«, beschloss der Rechtsgelehrte, und sein Assistent hinter ihm seufzte erleichtert.

Der Adoul hob den Blick zu Mathilde. Er starrte sie ein paar Sekunden lang an, musterte ihr Gesicht, dann ihre Hände, die sie aneinandergepresst hatte. Schließlich hörte Aïcha ihre Mutter auf Arabisch sagen: »Ich schwöre, dass es keinen anderen Gott außer Gott gibt und dass Mohammed sein Prophet ist.«

»Sehr gut«, erwiderte der Beamte, »und welchen Namen wirst du von nun an tragen?«

Das hatte Mathilde sich nicht überlegt. Amine hatte von der Notwendigkeit gesprochen, sich umzubenennen, einen muslimischen Namen anzunehmen, doch in den letzten Tagen war ihr Herz so schwer gewesen, ihr Geist mit so vielen Sorgen beschäftigt, dass sie nicht an ihren neuen Namen gedacht hatte.

---
22 Notar der marokkanischen Gerichte (Anm. d. Ü.)

»Mariam«, sagte sie endlich, und der Adoul wirkte sehr zufrieden mit dieser Wahl. »So sei es denn, Mariam. Willkommen in der Gemeinschaft des Islam.«

Amine näherte sich der Tür. Er sah Aïcha und sagte: »Ich mag es nicht, wie du immerzu herumspionierst. Geh in dein Zimmer.« Sie stand auf und lief durch den langen Flur, in dem ihr Vater ihr folgte. Sie legte sich in ihr Bett und sah, dass Amine Selma am Arm packte, so wie die Nonnen die Schülerinnen packten, wenn sie bestraft wurden und die Mutter Oberin verlangte, dass man sie zu ihr brachte.

Aïcha schlief bereits, als Selma und Mourad sich in dem Büro einfanden und der Adoul sie vor Mathilde und Amine und zwei Arbeitern, die man als Trauzeugen hatte kommen lassen, verheiratete.

Selma wollte nichts hören. Als Mathilde kam und an die Tür des Schuppens klopfte, wo Selma nun mit ihrem Mann schlief, weigerte die sich, ihr aufzumachen. Die Elsässerin trat mit dem Fuß gegen die Tür, sie trommelte mit den Fäusten dagegen, sie lehnte die Stirn daran und begann, nachdem sie geschrien hatte, ganz leise zu sprechen, als hoffte sie, dass Selma die Ohren spitzen würde. Dass auch sie ihre Wange an den Türstock legen und, wie früher, auf den Rat ihrer Schwägerin hören würde. Mit sanfter Stimme, ohne zu überlegen, ohne Berechnung, bat Mathilde um Verzeihung. Sie sprach von innerer Freiheit, davon, dass man lernen musste, sich dreinzuschicken, vom Hirngespinst der großen Liebe, das die jungen Mädchen in Verzweiflung und ins Verderben stürzte. »Ich war auch einmal jung.« Und sie redete in der Zeitform der Zukunft, »eines Tages wirst du verstehen«, »eines Tages wirst du uns dankbar sein«. Sie müsse, sagte sie, auch die guten Seiten sehen. Dürfe den Kummer nicht die Geburt ihres ersten Kindes überschatten lassen, nicht einem Mann hinterhertrauern, der zwar schön war, sicherlich, aber feige und inkonsequent. Selma antwortete nicht. Sie hielt sich fern von der Tür, an die Wand gekauert, die Hände auf die Ohren gepresst. Sie hatte sich Mathilde anvertraut, hatte sie ihre schmerzenden Brüste berühren lassen, ihren noch flachen Bauch, und Mathilde hatte sie verraten. Nein, Selma würde ihr nicht zuhören. Wenn nötig, würde sie sich Teer in die Ohren stopfen. Ihre Schwägerin hatte aus Eifersucht gehandelt. Sie hätte ihr helfen können zu fliehen, das Baby zu töten, Alain Crozières zu heiraten, sie hätte all die schönen Reden über die Befreiung der Frauen und das Recht zu lieben in die Tat umsetzen können. Aber nein, lieber hatte sie zugelassen, dass das Gesetz der Männer sich zwischen sie stellte. Sie hatte sie verpetzt, und ihrem Bruder war nichts Besseres eingefallen als die alten Methoden, um das Problem zu regeln. ›Sicher hat sie die Vorstellung nicht ertragen, dass ich glücklich sein könnte‹, dachte Selma, ›glücklicher als sie und besser verheiratet.‹

Wenn sie sich nicht in ihrem Zimmer verkroch, blieb Selma in der Nähe der Kinder oder bei Mouilala und machte so ein Gespräch unter vier Augen unmöglich, zu Mathildes größtem Kummer, die so gern alles wiedergutmachen wollte. Sie lief ihrer Schwägerin hinterher, wenn sie sie allein im Garten sah. Einmal bekam sie ihre Bluse am Kragen zu fassen und hätte sie beinahe erwürgt. »Lass es mich dir erklären. Bitte, hör auf, vor mir davonzulaufen.« Doch Selma drehte sich blitzschnell um, begann, mit beiden Händen auf Mathilde einzuschlagen und wie wild nach ihr zu treten. Tamo hörte die Schreie der beiden Frauen, die miteinander rangen wie Kinder, und wagte nicht, sich einzumischen. ›Am Ende werden sie nur wieder sagen, es sei meine Schuld‹, dachte sie und zog den Vorhang zu. Mathilde schützte ihr Gesicht und flehte Selma an: »Sei doch ein bisschen vernünftig. Dein schöner Pilot hat jedenfalls sofort die Flucht ergriffen, als er von dem Kind erfahren hat. Du solltest froh sein, dass wir dir die Schande erspart haben.«

Im Bett, während Amine neben ihr schnarchte, dachte Mathilde über das nach, was sie gesagt hatte. Glaubte sie es wirklich? War sie zu so einer Frau geworden? Einer von denen, die die anderen drängten, vernünftig zu sein, zu verzichten, die die Achtbarkeit über das Glück stellten? ›Letztendlich‹, überlegte sie, ›hätte ich nichts tun können.‹ Und sie sagte es sich immer und immer wieder, nicht um zu klagen, sondern um sich von ihrer Machtlosigkeit zu überzeugen und sich weniger schuldig zu fühlen. Sie fragte sich, was Selma und Mourad in diesem Moment taten. Sie stellte sich den nackten Körper des Adjutanten vor, seine Hände auf den Hüften der jungen Frau, seinen zahnlosen Mund auf ihren Lippen. Sie malte sich ihre Umarmung derart realistisch aus, dass sie sich beherrschen musste, nicht loszuschreien, ihren Mann aus dem Bett zu stoßen, das Schicksal dieses Mädchens zu beweinen, das sie im Stich gelassen hatte. Sie stand auf und ging im Flur hin und her, um ihre Nerven zu beruhigen. In der Küche aß sie die Reste einer Linzer Torte, bis ihr schlecht wurde. Dann beugte sie sich aus dem Fenster, überzeugt, dass sie irgendwann ein Stöhnen oder Röcheln vernehmen würde. Doch sie hörte nichts außer den Ratten, die über den Stamm der riesigen Palme rannten. Da begriff sie, dass das, was sie quälte, was sie empörte, weniger die Heirat an sich war oder die Moralität von Amines Entscheidung, als vielmehr dieser widernatürliche Akt. Und sie musste sich eingestehen, dass sie Selma nicht so sehr verfolgte, weil sie sie um Verzeihung bitten wollte, sondern um ihr Fragen zu dieser abstoßenden, monströsen Kopulation zu stellen. Sie wollte wissen, ob die junge Frau Angst gehabt hatte, ob sie Ekel empfunden hatte, als das Geschlecht ihres Mannes in sie eingedrungen war. Ob sie die Augen geschlossen und an ihren Piloten gedacht hatte, um die Hässlichkeit und das Alter des Soldaten zu vergessen.

*

Eines Morgens hielt ein Pritschenwagen im Hof, und zwei junge Männer luden ein großes Holzbett ab. Der ältere von ihnen war keine achtzehn. Er trug eine wadenlange Hose und eine von der Sonne ausgeblichene Stoffkappe. Der andere war noch jünger, und sein Milchgesicht kontrastierte mit dem stämmigen, muskulösen Körper. Er hielt sich zurück und wartete, dass sein Kollege ihm Anweisungen gab. Mourad zeigte ihnen den Schuppen, doch der Junge mit der Kappe zuckte die Achseln. »Es wird nicht reingehen«, sagte er, indem er auf die Tür deutete. Mourad, der das Bett bei einem der besten Handwerker der Stadt gekauft hatte, wurde sauer. Er war nicht hier, um zu diskutieren, und er befahl ihnen, das Bett schräg hineinzubugsieren. Über eine Stunde lang schoben, hoben und drehten sie das Bett. Sie zerschunden sich Rücken und Hände. Mit schweißüberströmter Stirn und puterrotem Gesicht lachten die beiden Burschen über Mourads Sturheit. »Sei doch vernünftig, alter Junge! Was nicht geht, geht eben nicht«, sagte der jüngere in einem schlüpfrigen Ton, der den Vorarbeiter anwiderte. Erschöpft setzte sich der Bengel auf den Federrahmen und zwinkerte seinem Kumpel zu: »Madame wird wohl nicht erfreut sein. Das ist schon ein recht schönes Bett für so ein kleines Haus.« Mourad starrte die Jungs an, die auf dem Bett hüpften und sich vor Lachen ausschütteten. Er fühlte sich dumm, zum Heulen dumm. Als er es in dem Geschäft in der Medina gesehen hatte, war ihm dieses Bett perfekt erschienen. Er hatte an Amine gedacht und sich gesagt, dass sein Chef stolz auf ihn wäre. Dass er ihn endlich für voll nehmen und finden würde, ein Mann, der in der Lage war, ein solches Bett zu kaufen, sei der beste Ehemann für seine Schwester. ›Ich bin ein Idiot‹, sagte Mourad sich immer wieder, und wenn er sich nicht beherrscht hätte, hätte er dem Burschen ins Gesicht geschlagen und das Bett mit dem Beil zerhackt, da, unter der großen Palme. Stattdessen sah er mit stiller Verzweiflung den Pritschenwagen in einer Staubwolke verschwinden.

Zwei Tage lang blieb das Bett stehen, und niemand stellte Fragen. Weder Amine noch Mathilde, denen es derart unangenehm war, derart peinlich, dass sie taten, als gehöre das Möbelstück genau dorthin, mitten in den sandigen Hof. Dann, eines Morgens, bat Mourad um einen freien Tag, den Amine ihm gewährte. Der Vorarbeiter nahm einen schweren Hammer und riss die den Feldern zugewandte Mauer des Schuppens ein. Und durch das Loch schaffte er das Bett hinein. Er besorgte Ziegel und Mörtel und machte sich daran, das Zimmer zu vergrößern, in dem er nun mit Selma lebte. Den ganzen Tag und bis spät in die

Nacht zog er eine neue Wand hoch. Er hatte vor, für seine Frau, die sich bis jetzt in der Außentoilette wusch, ein Bad zu bauen. Auf die Zehenspitzen gereckt, beobachtete Tamo durchs Fenster den Vorarbeiter bei seinem Werk. »Sei nicht so neugierig. Kümmer dich um deine eigenen Angelegenheiten«, schalt die Elsässerin sie.

Mourad war stolz, als das Haus fertig war, doch er änderte seine Gewohnheiten nicht. Wenn es Nacht wurde, überließ er stets Selma das große Bett und legte sich auf den Boden.

Um Omar zu finden, musste man dem Geruch des Blutes folgen. Das sagte sich Amine, und in diesem Sommer 1955 mangelte es nicht an Blut. Es floss in den Städten, wo die Morde auf offener Straße sich häuften, wo Bomben Körper zerfetzten. Es wurde auf dem Land vergossen, wo man Ernten verbrannte, Landbesitzer totschlug. In diesen Bluttaten mischten sich Politik und persönliche Vergeltung. Man mordete im Namen Gottes, des Vaterlandes, um Schulden loszuwerden, um sich für eine Demütigung oder den Ehebruch einer Frau zu rächen. Gewalt gegen Einheimische und Folter waren die Antwort auf Siedler mit durchgeschnittener Kehle. Weil niemand wusste, wer auf welcher Seite stand, herrschte überall Angst.

Jedes Mal, wenn es ein Attentat gab, fragte Amine sich: Ist Omar tot? Hat Omar jemanden getötet? Er dachte daran, als ein Industrieller in Casablanca umgebracht wurde, als ein französischer Soldat in Rabat starb, als ein greiser Marokkaner in Berkane ums Leben kam, als ein Beamter der Stadtverwaltung in Marrakesch Ziel eines Anschlags wurde. Er dachte an Omar, als er zwei Tage nach der Ermordung des gemäßigten Verlegers Jacques Lemaigre

Dubreuil durch den französischen Gegenterror den Generalresidenten Francis Lacoste im Radio hörte: »Wir verabscheuen und verachten Gewalt, jegliche Form der Gewalt.« Francis Lacoste wurde ein paar Tage später durch Gilbert Grandval ersetzt, der ein Land auf dem Siedepunkt vorfand. Grandval weckte zunächst Hoffnungen auf ein Ende des Terrorismus, auf einen neuen Dialog zwischen den Konfliktparteien. Er hob gewisse Urteile und Verfügungen auf. Er stellte sich den radikalsten französischen Siedlern entgegen. Doch das Attentat auf dem Mers-Sultan-Platz in Casablanca am 14. Juli machte all diese Hoffnungen zunichte. Trauer tragende Frauen, einen schwarzen Schleier vor dem Gesicht, weigerten sich, dem Repräsentanten Frankreichs die Hand zu reichen. »Nichts bindet uns mehr ans Mutterland, und nun sollen wir alles verlieren, was wir uns hier in jahrelanger Arbeit aufgebaut haben, das Land, in dem wir unsere Kinder großgezogen haben?« Europäer stürmten die Medina der Weißen Stadt, rissen unterwegs die Trikoloren ab, mit denen die Straßen zum französischen Nationalfeiertag geschmückt waren. Sie gaben sich Plünderungen, Brandschatzung und allen erdenklichen Gräueltaten hin, zu denen die Polizei sie manchmal noch anstachelte. Mittlerweile klaffte ein Graben voller Blut zwischen den verschiedenen Teilen der Gesellschaft.

In der Nacht des 24. Juli 1955 tauchte Omar wieder auf. Verborgen im Fond eines Wagens, den ein kaum achtzehnjähriger Junge aus Casablanca steuerte, erreichte er Meknès. Sie parkten unterhalb der Medina, in einer nach Urin stinkenden Sackgasse, und erwarteten rauchend den Tagesanbruch. Die Kolonne mit Gilbert Grandval sollte gegen neun Uhr morgens den El-Hedim-Platz überqueren, und Omar und seine Begleiter wollten ihr einen gebührenden Empfang bereiten. Im Kofferraum des Autos hatten sie Säcke voller Abfall, zwei Pistolen und einige Messer versteckt. Der Morgen graute, und die Garnisonstruppen erschienen in ihren Paradeuniformen auf dem Platz. Sie würden dem vorbeiziehenden Gefolge die Ehre erweisen und den Generalresidenten bis zum Bab Mansour eskortieren, wo man ihm Datteln und Milch überreichen würde. Frauen stellten sich an den Absperrungen auf. Sie wedelten lasch mit Puppen in Form eines Kreuzes, deren Kleider aus einem Stück Stoff und einem kleinen Blumenstrauß bestanden. Sie hatten als Gegenleistung für ihre Anwesenheit ein paar Münzen bekommen und scherzten untereinander. Trotz ihrer Heiterkeit sah man genau, dass ihr Eifer aufgesetzt war, dass ihre *Vive la France*-Rufe nur eine armselige Komödie waren. Amputierte, denen ein Bein oder ein Arm fehlte, suchten sich so nah wie möglich an der Strecke zu positionieren, in der Hoffnung, einem Frankreich, das sie vergessen hatte, ihr Schicksal in Erinnerung zu bringen. Den Polizisten, die sie zurückdrängten, schilderten sie, wie sie gedient hatten. »Wir haben für Frankreich gekämpft, und jetzt leben wir im Elend.«

Im Morgengrauen begannen spezielle Schutztruppen vor jedem Tor der Altstadt Sperren zu errichten. Doch bald wurden sie der Menge nicht mehr Herr, die von überall herbeiströmte. Ein Lastwagen hielt auf dem El-Hedim-Platz, und die Polizisten befahlen den Passagieren hektisch, auszusteigen und die marokkanischen Flaggen, die sie schwenkten, auf den Boden zu werfen. Die Männer weigerten sich und begannen mit den Füßen donnernd auf die Ladefläche zu stampfen, was den Lastwagen ins Wanken brachte und die Masse aufpeitschte. Junge und Alte, aus den Bergen herabgestiegene Bauern, Bürger und Händler drängten sich rund um den Platz. Sie trugen Fahnen und Fotografien des Sultans und schrien: »Youssef! Youssef!« Manche hielten Stöcke in der Hand, andere Fleischermesser. In der Nähe der Tribüne, auf der der Generalresident eine Ansprache halten sollte, schwitzten besorgte Notabeln in ihren weißen Dschellabas.

Omar gab seinen Kameraden ein Zeichen, und sie sprangen aus dem Wagen. Sie liefen zu der wartenden Menschenmenge und tauchten in dem Schwarm unter, dessen Erregung unablässig zunahm. Hinter ihnen hatten verschleierte Frauen sich auf Gerüste gestellt und riefen: »Unabhängigkeit!« Omar ballte die Faust, er begann ebenfalls zu schreien und reichte den Männern um sich herum die Säcke voll Abfall. Sie warfen den Polizisten Orangenschalen, fauliges Obst, getrockneten Dung ins Gesicht. Omars tiefe, mitreißende Stimme stachelte seine Mitstreiter an. Er stampfte mit den Füßen, spuckte, und seine Rage verbreitete sich um ihn her, straffte die Schultern der Jugendlichen und die gebeugten Rücken der Alten mit neuem Mut. Ein Bursche von kaum fünfzehn Jahren, der nur ein weißes Unterhemd und eine Hose trug, aus der seine unbehaarten Waden ragten, holte aus und schleuderte Steine auf die Sicherheitskräfte. Die anderen Demonstranten machten es ihm nach und bewarfen die Polizisten. Man hörte nur noch das Aufprallen der Steine auf dem Pflaster und die Schreie der Polizisten, die, auf Französisch, zur Ordnung riefen. Einer von ihnen, dessen Augenbraue blutete, packte sein Maschinengewehr. Er schoss in die Luft, richtete dann mit zusammengepressten Kiefern und panischem Blick seine Waffe auf die Menge und schoss noch einmal. Der Junge aus Casablanca fiel vor Omar zu Boden. Trotz des Durcheinanders, der kopflos rennenden Menschen, schreienden Frauen, umringten die Kameraden den Verwundeten, und einer von ihnen versuchte, ihn wegzuzerren. »Es sind Krankenwagen unterwegs. Wir müssen ihn zu einem Ambulanzposten bringen.« Doch Omar hielt ihn mit einer brüsken Geste zurück.

»Nein.«

Die jungen Männer, die die Kaltblütigkeit ihres Anführers bereits gewöhnt waren, sahen einander an. Omars Gesicht war die Ruhe selbst. Er trug ein zufriedenes Lächeln zur Schau. Die Dinge liefen genau, wie er es sich erhofft hatte, und dieses Chaos, dieser Tumult waren das Beste, was ihnen passieren konnte.

»Wenn wir ihn ins Krankenhaus bringen und er überlebt, werden sie ihn foltern. Sie werden ihm androhen, ihn nach Darkoum oder sonst wohin zu schaffen, und er wird reden. Kein Krankenwagen.«

Omar bückte sich und hob mit seinen dünnen Armen den Verletzten hoch, der vor Schmerz schrie.

»Lauft!«

In der Panik verlor Omar seine Brille, und hinterher dachte er, dass es ihm dank dieser Blindheit gelungen war, die Menge zu durchqueren, den Kugeln auszuweichen und das Tor der Medina zu erreichen, um sich in deren Gassen zu stürzen. Er fragte sich nicht, ob seine Kameraden ihm folgten, er tröstete nicht den Verletzten, der nach seiner Mutter rief und zu Allah flehte. Er sah auch nicht, während er den Platz verließ, die zu Hunderten zurückgelassenen Babouchen, verstreut über diesen Ort seiner Kindheit, die blutbefleckten Tarbuschs, die weinenden Menschen.

In den Straßen von Berrima empfingen ihn die schrillen *You-you*-Rufe der Frauen, die sich auf den Terrassen versammelt hatten. Es kam ihm vor, als würden sie ihn anfeuern, ihn zum Haus seiner Mutter leiten, und wie ein Schlafwandler gelangte er zu der alten, mit Rundnägeln beschlagenen Tür und klopfte. Ein Greis öffnete ihm. Er stieß ihn beiseite, drang in den Patio ein, und sobald die Tür hinter ihm geschlossen war, fragte er:

»Wer bist du?«

»Und du, wer bist du?«, erwiderte der alte Mann.

»Das ist das Haus meiner Mutter. Wo sind sie alle?«

»Sie sind weggegangen. Vor Wochen schon. Ich hüte inzwischen das Haus.« Der Wächter blickte besorgt zu dem leblosen Körper, den Omar auf dem Rücken trug, und fügte hinzu: »Ich will keine Scherereien.«

Omar legte den Verwundeten auf eine feuchte Bank. Er näherte sein Gesicht dem des Jungen und hielt ein Ohr an seine Lippen. Er atmete.

»Sieh nach ihm«, befahl Omar, der auf allen vieren die Treppe erklomm, die Handflächen auf die Stufen gelegt. Er nahm nur verschwommene Umrisse wahr, Lichtschimmer, beunruhigende Bewegungen. Dann roch er den Rauch und begriff, dass überall Häuser brannten, dass man die Läden der Verräter angezündet hatte, dass die ganze Stadt sich erhob. Er hörte das Brummen eines Flugzeugs über der Medina und entfernte Schüsse. Er jubilierte bei dem Gedanken, dass draußen Männer weiterkämpften und dass Frankreich, in der Person Gilbert Grandvals, angesichts dieser Katastrophe zittern musste. Am Ende des Vormittags hatten uniformierte Goumiers und mobile Einsatzkräfte der Gendarmerie die Medina vollständig von der *Ville Nouvelle* abgeriegelt. In der Nähe des Camp Poublan nahmen drei Panzer Aufstellung, die Geschützrohre auf die Stadt der Einheimischen gerichtet.

Als Omar wieder herunterkam, hatte der Junge das Bewusstsein verloren. Der alte Wärter war bei ihm, schnaubte und schlug sich gegen die Stirn. Omar befahl ihm, still zu sein, und wie die Katzen früher trollte sich der Greis über den Hof und verkroch sich in Mouilalas ehemaligem Zimmer. Den ganzen Nachmittag über blieb Omar in dem glühend heißen Innenhof. Ab und zu massierte er sich die Schläfen und öffnete weit seine Eulenaugen, als hoffte er, so seine Sehkraft wiederzugewinnen. Er konnte nicht riskieren, hinauszugehen und von den Polizisten festgenommen zu werden, die in den Gassen der Medina patrouillierten, an die Haustüren klopften, den Bewohnern drohten, sich mit Gewalt Zutritt zu verschaffen und alles zu plündern. Jeeps fuhren kreuz und quer durch die Straßen, um die Europäer zu evakuieren, die noch in der Altstadt lebten, und sie zum Festplatz oder ins Hôtel de Bordeaux zu bringen, das man zu diesem Zweck beschlagnahmt hatte.

Nach ein paar Stunden schlief Omar ein. Der Alte, der beim kleinsten Geräusch hochschreckte, begann zu beten. Er betrachtete Omar und sagte sich, dass man wirklich ein kaltes Herz haben musste, dass man bar jeder Moral und jeden Gefühls sein musste, um in dieser Situation schlafen zu können. In der Nacht wurde der Verwundete unruhig. Der Wärter ging zu ihm, nahm seine Hand und versuchte zu verstehen, was der Kleine murmelte. Er war nur ein einfacher Junge vom Dorf, ein armer Hinterwäldler, der aus der Armut der Berge in die Elendsviertel Casablancas geflohen war. Monatelang hatte er versucht, Anstellung auf einer der Baustellen zu finden, die man ihm in den höchsten Tönen angepriesen hatte. Man wollte ihn nicht, und so hatte er wie Tausende Bauerntrampel seinen Groll in die Steinbrüche außerhalb der Weißen Stadt getragen, zu arm und zu beschämt, um an eine Rückkehr nach Hause zu denken. Dort, inmitten der Wellblechhütten, in diesen Vierteln, wo vaterlose Bälger auf den Boden schissen und an einer Mandelentzündung starben, da hatte ein Anwerber ihn gefunden. Er musste in seinen Augen den Hass und die Verzweiflung gesehen und gedacht haben, dass er ein guter Rekrut war. Von Fieber und Schmerzen gepeinigt, bat der junge Mann darum, dass man seine Mutter benachrichtigte.

Frühmorgens rief Omar den Wärter.

»Du gehst einen Arzt holen. Wenn die Polizei dich fragt, wo du hinwillst, sag, eine Frau bekommt ein Kind, es ist sehr dringend. Beeil dich. Du gehst dorthin und kommst wieder, hast du verstanden?«

Er drückte dem Alten einen Zettel in die Hand. Der war nur froh, dieses verfluchte Haus verlassen zu können, und stürzte hinaus.

Zwei Stunden später betrat Dragan das Haus. Er hatte

dem Boten keine Fragen gestellt und war ihm einfach nur gefolgt, seine alte Ledertasche in der Hand. Er hatte nicht damit gerechnet, Omar dort anzutreffen, und wich unwillkürlich zurück, als der junge Mann seinen langen Körper zu voller Größe aufrichtete.

»Wir haben einen Verwundeten.«

Dragan folgte ihm und beugte sich über den Jungen, der nur noch schwach atmete. Hinter ihm tigerte Amines Bruder unruhig hin und her. Ohne die Brille sah man sein Kindergesicht besser, die feinen, angespannten Züge. Seine Haare klebten vor Schweiß, und sein Hals war mit getrocknetem Blut bedeckt. Er stank.

Dragan kramte in seiner Tasche. Er bat den Alten, ihm zu helfen, der daraufhin Wasser kochte und die Instrumente reinigte. Der Arzt desinfizierte die Wunde, legte um den verletzten Arm eine Art Verband an und verabreichte dem jungen Mann ein Beruhigungsmittel. Die ganze Zeit über sprach er leise zu ihm, streichelte ihm die Stirn und besänftigte ihn.

Während Dragan damit beschäftigt war, die Wunde zu nähen, waren Omars Kameraden hereingekommen. Als der Wärter sah, mit welcher Ehrerbietung sie ihrem Anführer begegneten, wurde er plötzlich ganz unterwürfig. Aufgeregt eilte er in die Küche und bereitete Tee für die Kämpfer des Widerstands. Zweimal verfluchte er die Franzosen, beschimpfte Christen als Ungläubige, und als er Dragans Blick begegnete, zuckte der nur mit den Achseln, um zu sagen, das gehe ihn nichts an.

Der Arzt trat zu Omar, um sich zu verabschieden.

»Man muss die Wunde beobachten und regelmäßig reinigen. Ich kann heute Abend noch einmal vorbeikommen, wenn Sie wollen. Ich bringe einen sauberen Verband und etwas gegen das Fieber mit.«

»Das ist sehr freundlich, aber heute Abend werden wir nicht mehr hier sein«, erwiderte Omar.

»Ihr Bruder war sehr besorgt um Sie. Er hat Sie gesucht. Es hieß, Sie seien im Gefängnis.«

»Wir sind alle im Gefängnis. Solange wir in einem kolonialisierten Land leben, können wir uns nicht frei nennen.«

Dragan wusste nicht, was er darauf antworten sollte. Er drückte Omar die Hand und ging. Er lief durch die verlassenen Straßen der Medina, und die wenigen Gesichter, denen er begegnete, waren gezeichnet von Trauer und Leid. Die Stimme eines Muezzins erhob sich. Man hatte an diesem Morgen vier junge Männer beerdigt. Die französische Polizei hatte bei Tagesanbruch einen Sicherheitskordon gebildet, und unter ihrem Schutz hatte die Prozession in Stille und Andacht die Moschee erreicht. Omar hatte, als er Dragan zur Tür brachte, dem Arzt Geld angeboten, das dieser schroff ablehnte. ›Er ist grausam‹, dachte er auf dem Heimweg. Amines Bruder erinnerte ihn an diese Männer, denen er früher begegnet war, auf seinem Weg ins Exil. Männer voll hehrer Worte, strotzend vor Idealen, denen über ihren großen Reden jegliche Menschlichkeit abhandengekommen war.

Dragan gab seinem Chauffeur für den Rest des Tages frei. Er setzte sich selbst ans Steuer und fuhr mit offenen Fenstern zur Farm der Belhajs. Draußen war der Himmel blassblau und die Hitze so drückend, dass man meinte, jeden Moment könnte ein Feld in Flammen aufgehen. Dragan öffnete den Mund und atmete den heißen Wind ein, den üblen Wind, der seine Brust erwärmte und ihn husten ließ. In der Luft mischte sich der Geruch von Lorbeer und zerquetschten Wanzen. Wie immer in solchen Momenten der Melancholie dachte er an seine Bäume und die reifen, saftigen Orangen, die eines Tages über tschechische und ungarische Tische rollen würden, als hätte er ein Stück Sonne in diese finsteren Länder gesandt.

Als er auf dem Hügel ankam, fühlte er sich beinahe schuldig, so traurige Nachrichten mitzubringen. Er gehörte nicht zu denen, die an den Mythos des guten, von fröhlichen, arglosen Berberbauern bevölkerten Hinterlands glaubten. Doch er wusste trotz allem, dass hier eine Art Frieden herrschte, eine Harmonie, als deren Hüter Amine und Mathilde sich betrachteten. Ihm war klar, dass sie sich ganz bewusst von den Unruhen der Stadt fernhielten; dass sie das Radio ausgeschaltet ließen und die Zeitung dazu benutzten, frische Eier einzupacken und Hüte oder Flugzeuge für Selim zu falten. Als er den Wagen parkte, erkannte er in der Ferne Amine, der nach Hause eilte. Im Garten war Aïcha auf einen Baum geklettert, Selma saß auf der Schaukel, die Amine an den Zweigen des »komischen Zitrangenbaums« befestigt hatte. Man hatte die glühenden Zementplatten befeuchtet, der Boden dampfte. Im Laub hörte man die Vögel flattern, und Dragan stiegen Tränen in die Augen angesichts der Gleichgültigkeit der Natur gegenüber der menschlichen Dummheit. Sie werden einander umbringen, dachte er, und die Schmetterlinge werden weiter fliegen.

Mathilde empfing Dragan mit einer Heiterkeit, die ihm

erst recht das Herz zusammenschnürte. Sie wollte gleich mit ihm in die Ambulanz gehen, ihm zeigen, wie gut sie die Instrumente und Arzneimittel inzwischen sortiert hatte. Sie erkundigte sich nach Corinne, die in ihr Häuschen am Meer umgezogen war und ihr fehlte. Sie bot ihm an, mit ihnen zu Mittag zu essen, und entschuldigte sich, Wangen und Hals voller roter Flecken, weil es nur belegte Brote und Milchkaffee gab. »Das ist nichts Richtiges, aber die Kinder mögen es.« Dragan, der fürchtete, gehört zu werden, flüsterte, dass es sich um eine ernste Angelegenheit handele und sie lieber ins Büro gehen sollten. Er setzte sich Amine und Mathilde gegenüber und erzählte mit tonloser Stimme von den Ereignissen des Vortags. Amine zappelte auf seinem Stuhl, er sah nach draußen, als hätte er dort etwas Dringendes zu tun. Er schien zu sagen: Was interessiert mich das? Als Omars Name fiel, erstarrte das Paar in derselben aufmerksamen, gefassten Haltung. Sie wechselten nicht einen einzigen Blick, doch Dragan sah, dass sie sich an der Hand hielten. In diesem Moment befanden sie sich nicht in zwei gegnerischen Lagern. Sie freuten sich nicht über das Unglück des anderen. Sie lauerten nicht darauf, dass einer von ihnen weinte oder jubilierte, um sich auf ihn zu stürzen und ihn mit Vorwürfen zu überhäufen. Nein, in diesem Moment gehörten sie beide einem Lager an, das nicht existierte, einem Lager, in dem sich auf seltsame Weise Nachsicht gegenüber der Gewalt und Mitleid mit den Mördern und den Ermordeten mischten. Alle Gefühle, die sich in ihnen regten, erschienen ihnen wie Verrat, und so verschwiegen sie sie lieber. Sie waren Opfer und Henker zugleich, Kameraden und Gegner, zwei hybride Wesen, die nicht zu benennen vermochten, wem ihre Loyalität galt. Zwei Exkommunizierte, die in keiner Kirche mehr beten können und deren Gott ein geheimer, intimer Gott ist, dessen Namen sie nicht einmal kennen.

IX

Das Aïd el-Kebir fiel auf den 30. Juli. In der Stadt wie auf dem Land fürchtete man, es könne anlässlich des Festes zu Ausschreitungen kommen, die Feier des Opfers Abrahams sich in ein Blutbad verwandeln. Die Generalresidenz gab den in Meknès stationierten Soldaten und den Beamten, die wütend darüber waren, den Sommer nicht in Frankreich verbringen zu können, sehr strenge Anweisungen. Rund um die Farm verließen viele Siedler ihre Ländereien. Roger Mariani ging nach Cabo Negro, wo er ein Haus besaß.

Eine Woche vor dem Fest kaufte Amine einen Widder, den er an die Trauerweide band und den Mourad mit Heu fütterte. Aus dem hohen Wohnzimmerfenster beobachteten Aïcha und ihr Bruder das Tier, seine schmutziggelbe Wolle, seine traurigen Augen, seine bedrohlichen Hörner. Der kleine Junge wollte es streicheln gehen, doch seine Schwester hielt ihn zurück. »Papa hat ihn für uns gekauft«, beharrte er, und Aïcha beschrieb ihm in einem unwiderstehlichen Anfall von Grausamkeit und mit einer Flut von Details, was mit dem Tier geschehen würde. Man erlaubte den Kindern nicht, zuzusehen, als der Schlachter die Kehle des Widders durchtrennte, dessen Blut herausspritzte und sich dann sprudelnd über das Gras im Garten ergoss. Tamo ging eine Schüssel holen und reinigte das rote Gras, wobei sie Gott für seine Großzügigkeit dankte.

Die Frauen stimmten ihre *You-you*-Rufe an, und ein Arbeiter zerlegte das Tier direkt auf dem Boden. Das Fell wurde am Tor aufgehängt. Tamo und ihre Schwestern zündeten im Hinterhof große Feuer an, über denen das Fleisch gegrillt werden sollte. Durchs Küchenfenster konnte man die Funken fliegen sehen, und man hörte die Hände, die in die Eingeweide des Widders tauchten und ein Geräusch machten wie mit Wasser vollgesogene Schwämme, ein schmatzendes, schlürfendes Geräusch.

Mathilde legte Herz, Lungen und Leber in eine große Metallwanne. Sie rief Aïcha und hielt ihr das bläulich rote Herz unter die Nase. »Schau, es ist genau wie in dem Buch. Hier fließt das Blut durch.« Mathilde steckte einen Finger in die Aorta, dann benannte sie die Herzkammern, den Vorhof und sagte schließlich: »Wie das heißt, weiß ich nicht mehr, das habe ich vergessen.« Daraufhin ergriff sie unter den missbilligenden Blicken der Hausmädchen, die schändlich und frevelhaft fanden, was sie da tat, die Lunge. Mathilde hielt die beiden schleimigen grauen Beutel unter den Wasserhahn und beobachtete, wie sie sich mit Wasser füllten. Selim klatschte in die Hände, und sie küsste ihn auf die Stirn. »Stell dir vor, es wäre Luft anstatt Wasser. Siehst du, mein Schatz, so atmet man.«

Drei Tage nach dem Fest kamen, mitten in der Nacht, die Gesichter unter Sturmmasken verborgen, Männer der Befreiungsarmee in den Duar. Sie befahlen Ito und Ba

Miloud, ihnen zu essen zu geben und Benzin zu besorgen. Am Morgen zogen sie weiter und versprachen, der Sieg sei nah und die Zeit der Ausbeutung überwunden.

*

Damals dachte Mathilde, ihre Kinder seien zu klein, um zu begreifen, was vor sich ging, und wenn sie ihnen nichts erklärte, dann nicht aus Gleichgültigkeit oder übertriebener Strenge. Sie war vielmehr überzeugt, dass Kinder in einer Blase der Unschuld lebten, die Erwachsene nicht zu durchdringen vermochten. Mathilde glaubte, sie verstünde ihre Tochter besser als irgendwen sonst, sie könnte in ihrer Seele lesen, wie man eine schöne Landschaft durch ein Fenster betrachtet. Sie behandelte Aïcha wie eine Freundin, eine Verbündete, vertraute ihr Dinge an, die nicht ihrem Alter entsprachen, und beruhigte sich, indem sie sich sagte: »Wenn sie es nicht versteht, wird es ihr nicht schaden.«

Und Aïcha verstand tatsächlich nicht. In ihren Augen war die Welt der Erwachsenen nebulös, verschwommen, wie die Umgebung der Farm im Morgengrauen oder am Ende des Tages, wenn die Konturen der Dinge sich auflösen. Ihre Eltern redeten in ihrem Beisein miteinander, sie schnappte Brocken dieser Gespräche auf, in denen mit gesenkter Stimme die Worte Mord und Verschwinden fielen. Manchmal stellte Aïcha sich im Stillen Fragen. Sie fragte sich, warum Selma nicht mehr bei ihr schlief. Warum die Arbeiterinnen sich von Arbeitern mit rissigen Händen und sonnenverbranntem Hals ins hohe Gras ziehen ließen. Sie ahnte, dass es etwas gab, das Unglück hieß, und dass Menschen zur Grausamkeit fähig waren. Und in der Natur, die sie umgab, suchte sie nach Erklärungen.

In diesem Sommer nahm Aïcha ihr vogelfreies Leben, ihr Leben ohne Zwänge und feste Uhrzeiten wieder auf. Sie erkundete die Welt des Hügels, der für sie wie eine Insel inmitten der Ebene war. Manchmal gab es dort andere Kinder, Jungen in ihrem Alter, die verängstigte und schmutzige Lämmer auf dem Arm trugen. Sie durchquerten die Felder mit nacktem Oberkörper, und ihre Haut war von der Sonne gebräunt, die Härchen an Nacken und Armen blond geworden. Kleine Rinnsale aus Schweiß bildeten auf ihrer staubigen Brust etwas hellere Spuren. Es verwirrte Aïcha, wenn diese Hirten zu ihr kamen und ihr anboten, die Tiere zu streicheln. Sie konnte den Blick nicht von ihren muskulösen Schultern, ihren kräftigen Knöcheln abwenden und sah in ihnen die Männer, die sie einmal sein würden. Im Moment waren sie Kinder wie sie, schwebend in einer Art Gnadenfrist, doch Aïcha verstand, ohne sich dessen ganz bewusst zu sein, dass das Erwachsenenleben sie bereits einholte. Dass die Arbeit und die Armut die Körper dieser Jungen schneller altern ließen, als ihr eigener wuchs.

Jeden Tag folgte sie unter den Bäumen der Prozession der Arbeiter, deren Gesten sie imitierte, bemüht, sie nicht bei ihrem Tagewerk zu stören. Sie half ihnen, aus frischem Stroh und alten Kleidern ihres Vaters eine Vogelscheuche zu fertigen. Sie befestigte kleine zerbrochene Spiegel in den Bäumen, um die Vögel zu verscheuchen. Stundenlang konnte sie das Nest der Eule im Avocadobaum beobachten oder die Höhle eines Maulwurfs ganz hinten im Garten. Sie war still und geduldig und lernte, Chamäleons und

Eidechsen zu fangen, die sie in einer Schachtel versteckte, deren Deckel sie blitzschnell anhob, um ihre Beute zu betrachten. Eines Morgens fand sie auf einem Weg einen klitzekleinen Vogelembryo, nicht größer als ihr kleiner Finger. Das Tier, das noch nicht mal ein richtiges Tier war, hatte einen Schnabel, Krallen, ein so winziges Skelett, dass es beinahe nicht real schien. Aïcha legte sich hin, die Wange auf der Erde, und beobachtete die Ameisen, die geschäftig über den Kadaver krabbelten. Sie dachte: ›Nur weil sie klein sind, können sie trotzdem grausam sein.‹ Sie hätte gern die Erde befragt, sie gebeten, ihr von all dem zu berichten, was sie gesehen hatte, von den anderen, die hier vor ihr gelebt hatten, denen, die gestorben waren und die sie nie kennengelernt hatte.

Gerade weil sie sich frei fühlte, wollte Aïcha die Grenzen der Farm entdecken. Sie hatte nie wirklich gewusst, bis wohin sie sich vorwagen durfte, wo sie noch bei sich war und wo die Welt der anderen anfing. Ihre Kräfte trugen sie jeden Tag ein Stück weiter, und manchmal erwartete sie, auf eine Mauer, einen Zaun, eine Felswand zu stoßen, irgendetwas, das ihr erlaubte zu sagen: »Hier hört es auf. Weiter kann man nicht gehen.« Eines Nachmittags ließ sie den Schuppen hinter sich, in dem der Traktor stand. Sie durchquerte die Quitten- und Olivenhaine und bahnte sich einen Weg zwischen den langen Stielen der Sonnenblumen hindurch, die die Hitze verbrannt hatte. Sie fand sich auf einem Gelände voller Brennnesseln wieder, die ihr bis zur Taille reichten, und da bemerkte sie ein etwa ein Meter hohes Mäuerchen. Es war weiß gekalkt und umschloss eine kleine, mit Unkraut zugewucherte Fläche. Sie war schon einmal hier gewesen. Es war sehr lange her, sie war noch ganz klein gewesen und hatte Mathildes Hand gehalten, die Blumen voller winziger Mücken pflückte. Ihre Mutter hatte ihr die Mauer gezeigt und gesagt: »Hier werden wir einmal begraben werden, dein Vater und ich.« Aïcha näherte sich der Einfriedung. Kakteen voller Kaktusfeigen verbreiteten einen honigsüßen Duft, und sie streckte sich auf der Erde aus, da, wo, wie sie sich vorstellte, der Körper ihrer Mutter begraben werden würde. War es möglich, dass Mathilde eines Tages ganz alt wäre? So alt und faltig wie Mouilala? Sie legte sich den Arm über die Augen, um ihr Gesicht vor der Sonne zu schützen, und träumte von den Anatomietafeln, die Dragan ihnen geschenkt hatte. Sie kannte die ungarischen Namen bestimmter Knochen auswendig: *combcsont* für den Oberschenkelknochen, *gerinc* für das Rückgrat und *kulcscsont* für das Schlüsselbein.

*

Eines Abends beim Essen verkündete Amine ihnen, dass sie für zwei Tage ans Meer fahren würden, zum Strand von Mehdia. Das Ziel war nicht weiter überraschend; es war von Meknès aus der nächstgelegene Strand, und man erreichte ihn mit dem Auto in weniger als drei Stunden. Doch Amine hatte sich immer über die Freizeitvergnügen, von denen Mathilde träumte, lustig gemacht. Picknicks, Waldspaziergänge, Ausflüge ins Gebirge. Wer sich amüsieren wollte, den nannte er einen Faulpelz, Taugenichts, Gammler. Wenn er sich also zu dieser Reise durchgerungen hatte, so war das vielleicht Dragans Hartnäckigkeit zu verdanken, Mathildes ewigem Verbündeten, der dort ein Häuschen hatte und in den Augen der jungen Frau Neid aufblitzen sah, wenn er von Urlaub sprach. Einen Neid, der weder boshaft noch missgünstig war, sondern traurig, wie ein Kind, das ein anderes ein Spielzeug hätscheln sieht, von dem es weiß, dass es selbst niemals so eines besitzen wird. Oder vielleicht hatten tiefere Gefühle Amine dazu bewogen, der Wunsch, eine Schuld abzutragen oder diese Frau glücklich zu machen, die vor seinen Augen langsam erlosch, dort auf dem Hügel, in dieser Welt, wo die Arbeit alles beherrschte.

Sie brachen in aller Frühe auf. Der Himmel war rosa, und um diese Zeit dufteten die Blumen, die Mathilde am Eingang des Grundstücks hatte pflanzen lassen. Amine drängte die Kinder zur Eile, er wollte für die Fahrt die morgendliche Kühle ausnutzen. Selma blieb auf der Farm. Sie stand nicht auf, um auf Wiedersehen zu sagen, und Mathilde dachte, dass es so besser war. Sie hätte den Blick des jungen Mädchens nicht ertragen. Selim und Aïcha setzten sich hinten ins Auto. Mathilde trug ihren Basthut, und in einem großen Korb hatte sie zwei kleine Schaufeln und einen Putzeimer dabei.

Ein paar Kilometer vor dem Meer gab es Stau. Selim war schlecht geworden, und im Auto hing der Geruch von Erbrochenem. Ein Geruch nach saurer Milch und Coca-Cola. Sie verfuhren sich in den Straßen, auf denen die Urlauber herumliefen, und brauchten eine Weile, um das Haus der Palosis zu finden. Corinne sonnte sich auf der Terrasse, und Dragan, dessen Gesicht rot und verschwitzt war, hatte etwas zu viel Bier getrunken. Vergnügt nahm er Aïcha auf den Arm. Er warf sie in die Luft, und diese Erinnerung, dieses Gefühl von Leichtigkeit in den riesigen, haarigen Händen, sollte später beinahe genauso intensiv, beinahe genauso unerträglich sein wie die Erinnerung ans Meer. »Was?«, sagte der Arzt. »Du hast noch nie den Ozean gesehen? Das müssen wir ändern.« Er zog das Mädchen zum Strand, doch sie wünschte sich, er hätte es nicht so eilig gehabt. Sie wäre gern noch einen Moment auf dieser Terrasse in der Sonne geblieben, mit geschlossenen Augen, und hätte dem betörenden, überwältigenden Geräusch des Meeres gelauscht. Das war es, was ihr zuerst gefiel. Das fand sie schön. Dieses Geräusch, wie wenn man in eine zum Fernrohr gerollte Zeitung haucht, die man einem anderen dicht ans Ohr hält. Dieses Geräusch wie der Atem eines Schlafenden, glücklich und voller Träume. Diese Brandung, dieses sanfte Tosen, in das sich, etwas gedämpft, das Lachen der spielenden Kinder, die Ermahnungen der Frauen mischten – »Geh nicht zu nah ran, du könntest ertrinken!« –, die klagenden Rufe der Verkäufer von Knabberzeug und Krapfen, die sich die Füße im Sand verbrannten. Dragan, der sie noch immer trug, näherte sich dem Wasser. Er setzte die Kleine ab, die noch ihre beigefarbenen Ledersandalen anhatte und sie jetzt auszog. Das Wasser leckte nach ihr, und sie hatte überhaupt keine Angst. Sie versuchte mit ihren Fingern den Schaum zu fangen, der sich am Wellensaum bildete. »Die Gischt«, sagte Dragan mit seinem starken Akzent. Und er schien stolz darauf zu sein, dass er dieses Wort kannte.

Die Erwachsenen aßen auf der Terrasse zu Mittag. »Heute Morgen kam ein Fischer und hat uns seinen Fang des Tages präsentiert. So was Frisches habt ihr noch nie gegessen.« Das Hausmädchen, das Corinne aus Meknès mitgenommen hatte, servierte einen Salat aus eingelegten Karotten und Tomaten, und sie aßen mit den Fingern die gegrillten Sardinen und einen Weißfisch, lang wie ein Aal mit festem, fadem Fleisch. Mathilde fingerte immerzu in den Tellern der Kinder herum. Sie zerfledderte ihren Fisch in winzige Stückchen. Sie sagte: »Es fehlte gerade noch, dass ihnen eine Gräte im Hals stecken bleibt. Das würde alles verderben.«

Als Kind war Mathilde eine hervorragende Schwimmerin gewesen. Ihre Freunde sagten, ihr Körper sei dafür wie geschaffen. Breite Schultern, feste Schenkel und eine dicke Haut. Selbst im Herbst, selbst wenn der Frühling nicht kam, war sie in den Rhein gesprungen und mit blauen Lippen und aufgeweichten Fingern wieder herausgekommen. Sie konnte sehr lang die Luft anhalten, und sie liebte nichts so sehr, wie sich, den Kopf unter Wasser, an dieser Stille zu berauschen, die keine Stille war, sondern ein Raunen der Tiefe, eine Abwesenheit menschlichen Treibens. Einmal, mit vierzehn oder fünfzehn, hatte sie sich so lange, das Gesicht halb im Wasser, wie ein alter Ast treiben lassen, dass ein Freund schließlich in den Fluss gesprungen war, um sie zu retten. Er hatte geglaubt, sie sei tot, hatte an romantische Geschichten über junge Mädchen gedacht, die sich aus Liebeskummer ertränkten. Doch Mathilde hatte den Kopf gehoben und gelacht: »Reingefallen!« Der Junge war wütend geworden. »Die nagelneue Hose! Meine Mutter wird mich ausschimpfen.«

Corinne zog einen Badeanzug an, und Mathilde folgte

ihr zum Strand. Ein Stück entfernt hatten Familien auf dem Sand große Zelte aufgebaut und campierten dort einen Monat lang, kochten auf kleinen Canouns aus Ton, wuschen sich in öffentlichen Duschen. Mathilde ging ins Wasser, und als es ihr bis zur Brust reichte, fühlte sie sich so ungeheuer glücklich, dass sie Corinne beinahe um den Hals gefallen wäre und sie an sich gedrückt hätte. Sie schwamm, so weit sie konnte, sie tauchte so tief, wie es ihre Lungen erlaubten. Ab und zu wandte sie sich um und sah das Haus immer kleiner werden, immer unbestimmbarer in dieser Reihe von Strandhütten, die einander aufs Haar glichen. Ohne zu wissen, warum, begann sie mit den Armen zu wedeln, vielleicht, um ihren Kindern zuzuwinken, um zu sagen »Seht, wie weit ich gekommen bin«.

Selim, mit einem zu großen Strohhut auf dem Kopf, begann ein Loch in den Sand zu buddeln, das die Neugier der anderen Kinder weckte. »Wir bauen eine Burg«, sagte ein kleines Mädchen. »Mit Wassergräben!«, rief ein Knirps, dem drei Zähne fehlten und der lispelte. Aïcha setzte sich zu ihnen. Wie leicht es der Sand und das Meer machten, Freunde zu finden! Halb nackt, von der Sonne gebräunt, vergnügten sie sich gemeinsam und dachten an nichts anderes als daran, so tief wie möglich zu graben, bis sie das Wasser erreichten und sahen, wie sich am Fuß ihrer Burg ein kleiner See bildete. Durch das Meerwasser und den Wind waren Aïchas sonst so zerzauste und krause Haare hübsch gelockt, und sie fuhr sich mit der Hand hindurch. Sie dachte, dass sie auf der Farm Mathilde bitten sollte, tütenweise Salz in die Badewanne zu geben.

Am Ende des Nachmittags half Corinne Mathilde dabei,

die Kinder zu waschen. Erschöpft vom stundenlangen Spielen und Baden, legten sich die Kleinen im Pyjama auf die Terrasse. Aïchas Lider wurden schwer, doch das prachtvolle Schauspiel, das sich ihr bot, hielt sie wach. Der Himmel wurde rot, dann rosa, und schließlich überzog ein violetter Schimmer den Horizont, während die Sonne, glühender denn je, in die Fluten sank, um von ihnen verschluckt zu werden. Ein Maisverkäufer kam auf dem Strand vorbei, und Aïcha nahm den gegrillten Maiskolben, den Dragan ihr reichte. Sie hatte keinen Hunger, aber sie hatte Lust, zu nichts Nein zu sagen, alles zu genießen, was dieser Tag ihr bot. Sie biss in den Maiskolben, ein paar Körner blieben zwischen ihren Zähnen hängen, das war ein wenig unangenehm, und sie hustete. Ehe sie einschlief, hörte sie das Lachen ihres Vaters, ein Lachen, wie sie es noch nie gehört hatte, frei von Sorgen und Hintergedanken.

*

Als Aïcha am nächsten Morgen aufwachte, schliefen die Erwachsenen noch, und sie spazierte allein über die Terrasse. In der Nacht hatte sie einen Traum gehabt, so lang wie die Schale der Äpfel, die Mathilde mit zusammengepressten Lippen pellte, um eine möglichst lange Girlande aus der Haut der Frucht zu machen. Die Palosis frühstückten in Badekleidung, was Amine zu schockieren schien. »Wir leben hier wie Robinson Crusoe«, erklärte Dragan, dessen milchige Haut kirschrot geworden war: »hüllenlos. Und wir essen, was das Meer uns bietet.«
   Mittags wurde es so heiß, dass sich eine Wolke aus Li-

bellen mit glänzenden roten Körpern über dem Wasser bildete, in das sie sich senkrecht hineinstürzten, ehe sie wieder darüber zu schweben begannen. Der Himmel war weiß, das Licht blendend. Mathilde platzierte den Sonnenschirm und die Handtücher so nah wie möglich am Wasser, um die Kühle des Meeres zu genießen und besser auf die Kinder aufpassen zu können, die nicht müde wurden, in den Wellen zu spielen, die Hände in den nassen Sand zu bohren, die winzigen Fische zu beobachten, die ihre Füße streiften. Amine kam und setzte sich neben seine Frau. Er zog das Hemd aus, dann die Hose, unter der er Badeshorts trug, die Dragan ihm geliehen hatte. Seine gebräunten Arme bildeten einen scharfen Kontrast zu der bleichen Haut an Bauch, Rücken und Waden. Es schien, als hätte er noch nie seinen bloßen Körper von der Sonne streicheln lassen.

Amine konnte nicht schwimmen. Mouilala hatte immer Angst vor dem Wasser gehabt und ihren Kindern verboten, sich dem Wadi oder dem Brunnen zu nähern. »Das Wasser könnte euch verschlingen«, hatte sie sie ermahnt. Doch angesichts der Steppkes, die sich in die Wellen stürzten, und der zierlichen weißen Frauen, die ihre Badehauben zurechtrückten und mit erhobenem Kopf auf dem Wasser schwammen, dachte Amine, dass es nicht allzu schwer sein dürfte. Dass es keinen Grund gab, warum er das nicht schaffen sollte, er, der schneller lief als die meisten seiner Kameraden, der ohne Sattel ritt, der einen glatten Stamm ohne Halt hochklettern konnte, allein mit der Kraft seiner Arme.

Er wollte gerade zu seinen Kindern gehen, da hörte er Mathilde schreien. Eine etwas größere Welle als die anderen hatte die Handtücher erreicht und Amines Kleider mitgerissen. Die Füße im Wasser, sah er seine Hose auf den Fluten hin und her treiben. Wie eine eifersüchtige Geliebte verspottete ihn die See und zeigte mit dem Finger auf seine Blöße. Die Kinder lachten, sie wetteiferten darum, Amines Sachen aus dem Wasser zu fischen und die Belohnung zu bekommen, die sie, wie sie meinten, verdienten. Mathilde erwischte schließlich die Hose, die sie mit den Händen auswrang. Amine sagte zu ihr: »Lass uns aufbrechen. Wir müssen nach Hause.«

Als sie sie riefen, weigerten sich die Kinder zu kommen. »Nein«, sagten sie, »wir wollen nicht nach Hause.« Amine und Mathilde standen schimpfend am Strand. »Ihr kommt sofort raus. Genug jetzt. Oder sollen wir euch holen?« Die Kleinen ließen ihnen keine Wahl. Mathilde sprang anmutig ins Meer, während Amine vorsichtig voranging, bis ihm das Wasser zu den Achseln reichte. Wütend, die Stimme eisig vor Zorn, streckte er den Arm nach seinem Sohn aus und packte ihn grob an den Haaren. Selim schrie. »Komm nie wieder auf die Idee, dich deinem Vater zu widersetzen, hast du verstanden?«

Auf der Heimfahrt konnte Aïcha ihre Tränen nicht zurückhalten. Sie starrte Richtung Horizont und weigerte sich, ihrer Mutter zu antworten, die sie vergeblich zu trösten suchte. Am Rand einer Straße sah sie Männer gehen, die Hände gefesselt, in zerlumpten Kleidern, Männer mit staubigen Haaren, und sie dachte, dass man sie aus einer Höhle oder einem Loch geholt haben musste. Mathilde sagte: »Schau nicht hin.«

*

Mitten in der Nacht kamen sie auf der Farm an. Mathilde nahm Selim auf den Arm, und Amine trug die schlafende Aïcha in ihr Bett. Als er gerade die Tür des Kinderzimmers schließen wollte, fragte das kleine Mädchen:

»Papa, nur die gemeinen Franzosen werden angegriffen, oder? Die netten werden von den Arbeitern beschützt, glaubst du nicht?«

Amine wirkte überrascht und setzte sich aufs Bett. Er überlegte einen Moment, den Kopf gesenkt, die Hände vor dem Mund aneinandergepresst.

»Nein«, sagte er dann geradeheraus, »das hat nichts mit Freundlichkeit oder mit Gerechtigkeit zu tun. Es gibt anständige Leute, deren Farmen abgebrannt sind, und Dreckskerle, die immer unbeschadet davonkommen. Im Krieg gibt es keine Guten mehr, keine Bösen, keine Gerechtigkeit.«

»Dann ist jetzt Krieg?«

»Nicht wirklich«, erwiderte Amine, und als spräche er zu sich selbst, fügte er hinzu: »Tatsächlich ist es schlimmer als Krieg. Denn unsere Feinde oder die, die es sein sollten, leben schon lange mit uns zusammen. Manche sind unsere Freunde, unsere Nachbarn, unsere Familie. Sie sind mit uns aufgewachsen, und wenn ich sie anschaue, sehe ich keinen Feind, den man töten muss, ich sehe ein Kind.«

»Aber wir, gehören wir zu den Guten oder den Bösen?«

Aïcha hatte sich aufgesetzt und sah ihn besorgt an. Er dachte, dass er nicht gut mit Kindern reden konnte, dass sie bestimmt nicht verstand, was er ihr zu erklären versuchte.

»Wir«, sagte er, »sind wie dein Baum, halb Zitrone, halb Orange. Wir gehören zu keiner Seite.«

»Und werden sie uns auch töten?«

»Nein, uns passiert nichts. Das verspreche ich dir. Du kannst ruhig schlafen.«

Er näherte sein Gesicht dem seiner Tochter und gab ihr einen Kuss auf die Wange. Während er leise auf den Flur trat und die Tür schloss, dachte er, dass die Früchte des Zitrangenbaums ungenießbar waren. Ihr Fleisch war trocken, und ihr bitterer Geschmack trieb einem die Tränen in die Augen. Er überlegte, dass in der Welt der Menschen dasselbe galt wie in der Botanik. Am Ende würde eine Art dominieren, die Orange würde eines Tages die Zitrone verdrängen oder umgekehrt, und der Baum würde wieder essbare Früchte tragen.

*

Nein, redete er sich ein, niemand wird uns töten, und er war fest entschlossen, dafür zu sorgen. Den ganzen August über schlief er mit einem Gewehr unter dem Bett, und er forderte Mourad auf, es ebenso zu machen. Der Vorarbeiter half Amine, im Schlafzimmerschrank eine Klappe einzubauen. Sie leerten ihn, schraubten die Regale ab und bastelten eine Art doppelten Boden. »Kommt her«, sagte er eines Tages zu den Kindern, und Selim und Aïcha stellten sich vor ihm auf.

»Legt euch da hinein.«

Selim, dem das Spiel gefiel, kletterte in die Öffnung, und seine Schwester folgte ihm. Amine klappte das Brett über ihnen herunter, und die Kinder fanden sich im Finstern wieder. Aus ihrem Versteck hörten sie die gedämpfte

Stimme ihres Vaters und die Schritte der Erwachsenen, die im Zimmer herumliefen.

»Wenn etwas passiert, wenn wir in Gefahr sind, dann müsst ihr euch da verstecken.«

Amine zeigte Mathilde, wie man eine Granate handhabe für den Fall, dass die Farm in seiner Abwesenheit angegriffen würde. Sie hörte ihm zu, aufmerksam wie ein Soldat, der zu allem bereit ist, um sein Land zu beschützen. Einige Tage zuvor war ein Mann in die Ambulanz gekommen. Ein alter Bauer, der seit jeher auf der Farm arbeitete und sogar den alten Kadour Belhaj gekannt hatte. Sie dachte, er hätte sie aus Schamgefühl gebeten, draußen, unter der großen Palme, mit ihm zu sprechen. Vielleicht war er krank und fürchtete, alle könnten es erfahren. Vielleicht, wie es häufig vorkam, wollte er sie um einen Vorschuss auf seinen Lohn bitten oder um Arbeit für einen entfernten Cousin. Der Mann redete vom Wetter, von dieser erdrückenden Hitze und dem trockenen Wind, der so schlecht für die Ernte war. Er erkundigte sich nach den Kindern und überschüttete sie mit Segenswünschen. Als ihm die Gemeinplätze ausgingen, legte er eine Hand auf Mathildes Arm und flüsterte: »Wenn ich eines Tages, vor allem nachts, zu dir komme, öffne mir nicht. Auch wenn ich es bin, auch wenn ich dir sage, dass es dringend ist, dass jemand krank ist oder wir Hilfe brauchen, halte deine Tür auf jeden Fall geschlossen. Warne deine Kinder, sag es dem Hausmädchen. Wenn ich komme, dann um dich zu töten. Weil ich schließlich denen geglaubt haben werde, die sagen, dass man Franzosen töten muss, um ins Paradies einzugehen.« In dieser Nacht nahm Mathilde das unter dem Bett versteckte Gewehr und ging barfuß zur großen Palme. Im Dämmerlicht zielte sie auf den Stamm, bis alle Munition verschossen war. Am nächsten Morgen fand Amine die Kadaver der im Efeu gefangenen Ratten. Als er von Mathilde eine Erklärung verlangte, zuckte sie nur mit den Schultern. »Ich habe dieses Geräusch nicht mehr ertragen. Von ihrem Gekrabbel in den Blättern habe ich Albträume bekommen.«

Am Ende des Monats kam die große Nacht. Es war eine schöne, stille Augustnacht. Zwischen den Spitzen der Zypressen schimmerte fuchsrot der Mond, und die Kinder hatten sich ins Gras gelegt, um Sternschnuppen zu sehen. Wegen des Chergui hatten sie sich angewöhnt, im Garten zu Abend zu essen, sobald es dunkel war. Grün glänzende Fliegen starben, gefangen im Kerzenwachs. Dutzende Fledermäuse flogen von Baum zu Baum, und Aïcha bedeckte ihre Haare mit den Händen, aus Angst, die Tiere könnten sich dort einnisten.

Die Frauen hörten die Detonationen zuerst. Ihre Ohren waren geübt darin, die Schreie der Kinder wahrzunehmen, das Stöhnen der Kranken, und sie setzten sich in ihren Betten auf, die Brust eng von bösen Vorahnungen. Mathilde lief ins Zimmer der Kinder. Sie trug die heißen, im Schlaf erschlafften Körper. Sie drückte Selim an sich. »Alles ist gut, alles ist gut.« Sie beauftragte Tamo, die beiden im Schrank zu verstecken, und Aïcha, noch halb im Traum, begriff, dass man die Luke über ihr schloss und dass sie ihren Bruder beruhigen musste. Jetzt war nicht der richtige Moment, um zu weinen oder ungehorsam zu sein, und sie waren ganz still. Ihr fiel die Taschenlampe wieder ein, die zum Vögelfangen. Hätte ihr Vater doch nur daran gedacht, sie ihr zu geben.

Aus ihrem Versteck hörte sie Tamos Geschrei, die zum Duar rennen wollte, um nach ihren Eltern zu sehen, und Amine, der brüllte: »Niemand geht hinaus!« Das Hausmädchen blieb in der Küche sitzen, weinend, das Gesicht im Ellbogen vergraben, und zuckte beim kleinsten Geräusch zusammen.

Zuerst war da ein ungeheures Leuchten, eine lila Explosion, wie eine Schneise aus Licht in der Dunkelheit. Der Brand zog einen neuen Horizont, und es schien, als wolle mitten in der Finsternis der Tag anbrechen. Dem bläulichen Leuchten folgte das Orange der Flammen. Zum ersten Mal sahen sie die Natur von Licht durchbohrt. Ihre Welt war nur noch eine enorme Feuersbrunst, eine prasselnde Blase. Die sonst so stille Landschaft war erfüllt vom Lärm der Schüsse, Schreie drangen bis zu ihnen, vermischt mit dem Geheul der Schakale und Eulen.

Ein paar Kilometer entfernt gerieten die ersten Plantagen in Brand, die Äste der Mandel- und Pfirsichbäume wurden vom Feuer verschlungen. Man hätte meinen können, Tausende Frauen hätten sich abgesprochen, ein teuflisches Mahl zu bereiten, und der Wind trug den Geruch von verkohltem Holz und Blättern heran. Unter das Knistern der Flammen mischten sich die Rufe der Arbeiter, die auf den Ländereien der Siedler vom Brunnen zum Stall, vom Brunnen zu den lodernden Heuhaufen rannten. Asche und Funken flogen, bedeckten die Gesichter der Bauern, versengten ihre Rücken, ihre Hände, doch sie spürten nichts und liefen, die Eimer in der Hand. In den Ställen verbrannten die Tiere bei lebendigem Leib. ›Aller guter Wille der Welt kann nichts gegen dieses Massaker ausrichten‹, dachte Amine. ›Nichts wird sie aufhalten. Wir werden mitten in der Feuersbrunst festsitzen. Warum sollte es auch anders sein.‹

In der Nacht kam ein Panzerwagen der französischen Armee aufs Grundstück. Amine und Mourad, die seit Sonnenuntergang Wache gehalten hatten, wiesen sich als ehemalige Angehörige der Armee aus. Der Soldat fragte sie, ob sie Hilfe brauchten. Amine betrachtete das riesige Fahrzeug, die Uniform des Mannes, dessen Anwesenheit auf seinem Land ihm nicht behagte. Er wollte nicht, dass die Arbeiter ihn mit diesem Soldaten verhandeln sahen, den sie als Eindringling bezeichnen würden.

»Nein, nein, alles ist in Ordnung, Kommandant. Wir brauchen hier nichts. Sie können weiterfahren.« Der Soldat ging, und Mourad rührte sich.

Selim weinte unter der Klappe. Er klammerte sich an seine Schwester, verschmierte sie mit Rotz und Tränen, und sie sagte: »Sei endlich still, Dummkopf. Die Bösen werden uns hören, sie kommen uns holen und töten uns.« Sie legte dem Kleinen, der sich nicht beschwichtigen ließ, die Hand auf den Mund. Sie versuchte, die Geräusche des Hauses wahrzunehmen, die Stimme ihrer Mutter vor allem, denn sie war es, um die sie Angst hatte. Was würden die mit Mathilde machen, wenn sie sie fänden? Selim entspannte sich. Er legte den Kopf auf die Brust seiner Schwester, überrascht, dass ihr Herz nicht schneller schlug, auch beruhigt davon, dass sie sich nicht zu fürchten schien. Aïcha sagte ein Gebet auf, die Lippen dicht am Ohr ihres kleinen Bruders: »*Mein Engel im Himmel, du treuer und barmherziger Begleiter, hilf mir, deinem Beispiel zu folgen und meine Schritte so zu lenken, dass ich in nichts von den Geboten meines Herrn abweiche. Heilige Jungfrau, Mutter Gottes, meine Mutter und Beschützerin, ich vertraue mich deiner Obhut an.*« Und sie schliefen ein, als hätte das Bild dieses Engels, der über sie wachte, sie beide besänftigt.

Aïcha wachte als Erste wieder auf. Sie wusste nicht, wie lange sie geschlafen hatte. Von draußen vernahm sie kein Geräusch mehr. Anscheinend hatten die Schüsse aufgehört, alles war wieder ruhig, und sie fragte sich, warum niemand gekommen war, um sie zu befreien. ›Was, wenn wir allein auf der Welt sind?‹, überlegte sie. ›Wenn sie alle tot sind?‹ Mit beiden Händen stemmte sie das Brett hoch, das auf ihnen lastete, und stieß die Schranktür auf. Selim lag in dem doppelten Boden ausgestreckt und stöhnte leise, als sie sich erhob. Im Zimmer war es dunkel. Aïcha ging langsam durch den Flur, die Hände nach vorn gestreckt. Sie kannte den Platz jedes Möbelstücks und achtete darauf, nirgendwo anzustoßen, kein Geräusch zu machen, das Aufmerksamkeit auf sie lenken könnte. Sie kam in die Küche, die ebenfalls leer war, und ihr Herz verkrampfte sich. Fliegen schwirrten über den Resten des Abendessens. ›Sie sind hergekommen‹, sagte sie sich, ›und sie haben Tamo, meine Eltern und sogar Selma mitgenommen.‹ In diesem Moment erschien ihr das Haus riesig und feindselig. Sie sah sich, Mutter ihres eigenen Bruders, ein kleines Mädchen, dem ein ungewöhnliches Schicksal zuteilwurde. Sie erzählte sich Geschichten von Waisenhäusern und Leid, die ihr die Tränen in die Augen trieben, Geschichten, die sie zugleich ängstigten und ihr Mut machten. Und dann hörte sie Selmas Stimme, entfernt, ersterbend. Aïcha drehte sich um, doch da war niemand. Zuerst dachte sie, sie hätte es sich nur eingebildet, dann vernahm sie erneut die Stimme ihrer Tante. Das Mädchen trat ans Fenster und konnte nun noch deutlicher Gemurmel hören. ›Sie sind auf dem Dach‹, begriff sie und öffnete die Tür, erleichtert darüber, dass sie lebten, und wütend, dass man ihren Bruder und sie vergessen hatte. In der Dunkelheit kletterte sie die Leiter hoch, die aufs Dach führte, und sah zuerst die glühenden Spitzen von Amines und Mourads Zigarette. Die beiden Männer saßen nebeneinander auf den Kisten mit Mandeln, die die Arbeiter dort trocknen ließen, und ihre Frauen, die stehen geblieben waren, hatten einander den Rücken zugekehrt. Mathilde sah in Richtung Stadt, deren Lichter man von diesem erhöhten Punkt aus erahnen konnte. Selma dagegen betrachtete den Brand. »Er wird uns nicht erreichen. Gott sei Dank bleibt der Hügel verschont. Der Wind hat sich gelegt, und das Gewitter wird jeden Moment losgehen.« Selma breitete die Arme aus wie Jesus am Kreuz und stieß laute Schreie aus. Lange, heisere Schreie, die auf die Rufe der durch den Brand aufgereizten Schakale antworteten. Mourad warf seine Zigaretten weg und zog grob am Rock seiner Frau, damit sie sich hinsetzte.

Aïcha, die noch auf einer Leitersprosse stand und deren Kopf kaum über den Rand des Daches ragte, zögerte, sich bemerkbar zu machen. Sie würden sie vielleicht ausschimpfen. Ihr Vater würde ihr vorwerfen, dass sie ihnen andauernd hinterherlief, sich immer ins Leben der Erwachsenen einmischte und nicht an ihrem Platz bleiben konnte. In der Ferne sah sie eine Wolke, die an ein Gehirn erinnerte und die ab und zu von innen heraus zu leuchten, sich mit elektrischer Spannung aufzuladen schien. Selma hatte recht. Es würde regnen, und sie wären gerettet. Ihre Gebete waren nicht umsonst gewesen, ihr Schutzengel hatte sein Versprechen gehalten. Vorsichtig stieg sie über den Rand und ging langsam zu Mathilde, die, als sie sie bemerkte, nichts sagte. Sie drückte den Kopf ihrer Tochter an ihren Bauch und wandte das Gesicht den langsam ersterbenden Flammen zu.

Eine Welt war dabei, vor ihren Augen unterzugehen. Dort drüben brannten die Häuser der französischen Siedler. Das Feuer verschlang die Kleider braver kleiner Mädchen, die schicken Mäntel der Mamas, die geräumigen Möbel, in deren Tiefen man, in Laken gewickelt, die kostbaren, nur einmal getragenen Roben verstaut hatte. Die Bücher zerfielen ebenso zu Asche wie das aus Frankreich mitgebrachte und stolz vor der Nase der Einheimischen ausgestellte Erbe. Aïcha konnte ihren Blick nicht von diesem Schauspiel abwenden. Nie war ihr der Hügel so schön erschienen. Sie hätte schreien mögen, so glücklich fühlte sie sich. Sie hätte am liebsten etwas gesagt oder getanzt, wie die Chouafas, von denen die Großmutter ihr erzählt hatte und die herumwirbelten, bis sie die Besinnung verloren. Doch Aïcha tat nichts dergleichen. Sie setzte sich neben ihren Vater, umschlang ihre Beine und zog sie an ihre Brust. ›Sollen sie doch brennen‹, dachte sie. ›Sollen sie verschwinden. Sollen sie krepieren.‹

DANK

Mein Dank gilt zuerst meinem Lektor, Jean-Marie Laclavetine, ohne den dieses Buch niemals entstanden wäre. Sein Vertrauen, seine Freundschaft, seine Leidenschaft für die Literatur haben mich auf jeder Seite getragen. Ich danke ebenfalls Marion Butel, deren Effizienz und Güte mir geholfen haben, Zeit zum Schreiben zu stehlen. Mein besonderer Dank geht an den Historiker Hassan Aourid, an Karim Boukhari, an die Professoren Mustapha Bencheikh und Maati Monjib, deren Arbeiten mich inspiriert haben und die so freundlich waren, mich über das Leben in Marokko in den Fünfzigerjahren aufzuklären. Dank an Jamal Baddou für seine Großzügigkeit und alles, was er mir anvertraut hat. Und schließlich danke ich meinem Mann Antoine von ganzem Herzen, der mir meine Abwesenheiten verzeiht, der liebevoll vor der Tür meines Arbeitszimmers Wache hält und mir jeden Tag beweist, wie sehr er mich liebt und unterstützt.

Die französische Originalausgabe erschien 2020 unter dem Titel
»Le Pays des Autres« bei Éditions Gallimard, Paris.

Sollte diese Publikation Links und Webseiten Dritter enthalten,
so übernehmen wir für deren Inhalte keine Haftung,
da wir uns diese nicht zu eigen machen, sondern lediglich auf
deren Stand zum Zeitpunkt der Erstveröffentlichung verweisen.

Das Zitat von William Faulkner stammt aus: »Licht im August«,
Rowohlt, Reinbek bei Hamburg, 2010. Deutsch von Paul Ingendaay.
Abdruck mit frdl. Genehmigung des Verlags.

Dieses Buch ist auch als E-Book erhältlich.

Penguin Random House Verlagsgruppe FSC® N001967

1. Auflage
Originalveröffentlichung Mai 2021
Copyright © 2020 Éditions Gallimard, Paris
Copyright © der deutschen Ausgabe 2021
Luchterhand Literaturverlag, München,
in der Penguin Random House Verlagsgruppe GmbH,
Neumarkter Str. 28, 81673 München
Umschlaggestaltung buxdesign | München
unter Verwendung eines Motivs aus dem
© Privatarchiv von Leïla Slimani
Satz: Uhl+Massopust, Aalen
Druck und Einband: GGP Media GmbH, Pößneck
Alle Rechte vorbehalten.
Printed in Germany
ISBN 978-3-630-87646-7

www.luchterhand-literaturverlag.de
www.facebook.com/luchterhandverlag
www.twitter.com/luchterhandlit